# 诗的进行时

## 中国当代诗歌研究

中国（上海）自由贸易试验区临港新片区管理委员会、上海社会科学院文学研究所 编
张瑞燕 主编

上海社会科学院出版社

# 前 言

我的诗歌理论一直以诗歌作品来呈现,用文章来阐释的文字并不多,至于对当代诗歌现象的研究也没有特别探讨过,这是基于诗歌创作的过程对我的吸引力强于阐释。在创作过程中的各种经验其实就是找到它们在这个时代中存在的道理,其中诗歌涉及的主题很重要,主题契合当代人类社会关注点时,就会有情感和认知上的冲动,因为你身在其中,也就能不断地在创作中摸索经验,包括心中有理论在逐渐沉淀和推进。但这是每一个创作者的经验,常常是潜在的收获,它们也只是我自己的作品验证出来的,不一定具有普遍性。

于是,具有一定普遍性的理论工作就会有另一些更热衷更适合梳理分析的人来做,这些人肯定也是最喜欢阅读现代诗歌的,而且是大范围地大量阅读。我反省到自己的阅读量还是极其欠缺的,其中最大的问题是选择上比较狭窄,比如对大量网络诗歌的忽略,说到这一点就需要指出:如果要分析研究网络诗歌的生成与发展,就需要大量的阅读,才能分析到位,所以我看到中国当代诗歌临港理论研讨会邀请了很多当代诗歌现象的关注者,有些人同时也是诗歌创作的实践者,当然,除了网络诗歌之外的其他门类的诗歌也在研讨会上被认真地涉及。

诗人自己说出来的某些貌似自我辩护的诗论,对理论阐释者是有帮助的,不能想象一个没有诗人加入讨论的诗歌理论研讨会是成功的,因为诗人哪怕只围绕自己的创作进行理论表述,那也是提供给理论研究者的第一手资料,激发诗人说出自己的理论,哪怕狭窄一些,也是研究者所需要的数据之一。四届研讨会的总体资料出版将为当代诗歌理论提供很多信息,是值得提供给阅读和研究者再次消化的。更关键的是,这种理论碰撞所形成的发现和收获因人而异,但我相信这会为不少人厘清一些认知上的盲点或避开误区,从而更进一步地对当代诗歌现象进行下一步的梳理。

我不会说几届研讨会有多么成功,因为它是进行时状态,在历史的宏观中更是进行时——人类在时代的前进中调整对文明的理解和梳理，是在已经形成的台阶上继续走，任何时代都是整个过程的一部分，问题是这些理论的形成能否让我们更接近真实的对文明有促进作用的时代创作。

对我来说，还是那句话：我们身处的这个时代只能由我们自己来记录，之前的人和之后的人不可能有我们的第一手资料来记录，一如我们也替代不了之前和之后的人来记录他们的时代，从这一点来讲，几届当代诗歌临港理论研讨会是及时和负责任的，是我们必须做的事情，而此也证实使研讨会成形的组织方是有着如此责任感的。

## 一、人类诗歌精神的核心是反省

一提到文艺理论，我们有很多历史参照系可以阅读和借鉴，但我觉得它们的形成具有当时的时代背景和局限，而当前我们所属的时代则有历史遗留下来的和新出现的问题，我并不想把它们的新旧分得很清楚，因为它们是有关联的。现在我假设自己要写一篇诗歌理论文章，那么我想到的提纲或内容会是什么样的呢？下面是我由第一反应写下的近年来的想法：

第一，中国当代诗歌面临的问题应该是阻力，题材的阻力、金钱与物质的阻力，很好的题材与敏感词把握的适度平衡，考验着对时代负责的诗人的智商和能力。至于写诗能不能挣钱的问题，其实就是用诗人对社会的价值观在各行各业里做事，这时所创造的财富就是诗歌精神挣到的钱。

第二，从文明的角度讲，人类的诗歌精神是一致的：好诗有两种，文字的和行为的，后者更重要，因为前者是为后者而出现的。不少诗人觉得行为太难而选择了前者，而此时的前者也就是文字，就只剩下技术了。

中国诗歌在国际上的影响力其实是通过具有诗歌精神的人表现在文化行为上的，我们在人类面对生存危机时有精神导向的建树吗？当然可以举出一些得奖的文学、电影作品，但诗歌精神不是对他人或他国的影响，而是作为一个现代人有没有传承诗歌精神。我认为有反省才会有诗歌，对个人行为、国家行为、灾难和反文明事件进行反省才是传承和发展了诗歌精神。

第三，这是肯定的：新媒体让我们便于交流，能通过更多别人的镜子看到自己，这对认真写作绝对是有帮助的。所以当代汉语诗歌仰仗新媒体有了各种发展，这是以前完全想不到的。同时，一个新的现象就是出现了大量的诗歌圈，大量的批评、鼓励、谩骂、抄袭和吹捧，而诗歌又是一个反省、思考、向内的修炼，其中是有大量矛盾的，而针对每一个自认为诗人的人，其解决的方法依然是最古老的方法：减少和警惕自恋！做一个专业的文明人比做其他任何一个行业专家更重要。

## 二、诗性的坚持应该参与当代文明的发展意识

人类有两个基因，一个是生物学的，一个是文化的。我们每隔一段时间就把诗歌和有关诗歌的问题拿出来讨论，留下具有创新的当代佳作和启迪未来的新观念，这就是每一代人对文化基因的刷新。当然，其他文化行业的人也必然做着同一件事情。

被称为佳作的诗有几方面，首先从题材上讲是描写人生永恒题材，比如爱情、死亡、战争等。其次是对当代的社会生活和各种大事件进行描述和记录，因为活在当下的人有着直接感受的证据，把方方面面用诗和诗论记录下来给后人，作为对这个时代的了解。当然，同样是事件和题材的写作，有创新形式和阅读快感并易于被更多人分享的就被称为佳作。

说起城市生活，那是人类创造出来的繁荣、便捷、丰富的一首大诗，但它面临的是就像一首能流传下去的好诗所需要的各种条件。

城市的一切全是人为的，包括公园和流水，预留的江河水道甚至海岸线也必然伴随着人工的设施和维护。城市的图纸在根基上还是依照大自然的，因为我们只能向大自然学习，追求那种天、地、人的和谐，绝非互相搏斗。这还涉及人与人之间是逆向统治还是顺势管理，涉及我们的审美有没有随着时代和技术一起发展。有一个就近的例子，就是“文化大革命”期间我们的生活审美荡然无存，城市没有了建筑的发展和管理，更别提梦想了。强调审美就是强调作为人类有别于其他动物的特性，而更进一步讲，宇宙里还没有出现能与人类交流的其他物种，这一点也是人类会时常想到的问题，我们需要想象力来生活在偶然或者必然的处境里，想象我们如何尽可能地延续下去，尽可能地了解人类在宇宙空间里到底能生存多久，到底能否在宇宙灾难来临时幸存下来。也许有人会问，你谈的这个问题与讨论议题有什么关系？我认为有关系，因为诗性是人类

精神生活一个最高级的词，没有哪一代人有权降低它的标准来使用它，如果继续纠缠在国家主义、种族独立、宗教分歧上，人类面临的大问题就没有时间进入真正的诗性思考。前面提到的“文化大革命”，在那样的日子里，诗性思考是绝对被消灭的。所以首先要避免妨碍思考的各种设置，给诗性思考一个积极向上的面对人类城市的思考平台，我在思考上海或北京或纽约时，也思考那个迟早会出现的人类共性的城市。

当我们在某间房间里讨论这个城市有多少条地铁线、多少娱乐设施、多少便利的手机 App 可以下载时，这种自豪对人之精神的诗性尊严和自由意识有多少支撑呢？我认为城市是人与人更密集的存在方式，有更多的互相接触和冲撞，所以首先是平等意识所引导的和谐存在，这里包括爱护公共财物等标准的城市生活行为，而这些行为的流行与遵守的基础就是政府的管理体制，没有廉洁高效的体制就很难使其维持并发展。所以让我们想想管理机构的问题吧，这也是为了能让我们的诗性思考真的可以有审美上的落实，不然审美是力不从心的。还是那句老话，除了老弱病残需要更多的关怀之外，不要人为地制造其他的等级差异，不然诗人们将会一直忙于成为社会良心这个简单的基础角色，它就会不断重复在“敢不敢说话”的初始性问题上！

我再说一个正在如火如荼地发生并影响世界各地城市人生活的问题吧，那就是因国际贸易保护主义抬头而引起的剧烈冲突。人们局限在知识产权的问题上并打得热火朝天，当然无暇用更长远的目光来诗性地思考人类地球共同体的未来。我们在短浅的目光里继续享受着先到先得的“抢位子”的游戏。科学技术的发明解决了人们吃穿住行的问题，而和谐世界的秩序呢？科技为什么对此无能为力，用导弹制造出来的自我安全感意味的是什么呢？是文明在前进吗？其实仅仅是技术在前进而已。我很难为某几个城市超前的高科技设施而兴奋。诗性是理想和反省的，从文明的角度讲，人类整体的诗歌精神是一致的，所以筹办诗歌讨论会的初衷是讨论写作如何参与建设文明社会。我这里插一句：这些年来很多中国人移民到海外寻找发展机会，所以对多种族的城市社会生活和文化异同有了更多亲历的感受，这在题材上虽然有别于国内的写作，但能回过头来或拉开距离地对故乡事物进行多角度审视，并创作出拓展胸怀的作品。这并非站着说话不嫌腰疼，因为诗性是没有国籍的，是人的诗性，不是某村、某城、某国的封闭式的诗性。而身边的现实地理环境确实很容易让人甚至让诗人忽略对更大环境的诗性审视，我觉得有必要警惕这种保守主义的常态。

城市有利于资源集中使用的同时，更利于发挥的是人的资源。当文化人士们集中到一个城市里，就会有更多的脑力碰撞，在巴黎、伦敦、北京、上海、纽约等大城市的文化人士们，有史以来创作了很多文艺作品并带领文明疆土的拓展。我于1987年5月在纽约创刊的《一行》诗歌艺术杂志，就是先有我国台湾、香港、大陆（内地）以及其他国家华侨的大量涌入，有了这群数量可观的文化人士之后，顺理成章地有了发行一本杂志的基础，当然还有个自由的市场机制允许你这么做，允许你成立出版社或杂志社并且可以销售。纽约这样多种族和多元化的城市具有各种创新的刺激，它犹如一个旋涡，带领具有诗性思考的各族人敢于想象、敢于展望、敢于突破和敢于失败。说到这里，也有局限，这个局限就是汉语创作必须翻译成英文才能进入当地读者群里。但我们不应该总是强调差异的文化观念和语言的不同，因为共同的诗性在捍卫人在生存的尊严上没有差异。

2018年，在美国纽约皇后区创立的法拉盛诗歌节就证明了这一点。每年的4月是美国诗歌学会从1996年开始设立的国家诗歌月，在这个月，美国各地都会有各类的诗歌活动。从2020年开始的法拉盛诗歌节，就是众多华人进入美国之后共同参与文明社会建设的一次水到渠成的行动。首届法拉盛诗歌节是以北美地区为征稿范围，结果征稿过程很顺利，在短短一个月里，就收到了美国和加拿大近200位华语诗人的作品近500首。诗歌节的邮箱接收人按照程序先把作者名字换成编号，然后交给几位编委初审、二审到终审，最后选出获奖的12首。在二审开始前，编委还搜索了进入二审后的作品是否在网上和纸媒上发表过，因为我们不接受发表过的作品，同时还检查审视一下是否有作品涉及抄袭。

这是在海外设立的第一个延续性的汉语诗歌的诗歌节，每年4月举办，我作为诗歌节的主任委员，见证了从商讨到实现的过程，它只有短短的两个多月的时间，但它证明了华人的诗性人气在这片北美地区形成了，如此顺利地发生令我很感慨。所以城市的文化凝聚力见证了很多之前不能想象的事物发生。我们把纽约发展最快的华人聚集点皇后区的法拉盛地区直接作为诗歌节的名字，既接地气又表明我们脱离那种署名“世界”“国际”的虚荣和夸张。为什么刚办完了首届就能说它是延续性的呢？因为我们申请了非营利组织，并在一个月内就获得了联邦的非营利组织的免税号码，用这个号码就可以让各种商业公司赞助，而参加赞助的公司可以获得部分额度的免税，并且给公司带来赞助文化事业的美誉。我们还获得了一些国会议员和州议员以及区议员的祝贺信，他们亲自或派代表来参加了汉语诗歌节的开幕式。他们认为作为移民国家的美国就是要用多民族和谐共存的眼光来扶持多元文化在当地的发展，这就是一种诗性的思考！很多美国人对待移民的态度与美国总统特朗普是有很多分歧的。这次诗歌节得奖的12首诗涉及枪支和种族问题，涉及个人修养和移民困惑等。我还想说的是，城市的文化发展必须要有非营利的赞助机制，这样文化精神性的活动就不会因为不能产生直接的物质盈利而被弱化。我知道上海市早就有文化赞助基金，但是对民间的当代原创及先锋探索的赞助力度还没有完全体现出来。

随着临港第二次诗歌研讨会的进行，我反省过自己：我对诗性的坚持是否有点像对传统文化的怀旧？如果是这样，就欠缺了参与当代文明的发展意识。当然，中国传统文化中的个人修养是必须传承的传统优势，“修养”这个词真好，因为能遵守法律，还不能说是一个自觉的文明人，可能是个害怕被法律惩罚的人。而“修养”就是要在遵守法律的基础上更高地培养自我的文明行为，让我们共同努力吧，诗性就在我们身上而并非远方。

## 三、当代性时常需要沉淀一下再说

当代性有两个层面，诗人价值观的当代性和作品的当代性。两者涉及作者的视野大小问题，是关注狭隘的个人或小群体还是关注整个社会。我觉得21世纪以来，汉语诗的多元化，使作品里的视野不缺少广度，问题是其他国家的信息如果只是听说或者通过媒体获得的，在准确度上绝对会影响作品的说服力。我对当代性的复杂基因抱有警惕，因为当代性不能回避的就是你是在什么样的体制里形成的，有些国家有过体制变化，令作者的经历产生了极大的起伏，这种当代性与一直从单一体制里获得的就有很大的差别。当然，作为个人，只能尽可能在信息准确度上进行旅游式的考证，并且对信息进行一定时间的沉淀后，以期获得接近全面思考的真实数据。每个国家的当代性有不同文化产生的针对自己处境的荷尔蒙。

关于真实数据，我不是仅仅讲表面的各种媒体上的各国社会数据。我先讲一个最近发生的事情，我的一个搞写作的朋友是2020年1月中旬从上海到纽约访问旅游的，准备3月下旬回上海，可因为纽约的疫情，很多航空公司停飞了正常航班,他的航班也被取消了,这一拖就是几个月,他本来是租住在纽约曼哈顿区的民宿,但因为纽约市的感染概率很高,就联系了前些年移民美国的朋友,这个朋友住在纽约上州的极其安静人口稀少的小镇里,于是他就搬到那里“避难”,在那里每天面对大自然的树林和草地,天空和鸟叫声,还有兔子和鹿群,几乎见不到人,他一住就是两个多月,结果这种沉淀使他内心发生了变化,疫情让他从大都市的噪声中沉淀下来,转而开始审视自己的内心。他发现在被现代都市社会的浮躁和繁荣裹挟的这些年,自己很少有机会参照大自然的天色转换、云层变化、风声及鸟鸣来审视内心深处;他还发现描写都市繁荣的表面结构组成了他近些年来的作品,深处的体会没有被激发。这就是我们尤其是都市诗人面临的写作状态,久而久之,成为习惯。所以我要说,我们的都市生活有很多浮躁的当代性,这些当代性表现在作品中,加上互联网和自媒体,它的发表过程也很浮躁,其中缺少沉入内心的数据,也就是缺少反省以及和大自然互动的程序。习惯了浮躁日常和繁忙社会应酬并不加反省,又如何能呈现有深度的当代性呢?

另外,我认为诗人和文学艺术创作者的个人文明有着永恒的当代性标准:

第一,人类需要一个互相比好而不是比坏的生存环境。

第二,所有文学艺术的最终目的是能把行为底线往上提升一点,所以文学艺术的创作只是它的过程。不管它存不存在,都是为了达到这个行为的当代性而努力的。这个当代性是需要每一代人持续推动的,历史很多次证明了,文明很容易在各种利益的争夺中倒退甚至毁灭。

再说说当代的作品。首先,我对属于什么流派不太重视,一般来讲,以我能获得阅读快感来定,我不会先选择什么先锋的流派后再去阅读,我感谢每一篇给我阅读快感的具体的作品,并没想到去感谢这篇作品所属的流派。尤其很多流派是被一群人或评论家贴标签的,常常是推销式的自恋型的广告语。说到这里,我认为口语诗不是流派,是当代的表达方式,是日常用语被诗性积极地参与了,它突破了学校教育的僵化的文学规范,它的当代性就是扩大了易于共鸣的范围,或者说智性地把日常的很多说法点击出诗意的穴位,这并非容易的事情,况且还要延伸地点击出哲理、美学等的深层感悟。所以,口语诗的淘汰率也会很高。它需要诗人更多的钻研和更贴紧社会现实表达方式的体验。

相对古典一些的现代诗,比如翻译体及技术类的表达模式,虽然有一定的传统阅读的习惯保险,但在创新上我觉得反而难以成就,总体来说,它不太依赖紧锣密鼓的当代脉搏，它依赖的是“审美是有心跳的”的文学概念，对我来说，它的陈旧在当代性上就显得抽象，或者当代性变成了背景而很模糊。至于其中有没有创新的好作品，当然也会有，但要阅读更多的才能发现一二，因为它们不够自由，有许多虚荣和所谓学术的绳索。这么说吧，古典的性表达和当代的性表达，我喜欢后者，前者经常遮遮掩掩到后来连性都忘了或没有表达出来。

从精神角度讲，我相信这类研讨会的目的就是反省时代的过去时和如何坚守个人对诗歌精神的信仰。所以特别感谢瑞箫、弘十四、张晓燕为中国诗歌当代现象即时性的梳理所做出的努力。因为在浮躁以及不少创作者膨胀自恋的文化环境里，警钟式的告诫和理性的分析是绝对必要的。我以为在任何大潮中，生命价值观的选择，始终是个人面对生存时的自我文明程度的界定。

研讨会参与者们的专业方面和愿望必然是有差异的，如何包容以及包容到何种程度也是值得探讨的，因为某些文明底线是坚决不能往下挪动的。这本合集是所有参与者有启发性的发言以及互相脑力碰撞后的收获。让我们为诗歌精神传承的纯粹性干杯！

严　力

2020 年 7 月于纽约

［作者系旅美诗人、当代艺术家，《一行》诗刊（2000 年停刊）主编，纽约“法拉盛诗歌节”主任委员，纽约“海外华文作家笔会”会长。］

# 目　　录

## 第三辑 中国诗歌的现代化之路



## 第四辑 当代诗歌中的“当代性”

# 第一辑　纪念新诗百年

# 新世纪诗歌：活力大于危机

王士强

近年来，关于新世纪诗歌的评价呈两极分化的态势，它恰如狄更斯所说既处于"最好的时代"也处于"最坏的时代"：有的人认为当今的诗歌处于最好的时期，是新诗最为繁荣、成就最高的阶段；也有人认为当今的诗歌失去读者、自说自话、一塌糊涂，甚至已无存在的必要。这两种观点均具代表性，各有其理由与依据，但同时也都有其片面之处和盲区。在我看来，新世纪诗歌没有一些人说的那么好，但也没有另一些人说的那么差，而更多的是活力、契机与问题、危机并存的。在这之中，有理由认为，新世纪诗歌正处于一个走向自由、多元、繁荣的上升阶段之中，其基本面是向好的，其活力大于其危机。

## 一、勃发的活力与创造性

从诗歌史的角度来看，新世纪诗歌进入了一个新的阶段，诗歌的生态系统已然进行了整体性的重组、重构，虽然称不上"日日新"，但的确出现了诸多新的特质，显示出前所未有的活力与创造性。下面对其活力与创造性之具体表现约略述之。

——**网络快速发展所催生的自由、开放态势**。对于新世纪诗歌而言，网络的出现和快速发展称得上一个"大事件"。网络诗歌于 20 世纪末在中国出现，但其真正进入"寻常百姓家"并发挥重要的影响无疑是在新世纪以来的这段时期。就时间节点而言，1999 年底有界限、灵石岛诗歌网上线，2000 年则有数家此后影响很大的诗歌网站如诗生活、诗江湖、扬子鳄等面世，2001 年有橡皮先锋文学网、诗歌报网站等出现。这一时段诗歌网站如雨后春笋般出现，短短几年已蔚为大观，呈星火燎原之势，到2005年左右，据评论家李霞的统计，“迄今共产生的汉语诗歌网站约有1 000多个”，数量已相当可观，网站上发表的诗歌作品更是数不胜数。网络是一种革命性的力量，它的出现使诗歌的写作、传播、发表、评价等均发生了极大的变化，对旧有的诗歌秩序形成了剧烈冲击，使得诗歌界的整体生态链条被重新审视、组合、再造。作为“现代科技”与“民间力量”相结合的新生事物，网络诗歌迅速“崛起”（与新时期之初“朦胧诗”的“崛起”不无类似之处），经过短短几年的发展，网络便已成为新世纪诗歌的“主战场”，它有着更高的自由度，凝聚和吸引了更多智慧的头脑，体现着强劲的创造性，使得诗歌的生产力得到了相当程度的解放，开辟了一片新天地。网络诗歌的主要形式在迄今的短短十几年中也有数度变化，其最初的形式主要是论坛，而后博客兴起，近年则是微博、微信等。随着信息技术、移动互联网的发展，上网设备也从台式电脑而笔记本电脑而平板电脑、智能手机等，总体而言是往便携、随时随地、即时交流的方向发展，网络确已成为诗歌交流最为重要的平台。与此前媒体的高准入相比，现在的确人人均可成为媒体，形成了充满活力、“八仙过海，各显其能”的局面，自媒体时代的诗歌在这一时期是更自由、更有活力了，虽然它也连带、附生出了一些堪称严重的问题，但其首要的意义无疑是积极和正面的。

**——多元化、多向度的诗歌格局**。与网络所带来的自由、开放有关，新世纪诗歌初步实现或者说初步接近了“多元”。联系新时期的诗歌发展来看，20世纪80年代的诗歌很大程度上是群体性、宣告式、概念化的，更多是在时代共名、时代主题支配之下的写作，是有着内在统一性的“意识形态写作”，而20世纪90年代则可以说是由“一”分化为“二”，即“知识分子写作”与“民间写作”的两大阵营，它表征了当代诗歌在神圣化/日常化、形而上/形而下、超验/经验、精英/世俗等方面所产生的裂隙与分歧，这在世纪之交的“盘峰诗会”中得到了集中的呈现和爆发。但“盘峰论争”同时又像是一次炸裂，预示了两大板块对垒的终结和更为混乱、破碎，同时也更具活力与可能性的诗歌格局的到来。在此之后的21世纪是一个众声喧哗、去中心、多中心（因而也无中心，如学者陈思和所说的“无名”）的“多”的时代。由“一”而“二”而“多”，其发展演变与《道德经》之谓“一生二，二生三，三生万物”的过程是相一致的，这应该说也是时代发展进步的一种体现。新世纪诗歌呈现出一种离心、弥散的态势，其体量增加，边界得到了拓展，内部充满了差异性与复杂性，价值观念、审美取向、艺术技法等方面的探索在不同的向度上得到了展开。如此状况恰如春天返青后的麦子，在快速地分蘖、拔节、抽穗，呈现出欣欣向荣、充满希望的景象。

——**本土性、现实性、“中国性”增强**。自进入新时期以来，中国新诗一直有一个“世界”“西方”的背景，“与世界接轨”是其隐在而挥之不去的最为严重的焦虑之一。从20世纪80年代的“朦胧诗”“第三代诗”到90年代的“个人化写作”，这一焦虑大致说来都是存在的，只是在不同个体那里程度有所区别而已。这种“接轨”当然并不是没有积极意义的，它打开了自我，重新吸收、借鉴人类文明的成果，极大改变了新诗的质地、内涵和面貌，使其重新回归艺术发展之正途。但同时也应该看到，它也存在着堪称严重的问题，其所理解和借鉴的东西很难保证不是表面、皮相、一知半解的，也很难保证其移植到中国来而仍然能有生命力和有效性，在当时的语境中，西方文化数百年的发展成果被一股脑、共时性地“拿”了过来。这种“拿来主义”短时间内能够形成“头脑风暴”，对既存的现实秩序形成冲击，但它们终究不是原生、本体的，还需要进一步的消化、吸收、扬弃。在这一过程中，很容易而且的确出现了许多问题，比如思想、观念的虚浮与混乱，拷贝西方诗歌语言与表述方式的翻译体现象，过度的炫技、语言游戏等，这些问题的存在显示了写作者主体性、独立性的不足。而随着时间的推移和自身主体性的成长，诗歌写作者能够更多地立足于“此时此地”，能够面对我们时代的生活而做出主体性更强的表达，诗歌更多的是从我们脚下的土地生长出来的植物，而不再是舶来的、移植过来的盆景。新世纪以来，诗歌的本土性、“中国性”特征明显增强，诗歌向中国的社会现实和生存现场进一步敞开，它更接地气，更具及物性和有效性。诗人、评论家李少君在新世纪之初曾提出诗歌“草根性”的概念，应该说是及时、准确而富有阐释力的，许多的问题可以由此生发、展开。近年来引起持续关注的“底层写作”“打工诗歌”“工人诗歌”等是这一时期诗歌本土性、现实性向度的一个表征，其所引起的关于诗歌写作伦理的讨论加深了人们对诗歌与现实等关系的理解。当然，这里面“中国性”因素的增强并不代表“世界性”因素的减少，它们之间的关系是更为复杂、互相交糅的，而且“越是中国的，越是世界的”，只有真正表达好了“中国”，才可能抵达“世界”并与之对话，而不是相反。

——**现代性价值观念的再度推进**。对当代诗歌而言，现代性价值观念的推进在20世纪80年代是一次高峰，启蒙主义是这一时期诗歌发展的主调，理性、主体性、个体价值、独立性、自由与民主、公平与正义等价值理念成为一时之“热词”与关键词。即使是后现代主义的文化思潮，在当时的语境中也是具有启蒙主义性质的，是一种思想、观念的借鉴与操演，对于后发现代性国家而言这是不可避免的。而在其后的20世纪90年代，诗歌主要的是“向内”用力，更为注重自身建设，强调艺术自身的规范与纯度，其于价值观念层面的关切总体而言不甚显明，现代性观念的演进事实上有一个放缓和停滞的过程。在新世纪诗歌中，现代性价值理念再度受到了重视，诗歌的现代性程度再度显著提升，写作主体具有更为显明的公民意识，许多的诗歌作品包含了对于社会的关切和对于人的关怀，有着明显的权利意识、责任意识、参与意识、自由意识等，体现着鲜明的现代性价值观念。究其原因，这与网络平台所带来的信息传递方式、参与可能和互动方式等有关系，也与转型期中国的矛盾多发、问题重重，公众文明素质和社会文明程度的提高等均有关联。对仍然处于现代化进程之中的中国来说，这无疑是正面、积极、意义重大的，这一态势在未来也必将获得更进一步的发展和推进。

——**诗歌技艺、风格层面的融汇与发散**。在诗歌的技艺、审美取向、艺术风格层面，新世纪诗歌可以说是兼收并蓄、无所不包，古、今、中、外汇聚一堂，确乎达到了“百花齐放，百家争鸣”：这其中有比如“新古典主义”的向传统的趋近，也有比较普遍的对于西方现代主义、后现代主义的学习、借鉴；有注重导向性、侧重宏大叙事的主旋律诗歌，也有强调批判、介入现实的“新批判现实主义诗歌”“新现实主义诗歌”；有从女性、女性主义视角出发的“女子诗报群”，也有立足偏远地域、书写少数族裔的“地域诗歌写作群体”，复有张扬现代城市文化特征的“新城市”“城市诗人”写作群体；有对于精神性的强调（如“神性写作”“灵性诗歌”），也有对于肉身、身体的张扬（如“下半身诗歌”），以及倾向解构与“向下”“崇低”的写作（如“低诗歌”“垃圾运动”）；有强调抒情性、心灵性的“感动写作”，也有强调中止、分裂、沉默的“零度写作”，还有强调荒诞、无意义、后现代的“荒诞派诗歌”；有“向死而生”的“新死亡诗派”，也有直面命运深渊的“存在”，如此等等。从上述列举的这些仅是冰山一角的诗歌写作群体可以看出，新世纪诗歌的确是足够丰富、多样的，在向不同的方向展开自己。有必要指出的一点是，如果说在新时期的初期对外来资源的学习、借鉴有不少是表面化的，难免邯郸学步、东施效颦，那么在新世纪则很大程度上已经解决了这样的问题，而更多的是从写作者自身独立的立场、判断、追求出发的，是更为成熟或者接近成熟的。从诗歌先锋性的角度来讲，新世纪以来，集体性、大规模的先锋诗歌运动已经不复存在，但是诗歌的先锋性仍然存在，且更为内在、多元、发散，用诗人朵渔的话说便是“不团结就是力量”，这种“不团结”孕育了诗歌真正的活力与创造性。

——**新诗人与优秀作品大量涌现**。如果仅仅从数量的角度来看，新世纪诗歌毫无疑问是繁荣的，诗歌的“产量”较之此前有井喷式的增长，而且每年均保持在相当可观的高位；就作者的数量来说，不但此前的老作者仍然在进行着自己的创作与探索，而且源源不断地有新生力量加入其中。从代际的角度来看，新世纪以来一些“50后”“40后”以及年龄更大的诗人仍时有佳作问世，“60后”群体年富力强，创造力旺盛，堪称中流砥柱，“70后”诗人群体则在新世纪之初进入诗歌现场，成长迅速，其中的优异者已显出大气、厚重的气象，整体的阵容愈益庞大而整齐，“80后”“90后”诗人也早已跑步进场，起点高、有才华、有个性，每每带给人阅读的惊喜，其未来无疑也是值得期待的。年轻人并未离诗而去，这应该是最令人欣喜的，因为他们代表了诗歌的希望与未来。从新世纪至今的十数年的时间内，许多的诗人成长为优秀、成熟、重要的诗人，其数量较之新诗历史更早的任何一个时期应该都是更多而不是更少的。即使是与人才辈出、诗人扮演了文化英雄角色而一呼百应的20世纪80年代相比也是如此，只是80年代由于特定的历史境遇，诗人的经典化过程非常快，其经典化程度已很高，而当今时代的诗人其经典化则需要更为多重因素的合力以及常态时间的渐次检阅，一切尚不确定。但有一点可以肯定，近年来出现的年轻诗人较之20世纪80年代的年轻诗人思想要更成熟，起点更高，其作品的完成度也是更高的。这些诗人普遍经历了较好的教育，整体的文化水平更高，又遭逢了一个更为开放、多元、宽容的社会，他们普遍更具个性，更具现代观念，这些新诗人、年轻诗人的未来无疑是值得期待的。从作品的角度来看，新世纪诗歌也收获了诸多沉甸甸的果实，达到“基准线”的作品无疑是更多的，其中重要的、卓越的作品也数量可观。可以肯定地说，新世纪诗歌的整体创作水准比之20世纪八九十年代是有显著提高的，这一时期的许多诗人和诗作在未来的诗歌史、文学史上刻下印痕，并成为众人瞩目的经典诗人、经典作品均是可以期待的。

## 二、存在的问题与危机

新世纪诗歌在充满生机与活力的同时，也面临着重重的危机与陷阱，如果不引起足够的重视，将可能产生严重的后果。下面同样约略述之。需要说明的一点，这里所谈论的问题并非全称判断，并非“天下乌鸦一般黑”，它们主要存在于某些诗人、部分诗歌，只是因这些问题具有一定的典型性，故专门列出加以讨论。

——**过度自恋、自我炒作、缺乏自律**。在大多数社会公众的心目中，“诗人”是一个封闭性、特异的群体，他们大都特立独行，不与常人为伍，不受世俗规则约束。这一方面是来自大众的误读，另一方面却似乎也是诗人们所乐见、所追求的，也就是说，“诗人”的这种公众形象正是某些诗人自身所建构、营造的。现实中的许多诗人不见得能写出多少有说服力的作品，但却举止乖张、轻佻、放浪，口出狂言，污言秽语，不尊重他人，不讲社会公德，奇装异服、奇形怪状……认为这样才具有“诗人范”，才是诗人所为。究其本质这不过是把恶俗当个性，把无聊当有趣，暴露的是内心的浅薄与庸俗。实际上，正如诗人西川所说，“太像诗人的诗人不是好诗人”，诗人最重要的应该是写出好的诗歌作品，是诗意地去生活，而不是上述皮相的特征。在当今这个喧哗的“注意力经济”的时代，一些诗人也同样耐不住寂寞了，挖空心思进行自我炒作，以“诗人”身份作为幌子沽名钓誉，他们每每突破底线，以不是诗的“诗”、奇谈怪论、耸人听闻的诗歌事件、对于诗的嘲讽与亵渎招徕公众的目光，从而造成真正的、有定力的诗人默默无闻，一些差诗人、假诗人却暴得大名的怪现象，如洛夫诗句所说“水在后退/泡沫在前进”。不过也应该看到，这种自我炒作短期内虽然的确可能获得一定的关注和声名，但其“名利双收”的企图却注定不会成功，因为其所获得的“名”更多的是污名、骂名，其所获得的“利”也只是当前的一点蝇头小利，从长远来看这种影响是负面的，其损失恐怕更大。如上的种种做派与炒作败坏了当代诗人与诗歌的形象，加深了公众对于诗歌的隔阂，在这里面诗人自身是有着不可推卸的责任的，是内心不自重、不自律、不自信的表现。诗人首先应该尊重自己、敬畏诗歌，不以诗歌作为手段、工具，而应将其作为严肃、至高的追求，这样的诗人群体才是值得尊重的，才可能获得社会公众的尊重与认可。

——**圈子林立、党同伐异、内耗严重**。诗歌界另外一个现象是“圈子化”明显，绝大多数的诗人都有其特定的圈子，圈子之多、之复杂，相互之间隔离、对立的程度之深，在所有文体的写作中大概都无出其右。圈子化本身并无问题，出于地域、受众、写作取向等方面的原因，诗歌同好之间聚到一起，切磋交流、互相取暖，这是正常且值得赞赏并有积极意义的，但物极则必反，而今诗歌界的圈子化已发展到了党同伐异、挑边站队，彼此视为敌人，老死不相往来甚至人身攻击、拳脚相加的程度，这是存在问题的，不利于正常、健康的诗歌(批评)生态的构建，也影响、败坏了诗人的公共形象，加深了诗歌与公众之间的疏离与隔绝。由于诗歌界的圈子多数并不大，具有一定的封闭性和排他性，其核心人物往往也是为数极少的一两个人，诸多因素联合作用的结果是，现实之中某些核心人物在其圈子中逐渐成为宗教意义的“教主”或者江湖意义的“老大”，目空一切，睥睨天下，“老子天下第一”，顺之者昌逆之者亡，形成一种自傲与自卑、张扬与虚弱交织混杂的心态。同时，这种等级化、单极化的人际关系与结构很容易产生矛盾并导致分崩离析，有人会退出并另起炉灶、另立山头，但其后果往往不过是“彼可取而代之”，他自己成了他此前所反对的人物，如此循环往复。这种心态与机制同样是远离现代文明体系的，无论是对诗人还是对诗歌发展来说都是有害的。在当今的社会和文化语境中，诗歌本已非常边缘，诗歌界内部的圈子林立、互相隔绝、矛盾重重无疑也是这种边缘化的原因之一，而不是如通常所认为的是其结果。在现代社会中，存在不同的诗歌写作取向非常正常，这也是一直以来诗歌所追求的目标之一，诗人之间并不是对立的而应该是合作、互补的，应该“一致对外”而不是各自为战，更不应该互相攻击、互相消耗。这里面诗歌观念、风格、追求之间的论争当然可以有，而且不无裨益，但不应该意气用事、人身攻击，应该对“诗”而不是对“人”。借用经济学的表述，诗人们应该思考的是如何写出好诗，提升自己的境界，经营好自己的写作，并共同把中国诗歌的“蛋糕”做大，提高其整体水平和影响力，而不是盯着眼前，计较于所谓诗坛“利益”的分配。

**——门槛降低、低水平重复、辨识度不高**。网络释放了诗歌的生产力，但同时也极大降低了诗歌的门槛，甚至已无限趋近于“零门槛”。门槛的降低有其好处，但同时也使得鱼龙混杂、良莠不分，导致了滥竽充数、浑水摸鱼等现象的出现。门槛降低带来的另一个问题便是诗歌标准的缺失与混乱，关于诗歌的“共识”已然失去，诗之为诗的一些基本要素也遭到解构、质疑，旧的秩序打乱了，但却并没有建立起新的秩序。这实际上同时也失去了自我反思、自我提高的机会，使得许多人故步自封、原地踏步。客观地说，当今诗歌中的相当部分是处于一种低水平重复的状态，许多的诗人并没有进入严格意义上的诗歌门槛，即使进入诗歌门槛的许多诗人也还是在较低的层次上重复、模仿着别人或者是自我重复，缺乏真正的突破与提升，没有个人的创造性。从事诗歌写作的人虽然为数甚巨，但整体水平不高，真正形成了个体的清晰面目，有个人化的风格追求的，为数并不太多。更多的诗人是在从事模仿性、跟风式的写作，辨识度不高，千人一面，人云亦云，这样的写作是没有难度的，也是缺乏创造性和价值意义的。

——**浮躁、孱弱、被同化与被征用**。在当今这样一个消费至上、"娱乐至死"的语境中，社会文化的浮躁、表浅、快餐化、娱乐化无可避免，诗歌本应作为一种反制性的力量，作为一种纠偏和反向运动而存在。但在现实中，诗歌却在相当程度上也沾染了"时代病"，很多时候它不但没有作为异质性的力量而做出文化上的警醒、映照、改变，反而是被同化，成了现实秩序、消费逻辑的一部分。这便涉及诗歌写作者的精神根柢与思想能力的问题。许多的写作者在精神、思想上是漂泊、无根、孱弱的，没有强大的内心和强大的自己，没有真正的独立性与主体性，只能向占据支配地位的文化因素"献媚""投诚"，只能是被外界所同化而很难对之做出改变，这符合"现实"的法则但却背离了诗歌本身的职责与本分。另外一个值得注意的现象是诗歌被征用的危险。而今的诗歌活动非常之多，各种诗会、诗歌奖、诗歌节等层出不穷，令人眼花缭乱，不少诗歌奖项的奖金、投入也令人咋舌。对诗歌的关注当然是好事，但不少活动却也令人生疑，"醉翁之意不在酒"，以"诗歌"冠名的如许活动却可能只是利用、征用、消费诗歌，只是一场"秀"，其背后的动因是个别人的"名"与"利"之企图。它们或者是某些有钱人附庸风雅，冀望改变和提升自己的"文化形象"；或者是某些政府部门摆一摆重视文化的姿态，增加一些政绩；或者是某些人为了制造媒体效应而一时的心血来潮，许多人居高临下地摆布、戏弄诗歌，内心并无对诗歌的尊重与敬意，如此等等。权力与资本对于诗歌的介入是值得警惕的，其背后勾连着复杂的权力与利益关系，可能对真正的诗歌和诗歌精神造成伤害。如何保持诗歌的独立性，如何避免被声色犬马、庞然大物所诱惑、所征用，如何在这个时代发出自己理性、清醒、正直、真切的声音，对于每一位诗人来说可能都是需要认真面对的问题。

## 三、"前途"与"道路"，谨慎的乐观

如果对新世纪诗歌做一个总体性的观察，应该说其活力与创造性是大于其危机与问题的，否则许多的现象便难以得到合乎逻辑的解释。比如说，如果认为新世纪以来的诗歌处于衰退、没落之中，便无法解释其总量的几何倍数增长、新诗人的不断加入以及显而易见的在思想观念、艺术风格方面的更为多元与丰

富的特点。从一个更长的历史时段来看，如果说中国的古典诗歌经数千年的发展在诸多方面已经穷尽了可能性，其生命力与活力已经得到了充分的释放而确显老迈的话，那么仅仅面世百年的新诗无论如何都不可能已完成它的历史使命和生命周期。如果说看起来中国新诗蹒跚学步、咿呀学语、建立自我意识的阶段已经过去的话，而今它最多也只是处于一个快速变化、成长中的少年、青年阶段，离真正的成熟、衰老、终结都还遥遥。也许当今的诗歌的确并不"成熟"、问题很多、层次不高，但是，它是走在探索、前进的道路上的，是有活力、生机勃勃、充满可能的，这应该成为关于我们时代诗歌的一个基本判断。

在当前诗歌已经比较小众，与社会公众有了相当程度的疏离与隔阂的情况下，关于新世纪诗歌的前景，固然不应盲目乐观，但也不必过分悲观，诗歌历来是一个民族文化中最璀璨、最精粹的部分，而今也并不例外，应该说新世纪诗歌仍然葆有着强悍的生命力与创造性，凝聚着我们时代的诗意、光荣与梦想，它是对得起自己所生存的时代，同时也值得人们更多期待的。总体而言，对于诗歌未来的发展还是应该持一种乐观的态度，当然，是谨慎的乐观，我们也可以借用一个句式来说：前途是光明的，虽然道路是曲折的；或者也可以反过来说，道路是曲折的，但是前途是光明的！

（作者王士强，山东籍，"70后"，文学博士，主要从事中国当代诗歌研究与评论。天津社会科学院文学研究所副研究员，北京师范大学国际写作中心博士后。曾获"中国当代诗歌奖"批评奖、"澄迈·诗探索奖"理论批评奖。）

# 新诗的注释和尺度

王晓渔

我们讲到新诗，很少会谈到注释的问题。这背后有一个问题，新诗的经典化的问题。新诗已经诞生一百年，但与小说相比，新诗的经典化到目前还是一个很大的问题。谈起小说的话，我们会想到鲁迅、老舍、沈从文，几乎没有争议，但谈到新诗，我们会发现不同的读者群体里面关于新诗经典的尺度，很有可能完全是两样的。比如说徐志摩、郭沫若，是非常重要的诗人，但他们的作品应该被放到何种位置，仍然有很大争议。所以这就涉及新诗经典如何确立谱系的问题。

一首诗从发表到被视为经典，中间有哪些环节？一部作品出来需要有评论，被选入一些选本，接下来进入诗歌史和文学史的书写，再接下来进入辞典。这里面遇到一个很大的问题，到现在为止，辞典是以鉴赏为主，更多的是研究者对它的感受，或者以阐释为主。

关于新诗的评判，有没有具有一定普遍性的尺度呢？还是仁者见仁、智者见智呢？围绕这个问题，诗歌界包括诗歌研究界一直在争论，很难达成一个共识，你们觉得重要的，我们好像看不太懂。所以，我在想，关于新诗的评判，有没有一套尺度可以被比较广泛地接受。在这个意义上，我在考虑注释的问题。我经常看一些电视剧、电影，最初是不开弹幕的，后来却喜欢打开弹幕。电影出现某一个背景，立即有人说这个背景是什么东西，提供很多相关的知识；出现一个乐曲，马上有人说这是某某乐曲的第几段。因为有了弹幕，观众有了进入这些文本的途径和可能。新诗是不是也需要一些注释本呢？如果最初读卞之琳，可能会有些难度，当年他的诗发表之后，他的朋友们，包括朱自清等，在读卞之琳的诗时都读错过。卞之琳的注释字数有时超出了他的原作，为什么卞之琳本人也要做这些注释呢？

一些英语原版诗集，不仅是诗作的汇编，同时有详细的每一句的注释，比如某行诗的句式来自某本文学经典或者《圣经》的哪一句。通过这么一个途径，哪怕是一名专业研究人员，依然会觉得它提供了巨大的帮助。所以我就在想，在新诗经典化的过程中，到目前为止，好像新诗的注释本，尤其是关于单个诗人的注释本是非常缺少的。这两三年，一些作者会来做关于自己诗的注释，比如《水绘仙侣》，一首诗大概是一二十页，这位作者给自己做了一两百页的注释。我认为是要注释的，但对这种注释又有点保留意见。我在想一个问题，文学里面经常会说到过度阐释，但主要是说读者过度阐释，通常会认为作者对自己作品的解读不太可能存在过度阐释，但一名作者是不是也会对自己的作品进行过度阐释？如果我写到“镜子”，因为我自身有非常强大的阐释能力，把种种与“镜子”相关的典故都列在注释里面，很有可能作品无法承担自己对诗歌的阐释。这就存在作者对自己作品进行过度阐释的可能。今天谈论的注释问题，要在研究者和作者合作的前提下完成，这些注释更多应该是知识型的，而非阐释型的。知识型的注释主要标明诗句的不同版本、相关出处和典故，古典诗歌的校注本以及外国现代诗的注释体例可以作为参照。这种注释具有一定的中立性和普遍性，也可以帮助非专业读者获得进入新诗的途径。而阐释型的注释虽然并非全然不需要，却会包含太多注释者的偏好，这种阐释可以交给文本细读完成。

说到注释的问题，可能诗歌界会有人说这是学院派、知识分子派的做法，但哪怕不是学院派、知识分子派的诗作，仍然是需要注释的。比如说《有关大雁塔》，“有关大雁塔/我们又能知道什么/我们爬上去/看看四周的风景/然后再下来”，仅仅把它称作反文化、反英雄、反崇高，是不足够的。需要知道此前的《大雁塔》，知道诗歌书写的潜文本来自哪里，才能在诗歌史里对其有明晰的定位。

最后，中国新诗一百年，如果要完成新诗经典化的问题，让新诗与读者之间的鸿沟稍微缩减一些，中间一个非常关键的环节就是注释。如果中国现代以及当代诗人，有二十位到三十位的诗人，每位诗人都有详注本，再有几部经典选本的注释本，很有可能整个新诗的评价尺度会发生非常大的变化。当然这是非常困难的，要花三到五年或者更长时间，大概才能完成这个工作。

（作者王晓渔，文艺评论家，现供职于同济大学中文系。著有《知识分子的“内战”》等，译有《在缅甸寻找乔治·奥威尔》。）

# 从《2016年中国诗歌排行榜》谈新诗的走向

李天靖

## 一、当下的状况

2017年4月11日,《文汇报·笔会》发表了复旦大学的张新老师一篇名为《躺着中枪的新诗》的文章,看后十分感慨。百年新诗筚路蓝缕毅然前行,却"躺着中枪"。这篇文章的最后说"把它们的关系(古诗和新诗)看成一种'零和博弈'的关系,对诗歌的整体发展有害无益",换言之,张新老师期待百年的新诗应承接汉诗传统的血脉,而非对抗。文白两种不同的语言,如何承接,或曰如何继承?这是汉语之痛,是自新诗诞生起的一种历史的悖谬。

立足于当下、纵的传承、横的移植的三维坐标的这个交集的点上,我以百花洲文艺出版社出版的,邱华栋主编的《2016年中国诗歌排行榜》一些最新鲜的诗歌文本为例,来谈谈我的看法。

第一首是伊沙的口语诗《吉隆坡云顶赌城联想》。

面临地球水和空气的污染,40%的可耕地长期被破坏,每年1 300万公顷森林消失,3/4的渔场枯竭,物种死亡超过自然繁殖速度的1 000倍,温度上升使冰盖的厚度比40年前减少40%,2050年2亿人将沦为气候难民。

在这个令人惊骇的背景下,伊沙的一首口语诗《吉隆坡云顶赌城联想》,写了地球的毁灭。

伊沙说,他作为最后的撤离者,被告知先他而到达外星球的撤离者——他们正在一座超级大赌城里为"地球毁灭"下注,得知地球已毁灭的消息后,弹冠相庆,因为他们赌赢了。此诗对于地球人的鄙夷与批判,无疑是深刻的。诗中的反讽与戏剧性,是西方的技术。

第二首是臧棣的《体位性窒息死亡入门》，也是口语诗。

这首诗揭露了某些地区现存教育的罪恶。一个 10 岁的小男孩在学堂里偷吃零食遭遇的惩罚，"从上午开始，直到晚上 8 点，/他们一直把小男孩吊在仓库门梁上"。"第二天凌晨 4 点，他们又接着/将他吊挂起来，直到早上 7 点。"臧棣用中国诗歌传统中的"赋比兴"中的"赋"的写法，以冷峻的语言真实记录了令人发指的事件经过，鞭挞了中国某些地区教育的严酷现实。

最后三行"就只差一小时，……"的结尾，是现代主义的反讽。

第三首是于坚的《鳄梦》，同样是一首口语诗。

这首诗写一条鳄鱼来到梦中，如长尾的坦克开进来，诗人用写诗的手取下它的"履带"，并叫它学习"退却""吐掉你腹中的推土机"。诗人直击社会现实，捉住了拆迁者"藏着一堆撬棍"，是对强行动迁的暴力的批判；另一方面，鳄在诗人的梦中被驯服，"从残暴回到善良""从自大回到谦卑"，也道出了诗人的使命与良心。最后鳄梦到了黎明，诗人说出"我不知道如何将我塑造的这个生物放回现实"，表达了诗人对现实的一种绝望。

全诗魔幻的、荒诞主义的手法，以及通过隐喻写鳄梦一般的现实，也都是西方的技术。

这三首口语诗，可以看到诗"可以怨"——这个汉诗传统精神的传承，对于社会存在的问题的揭露与批判，正是诗歌的使命。同时也看到在技术层面上"横的移植"成为他们诗歌的肌质。

## 二、诗人的精神决定了诗的存在

《2016 年中国诗歌排行榜》中，王家新的一首《你在傍晚出来散步》，希望在日常平庸的生活中，"你抬起头来——"，发现"一颗冬夜的星，它愈亮/愈冷"，表达了人应该对星空与内心的道德律令的敬畏。

现代诗区别于传统诗歌的一个重要的特征，就是重视诗歌传达人生的经验更胜于人的情感。经验是经过过滤和升华的情感，现代诗表现的知性化是必然的趋势。严力的一首《保持硬度》，充满了智性：冰面的硬度隐喻了诗人即使在"睡姿缩成一团"时，也要"保持冰面的硬度"，即思想的硬度。

诗，从言有寺，它既标明言语方式的特殊性，又标明它是与现实生存对称或对峙的另一种高于我们生命存在的形式。朵渔的一首口语诗《在猎户星座下》，像一个语言的方阵朝你压来，通过叙述——你我之间的对话、我们或我的内心独白、玉龙雪山的“硕大”“无名”，如一颗宇宙的心、一个大神，“在群山之上，有一种更高的秩序……那是猎户星”，超越了星空道德律人的自身的存在。

“诗是一道被技艺护持的生命泉涌。”(陈超语)

中国当代诗人更多地转向口语或词语的写作，在技法上成熟了，作品中可以看到它的丰富性。《2016年中国诗歌排行榜》中，譬如刘川的《通往火葬场的路上》戏剧化处理的悲悯等。周瑟瑟《一个男人在马路边大声喊》的吊诡，即我就是我自己的另一个他者令人惊异的转换。李少君的短诗《雪夜》尖新的陌生化的比喻，以及虚而实之，使全诗呈现生死互衬且动静交织的意境。商震的《风雪中的兰》，于意象善变的横向展开，又朝着纵向深入直至一种极致，即万物为一体。洪烛小说体的《在科尔沁的可汗山，与成吉思汗对话》、徐江的《死人》语言的言说等诗歌的形式具有独创性。坚持具有难度写作的有谷禾的《许多的骨头》、余怒的《在什么边缘》、胡弦的《饮酒》、余笑忠的《木芙蓉》，以及路云的《紫藤》的非理性的言说，这些大多是词语的写作。

2016年第4期《上海诗人》诗刊，发表了郑愁予的组诗里的一首《雨丝》，它写于1950年。诗中“我们底车舆是无声的。//曾嬉戏于透明的大森林，/曾濯足于无水的小溪”，“车舆”“濯足”等是古汉语的书面语，自足的典雅与鲜活，于口语诗大行其道之时的回眸一见，尽显传统的汉语之美，此诗在口语的写作中，艺术地运用书面语，为如何传承汉诗语言与新诗的词语写作，提供了一个范式。

另外，诗人在创作中开始对进入语言内部进行努力的探索。已故的河南诗人马新朝在这方面的努力，引起了人们的关注。严力的诗集《体内的月亮》、姚风的“从一滴水中，打捞沉船与银币”，以及蓝蓝的《一穗谷》，如她所说诗人的“言说即对无限世界的敞开，容纳他的想象力所能达到的任何边界和精神的地平线”。《2016年中国诗歌排行榜》里，陈先发的《登岳阳楼后记》、李承恩的《瑜伽》等也做了这方面的尝试与探索。

什么是诗的创造？面对未来是一种未知的敞开，每一首都是给诗的命名与定义。诗人应保持一种艺术的自觉，未来的新诗朝向永远在未知的追求中。海德格尔说“诗即语言”，但忘了诗歌是一种“有意味的形式”。黑格尔说过“内容本身并非艺术的主导、独立因素，使寻常内容发射出夺目光彩的还有更重要的因素——‘诗的形式’”。这个形式应包含诗歌的音乐性、修辞、结构、风格等的元素，诗人须更为自觉地使之成为诗歌文本，或曰语言肉身的独特的形式，进行区别于他人的元文本的创造，且永远保持蓬勃的活力。

## 三、存在的问题

第一，在纵的继承中，“诗无邪”是必须坚持的。余秀华的《穿过大半个中国去睡你》，竟引起诗坛以及诗坛外很多人的追捧和兴奋，值得反思。

第二，诗歌的千人一面，有目共睹。譬如 2017 年 4 月 21 日一些诗人聚会时，复旦诗社前社长韩博说复旦大学出版社新出版的一本诗集里，诗人们写的诗，很少有个人的特色。

第三，对人性之恶的揭示、对社会不良现象的批判，显得软弱。

西方的譬如美国诗人默温的《凭着黑暗》，波兰女诗人辛博斯卡的《越南》《酷刑》等，批判性远胜中国新诗一筹。但白桦的长诗《从秋瑾到林昭》在中国是一个例外。他花了十年时间写成——十年磨成一剑，对千百年来国民奴性进行了极为深刻的解剖，他对人性自由追求的热切，同辈均难以望其项背。对这首诗更深入的研究与评论，远远不够。

何言宏老师说，新诗百年是对自由的追求。

但它是不自由的。“躺着中枪”的新诗，只有“中枪”的自由。那些因秉承汉诗的“可以怨”的现实主义风格而受难，又一往无前的诗人，有牛汉、穆旦、彭燕郊、公刘、邵燕祥、白桦等。在百年新诗的回眸之际，应向这些前辈致敬。

## 四、中国现代诗离诺奖有多远

2011 年 1 月 4 日在上海文艺出版社，在《北回归线》的首发式上，李笠的一拨北欧诗人朋友依次朗诵自己的作品后，我向诺奖前评委埃斯马克提出了“中国现代诗离诺奖有多远”的问题，他显然措手不及，他说：“这距离是一米，还是一里？”大家听了都笑了！我又说：“诗人韩作荣曾说过，中国现代诗人中不乏有世界的诗人。”埃斯马克说：“中国确实具有世界性的诗人，我和汉学家马悦然一直关注中国的现代诗，但具体细节有 50 年的保密期。”他的回答显然也让我们失望。我的这个敏感的问题，对于埃斯马克来说，确实是应该很好思考的问题。李笠后来来信说，埃斯马克在回到瑞典后，“他一再谈到我提出的问题”。

赵丽宏老师最近在北京两会上说了，“中国要有文化的自信”。要突破西方的话语权，中国的诗歌在自媒体时代，在未来要有所作为。

今天这个关于新诗百年的研讨，很有意义。

新诗的方向，仍然会坚持纵向的继承、横向的移植，坚持口语和词语的两种文本并行的写作，这是大势所趋。吴思敬老师说：“诗歌的现代性相当突出的问题在诗的语言方面。诗歌的形式的变革往往反映在诗歌语言的变化中。”“楚之骚、汉之赋、六代之骈体、唐之诗、宋之词、元之曲，皆所谓一代之文学，后世莫能继焉者也。”（王国维《宋元戏曲史》）

“凡一代有一代之文学。”立足当下，可知未来。百年新诗之后的百年，或更长的时间，又孰能知之？

（作者李天靖，诗人，中国作家协会会员、华东师范大学编审、中国诗歌网上海频道顾问、上海作家协会《上海诗人》首席编辑，第二届“美丽岛”中国桂冠诗歌奖评委、第五届中华世纪坛“诗意中国”中秋国际诗会作品评委。编著有《我与光一起生活——中外现代诗结构、意象》《中外现代诗修辞艺术》《渴望的杯子——中外现代诗品鉴》《有意味的形式——中外现代诗歌精选》等，以及《上海诗人六十家》《干涸的人字瀑——纪念诗人公刘》等。）

# “先锋”的实质及当代诗歌的创新空间

## ——中国百年新诗发展的来路与去路

许道军

现有的文学史已经梳理出中国百年新诗从早期白话诗到当代口语诗的格局与脉络，问题是，新诗发展的格局与脉络是一个确切存在、清晰明了的事实，是一个从已然，也就是今天的格局规划与需要出发，重新编排的具有戏剧性的“故事”，还是出于对未来的展望和对某种普遍性的认同与趋同而虚拟的一个召唤性结构呢？我们倾向于认为，中国百年新诗的发展虽然时断时续，错综复杂，但是在绝大多数时候是连贯的，有着自己内在的逻辑。这个逻辑十分强大，甚至在某些时候连政治因素也被牵涉其中，成为演变的内在要素，而不仅仅是外在杠杆。梳理中国百年新诗发展的连贯脉络，寻找出新诗发展的内在逻辑，不仅可以看清中国百年新诗的来路，也可以预见甚至在某种程度上干预中国新诗的未来。

中国新诗的起点是针对律诗与古体诗的内容与形式的整体革命，其目标是要用一种新的诗歌样式去表达新的观念和已经变化了的现实。这个起点是严肃的，带有强烈的问题意识。新的诗歌样式建造，我们习惯于称之为“新诗诗体的现代化”；“表达新的观念和已经变化了的现实”，我们习惯于称之为“言之有物”“贴近生活与心灵”“为人生”等。它们是一体两翼，但有时候却被冠以“为艺术”与“为人生”之名而虚假对立。用新的诗歌样式去表达新的观念和变化了的现实，是新诗建设的目标，也是中国百年新诗演变或者说是发展的内驱力，这种内驱力的外在表现是创新。有整体性的创新，比如自由诗/新诗相对于律诗/古体诗，现代诗/城市诗相对于古体诗/田园诗；有局部的创新，比如浪漫主义相对于白话诗，新月派相对于白话诗和浪漫主义诗歌，朦胧诗相对于政治抒情诗等。发现现实与当下诗歌的问题，分析并创造性解决，这是中国百年新诗创新的实质，而大幅度的创新，是“先锋”，是审美领域的“革命”。创新在绝大多数的时候以“反对”的形式出现，“反对”是中国百年新诗演变方式的关键词，这一百年时间里，它时而化身为艺术“革命”、创新“先锋”，时而化身为直接的政治干预，试图改善、改变现实（当然最终也会带来美学的变化）。

新诗在五四文学革命时期以白话诗歌的面貌出现，它的反对对象是陈旧的古体诗/格律诗，使命是建立现代白话新诗。“近年的新诗发生，不但打破五言七言的诗体，并且推翻词调曲谱的种种束缚；不拘格律，不拘平仄，不拘长短；有什么题目，做什么诗，诗怎样做，就怎样做。”胡适说：“若要做真正的白话诗，非做长短不一的白话不可。”他提出“诗体大解放”口号，要把从前一切束缚自由的枷锁镣铐，一并打破：有什么话，说什么话，话怎样说，就怎么说。白话新诗的另一位理论代表与践行者俞平伯在《白话诗的三大条件》中说：“用字要精当，做句要雅洁，安章要完密。音节务求谐适，却不限定句末要用韵。说理要深透，表情要切至，叙事要灵活。”早期白话诗观念无疑打开了新诗创作的思想禁锢，先行者朴拙的尝试也鼓舞了后来者，他们开创了不同于古体诗的新传统，但是也留下了巨大的缺憾。表现在：第一，“作诗如作文”，无疑模糊了诗与文的界限，导致白话诗的创作趋于散文化，普遍缺乏精致的构思和结构，违背了“诗是精致艺术”原理。第二，“话怎样说，就怎么说”，模糊了口语与书面语之间的界限，诗歌的语言失去了凝练性与陌生化效果。诗歌语言当然可以仿拟生活语言，但我们知道，模仿口语的诗歌其实是对诗歌语言的高要求，也就是说，既要保留生活语言的生动活泼，又要兼顾诗歌内在的诗性营造与陌生化，这些并不是容易做到的事情，尤其是新诗的幼年时期，我们直到当代“口语诗”作为一个现象出现，才知道它的难度。第三，平白和达理的要求，失去了对想象和情感的重视，无疑剪去了白话诗的一双翅膀，诗歌被迫在地面爬行。

弊端显而易见，新诗内在创新机制被自动激活，浪漫主义应运而生（后来还激起象征派的回应）。郭沫若提出了自己的新诗观念，他认为，诗歌的本质是抒情，重视情感和想象，诗＝（直觉＋情调＋想象）＋（适当的文字）；诗的创造贵在自然流露，不当掺以丝毫的矫揉造作，这是新诗的生命；诗不必讲究形式，而诗人自己，是最厌恶形式的人，所著的一些东西，只不过尽一时的冲动，随便地乱跳乱舞罢了。郭沫若的呼吁得到许多人响应，一时浪漫诗风盛行，如湖畔诗社潘漠华、冯雪峰、应修人、汪静之的情诗创作，冰心、宗白华、梁宗岱等人的小诗创作，清华文学社的诗人群闻一多、朱湘等人的创作，还包括革命诗人蒋光慈、刘一声等也在尽情呼喊、控诉。但特定时代的浪漫主义诗风又带来了新的危机，比如，自然流露导致诗歌直露而少含蓄；自我抒情至上导致创作的轻率、随意；夸张的想象容易导致“歇斯底里”，大喊大叫，甚至虚伪和矫情；一味追求热烈、华丽、奔放，容易带来语义空泛，华而不实；专注内心，容易忽视身外世界等。

纠正浪漫主义的弊端，交由新月派、新诗格律派。1925 年 10 月，徐志摩接编《晨报副刊》第二年 4 月，《晨报副刊·诗镌》创刊。该刊围绕《晨报副刊》的徐志摩、闻一多、陆志韦、林徽因、于赓虞、孙大雨、朱大楠、朱湘、饶孟侃、刘梦苇等诗人，开始了新诗的修正与规范化努力。他们认为，浪漫主义诗人对诗的质素根本不懂，“他们的目的只在披露他们自己的原形……以为自身的人格是再美没有的，只要把这个赤裸裸的和盘托出，便是艺术的大成功了”，而写实主义“要打破诗的音节，要它变得和言语一样”。新月派理论代表闻一多认为，诗不当废除格律，要根据内容、精神“相体裁衣”，使诗具有“内容与格式”；视觉方面的格律有节的匀称、句的匀齐，听觉方面的有格式、有音尺、有平仄、有韵脚；诗的实力不独包括音乐的美（音节）、绘画的美（词藻），并且还有建筑的美（节的匀称和句的匀齐）。他们这么说，也这么做。只不过闻一多的格律诗我们能清晰辨识，而天才诗人徐志摩的格律往往不露痕迹。

新诗格律派在英美近代诗歌和中国古典诗歌的传统中探索新诗的格律形式，扭转了诗歌散文化的风气和随意的创作态度，有着自己的贡献，但是又带来了新的问题（他们自己也知道）。徐志摩说，我们标榜的“格律”产生了可怕的流弊，“谁都会运用白话，谁都会切豆腐似的切齐字句，谁都会似是而非的安排音节——但是诗，它连影儿都没有和你见面”。

新诗格律派，包括早期白话诗所产生的问题，引发了“象征派”和“现代派”诗人的崛起。象征派诗人李金发、王独清、穆木天、冯乃超等倡导“纯诗”观念，反对白话新诗的“散文化”“审美薄弱”“创作粗糙”，反对诗歌的自然流露，认为“诗的世界是潜在的世界。诗是要有大的暗示能。诗是要暗示的，诗最忌说明”。当然，也反对格律派从外在形式去构建诗意。同时他们也认为，诗歌创作并非天然能得就，而需要学习，包括向世界学习。王独清说：“我想学法国象征派诗人，把色与音放在文字中。理想的诗歌模式：（情＋力）＋（音＋色）＝诗。”其作为一个流派，宣扬象征主义诗学“契合论”，力图探索人的内在的潜意识，发掘人的内在生命，追求心灵与世界之间契合的交响，注重诗的暗示性和朦胧性。

象征派的创作与理论主张，是对胡适“作诗如作文”散文化、平民化诗学主张的反拨，同时也是对浪漫主义直抒胸臆和新诗格律派苦心经营外在形式的反对。但是他们自身带来的问题，同样需要现代派来纠正。戴望舒、卞之琳、何其芳、徐迟等在象征主义基础上，转化波德莱尔、魏尔伦象征主义诗艺，反对浪漫主义直抒胸臆诗风，试图在真实和想象之间找到平衡，既避免过于直白，又纠正李金发初期象征主义过于晦涩难懂的弊病。"象征派的形式，古典派的内容"，试图对接中西诗学，在"亲切""含蓄""象征""暗示"的基础上，把传统纳入现代，同时去寻找源远流长的古典文化和诗学背景。现代派开始反思现代化、批判都市文明，反思现代人的生存，主题走向了现代化；同时又寻找传统的美学资源，在冲击新旧的审美经验之上，促使中国诗歌开始走向现代。可以说，中国以后的现代主义诗歌思潮都建立在对早期象征派的借鉴和反拨的基础之上。

新诗如何回应严峻的现实？知识分子在大革命时代怎么作为？中国诗歌会继承和发展了20世纪20年代后期的普罗诗派的斗争精神，接受了苏联的现实主义和左翼文艺运动影响，以现实性、大众化为主旨。蒲风、穆木天、任均、杨骚这些诗人一开始就自觉与同一时期的后期新月派、现代派诗人相对立，要求诗歌走出自我内心世界，融合进战斗的集体、大我中去，站在无产阶级的立场，及时、迅速地反映时代重大事件，表现工农大众及其斗争，强调诗歌的意识形态化，强调诗歌对实际斗争的直接鼓动作用，开辟了白话新诗的新方向，但弊端也显而易见，七月诗派遂挺身而出。七月诗派是一个现实主义抒情诗流派，它因《七月》杂志而得名，主要代表诗人有鲁藜、绿原、阿垅、曾卓等。他们继承了20世纪30年代中国诗歌会的革命现实主义传统，以胡风的文艺理论为依据，以艾青的诗歌为借鉴对象，在创作上坚持革命现实主义原则，主张发扬"主观战斗精神"，要求作者"突进"到现实生活中去，并要表现出主客观的密切融合；强调艺术性而不做唯美的追求，在生活中、斗争中去发现诗意，创造诗美。生活态度与诗人的主体性是七月诗派的基本诗学命题，力与美的统一是其重要主张。绿原被认为是七月派最重要的代表诗人，他的诗歌将繁复的意象与尖锐的政治性主题相结合，配以节奏上的复沓、共振，在朗诵中产生力与美的强烈统一性，他也被称为"政治抒情诗人"。

新诗由白话诗开始，经由了散文化、浪漫化、格律化、现代化、政治化等多个尝试，到了20世纪40年代末，总体上发展出了向外的、注重现实功用的诗歌和向内的、注重审美创造的诗歌，仿佛印证了文学革命时期关于文学"为人生""为艺术"的宏观预测。能否艺术地为人生？二者有无结合、"综合"的可能？以辛笛、穆旦、陈敬容、杜运燮、郑敏等为代表的九叶诗派（“中国新诗派”）开始了尝试。他们倡导综合和现代的诗歌理念，既反对诗歌脱离现实，主张“人的文学”“人民的文学”“生命的文学”；也反对扼杀艺术的唯功利论，在现实和艺术之间争取平衡。一方面，积极探索人的精神世界，关注“人的失落”，与西方现代主义保持了深刻的精神联系；另一方面又在艺术上反对浪漫主义诗风，追求诗歌现实、象征和玄学的融合，既有丰富的感觉意象，又表现出鲜明的知性特征，语言清晰准确而诗意朦胧含蓄。希望通过“暗示”、象征来表现自己现代性情绪和对事物的新感受、新体验，削弱诗的明确性，让读者回味无穷。

九叶诗派“综合”了中国新诗三十年发展的全部经验，但是否穷尽了新诗发展的可能呢？实际上，包括中国诗歌会、七月诗派在内的整个新诗创作，都是知识分子在写作，在借用世界范围内知识分子写作的资源，并在巩固知识分子的审美体式，而在此之外，仍旧有新的空间等待去开拓，比如新诗的歌谣化、新歌谣体建设等。陕北民间诗人李有源、李增正用“白马调”编的《移民歌》《东方红》，李季、张志民、田间、阮章竞、艾青对民间诗歌的改造而创造的新歌谣，都产生了广泛的影响。

中华人民共和国成立后，新诗发展生态发生了巨大变化，诗歌写作纳入国家意识形态建设范畴，现实功能、政治功用需求替代了审美驱动，在相当长的时间内，两种基本的诗体模式占据主流。一是从对写作主体的经验、情感表达的强调，转移到对“客观生活”尤其是“工农兵生活”的“反映”，而出现的“写实性”的诗；二是直接呼应政治运动的要求，产生了当代的“政治抒情诗”。这两种诗体模式虽有政治需求驱动，但多少在审美上留下了各自的痕迹，如郭小川和贺敬之均发展出了辨识度极高的美学风格。然而，伴随着改革开放的深入，后现代时代悄然来临，新的诗歌观念产生了。被命名为“新生代”“后朦胧诗”“后新诗潮”“当代实验诗”“后崛起”等的诗歌群体，集体亮相于1986年的“现代主义诗歌大展”，他们试图反叛和超越“朦胧诗”，重建一种诗歌精神，反英雄、反崇高、平民化，不再以时代“大我”“英雄”自居，自觉放弃意识形态的承担，对诗歌功能的认识停留在“活着，我写点东西”（于坚）的层面。既反对他者的中心（但不是以现成的理性的诗歌的方式去反对外在的理性中心，而是以消解诗歌、消解语言的方式进行，如回归“语言意识”“感觉还原”“意识还原”“现象还原”“超越逻辑”“超越理性”“超越语法”“反文化”等，以语言形式的革命进行意识形态的革命），也对自己世俗人生、一介平民、非世界中心的边缘位置有深刻的了解。看待世界不再以自我为中心，而是以物观物，甚至剖析自我；回到普通人庸常的生活，放弃驾驭现世生活、赋予世界意义的倾向。反对理性，放逐人道主义的人文关怀。

“新生代”的反叛并不代表新诗探索的终止，接下来是“下半身写作”反对“上半身写作”，“民间写作”反对“知识分子写作”，“口水诗写作”反对“口语诗写作”，等等。百年新诗真的山穷水尽、走向无聊了吗？答案是否定的。我们注意到，新诗的发展总是波浪式演进，每一次的演进都有它内在合理性，这个合理性就是针对前期和当下诗歌的存在状况的不足，提出批评与替代性方案。他们的批评非常具体与偏激，甚至到了只攻一点、不及其余的地步。他们的替代性方案存在价值在于对前一个诗歌运动的反拨与纠偏。当然，每一次以革命的方式驱动，都将会带来新的问题。

上述激烈的创新方式我们称之为“先锋”。先锋其实不是自选问题、自选目标，而是针对既定目标、既定问题；不是随意性转移话题，而是创造性解决问题。换句话说，“先锋”不是一个自选动作，而是一个规定动作。失去目标的“先锋”是伪先锋，是无效的“创新”。我们认为，新诗发展史上，绝大多数的“先锋”都是有效的、有意义的、严肃的，有针对作用的。那么，今天中国诗歌的“先锋”是谁？或者转换一下问题，创新的空间在哪里？当然，问题在哪里，先锋就在何处。

从丛林/穴居、乡村居住到城市居住，人类的生活方式发生了划时代的转折，新的生活形态逐渐形成，而对于新的生活形态的感知也在发生变化。表现这个正在变化的现实并采取相应的审美范式，已经是包括诗歌在内的当代艺术的重要使命和创新点。然而，我们当代诗人绝大多数对这个现实视而不见，见而不知，以至于出现大面积的身在城市、心在乡村，眼见与所写的“灵肉分离”，或者因田园诗、农业文明的审美装置导致明明感受到城市生活的便利，却无法表达状况。这就是百年新诗发展到今天遭遇的新问题，也是中国诗歌千年发展的新问题。

因此，我呼吁更多的诗人去表现已经发生、正在发生的现实，不要视而不见，或者仅仅从田园诗、现代主义角度去批判这个现实。我们不能总是长久地处于灵肉分离的分裂状态，“城市让生活更美好”，不仅仅是政府和房地产开发商的口号，它是一个现实，将来它还会是一个乌托邦、我们的灵魂栖息地，人在哪里，心也在哪里。表现这种变化，是当代诗歌发展的新空间；承担这个使命的“城市诗”，就是这个时代的“先锋”。百年新诗，将会沿着从农业时代到工业时代、从乡村文明到城市文明的线索发展下去，城市诗承担着新的诗学建设、新的生活理想探索使命。

我们要善待城市诗的存在，并对它抱有持久的信心。

（作者许道军，男，汉族，生于1973年。博士，上海大学中文系副主任、副教授，创意写作硕士研究生导师，上海作家协会会员，签约作家。出版著作《故事工坊》《创意写作：基础理论与训练》《中国城市诗及城市诗派研究》。）

# 为“新诗”的一辩/辨

朱钦运

诗是声音和文字的寺庙，有着无比古老的血统、尊贵的出身，支配着语言的祭礼。同时，它却自立艰难，从诞生之日起，就面临着来自各方的责难。最大也最原始的对手，是哲学——尤其是其中的形而上学、政治哲学和伦理学。希腊大哲柏拉图挑起了这个争端，他在教化和德性养成上，选择了戏剧而丢下了诗。孔子则将先民活泼泼的心声，经过删改和驯服，纳入、收编到自己学说的轨道上来。但诗歌之流依旧奔腾，大家在警惕它对“德性”的败坏的同时，享受着它，或试图改造它。直到16世纪，在欧罗巴，锡德尼（以及更为晚近的雪莱）声称要为之辩护。在17世纪的东方，叶燮给出了他的谅解方案，由诗教、诗法而审美，开始了诗的独立之路。因为无时无刻面临的责难，以及因责难而起的危机，部分人“为诗一辩”的努力，遂成人类文明史的一大景观。这也算得上是“意外收获”，虽然他们辩护的是具有整体意义和文化判断的“诗”，而不是具体的诗。

这种情况似乎在近世得到了和解。当旧日被视为不入流的小说的地位开始变得显赫，一直处于危机中，同时又获得了危机给予的重要地位的“诗”，当然也水涨船高，哪怕开始稍稍“门庭冷落”，却依然是那位容颜不老、风韵犹存的名姬。虽然如此，更加残酷的事实是：在诗内部，尤其是在汉语诗的历史上，不同的诗体之间，一种诗体对另一种诗体的责难也从来没有停止过——雅俗之争、正淫之论、尊卑之分、古近之别，几乎构成了半部诗学观念史。但随后，所有的争议都可以搁置到一边，因为这个半老的“徐娘”居然“无玷受胎”，诞下了“新诗”这么一个“宁馨儿”。更严重的是，自一百年前汉语新诗诞生以来，它几乎以一己之力，集结了人类诗史上所能面临的所有批评和责难。古典诗歌内部分散的矛盾调转枪头，开始一致对外。这使得新诗的境遇变得格外吊诡——这个新生儿，只是一个假的“宁馨儿”，实际上面临着真正的窘境：缔造艰难、守成不易，合法性危机无时不在。

造成“窘境”的原因，首先是新诗缔造者们“不由自主”又“不得不如此”的判断和选择。欲立必先破，或者出于“矫枉必先过正”的考虑，旧世界的“逆子”们搞起“文学革命”或“文学改良”，将矛头对准了汉语古典诗歌。事实上，其间的牵扯非常复杂，用如今的后见之明来看，在面临现代性冲击的古老帝国面前，在承受着新旧观念夹击的汉语内部，新诗的敌人不是古典诗歌，但又不得不变相地借反对古典诗歌以自立。这就导致了这一百年来新诗在无形中的树敌。

朱自清《中国新文学大系·诗集·导言》提到催生新诗的两种影响，即清末“诗界革命”在观念上的推动，以及对西方诗歌的译介。这就意味着新诗固然是舶来之物，也并非与汉语诗歌既有传统全无关联，在这一程度上而言，它甚至是古典诗内部自我变革的间接产物。邵洵美则认为胡适等人最早的白话诗无非是文化革新运动（具体到语言上则应是白话文运动）的孳息，只是从一个方面辅助了当时的白话文运动，在文学上“不过是尽了提示的责任”（邵洵美《诗二十五首·自序》）而已，并将新诗的最初来源归结到西方诗歌上去。这个说法则正本清源，明确了汉语新诗在“诗体”上的真正出身，是从形式到文化基因皆与汉语古典诗歌截然有别的西方诗歌。那么，从这个角度来看，即使同为“韵文”（自由体甚至连传统意义上的“韵文”都不能算），西方诗歌在诗体上呈现出的面貌和汉语古典诗歌也不可能完全一致。更何况，新诗在西方诗体的基础上，又多增加了一道历经“翻译”而借由现代汉语来呈现的曲折，而现代汉语本身又混杂着多重面貌。

我曾在一篇长文中提出过这样一个问题：poetry 这个词汇与中国既有传统中的“诗歌”并不等同，缘何到了汉语的领地，便被自然而然翻译成了“诗歌”，而不是其他的特殊名称？为何不该被看作两种不同的文类？将之翻译成“诗歌”的做法一旦成为事实，那么汉语古典传统中的“诗歌”，以及关于这类诗歌的既有观念和审美系统，便不可能不对之施加干扰。这种干扰几乎见诸所有来自古典诗歌领域的攻击。更严重的是，哪怕是新诗早期的践行者们也难以避免这种干扰的侵蚀，甚至他们自己也未必意识到它对于新诗的“诗体自立”而言所存在的负面作用。胡适在给汪静之的诗集写序时，便不自觉地说“五六年前提倡作新诗时”的那些作品“远不能比元人的小曲长套，近不能比金冬心的自度曲”，并且在评价汪诗之“露”时，拿来参照举例的也是李商隐和吴文英。（《蕙的风·序》）这种下意识的比附，不正“自曝其短”，将之置于古典诗传统的压力和阴影之下吗？那么当代的旧体诗词作者将之用来作为攻击新诗“诗味不足”的口实，不也正合宜吗？

当然，胡适的贡献原本也不在新诗的诗体建设方面，提倡“白话诗”的“深心”也并不安放在诗学内部。用荣光启在《“现代汉诗”的发生：晚清至五四》第一章中的分析，胡适借助对“白话诗”的提倡，目的在于探索一种新的言说方式，选择从诗歌这种汉语最坚固的壁垒入手，“改变的不仅是诗歌的语言形态，而是突破了汉语的传统的‘文法’”，使得它能够为“在历史转型期如何接通现代性的思想、文化，成为现代性的便利通道，知识分子言说方式的现代转型”提供一个契机。至于胡适本人在新诗创作方面的浅陋，或者他们那代人在为新诗辩护时，于言说方面的粗疏之处，不是重点所在。换句话说，旧体诗词的对新诗的批评，专注于以胡适他们的立场、言论和作品作为切入点，固然颇有奇效，但实在是有点没找准命门。

虽然存在各种各样的误会和模糊之处，但相对于汉语古典诗歌以及依然富有活力的当代诗词创作而言，新诗是一个独立的艺术门类，不是从旧体诗词中分离出来的支流或叛逆——虽然两者之间依然充满着千丝万缕的联系。那么，将古典诗学传统中的那套审美和判断系统加之于新诗的创作和批评，看上去固然威猛无俦，事实上则有点“关公战秦琼”的味道。另外，有了百年间在观念、修辞和风气方面的变化，也并不是所有的新诗作者都如早期的缔造者们那样，将旧体诗词作为一个天然的对立面来看待(虽然也并不将它们视为有紧密关联的门类)。诸多的批评和误会其实来自双方的不了解和缺乏沟通，来自诸多偏见。就旧体诗词与新诗之间的下意识的纠葛而言，闻一多《新诗的前途》中的言论就是很好的辩护：要把诗做得不像诗……说得更准确点，不像诗，而像小说戏剧，至少让它多像点小说戏剧，少像点诗……这是新诗之所以为“新”的第一也是最主要的理由。

这几句话中的第一个“诗”指的是新诗，而第二个“诗”无疑指的就是旧体诗词。新诗之所以为“新”，在于它从一开始就应该被视为和古典诗歌、旧体诗词不一样的一种艺术体裁，来被创作、辨认与批评。我们未尝不可将新诗当作一种特殊的戏剧或小说，为什么非得要将之置于传统诗学的框架下纠缠不清呢？当代的旧体诗词作者们对新诗在这百年来(借由新的权力和话语格局，借由特殊的时势)获得的“主流”地位愤愤不平，不正是因为他们总是试图让“(新)诗做得像(旧)诗”，下意识地觉得新诗不是“逆子”就是“异端”吗？按照闻一多的这个说法，倘若真要为旧体诗词争主流和地位的话，矛头应该指向在我们这个时代真正占据了主流地位的小说（甚至电影艺术）才对。把新诗当作一个天然的假想敌，和新诗早期的开创者（策略性或实质上）把古典诗歌当成造反的对象一样，未免有点可惜复可叹。

汉语新诗面临的第二个“窘境”是，它没有像古典诗歌那样，造就足够具有说服力的经典。或者干脆就说，汉语新诗要么失之浅陋，要么就是“深奥”得令人费解。类似的质疑，从新诗诞生开始就从未断过。哪怕是新诗作者，譬如于赓虞这样的早期诗人，也说“自所谓新诗运动以来，我们尚未看到较完整的诗篇”。写出《野草》这样被视为汉语现代性开端的散文诗的鲁迅，于20世纪30年代在和埃德加·斯诺的访谈中对发展了二十年的新诗依然嗤之以鼻，认为它“还是在交倒楣运”。季羡林直接认为新诗“是一个失败”，大概也是因为，他认为新诗里没有出现他所认可的、足堪称为经典的作品。最令新诗的作者痛心的指责，可能来自“九叶”之一的郑敏，作为新诗史上已被经典化而尚在人世的“活化石”，她对新诗自身传统的源头性的否定，最为致命。堡垒似乎正在从内部被攻破，而不及等待外部的责难。

作为兼事新旧两种诗体创作的作者，我其实非常理解新诗面临的这种窘迫的状况，明白为何就连新诗领域内的“自己人”，都会发出如此动摇根基的质疑。这其实是民族文化心理模式使然。新诗是一种充满活力而富有开创性的文体，与极具文化向心力的旧体诗词系统有着本质的不同，这种新而未稳的艺术形态，并未进入一般的文化层面，亦未能融入民族文化心理的基本意识中。另外，刚满百年的新诗，还是一个相当年轻的文体，由于现代汉语和近世中国社会的特殊性，从它的内部尚未生长出一种高度成熟的意识形态来与整个大的文化系统进行对话，它的作者们也难以从中获得依托于大的文化体系的安慰。它可谓是得之于“新”，也失之于“新”，富有进取的青年人一旦进入暮年，创造力衰退后，精神上守成有余而又足以在强大的古典诗歌传统中获得慰藉的前辈们，自然容易倒向旧体诗词。

但新诗和旧体诗词两者之间的关系真的就必须如此二元对立吗？一颗曾向最新鲜的文体敞开过的心灵，为何最终依然拜伏于我们的传统之力？我觉得，一方面是因为，他们停止了对新诗内部更新鲜力量的观察，停止了跟进它的动态，由于缺乏了解和理解而导致误解，从而损伤了自己曾为之努力过的精神事业；另一方面或许是，我们似乎需要换一个角度来理解何谓新诗的“经典作品”——它的参照系如果还是古典诗词所缔造的审美标准和样态的话，是不是可以说明新诗之“新”不够彻底呢？事实上，至少在20世纪三四十年代、20世纪八九十年代到新世纪，新诗中都不乏有足够说服力的“经典”作品出现，只不过这种“经典”并不是既有理解力下的“经典”，而是配合着新诗之“新”而成就的“经典”。我们为什么不拿拉斐尔前派的标准来衡量抽象主义绘画呢？这之间的道理其实是一样的，觉得新诗尚未有足够说服力的作品出现，不过是因为，大家还是在拿古典诗词的美学标准来衡量新诗的成就罢了，或者干脆是对新诗领域缺乏真正内行的了解——总不能拿那些司空见惯、被大众接受得最广泛的新诗“代表作”视为它最高成就的代表吧？如果是那样，那么来自当代旧体诗词界的批评，其实和真正内行、专业的新诗现场毫无关系。

说到这里，有一点需要再次强调的是，对新诗的创作、阅读、鉴赏和批评，以及因此形成的理解模式，其实和我们对古典诗歌（以及当代人创作的旧体诗词）的理解模式是完全不同的。（最好的）新诗的创作与批评，已经是一种相当内行的行为了，和对旧体诗词的接受不一样，它并不是一种天然容易适应普通人的理解力的艺术样式，而需要专业的训练才能进入。我们现有的教育系统给予了古典诗歌最基础的理解训练，我们的民族文化生态对古典诗歌有着天然的亲和性，但它并没有给予新诗足够多的机会，让专业的理解训练得以进入一般文化生态当中。而大众传媒所塑造的当代新诗的形象，往往是歪曲的，是新诗文化中的糟粕而并非精华。但是，对新诗的批评却往往揪住了它被歪曲的那部分，这也实在是很冤枉的。我们不会因为自己所掌握的高中物理学知识，而对最为精深的理论物理嗤之以鼻，认为它不能被理解（因而有问题）吧？我们弄不懂相对论，却能对它抱有起码的敬畏，那么又为何总觉得自己有足够的视野和理解力，因着对旧体诗词的专业认识，便足够两相参照，对通过一般领域而非专业了解到的“新诗”发起“致命的”批评呢？

新诗的第三个“窘境”来自当代文化的刺激，这种刺激包括大众对新诗的漠视和“费解”的指责，也包括加速变化的当代社会对人类思想（及其产物）所提出的挑战。新诗诞生于汉语世界面临“三千年未有之大变局”的历史拐点，复因其“欧风美雨”的出身，而天然需要面对现代性这个当代世界最为核心的命题——但这也是新诗的历史性契机。挪用艾略特在《玄学派诗人》里头的说法：“……在我们今天的文化体系里，诗人们写的诗肯定费解。由于我们的文明变得极其多样和复杂，作用于诗人精细的感受力上，也产生多样和复杂的结果。诗人必须变得越来越全面，越来越隐曲，越来越间接，以图挤迫语言，必要时搅乱语言，去就他的意思。”

那么，这种对语言本身的复杂作用，是在具有相当稳固性的文言系统中更容易配对和实现，还是在具有无限可能性与活力的现代汉语中更具有实现性呢？是抒情言志的古典诗词传统更能具备对这个复杂纪元的理解力，还是一切并无定论、充溢着可能性的新诗更能包容如此异质多元的现代经验呢？阿多诺在《谈谈抒情诗与社会的关系》中，借由评论里尔克的《拜物狂》，谈论了现代诗（新诗的实质是现代诗）和古典时代诗歌作品的根本不同之处。他文章中提及的过去的诗与现代诗固然都是西方传统中的产物，但“东海西海，心理攸同”毕竟也不是空话：里尔克的《拜物狂》在审美意义上看是贫弱的，它具有一种诡秘的味道，把宗教与艺术杂糅在一起，但同时它也显示了物化世界的真正压力。没有任何抒情诗的神力能够赞美这种物化世界，使之重新变得有意义。

我们所处的时代，已经不是一个田园牧歌的时代了，而是真正的、比里尔克的时代更甚的“物化世界”，传统的“抒情诗”（广义）能够赋予它如古典时代那般的稳固意义吗？当代文化的刺激、大众传媒的娱乐，我们该如何面对？

从新诗和旧体诗词面临的当代文化的挑战说开去，实质上我们能看到，两者其实是一对“难兄难弟”。只不过，诗词文化对这种时代境况的态度，可能比新诗更为消极一些。这当然和它们所植根的话语形态有关。传统诗词从精神实质和文化样态的方方面面，都与古典时代的社会和人事结成了稳固关联，它们是文化精英的教养的自然延伸，是他们心智流露的作物，而古典时代（尤其是近古）也是以文化精英为核心构建的社会，两者之间体现着法国哲人罗兰·巴尔特所说的那种“语言的统一性”。巴尔特说，“语言的统一性是古典时期的一个信条”，而旧体诗词所根植的古典语境（哪怕当代社会已然不具有这种语境了），正依赖于建立在语言之上的统一性。它所依凭的文言话语，是一个对文化精英开放、对大众进行教化的循环系统，精英内部的审美共识即意味着大众在文化上必须接受驯化。

但新诗不是这样，它既不是文化精英的文体，也不是大众的话语，类似于当代艺术，它其实是一种“特殊的知识”（臧棣语），是专业话语。这也是一些旧体诗词界的人士用以批评新诗的一个口实，认为它占据了学院研究的主流系统，而排挤了当代诗词应有的位置。事实上，这是新诗自身的话语形态所决定的。新诗最好的那部分（同时也是最艰深的那部分）只有在学院中尚得容身之地。

因为深厚的民族文化传统，旧体诗词虽然不再居庙堂之高，却依然能处江湖之远，有特定的生态圈子，足以构成一个丰富的共同体，而新诗（最好而又无法为大众文化理解吸收的那部分）则只能处学院之深，进行一个相对合理的循环。但是，这种"各得其所"的方案，还时时遇到"友军"的责难。事实上，当代旧体诗词创作在学院中的不受待见，固然有新诗占位的因素，却不是最根本的原因——君不见，小说研究乃至电影艺术，才是这个时代学院系统的真正主流吗？没有新诗的占位，当代旧体诗词的创作（成就不菲，这点我并无偏见），就能从古典诗歌研究的既有格局中争得一席之地、杀出一条血路？我看倒也未必。

更进一步讲，就两者在当代文化中所处的境遇而言，新诗和旧体诗词也实在应该惺惺相惜，而不是互相误会。即使在汉语新诗诞生的最初，作为打破旧文学既有格局的角色而出现，它的"白话诗"前身，为现代汉语的转型和解放大众的理解力做出了贡献，但时至今日，这份使命已经完成，就作为一种艺术形式的汉语新诗而言，其实和旧体诗词一样，并不属于大众文化。从这个意义上来说，植根于精英文化的旧体诗词和植根于专业话语的新诗，在我们这个属于大众文化的时代，都不可能如大家所愿的那样跻身主流文化，更不可能复制诗歌在过去时代的荣光，所以（无论新旧）诗人们的失落是必然的，但意义自在其中。这也是诗人们愿意兢兢业业为之开垦的原因，这两种独特的艺术样态都有它相当的迷人之处。譬如旧体诗词，它自始至终便不是一种自外于生命本身的东西，而是个体生命经验的附属物和自然延伸，言志抒情兼有教养与自娱的冲动。严肃的现代诗则更像是悬隔了生命涵咏的受造物，是人类在古典整全性/神性自世上消隐之后自我确立起来的一个新神，一个需要人类创造力不断充盈、不断灌注意义的外壳。

（作者朱钦运，笔名茱萸，生于1987年10月。籍贯江西赣县。诗人，青年批评家，哲学博士。出版《花神引》《炉端谐律》《浆果与流转之诗》《千朵集：集李义山句》等新旧体诗集、文集、批评集及编选集计十种有余。曾于东京大学访学，兼任同济大学诗学研究中心研究员。现供职于苏州大学文学院，主要从事新诗史、当代诗及比较诗学诸领域的研究。）

# 诗歌竞演类节目的传播策略

## ——以《诗歌之王》为例

赵思运

四川卫视文化真人秀节目《诗歌之王》的出现，在电视圈内刮起一阵清新的“诗风”。《诗歌之王》于2015年12月12日开播第一季第一期，每周六晚七点四十在四川卫视播出。随着上一季节目的文化热潮，2017年9月9日四川卫视又重新推出《诗歌之王》传诵季（以下称为第二季）。现在第一季与第二季节目均已完结。第二季《诗歌之王》以朗诵文学作品为主要内容，以品味文学之美为内核，用声音诠释经典诗歌之美，以情感为纽带连接古今之韵味，把诗歌读给我们听。比第一季更有新意的是，第二季朗诵的文学内容形式多样，这其中包括古典诗、经典诗、现代诗、散文、台词等，全国各地文学爱好者共聚一堂，用声音来诠释文学的魅力，用情感连接彼此的内心。《诗歌之王》意在通过真人朗诵竞演，让传统文化在全新包装下与观众进行互动，从而激发观众内心深处对中国传统文化的强烈认同感，引起大众对文化的关注。在这个“互联网＋综艺”的大时代背景下，如何将一档全新的原创诗歌文化节目、一档严肃的文化节目做得深入人心？而文化类电视节目该如何突破陈旧形式的桎梏，将文化底蕴与全新传播形式更好地结合起来？

笔者综合目前为止四川卫视《诗歌之王》的完整两季节目，将其作为分析样本，分析它如何利用中华传统文化——诗词元素作为节目核心，在内容创意上做了哪些大胆的创新。具体来说，节目的内容创意主要表现在五个方面。

**其一，注重文化符号的创新与传承，提升文化内涵。**

诗歌，可以突破时间和空间的阻碍，碰触到每个人最深处的内心世界。诗歌既关心现实生活中的酸甜苦辣，也反映社会现实的改变与时代的变迁，诗歌教育能发挥其效用的立足点也在于此。从文化发展史来看，中国劳动人民从劳作中即兴抒发的那些极具韵律的声音，衍生为诗歌，这便是当时的流行音乐。中国《诗经》里的“风”、楚辞、汉魏六朝的乐府、唐诗、宋词、元曲以及“凡有井水饮处，即能歌柳词”的生活景象，全都证明流行音乐与古典诗词这种文化传统的血脉联系。诗歌最初的传播形态就是歌曲传唱，音乐、舞蹈与之本来就不分家。以诗为词，以乐为伴，配以舞蹈的阐释，才能衍生出如此之多的诗句佳品。我们最为熟悉的绝句、律诗、词等体裁，更是因为其朗朗上口的特质，得以传颂千古。

回顾以往，诗歌文化重新被受众所认识的回归渠道和内容形式都非常单一，这点导致在广泛的人群和区域中普及诗歌的难度极大。仅有的一些文化节目也普遍都缺乏创新的呈现形式，根本留不住观众。然而，现代高科技的传播手段，使信息“触达”受众的方式变得丰富多彩。从社会信息系统的角度来说，全新的媒介技术进一步改造了原有的文化传播系统——新媒体技术拓宽了文化传播平台与渠道的组合模式。

加拿大传播学者马歇尔・麦克卢汉在《理解媒介：论人的延伸》中提出了媒介交叉混合，这如同分裂与融合一样，可以释放出想象不到的能量。[①]这样的融合形式也带给节目一种启示，汉字、成语、诗歌等较为抽象的文化元素通过电视化的表达，使传统文化的内涵实现外化。与此同时，新技术进一步更新了传播方式，新媒体为文化传播的未来带来了无限的可能性，其中最突出的作用就是新媒体技术促进了社会互动，为大众创造出更为丰富的文化呈现形式，为多样的文化交流带来了全新的机遇。

不管是竞演时的中国风舞台设计，还是诗人为歌手改编的诗歌歌词，《诗歌之王》节目都把节目内容与中国传统文化紧密地结合在一起。具有浓厚历史文化感的表演篇目，配合选手在舞台上深情的演绎，产生了一种妙不可言的化学反应。我们可以发现，在节目几近饱和的电视圈里，各种各样的节目形式与呈现方式让观众逐渐审美疲劳，应接不暇。可以说，《诗歌之王》选择了“诗、乐、舞”这种传统文化符号的创新融合，是该节目最吸引人的亮点之一。传统文化与现代元素的巧妙糅合也迎合了受众在文化冲击下，对本民族文化渴求了解与认知的需要，激起受众对传统文化的归属心理。《诗歌之王》节目也正是将这一点进行了最直接的电视化创新。

① 麦克卢汉：《理解媒介：论人的延伸》，何道宽译，商务印书馆，2000，第82—89页。

笔者研究了《诗歌之王》第一、二季完整的23期节目，发现不管是第一季的歌唱竞演模式还是第二季的朗诵竞演模式，都是以“诗、乐、舞”配合的内容形式对其进行文化解读的。参赛选手的服装、现场的音乐伴奏设计、舞美设计等环节，都无一不传递着“诗”这一主题核心。

以第一季的第六期《致敬经典》为例，周晓鸥和梁芒组合的《草堂春晓醉人天》着实让人眼前一亮——他们对参赛诗词和歌曲做了一个非常独特的中国风改编。歌手周晓鸥作为一名摇滚歌手，将竞演歌曲的曲风改成了京剧摇滚，这一举动既迎合了现代年轻人喜欢摇滚、崇尚自由的特质，又巧妙地将传统京剧融入了表演之中。除了自己的表演以外，周晓鸥在表演搭档的选择上也十分用心——他选择了京剧表演来作为伴舞。在同季的最后一期，主题为“中国爱”的总决赛中，周晓鸥和梁芒联袂演出了作品《龙船》，在音乐伴奏上选择了极具民族文化特色的乐器——唢呐与鼓。周晓鸥用略带沙哑的烟嗓，为观众朋友们细细道来龙舟的故事，辅以现场舞美的宏伟中国风，演出效果十分震撼，让人印象深刻。

在第二季中，节目制作组显然是对高科技元素运用得更加娴熟。笔者细心地发现，第二季的舞台上新增了两块超大的电子显示屏。当选手在朗诵竞演曲目时，除了现场舞台的伴奏与伴舞配合表达以外，上方的大屏幕上会实时出现与诗篇主题相关的动态影像（如水墨山河、滔滔江水），利用声、光、影将表演效果传达的辐射范围进一步扩大，让观众更深刻地感受中华古诗词的文化魅力。笔者以最后一期总决赛为例，选手王涵朗诵了唐代诗人李白的著名作品《将进酒》。这首诗气势磅礴、浩荡豪迈，是一篇家喻户晓的传世名作。在如此高难度的诗篇挑战下，王涵配合现场琵琶演员的伴奏，动情地演绎了极具个人特色的《将进酒》，赢得台下观众纷纷起身鼓掌称赞。更精彩的是，现场大屏幕随着他的朗诵，同时给观众呈现层峦叠嶂的黛山、缓慢飘动的流云……此般动静画面融合呈现的方式给观众带来巨大视觉冲击力，诗仙李白那潇洒不羁的身影仿佛跃然“台”上。

节目中“实体诗集”的嵌入，也是《诗歌之王》传承中国传统文化的用心之处。第二季中，场上评委导师们的座席前面都放了一本诗集。当选手在朗诵诗篇时，镜头会时不时扫过导师们聚精会神翻看诗集的画面……这种代入感极强的诗集细节，不仅凸显了节目的文学权威，更让诗歌元素以具体事物的方式恰到好处地展现出来。同时，选手进入之后半决赛所朗诵的所有比赛篇目，也均出自场上的《诗歌之王》同名诗集。

诗歌文化以这样一种全新的节目方式重新回归大众的视野，传统文化在新形式与新包装下更好地直达观众内心，有利于激发大众继承并弘扬传统文化的厚重使命感。同时，继承与发扬诗歌文化也是我们在新时代实现中华民族伟大复兴的必要途径中必不可少的一环。

**其二，专注选择"草根文化"，内容独具匠心。**

诗歌在过去，属于一种精英文化，"阳春白雪"与"下里巴人"向来难以融合。因此，精英文化与大众文化的碰撞，也的确是诗歌类节目需要克服的难点之一。如何将精英文化更好地做到大众化？《诗歌之王》节目从"草根"入手，找到了不一样的创新格局。"草根文化"作为文化内容领域的一个热词，被《诗歌之王》节目组玩得炉火纯青。作为导师之一的著名演播大师徐涛也曾在节目中提到这个节目是所有人都可以来参加的草根节目。所谓"草根文化"，是指随着思想开放、意识观念改变、科技进步、创新 2.0 的逐步发展而引发的一种社会大众观念、兴趣爱好、审美价值等出现变化的文化发展趋势——一种民间的平民文化现象。

有别于《奔跑吧》《快乐大本营》等热门综艺的嘉宾套路，《诗歌之王》另辟蹊径，在节目主体——选手的选择上，邀请了那些诗歌界、音乐界的小众人物，甚至是素人参赛。比如第一季邀请了梁芒、李笠、仲尼、宇文珏等诗人，曾静玟、丁于、熊天平等歌手；第二季朗诵季则全部选择了素人选手，他们之中有人是警察，有人是学生，有人是退伍老兵，有人只是个普通的厨师……这些小众甚至草根的参演者因为怀着对诗歌的热爱站在了同一个舞台上，给受众带来前所未有的惊喜表演，真正实现了精英与大众的完美结合。

当然，节目的"草根性"不仅体现在参赛者上，更是体现在内容上。第一季"草根诗人"陈年喜，他的诗中一字一句全是本人真实的生活阅历与情感，生动描绘了一个历经沧桑的人物形象；退伍老兵王余昌老先生带来了他个人的原创诗歌作品《今夜星光灿烂》……这一切的节目内容选取，无一不衬托出草根文化的平民氛围。

在笔者看来，节目组撇去那些非常热门的明星，选了这些冷门的选手参赛，正是"草根文化"的最好体现。除此之外，节目的评审团是由符合节目主题的素人和 101 位诗歌爱好者组成，他们对于选手的去留握有重要的评判票。平民诗评团的设置，也正是《诗歌之王》节目组对草根文化的深刻理解。

**其三，选择篇目主题设置多元，高度贴近生活。**

电视媒体的娱乐化氛围在综艺娱乐节目和偶像剧制作上泛滥。这样的电视节目远离人文内涵，追求的是片刻的感官快感，这种快感的满足是短暂的，受众的满足感会随着节目结束而立即终止。这种环境下肤浅化、娱乐化电视节目的不断转化，极易使观众产生审美疲劳。

而精神的满足感是保持人们兴趣的源动力，带有文化内涵的选题具有更为厚重的源动力。因此，传统文化的选题内容瞄准了大众在这个娱乐时代中的兴趣点，传承传统文化的选题内容也担起了大众媒体的社会责任。

《诗歌之王》的另一亮点就在于它别出心裁的节目主题设置。节目第一季和第二季的整体内容虽然有了比较大的区别，但是不难发现，每期节目的主题仍然保持着高度贴近生活的风格。从第一期的主题“遇见(旧韵新唱)”到最后一期总决赛的“中国爱”，笔者将《诗歌之王》第一季的每期主题做了一个表格统计，见下表。

**表 1　《诗歌之王》第一季每期主题**

| | | | | | | | |
|---|---|---|---|---|---|---|---|
| 主题 | 遇见 | 旧诗新韵 | 青春 | 亲情 | 梦想 | 致敬经典 | |
| 场次 | 第 1 期 | 第 2 期 | 第 3 期 | 第 4 期 | 第 5 期 | 第 6 期 | |
| 主题 | 故乡 | 团圆 | 春天 | 童年 | 感恩 | 荧屏记忆 | 中国爱 |
| 场次 | 第 7 期 | 第 8 期 | 第 9 期 | 第 10 期 | 第 11 期 | 第 12 期 | 第 13 期(总决赛) |

我们可以发现整个节目主题系列的亲和性。青春、亲情、梦想等词都是我们最熟悉的名词，谁还没有青春和梦想？谁的亲情不是一生最宝贵的财富？这些熟悉又具有正能量的主题不仅拉近了节目与观众的距离，还给观众传递了中国核心价值观，为他们树立了一个正确的价值导向。这些具有共通意义空间的字符串使节目变得吸引人，让观众有关注收看的欲望。

第二季节目中选手的选题则更为多元化。全新的朗诵赛制让参赛篇目的选择变得广泛，其中不仅有我们最熟悉的毛泽东《沁园春・雪》、李白《蜀道难》、戴望舒《雨巷》，还有香港电影《岁月神偷》《重庆森林》中的经典台词……除此之外，选手们更将耳熟能详的《天路》《七里香》等歌曲的流行歌词进行全新的诗诵演绎。

旧体诗词、新诗、散文诗、歌曲、电影……这些与文字有关的作品，都能通过朗诵的形式在《诗歌之王》的舞台上展现。不少选手在舞台上更是动情地向大家讲述自己的亲身经历和生活故事，这些似曾相识的故事，极易引起观众内心深处的共鸣。

**其四，真人秀竞演模式，节目看点足。**

《诗歌之王》这个节目跳出综艺节目以往的框架，将饱含文化底蕴的节目内容与娱乐化的真人秀模式巧妙地结合在一起，设计别出心裁。第一季中，《诗歌之王》“把诗唱给你听”，诗人与歌手联袂竞演，组成诗歌战队一路闯关。到了第二季，传统文化氛围变得更加厚重，节目组改变了歌唱竞演这种偏娱乐化的方式，变成朗诵竞演。“把诗读给你听”便是《诗歌之王》第二季对诗朗诵最好的解读。

我们知道，真人秀最大的看点便是“人”。有了竞演的目的，自然就有淘汰的残酷赛制。《诗歌之王》采用真人秀的轮回赛制，让每位参演者进行竞演比拼。同时，第一季节目还设有踢馆环节，如果踢馆队伍进入前三名，那么排名最后一位的诗歌战队就会面临被淘汰的威胁。而在第二季节目中，《诗歌之王》在真人秀形式上又做了极具创意的改编。它借鉴了《中国新歌声》的导师盲选模式，每位选手将在舞台上进行朗诵，表演结束之后将会有被导师选择的机会。如果成功被导师选中，那么选手就有继续留下来的机会；如若没有，那就只能从这个舞台上遗憾离开。

令人眼前一亮的是，现场观众仍然握有选手亮相的主动权。因为只要现场观众为选手的表演点赞超过 100 个，选手就可以直接出现在导师面前的大屏幕上，这个巧妙的设置无形之中增加了参演者被导师青睐的概率。这些花心思的节目设计，极大地增强了节目的可看性和趣味性。

除了选手和观众的“真人秀”，评审团也是“真人秀”不可或缺的主体之一。在现场评审团阵容方面，《诗歌之王》节目也花了不少心思。节目组邀请了一些圈子内文化涵养很高的嘉宾作为评审团，这些名人能够给受众更权威的文化指导，有了他们的解读，诗歌文化被更加具象化地呈现在受众面前。

音乐方面的评委嘉宾黄国伦老师是台湾与香港著名的流行音乐制作人，在各大音乐综艺节目中都能看到他的身影；他擅长谱曲作词，在诗歌文化上也有较深的造诣。权威的诗词名家商震老师、北京大学中文系教授张颐武等知名文化人士都是节目的评审嘉宾。除了颇有名气的明星评审团以外，节目组还邀请了百名大众诗评团来参与竞演的投票。节目中“星”“素”元素的真正结合，让文化类节目《诗歌之王》脱颖而出，令人记忆深刻。

**其五，巧妙设计，后台内容前台化。**

戈夫曼的“拟剧理论”借助戏剧类比人们的日常生活。他把整个社会生活比作表演的舞台，每一个社会成员就好像在舞台中央的演员。在这个舞台上的任何一位表演者都十分在意自己如何在那么多的观众面前塑造出被人接纳的个人形象。在本部分的节目内容研究中，笔者将围绕“拟剧理论”中“后台内容前台化”这一理论展开。社会成员在“前台”部分按照固定方式进行表演，为众多观众提供特定情节的演出，而隐秘的“后台”部分，大多数观众则是看不到的。

“前台”与“后台”是一组相对的概念，比如当学生去办公室请教老师问题时，教师就会停止说笑，恢复课上严肃和蔼的“为师者”形象，“后台”场景就转变为“前台”。所谓的“前台化的后台”，是指在节目的电视播出中，一些传统意义上约定俗成的“后台”内容被搬上了电视屏幕，比如对节目中意外情况的记录和播出、对节目中人的心理状态的采访等。这种节目呈现手段在如今的电视真人秀中并不少见，比如湖南卫视的《我是歌手》，就经常用很大的篇幅去展现等待上场的歌手们在各自房间中的准备工作和紧张心态；再如浙江卫视的《中国好声音》，也对第二现场选手家人朋友们的状态进行大幅度渲染式的记录。场景的灵活切换使节目内容的呈现变得更加立体，极大增强了节目的可看性。

选手的临场表现是文化类电视节目能否留住观众的关键性因素之一，这是由节目竞赛的结构形式所决定的。在选手比赛之前，《诗歌之王》节目就活用了真人秀节目的重要细节——个人“VCR”。一段小小的影片，包含了选手的自述、生活经历、成长故事等内容，不仅在一定程度上提高了节目的趣味性，更为接下来的表演环节起到一个很好的预热效果；在选手们结束比赛之后，后台场景中的“采访花絮”也同样被搬到节目前台中来，选手们通过镜头，在观众面前讲述自己的比赛心得、幕后花絮……节目组的此番设计，不仅将选手个性与形象塑造得更为鲜明，更是把这些生活纪实短片与现场比赛交织层叠，多维度地展现了每个选手独具魅力的一面。

同样，上文曾提到节目现场的诗集也是“后台前台化”的重要载体。在节目中，诗集不仅作为一种中国传统文化的代表符号，更是节目组对文学严谨权威的追求。不管是选手比赛，还是导师们赛场指导，统统离不开诗集。我们可以通过镜头看到选手们翻字典认真准备比赛篇目的场景；导师们捧着诗集，全神贯注地指导学员如何更好地诠释作品时严肃的神情……如此内容设计，不仅承载着节目组对传统文化的深深敬意，更是将“诗”这一传统元素直观地传达给观众。

一个优秀的内容创意必须通过恰当的形式呈现出来。《诗歌之王》的成果离不开媒介融合传播形式的独特创意。具体来说有三个方面。

**其一，多屏联动：线上线下多源收看。**

在过去，书刊、广播、电视等传统媒介渠道，是人们感受外部环境，及时获取信息咨询的重要平台。而现在，随着新媒体技术的日趋发展，大众传播阵地逐渐由线下延伸至线上。《诗歌之王》节目即很好地抓住了这一契机，选择了知名度很高的"腾讯视频"作为线上独播平台，并与网易云音乐、阿里音乐、酷我音乐等热门音乐平台合作推出节目独家歌单，与秒拍、美拍、今日头条、网易新闻客户端、百度贴吧、百度百科等知名新媒体平台联合打造了多屏联合、共振传播的传播模式，依靠与用户即时互动，强化受众与节目的黏性。

笔者将在下文主要分析该节目在播放平台上的选择策略。观众除了守候在周六晚黄金档的电视直播以外，还可以直接于第二天在腾讯视频上看到最新一期的赛事。据完整两季的平台播放量统计，笔者发现该节目一季的平均播放量为 160 万次左右。在这之中，笔者也重点关注了腾讯视频中该节目收视率最高的一期，是第一季的第六期——"小邓丽君"朗格拉姆前来踢馆的那一期，腾讯视频的累积播放量总共为 185.1 万次。①

笔者认为，多源观看的场域使节目的传播效果得到了有效的最大化。在新媒体时代，电视观众流失严重，大部分受众都倾向于选择网络视频或者移动端视频 App 来收看节目；而《诗歌之王》在选择传播平台上的此番考量，正是契合了现在受众的碎片化阅读习惯。

对于偏好线下看电视的受众来说，他们可以选择在第一时间收看直播节目；而喜欢在新媒体端看视频的观众，则是对"个人观看自由"的要求高一些。因为在线上视频网站，他们不会错过任何一次更新的内容，甚至粉丝还可以直接订阅《诗歌之王》的专栏，一旦有节目更新，腾讯视频就会提醒观众及时上线收看。在腾讯视频播放页面中，我们可以发现，播放源除了每期节目的完整版视频以外，还有相关的节目花絮、选手 Cut 表演部分，这种观看模式下的选择设

① 腾讯视频：《诗歌之王》第一季第六期，https://v.qq.com/x/cover/exaln8cg2mkj2ym/f0019v0qcfd.html?。

置使受众参与度更高，互动性更强——因为他们完全可以选择自己感兴趣的内容观看。观众不仅可以在观看时选择快进、暂停，还可以在节目列表里选择任意一期感兴趣的节目进行随时切换。

**其二，社交媒体：微信微博助力传播。**

《诗歌之王》节目除了拥有线上线下的播放平台以外，还设置了专属的节目微信、微博、百度贴吧等社交媒体账号。节目同步更新的同时，团队会在多个新媒体平台上不断发布节目的相关资讯和互动式活动，调动更多人参与节目，传播节目，在不知不觉中接受诗歌文化的滋养和熏陶。

随着互联网技术的日趋成熟，消费者对产品的需求也越来越高，电视节目亦然。用户不再满足于现有的语言、文本甚至静态图片等媒体形式，“视频＋社交”的全新模式正在兴起。其中知名的如微博、贴吧、知乎、微信等社交平台，互动、短视频与直播等新媒体展现方式。

视频动态内容结合社交平台的强互动特质，让信息被分享的效率得到极大的提高。当人们正在浏览并评论一个社交平台上分享的视频时，其实也是在与相同爱好的受众进行交流。这种模式就相当于他们建立了一个以内容为核心的个人社交网络圈。从社交方式的角度来说，互联网的主力军——“网生代”用户也更倾向于使用图片（包括表情符号）和视频（包括动图）来进行社交传播，而非传统文字。

《诗歌之王》节目的同名微博账号“四川卫视诗歌之王”拥有12万粉丝，并在微博上开通多个官方兴趣话题，同时，话题拥有7亿左右的阅读量、约3万的粉丝及14万左右的讨论量。不难发现，参与讨论的网友所发布的内容，几乎都以图片与视频为主。

同时，《诗歌之王》官方账号还是微博蓝色大V的身份——官方媒体的身份认证使得该微博号及所发内容更具有权威性。节目组经常会发一些节目竞演片段、互动活动的征集帖、与诗歌文化有关的节目内容、相关的节目新闻资讯等微博内容，从而为提高节目知名度开辟了一条全新的新媒体路径，成功吸引了更多受众自发式地参与到节目的传播中来。

《诗歌之王》的同名微信公众号，也是电视节目在媒介融合的新媒体形势下的另一种有力尝试。《诗歌之王》公众号以推送受众相关的节目文章的模式，极大提高了节目的知名度及美誉度。公众号推送的微信文章内容包括选手的个人访谈、主创人员的心路历程、节目背后的花絮和主流媒体对节目的相关评价等，这之中如导演自述《一个“城乡接合部”导演的自述：做了服化统筹，连自己都时髦不少》《细数女导演痛并快乐着的幕后故事！》，新闻资讯《“诗歌之王”第二季研讨会：以诵传情，让文化节目“高而不冷”！》，第二季冠军专访《李仓卯：不会做菜的司机，学不会朗诵！》等热门文章，更是从各种阅读视角出发，为受众深度解读了《诗歌之王》的原创文化之美——诗美，人也美。

**其二，评论＋弹幕：社交属性加强互动。**

弹幕发源于日本的 Niconico 动画视频网站。此网站的特色是使用了弹幕播放器——一个在播放动画时可让用户在时间轴对应的位置自由发表评论的播放工具。与之前受众需要在动画下方规定区域进行评论的方式比较，弹幕这种即时的评论方式更加方便快捷，而且具有极强的针对性。参与观看的用户可以在任意一个位置发布自己的评论；同时，这些由受众发送的弹幕也将成为视频内容的一个部分，当该视频再次触发播放的时候，这些弹幕评论会同步显示在屏幕上。

反观国内弹幕视频网站，Acfun、BiliBili 等平台逐渐让弹幕这一形式被人熟知。国内的主流视频网站也开始引进这种方式——土豆网在 2012 年 8 月开发了“豆泡”，爱奇艺视频、腾讯视频等网络视频平台也都可以让观众在收看节目时发送弹幕。现在，弹幕已然成为各大视频网站的流量标配，开始习惯使用弹幕的受众人数仍在不断地增加。

《诗歌之王》在腾讯视频上也有弹幕功能：观看者可以通过实时评论，与同期收看节目的其他人一起分享看法，交流心得；并且以点亮弹幕的形式，对他人的实时评论表示赞同或回应。例如，在第一季第六期中，素有“小邓丽君”之称的朗格拉姆前来踢馆，该期弹幕数量高达 264 条。笔者注意到，这批弹幕内容大部分的关键词都为“小邓丽君”“唱得真好”“原唱”等，说明当时在观看的线上观众中，大家的感觉都倾向于同一种态度，即非常认可这一位选手。这种实时的交流氛围能直接影响观众对节目的好感度，而歌手苏醒与其搭档宇文珏联袂演出的片段弹幕数量也不少。这种通过弹出式信息内容互相交流的评论模式，不仅加强了受众之间的内部互动，还很好地契合了媒介背景，潜在扩大了节目的传播效果。

同时，除了弹幕，每位观众还可以在节目播放页面下方的评论区留言，并能在该区块进行互相评论及点赞。这种以社交属性为主的功能设置，极大地提高了每个人的参与感——在看节目的同时能够感受到身边有一群志同道合的朋友在看同一个节目。这种沉浸式的互动观看体验，更是直接有利于节目品牌口碑的塑造。不管是实时弹幕还是评论区留言，这些节目评语将会全部呈现在所有观众面前。他们对节目的态度会间接感染他人，从而直接体现在节目的收视率上。

《诗歌之王》立足于中国传统文化的优秀土壤，利用流行音乐与文学朗诵的形式唤起观众的诗歌情怀，激发了诗歌的时代魅力。同时，该节目以这种极具时代感的形式对发扬传承诗歌文化进行了有益的探索，获得社会各界人士的广泛关注。自节目开播以来，节目收视率逐渐有所上升，在全国35家省级卫视同播出时段曾取得过单期最高排名第八的成绩，《诗歌之王》成为当下具有一定社会影响力的诗歌文化节目之一。同期节目官方微博位居“微博热门话题榜”第六、“疯狂综艺季”第一，话题阅读量高达6.9亿。在互联网播放平台上，新浪、搜狐、腾讯、优酷、爱奇艺等知名网站均对该节目做了宣传，网络点击量突破2亿。①《诗歌之王》除了收获较高的收视率和社会关注度以外，还获得了主流媒体的相继认可。国家新闻出版广电总局评《诗歌之王》为2015年广播电视创新创优节目；《人民日报》《光明日报》还有“新华网”等著名媒体均为该节目点赞，表示了对这个节目的充分肯定。《诗歌之王》作为一档极具创意的文化节目，着实是当今综艺电视群像中的一股清流。诗与歌的吟唱、诗与诵的契合，都使它成了诗歌节目的创新模范。

当然，节目内容创意方面尚存缺陷，自身推广宣传不到位，应有的传播效果并没有充分彰显。关于节目存在的问题的症结及对策，是我们专文研究的另外一个话题。

（作者赵思运，1967年生于山东郓城，文学博士，现为浙江传媒学院文学院教授。《茅盾研究年鉴》主编。出版诗集《我的墓志铭》《六十四首》《不耻》《丽丽传》《一本正经》和学术著作《何其芳人格解码》《中国大陆当代汉诗的文化镜像》《诗人陆志韦研究及其诗作考证》《百年汉诗史案研究》等六部。主持国家社科基金项目、教育部人文社科项目、省规划项目等多项。）

---

① 敬骁：《〈诗歌之王〉的文化传承魅力》，《西部广播电视》2016年第10期。

# 新世纪诗歌的现状、问题和出路

钱文亮

当代新诗进入新世纪以来，有一种复兴的热潮。作为诗歌研究者，我们所面临着的是海量的诗歌文本和相关的诗歌信息，实际上很难把握。所以我在这里只能拎出几个比较重要的现象来谈，个人认为它们在新世纪的诗歌发展上比较有意义。

第一个是学院诗歌的蓬勃兴起。关于学院诗歌的概念，我曾经写文章进行过界定，因为当时正处于新旧世纪之交的时期，对所谓"学院派"诗歌的攻击非常厉害，"学院"身份似乎成了一种原罪。而我的看法则是，因为我们中国大学教育的普及率在以前实际上非常低，按照西渡的说法，1949 年以来，中国诗人普遍是低学历，高等教育在很长时期里是缺位和失职的，直接导致了中国诗人在文化上的严重营养不良。所以说当代的一些诗人，打着"先锋""探索"的旗号，反叛自己作为诗人的身份和敌视诗歌多元化的立场，实际上对当代诗歌的建设是非常有害的。因为传统的关系，例如老庄哲学所宣扬的"绝圣弃智""无私无欲无我"的逍遥，在中国的文化中，有一种很深厚的虚无主义和反智主义的传统。我觉得新世纪以来这个状况稍微有所改变，其中一个非常实证的标志，就是我们的大学扩招了，我们中国人上大学的比例大幅度提高了，无论怎么说，这是一个好的现象。文化建设是一个长远的系统工程，而大学，特别是在欧美，对于整个社会起到压舱石的作用。立国历史很短的美国之所以在文化教育上异军突起，一个重要的原因就是一批富豪发财以后，大量捐赠做慈善事业，对公益事业投资最多，主要是投资大学，所以美国的私立大学特别多，加上公立大学、社区大学等，使得各阶层人群接受高等教育的愿望基本可以得到满足，还有博物馆、图书馆的免费开放等公共文化服务，据说美国只花了大概 70 年的时间就超过了英国。另外，大学在美国社会中是一个精英主义的东西，它能够对过于商业主义、平民主义的美国社会起到平衡的作用，因为每个社会都需要有一些超越自身的现实利益考量、仰望星空的人，所以，一个社会的人文素养主要是通过大学来培育、提升的，其他的社会公益事业是辅助的。中国从20世纪90年代开始的大学扩招，对诗歌发展来说，就是在提供越来越肥沃的文化土壤，而诗歌则又能够引导整个社会不断创新。这一点是非常值得肯定的。新世纪以来，大学里面的诗人越来越多，而且成就越来越高，影响力越来越大。现在在诗坛比较活跃的中青年诗人，有相当大的比例就集中在北京、上海、成都、武汉、广州、南京等地方的高校和研究机构里，而且，像北京大学的未名诗歌奖、复旦大学的光华诗歌奖、武汉大学的樱花诗歌大赛等，还有首都师范大学的中国诗学研究中心、北京大学的新诗研究所、西南大学的新诗研究所等，对于诗歌后备人才的培养、鼓励起着非常重要的作用，影响非常深远。所以，西渡说当代诗歌非常需要学院精神，需要对诗歌的严肃态度，包括对新诗经典的尊重，对此我是非常赞同的。如果没有对经典的敬畏，人们写诗就会陷入盲目和迷信。

另外，学院诗人的历史文化视野和诗学意识往往要比非学院诗人更为开阔、系统，对于古今中外优秀诗歌艺术和传统的辨析、借鉴、扬弃与转化往往也更为自觉主动，心态会更加包容，但对自己诗歌写作的要求也会更严格，期望更高，相对而言，他们的诗歌不会低于基本的诗歌水准。

由于大学相对宽松、包容的文化环境和较多的知音、读者，学院诗人对自己的诗学立场和诗学理想更能够坚持，所以，学院诗人的写作在一些读者那里可能会显得比较晦涩难懂。其实出现这种情况还有一个原因，就是学院诗人的诗歌背后往往隐藏着大量的潜文本、前文本，因此它在无形中对读者的文化素养、知识储备也提出了很高的要求。

第二个非常明显的现象，就是进入新世纪以来，一大批诗人回到了自己的出生地，大量地书写自己的出生地。这是一个非常重要的现象。我把它看作当代新诗在全球化、城市化浪潮下的“地理转向”。我认为对于中国社会近40年的剧烈转型，诗人用不同的形式做了回应，但普遍地表现出对于诗歌地理的重视。这一点也可看作全球化带来的地方性意识增强的一个表征，值得用人文地理学的理论进行有效解读。另外一点，就是空前规模的城市化对于乡村的摧毁和冲击，在当代诗人心理上所造成的强烈反应。诗歌地理的凸显具有什么意义呢？我们知道，主导20世纪80年代的是一种高蹈的诗学，90年代又提出了个人化写作、个体诗学。这种诗学在一些诗人那里被极端化或狭隘化理解以后，他自己会走入困境。在这样的情况下，一批批诗人开始通过和自己的故乡、自己的出生地的联系，来增加诗歌的及物性，同时也能够增强诗歌与整个社会、时代进行对话的能力，并与自我生命成长的地方建立一种诗性的联系。某种意义上也可将其视为对科学主义泛滥、过度城市化的一种人文抵抗。这种现象已经引起了我们整个诗坛、文坛的普遍而高度的重视。我认为这一方面的诗歌实践，就不仅仅具有诗学的意义，它还应该放在社会学、心理学和文化学等诸多学科视野中进行讨论。

第三个需要重视的现象是“国学热”所带来的新诗的文化认同问题。新世纪有一本书，是纽约大学张旭东教授在北京大学出版社出的《全球化时代的文化认同》，其副标题是“西方普遍主义话语的历史批判”，这个对中国思想的影响非常大。我认为新世纪中国的许多理论话语源自此书。这是中国文化心态和话语风尚在新世纪所发生的非常重要的变化，它直接导致了对中国传统文化的重新认识，不再是一味地批判、否定。诗人们也开始尝试重新理解或接续古典文化和诗词曲赋中的中国艺术精神，近些年所流行的所谓“向杜甫致敬”“向传统致敬”之类，不可小觑。所以说，加上道家和现代社会生态主义比较契合，许多诗人开始自觉主动地向古典诗歌学习、借鉴，包括他们的观念、写作的一些艺术的表达，都不同程度地受到了影响。这方面的例子很多，比较突出的是四川成都的诗人柏桦，甚至对古代明清的白话、文人的雅致、日常生活的瞬间快乐或者安逸，都有意地将其作为另一种古典传统来发扬。看看他的长诗《水绘仙侣》等就很容易明白这一点。所以说，新世纪中国新诗的一个重要变化，就是开始从语言上把古典诗歌的美学观念、语言形式引入当代新诗的创作，甚至开始向古老的智慧寻求灵感。这种写作背后实际上是一种新的文化认同。新诗是不是必须以西方诗歌为标准？这个问题终于在新世纪被提出来了。所以说，新世纪诗人出来写故乡的，写亲人的，这些年特别多。他们中绝大多数是在乡村长大的，经历了人类历史上最迅猛、规模最大的中国当代的城市化、商品化，让他们闭上嘴巴是不可能的。可以说，他们的诗歌就是中国农耕文明最后的挽歌。这一方面的诗歌实践，我近年已经做过一定研究，写过长文。

第四个是第三个的伴生物，就是新世纪诗坛对于新诗的反思和重构。实际上，新世纪诗歌有一个对极端化的个体化写作的纠正，特别是像儒家的感通诗学，在相当一部分诗人那里得到继承和发扬。正如青年诗论家王凌云所指出的，情志的“感通”才是中国古人所理解的诗的旨归，而情志“感通”的基础在中国则是家庭、家族或类似的具有血缘关系的共同体。诗歌中的这种时刻特别动人。另外，对叙事性的强调，在新世纪更趋于一种综合性、包容性的诗艺，有一些诗歌开始注重对审美经验的体悟和发掘，和 20 世纪 90 年代已经不太一样。还有一点，80 年代趋向高蹈的诗学，经过 90 年代的修正，到新世纪以后，又有进一步的调整，实际上开始平衡浪漫和写实，非常抽象的形而上的思考和细节性的日常经验的结合。另外，刚才有人提到所谓的语境问题、接地气的问题，现代艺术当然也是不可能脱离具体的历史语境的，我们现在的诗歌实践同样如此。但我想强调，真正的诗歌是超语境的，有一些诗人在写作实践中，比较好地把握了与现实对话和超越现实、超越具体语境这两者的关系。说到底，诗歌必须要保持一点神圣感、神秘感，优秀的诗歌必然具备天地人神的综合维度。

[作者钱文亮，1985 年大学毕业，2003 年获北京大学文学博士学位。2014—2015 年在美国威斯康星大学麦迪逊校区做访学学者。现为上海师范大学人文学院教授、都市文化研究中心研究员，北京大学新诗研究所特聘研究员等。主编《中国百年新诗大典》(第 22 卷)等书，出版有专著《新文学运动方式的转变》《诗神的缺席与在场》等。]

# 翻译与传播：中国新诗在英语世界

海　岸

几年前，笔者在编选《中西诗歌翻译百年论集》(2007)时，发现中国诗歌在英语世界的翻译与传播已历经几个世纪，但重心无疑落在中国古典诗歌上，对新诗的译介显然起步晚、影响弱，但也经历了中国古诗从欧洲英伦传入美国的相似历程，在近二十年间获得迅速的发展。

## 一、中国新诗的译介与传播

最早的中国新诗英译本见之于英裔作家哈罗德·阿克顿(Harold Acton)和其北大学生陈世骧先生(1912—1971)合译的《中国现代诗选》(1936)，随之是美籍英裔作家白英(Robert Payne)英译的《中国当代诗选》(1947)。而优秀的中国新诗英译本也开始出现在美国，例如，美籍华裔学者许芥昱教授(1922—1982)编译的《二十世纪中国诗选》(1963)，美国学者闵福德(John Minford)和香港翻译家宋祺编译的《山上的树》(1984)，尤其是著名美籍华裔诗人叶维廉教授编译的两部中国新诗选集《中国现代诗歌：1955—1965》(1976)、《防空洞抒情诗：中国现代诗歌，1930—1950》(1992)可谓是英译中国新诗的里程碑式译本，明显改变了以往在英语世界翻译与传播中国诗歌重古典、轻新诗的局面。他在第二部选集中选译了包括“九叶派诗人”在内的18位中国现代诗人的作品，其中一篇长达68页的绪论，几乎占全书三分之一的篇幅，集中探讨“为什么在三四十年代的中国诗坛会出现现代主义”这个问题，对西方读者了解与接受中国新诗具有重要的参考价值，在英译中国新诗领域做出了令世人瞩目的贡献。

然而，许多重要的英译本未能收录20世纪90年代以后出现的中国新诗作品，致使中国当代文学的先锋诗歌看起来近似历史的陈迹。例如，美国翻译家爱德华·莫林（Edward Morin）编译的《红色杜鹃花：中国"文革"以来诗歌选集》（1990）、著名美籍华裔汉学家奚密（Michelle Yeh）教授编译的《中国现代诗选》（1992）、美国诗人翻译家托尼·巴恩斯通（Tony Barnstone）编译的《风暴之后：中国新诗》（1994）。而个人诗集的英译大多集中于朦胧派诗人，例如，汉学家杜博妮（Bonnie S. McDougall）英译的北岛诗集《旧雪》（1991），大卫·欣顿（David Hinton）英译的北岛三部诗集《距离的形式》（1993）、《零度以上的风景》（1995）和《在天涯》（2001），克莱顿·埃什尔曼（Clayton Eshleman）与卢卡斯·克莱因（Lucas Klein）英译的《容忍》（2011）。又如，陈顺研（Mabel Lee）英译的《面具与鳄鱼：中国当代诗人杨炼及其诗歌》（1990），霍布恩（Brian Holton）英译的杨炼诗集《无人称》（1994）、《大海停止之处》（1999）、《同心圆》（2005）和《骑乘双鱼座：五诗集选》（2008），格里高利·李（Gregory Lee）和约翰·卡雷（John Cayley）英译的多多诗集《从死亡的方向看》，森·戈尔登（Sen Golden）和朱志瑜英译的《顾城诗选》（1990），艾伦·克里平（Aaron Crippen）英译的《无名的小花：顾城诗选》（2005），约瑟夫·艾伦（Joseph R. Allen）英译的《海之梦：顾城诗选》以及孔慧怡（Eva Hung）编译的《舒婷诗选》（1994）等。

美籍华裔诗人、学者王屏编译的《新一代：中国当代诗选》（1999）开始重点关注朦胧诗之后出现的新一代诗人的作品。另一位美籍华裔诗人、学者张耳与美国多位诗人合作英译的《别处的集结：中国当代诗选》（2008）、笔者与英美诗人合作翻译的《中国当代诗歌前浪》（2009）则将目光转向、聚焦于后朦胧诗诗人20世纪90年代以来的作品。而旅居英伦的诗人杨炼编选、英国诗人威廉·赫伯特（William Herbert）、翻译家霍布恩（Brian Holton）等英译的《玉梯：中国当代诗选》（2012）、旅居美国的诗人、翻译家明迪主编的《新华夏集：当代中国诗选1990—2012》（2013）则将这种译介中国现当代新诗的浪潮推向更高处，给西方读者带来更大的惊喜。值得注意的是，美国翻译家近年来开始译介中国第三代诗人的诗集，例如，美国著名的新方向出版社出版了一本由卢卡斯·克莱因（Lucas Klein）英译的西川诗选《蚊子志》（2012），获2013年度美国翻译协会卢西恩·斯泰克（Lucien Stryk）亚洲翻译奖（一种专门奖励优秀亚洲诗歌的翻译奖）。美国新世界译丛推出的一本由史春波（Diana Shi）和乔治·欧康奈尔（George O'Connell）英译的王家新诗选《变暗的镜子》（2016），并由1995—1997年美国桂冠诗人、普利策奖得主罗伯特·哈斯（Robert Hass）作序——《王家新：冬天的精神》。

香港中文大学出版社与美国西风(Zephyr)出版社从2012年开始陆续联合推出中国第三代诗人的双语诗集系列,包括诗人于坚的《便条集》、欧阳江河的《重影》《凤凰》、韩东的《来自大连的电话》、柏桦的《风在说》、翟永明的《更衣室》、宇向的《我几乎看到滚滚尘埃》、张枣的《镜中》、王小妮的《有什么在我心里一过:王小妮诗选》、臧棣的《慧根丛书》等十本个人诗集。其中,由美国翻译家凌静怡(Andrea Lingenfelter)英译的翟永明诗集《更衣室》(2012)荣获美国第31届北加州图书奖诗歌翻译类大奖。凌静怡先后负笈耶鲁大学和华盛顿大学,是一位勤勉的翻译家。她的英文译著包括棉棉的小说《糖》、李碧华的《霸王别姬》《川岛芳子》等。她还曾参与笔者主持的2008—2009年度《中国当代诗歌前浪》的英译工作,提供了包括诗人吉狄马加、海子、翟永明、王寅在内的译作,并为在欧洲出版的诗选作序。另一本由美国诗人、翻译家顾爱玲(Eleanor Goodman)英译的《有什么在我心里一过:王小妮诗选》(2014)获得2015年度美国翻译协会卢西恩·斯泰克亚洲翻译奖并入围加拿大格里芬(Griffin)诗歌奖。2013年秋笔者赴美完成国家社科项目,在波士顿收集资料约见王敖时,听她聊起哈佛大学费正清研究中心有位优秀的诗歌翻译家顾爱玲,那时她正在北京大学做富布莱特访问学者,第二年在上海才见到她,2017年她又推出臧棣诗选《慧根》。

## 二、从“玉书”到“玉梯”的文化传统

杨炼曾私下透露,《玉梯》(*Jade Ladder*, 2012)诗选的立意在于达成中英诗人间的深度交流,在思想上和语言上,必须传达出当代中国文化转型的特征:观念性和实验性。这部诗选其实是在描绘一张“文化大革命”以来的中国思想地图。我们刻意用极端的原创,挑战极端的翻译——不是空谈诗歌的可译与否,而是由原作设定美学要求,不容不可译的可能!事实上,当听到诗人杨炼及其编译者将他们英译的中国当代诗歌选集命名为《玉梯》时,笔者立刻就明白了编译者的意图——自觉地将中国新诗的翻译归入西方对中国诗歌译介与传播的文化传统中,心中不免为之暗暗叫绝,显然《玉梯》试图攀越《玉山》(*The Jade Mountain*, 1929)——美国诗人宾纳的英译经典:《唐诗三百首》,轻松地抵达《玉书》(*Le Livre de Jade*, 1867)这一译介中国诗歌的西方源头。而诗人翻译家明迪及其编译者将他们英译的当代中国诗选命名为《新华夏集》(*New Cathay*, 2013),不就

是想将中国新诗的翻译归入庞德(Ezra Pound)在《华夏集》(*Cathay*,1915)中开创的创造性翻译与传播的文化传统中吗?

《玉书》原是法国贡古尔学院女院士朱迪思·戈蒂叶(Judith Gautier,1845—1917)与其中文教师丁敦龄合作翻译的中国古诗集,因其优美的法文成为世界级的经典,对欧美文化界产生巨大的冲击,后被译成欧洲多国文字,出版了几十个版本,更是多次被转译成英文。这些从法文译本转译而来的英文译本,为中国古诗在英语世界的翻译与接受铺平了道路,随之《玉书》也成为"美国本土化中国诗歌小传统"的源头。

据香港浸会大学的钟玲教授阐述,这个本土化的中国诗歌小传统在美国文学上的成就规模不大,但却是实在的。首先,有些中国古典诗的英译本身已成为英文创作的经典,包括庞德翻译的李白《长干行》、王红公(Kenneth Rexroth)翻译的30多首杜甫诗以及斯奈德(Gary Snyder)翻译的24首寒山诗。第二种成就是对美国作家与知识分子的思想和生活产生影响,成为他们生命中重要转变的因素之一,如影响一些美国作家去接近大自然或回归田园生活。第三种成就是全新的中国文化因素对美国作家的创作产生了冲击,无论是在诗的内容或表现手法上都有新的呈现,为美国诗歌添加了新的风貌和美感经验。看来近三十年间,由于国际政治格局的变化,随着文学翻译研究领域"文化转向"趋势的显明,更兼中国传统文化的博大精深与中国诗歌的独特魅力,中国诗歌的翻译与传播已历经从弱势文化、平等交流到优秀译作逐渐被"经典化"的过程而步入西方主流文化。

## 三、介入与揭示绝非是想象

中国当代新诗的翻译往往与文学研究并驾齐驱,例如,美国加州大学著名华裔学者奚密教授在翻译中国现当代诗歌的同时,对20世纪八九十年代中国民间诗歌有过深入的研究。她曾在《从边缘出发:现代汉诗的另类传统》(2000)第七章中,连续引用了上海三位当代诗人宋琳、醉权、刘漫流的诗作,从该章节的"参考文献"中获悉,她竟然也收集到笔者当年参与编印的上海诗歌民刊第五期《喂》(1990)。值得一提的是当年笔者在《喂》中有意识地设立"英译栏目",确保每期每人有一首同名英译诗,这也许是中国诗歌民刊最早引入双语版式的记录。这一点近年来引起包括奚密教授在内的海外汉学家的关注。奚密教授准确地把握住中国当代诗歌"危机意识"这一显著特征，并认为它的出现既可以理解为对具体政治情况的反应——任何重大的政治事件均对中国人生活的各方面有实质的影响；另一方面奚密对政治与文学之间任何简单、直接、未经中介的对应关系的解释，均持保留的态度。她以为先锋诗人的危机意识源自更深的压抑和疏离。这些压抑和疏离的根源不仅是政治上的，而且也是经济和文化上的。

奚密教授判断，当诗人一方面面对压抑的文化建制，另一方面又面对使他们退到边缘的消费社会时，危机意识便激发了一种潜存于"诗歌崇拜"核心的英雄主义。经历巨大危机的先锋诗人秉持与社会疏离的敏锐心灵，勇于反思和挑战现存的价值体系，构建另类的价值体系。他们信奉诗歌一方面是在肯定个人价值，疏解异化；另一方面也暗示了对一切建制和物质至上主义的批判和摒弃。诗歌不仅仅是意识形态的一种产物，更要承担起以独特的语言文字敞开一个被遮蔽世界的任务；诗歌的神圣职责还在于发现人与物之间的联系，在于揭示人在外在世界存在的本质。

荷兰莱顿大学汉学研究院柯雷（Maghiel van Crevel）教授撰写的《中国民间诗刊研究札记及书（刊）目评注》（2007），以丰富详尽的民刊资料信息揭示中国当代先锋诗人近 30 年来纷乱、心碎的心路历程。而他的弟子美国学者戴迈河（Michael M. Dai）曾在 1982—1992 年间，深入四川成都、重庆等地，直接介入当地先锋诗人的诗写生活，英译 20 位四川诗人的几百首诗歌，后写出博士论文《第二诗界：四川先锋诗人，1982—1992》，向世界提供了一段较为真实的中国当代诗歌——客观存在却被人为遮蔽的当代诗歌现状，一段民族整体深陷文化危机，试图找回自由、独立人文精神的历史。诚然，一位优秀的译者不仅要熟悉中国先锋诗人在 20 世纪 80 年代对主流文化的迷恋、怀疑与沉浮于社会变革中的强烈躁动，以及他们在 90 年代所谓边缘化的处境下对公共价值的审视和对自我价值的纠正，更要了解他们在新世纪借助诗歌承担起对当代文化精神的思考、批判与构建的责任。这一切绝非所谓"他者"的想象。

## 四、中西译者需要真诚合作

80 余年中国新诗英译史，乃至几个世纪的中国古典诗歌英译史，表明成功的译本往往离不开中外诗人间的真诚合作。无论是早期理雅各(James Legge)与王韬合作翻译《诗经》,宾纳(Witter Bynner)与江亢虎合作翻译《玉山》,还是后来的译者如杨宪益夫妇、王红公与钟铃、罗郁正与舒威霖(William Schultz)、丁祖馨与拉菲尔(Burton Raffel)等,都是绝佳的例证,为中外合作英译中国诗歌提供了非常有益的示范与启示。2008—2009年间,笔者也曾编译出版过一本《中国当代诗歌前浪》,该书选编了中国80位大多在20世纪60年代出生,至今在世界范围内坚持汉语写作的先锋诗人的作品,也收录了代表更年轻一代审美取向与文化观念的"70后""80后"的诗人作品。《中国当代诗歌前浪》以汉英双语形式呈现了在新世纪全球经济一体化背景下,具有悠久诗歌传统的中国当代新诗全貌。诗歌英译大致可分为两类:学术翻译和诗人翻译。全书约二分之一的英译出自英语世界一流的学者、诗人、翻译家之手,如霍布恩、柯雷、戴迈河、凌静怡、西敏(Simon Patton)、梅丹理(Denis Mair)、戴维(David Perry)等,余下部分先由笔者提供英译初稿,再与当年旅居上海的2008—2009年度中美富布赖特奖学金获得者美国诗人徐载宇(Lynn Xu)合作完成,最终由比利时—西班牙的国际诗歌出版社(Point Edition)顺利出版,并于2009年在欧洲最古老的"第48届马其顿斯特鲁加国际诗歌节"的开幕当天首发,随之进入当年的德国法兰克福国际书展与比利时安特卫普国际书展。青海版《中国当代诗歌前浪》(2009)在"第2届中国青海湖国际诗歌节"推出。

经历了近几年的编译工作,笔者深刻地体会到霍布恩在英译诗人杨炼《同心圆》时的那番感言:"要想提高汉英文学翻译的质量,惟有依靠英汉本族语译者之间的小范围合作。汉语不是我的母语,我永远无法彻底理解汉语文本的微妙与深奥;反之,非英语本族语的译者,要想将此类内涵丰富的文本翻译成富有文学价值的英语,且达到惟妙惟肖的程度,绝非是一件容易的事。可一旦同心协力,何患而不成?"

值此国家大力创导"中国文化走出去"的转型期,中国新诗的外译工作方兴未艾,目前从事这项工作的诗人、翻译家太少。在此笔者呼吁全国社科规划部门更应将中国诗歌外译的工作纳入国家社科基金中华学术外译项目规划中,激励更多的青年才俊参与其中。总之,随着全球经济一体化进程的深入,各国文化交流日趋频繁,中国新诗英译的前景更值得期待。毋庸置疑,在西方汉学界,无论是德国的顾彬(Wolfgang Kubin)教授,还是荷兰的柯雷教授,都颇为推崇中国当代诗歌在世界文学领域所取得的成就。柯雷教授曾经来函说:"首先,中国当代诗歌创作已经繁荣到我无法用简单的语言来描述，它的色彩不是红的、蓝的这样单色调的，而是多彩的；早期的朦胧诗尤其值得一提，这些诗歌中特有的意象手法是我们这些外国人最感兴趣的；另外，中国诗歌有着与其他国家诗歌一样的特点，那就是这些诗歌反映了诗歌产生的那个年代的一切，我们把这些诗歌同它的时代和地域联系起来，可以看到一个国家的文化和发展。通过中国诗人的作品，我们可以了解到中国的过去、现在，特别是看到了中国的发展。”

［作者海岸，诗人、学者、翻译家，复旦大学中澳创意写作中心、复旦文学翻译研究中心成员。著有《海岸诗选》《挽歌》（长诗），译有《狄兰·托马斯诗选》《贝克特全集：诗集》（与余中先合译），编有《中西诗歌翻译百年论集》《中国当代诗歌前浪》（汉英对照，欧洲版、青海版）等。曾应邀出席“第15届阿根廷罗塞里奥国际诗歌节”（2007）、“第48届马其顿斯特鲁加国际诗歌之夜”（2009）、“罗马尼亚米哈伊·艾米内斯库国际诗歌节”（2014）等。2016年荣获上海翻译家协会颁发的“STA翻译成就奖”。］

# 略谈当代诗坛现状与发展趋势

潘颂德

2017年是我国新诗诞生100周年。“五四”时期，胡适、郭沫若等人在西方意象派、浪漫主义诗派诗学、诗艺的影响下，冲破我国古典诗歌严谨格律的束缚，开创了白话自由诗派。新诗诞生100年来，取得了很大成就，涌现了许多重要诗人和新诗流派。单就1917年至1949年之间的新诗流派来说，由于接受西方不同的诗学和诗艺的影响，就形成了人生派、浪漫主义诗派、小诗派、象征诗派、现代格律诗派、现代诗派、七月诗派、九叶诗派。这一历史时期，既有受民歌的影响而形成的诗派，如20世纪30年代前期的新诗歌派（又称“中国诗歌会派”），也有出于现实斗争的需要而形成的诗派，如抗日战争前期延安的街头诗派。众多重要诗人和新诗流派的不断涌现，推动了新诗的发展，也为今天新诗的繁荣和发展奠定了坚实的基础。

粉碎“四人帮”以后，我国当代新诗进入了一个新的历史时期。20世纪80年代前期的朦胧诗，冲破“左”的政治路线对文学、诗歌的束缚，确立了崭新的诗歌美学，构建了主体诗学，开启了中国新诗和新诗美学的新篇章。

对20世纪80年代中期由第三代诗人开启的30多年来的当下诗歌现状的描述和评判，不是一两句话就能说清楚的。

30多年的新诗坛，存在着“三多一少”的现象。三“多”，第一个“多”是官办诗刊比以往多了。“文化大革命”之前，只有《诗刊》《星星》两个官办诗刊。现在官办的诗刊，除《诗刊》《星星》外，还有《诗潮》《诗林》《诗选刊》《扬子江诗刊》《上海诗人》《绿风》《诗歌报》等10多种。二是民间诗刊多。粉碎“四人帮”后，宽松的政治环境、日益发展的市场经济，催生了民间诗社和民间诗歌报刊。1978年10月，贵州诗人群创办了《启蒙》，同年底，北岛等人创办了《今天》，这是真正的民间诗刊出现的标志。随着民间诗刊的出现，民间诗社、民间诗歌流派也随之破土而出，纷纷涌现出来。1984 年，韩东在南京组织了“他们”诗派，同年 2 月，李亚伟、万夏等人创立“莽汉主义”诗歌群体。稍后，四川诗人石光华、杨远宏、宋渠、宋炜等人组织了“整体主义”群落。这三个诗人群体成为我国当代民间诗歌的先声。1986 年，在徐敬亚等人的策划下，“中国现代主义诗歌大展”一举推出了数十个诗歌团体与流派，中国当代诗坛旗号林立，群雄争逐。著名诗歌理论批评家、北京帅范大学教授张清华主编的《中国当代民间诗歌地理》（上、下卷）（东方出版社 2015 年版）就收录了包括上海的《城市诗人》《新城市》《活塞》等在内的 20 多个诗刊。三是评奖多。除了官办的国家级的评奖，各省、市文联与作家协会的诗歌评论奖外，市场资本进入评奖，从而出现了评奖泛滥的现象。无论是官办的评奖，还是民办的、商办的评奖，都有非艺术因素的进入，如权力、资本、人际关系的因素。这样，评奖就缺乏公信力，失去公信度，有些获奖的诗集、诗篇，也就不再是众口称赞的优秀之作，不但对促进诗歌创作无益，反而有害。一“少”是优秀作品少。30 年来，新诗坛是涌现了一定数量的、好的诗作的，但与每年出版的诸多诗集、发表的大量诗作比较起来，优秀之作相当少。

30 多年里新诗坛表面看似热闹，实则缺少优秀诗作现状的产生的原因，一是与 20 世纪 80 年代中期起第三代诗人在后现代主义反理性指引下，从诗歌理念到创作实践，将新诗创作引向偏至密切有关。关于第三代诗人的命名，有多种说法，是一个非常含混的后设命名，这里不加详论。第三代诗人包括“他们诗群”“大学生诗派”“海上诗群”“泛北大诗群”等诗派，倡导“非非主义”“整体主义”“新传统主义”“莽汉主义”等诗学，他们以极端的反传统、反文化、反理性、反秩序、反中心、反崇高、反英雄为价值取向，以不确定、内在性、削平深度模式、零散化、拒绝阐释、历史意识的消失、主体性的丧失等为审美风尚。第三代诗人与传统诗人在诗歌观念和审美习惯上的根本对立，正像诗人、诗论家白航所揭示的那样：“你们说，诗要美；我们说，诗要丑；你们说，诗要抒情；我们说，诗无情可抒；你们说要饱满，我们说诗要干瘪；你们说诗要写星星和花朵，我们说可以写撒尿和臭水沟；你们说诗要真实，我们说全世界都在撒谎。”①

第三代诗人强调“个人化写作”，导致新诗疏离时代与现实，远离了广大人民。对大众情感诉求的漠视，使第三代诗人的“个性化写作”走向“私我化”“私人化”的歧路。在物欲横流、人文精神匮乏的 20 世纪 90 年代，第三代诗人的不

① 白航：《有感于诗坛的“非理性”》，《当代文坛》1990 年第 3 期。

少诗作发泄生命本能和欲望，喋喋不休地叙说自我隐私，导致诗作毫无诗意与美感。著名诗评家谢冕曾怒斥这种诗："诗歌从来没有像当前这样自私，它陷入自恋，沉迷于'自我抚慰'。"①

导致当代诗坛一蹶不振的第二个原因是本世纪初以来网络诗歌的崛起和喧嚣。如果单纯将网络作为一种传播手段，它对诗歌的传播无疑会带来很大的好处，会引起诗歌传播由传统的纸质传播向网络传播转变的巨大革命。但是，网络诗歌具有即时性、互动性、自由性、爆破性、虚拟性等特点。②网络诗歌的自由性彻底颠覆了高难度的诗歌创作，使诗成为无难度的顺口溜，导致诗向非诗的异化。

第三代诗人的反文化、反英雄、反崇高、反意象的后现代主义诗学观与诗歌创作，网络诗歌的无难度写作，当下国人普遍的浮躁心态，以及相当一部分诗歌作者严重缺乏诗学学养与诗艺修养，导致当下诗坛看似热热闹闹，实际上优秀诗篇很少的局面。

人间要好诗。广大读者与诗人们迫切希望扭转当代诗坛官办诗刊多、民办诗刊多、诗歌评奖多而优秀诗篇少的局面，呼唤当代诗坛涌现好诗的繁花似锦、花团锦簇的场面。那么，当代诗坛的发展趋势又是怎样的呢？

探索与展望当代诗坛的发展趋势，首先要树立正确的诗歌观，即首先要明确什么是诗，好诗应该具备哪些条件。我认为，一首好诗，应该具备八个条件：一、高尚深刻的思想，二、丰富健康的感情，三、新颖的立意和构思，四、生动的意象，五、深邃的意境，六、精练的语言，七、严谨的形式，八、和谐的节奏与旋律。

事实上，粉碎"四人帮"后的40年来，从创作实践到理论探求，从阅读欣赏到群众性的诗歌朗诵活动，诗人、诗歌理论批评家和广大读者从来没有停止过对好诗的追求。但是，喧嚣一时的第三代诗人的非理性诗篇，泛滥的、无难度的网络诗歌，似乎把抒写时代与个人心灵相统一的好诗、严肃探索好诗的诗学主张屏蔽掉了。我们应该将这40年间涌现的好诗弘扬开去，应该将这40年间出现的严肃探索诗学的诗歌理论主张传扬开来，做好去蔽工作，进一步强化严肃诗歌创作和深化好诗理论探索，开创当代诗坛的新天地。

早在20世纪90年代初，诗论家邹建军就提出了好诗、大诗必须具备的条

---

① 谢冕：《世纪反思——新世纪诗歌随想》，《河南社会科学》2004年第3期。

② 蒋登科：《网络时代：诗的机遇与挑战》，载中国作家协会创作研究部编《诗歌艺术论——全国诗歌理论研讨会论文集》，作家出版社，2012。

件。他认为，好诗必须感情真挚、诗意含蓄、意象生动、语言凝练。大诗必须抒写与表现时代精神；抒写与表现民生疾苦，为大众代言；抒写与表现厚重的人生体验、深刻的生命哲学，必须具有开创一代诗风的新诗形式。①

针对20世纪80年代中期起第三代诗人及其诗作、网络诗歌人文精神失落、语言自由散漫，网络诗歌缺乏评介标准、有效管理，诗歌经典化的可能性降低等问题，吕进、骆寒超等诗歌理论批评家于2004年在西南大学诗歌研究中心、中国新诗研究所举办的首届华文诗学名家国际论坛上提出了以“推进诗歌精神建设、诗体建设、诗歌传播方式建设”为宗旨的新诗二次革命的主张，获得众多诗人、诗歌理论批评家的广泛而又热烈的响应。

针对第三代诗人、网络诗歌极端的私语化、小圈子写作，多年来，许多诗人、诗评家呼吁在当下多元化诗歌写作态势下，必须加强社会写作。诗评家王珂提出：今日诗坛需要的优秀诗人是既有生命意识又有使命意识的诗人，是能够将个人幸福与社会发展有机地融为一体的现代人。因此他呼吁：新诗既需要个人化写作，也需要社会化写作；既需要情感性写作，也需要思想性写作。②

新时期以来，新诗形式以自由诗为主，但现代格律诗（新格律诗）的创作与理论研究从来没有停止过。20世纪80年代，先后出版有邹绛编选的《现代格律诗选》（重庆出版社1985年版）、周仲器与钱仓水编选的《中国新格律诗选》（江苏文艺出版社1985年版）。周仲器与他儿子周渡长期研究中国现代格律诗的历史，出版有《中国新格律诗探索史略》（江苏大学出版社2013年版）。刘涛出版了《百年汉诗形式的理论探求——20世纪现代格律诗学研究》（人民出版社2013年版），诗论家许霆、鲁德俊出版的《新格律诗研究》（宁夏人民出版社1991年版）构建了新诗两种节奏体系的理论。他们将节奏的研究从语音扩大到语义，提出了新诗“音组等时停顿节奏”与“意群对称停顿节奏”。

随着新格律诗理论研究的深入，研究新格律诗的学术团体也应运而生，学术活动也随之展开。1992年黄淮等诗人在深圳创建了深圳中国现代格律诗学会。1994年，该学会在北京雅园宾馆主办雅园诗会，召开现代格律诗学术研讨会，会议宣言提出“鲜明和谐的节奏、自然有序的韵式”是创造与建设新格律诗的基础，是创建新格律诗的最低纲领，其最高纲领是创造形式多样的“共律体”

① 邹建军：《大中华诗学》，内蒙古人民出版社，1990。
② 王珂：《新时期三十年新诗得失论》，上海三联书店，2012。

（定型诗体）。会后深圳中国现代格律诗学会创办了会刊《现代格律诗坛》，先后出版了10多卷，出版了三套“雅园诗歌丛书”，从而形成了旗帜鲜明地提倡新格律诗的雅园诗派。

时隔10多年，继雅园诗会之后，2007年10月，由深圳中国现代格律诗学会、西南大学中国诗学研究中心和常熟理工学院中国现代文学学科共同主办了“新诗格律和格律新诗理论研讨会”，会议提出诗界要“整顿诗坛风气，重建诗坛秩序”，“既要实现现代格律诗与传统格律诗的成功对接，又要注重在关注中外格律诗的基础上积极探索，创造出既有现代特质又有民族风格的现代格律诗”。

在诗歌理论界积极探索新诗格律的同时，诗歌创作界涌现出了屠岸、丁芒、邹绛、梁上泉、刘章、黄淮、纪宇、晓帆等著名新格律诗诗人。

历史常常是一种倾向掩盖另一种倾向，历史又常常波浪式前进、螺旋式上升。新诗必将在个人化写作与社会化写作、生命意识与使命意识、自由与格律的对立统一中，在诗与社会的外部规律、诗艺发展的内部规律的双重引领下，开创新诗发展的新天地，迈上新诗艺术的高台！

（作者潘颂德，上海社会科学院文学研究所研究员、教授，中国作家协会暨上海市作家协会会员，中国鲁迅研究会荣誉理事、上海鲁迅研究专家委员会成员，全球汉诗总会常务理事、中国现代格律诗学会理事。新诗研究方面，著有《中国现代新诗理论批评史》《中国现代诗论40家》《中国现代乡土诗史略》，另任《上海五十年文学创作丛书·诗歌卷》《中国现代分体诗歌史》两书副主编。）

# 第二辑　都市文化语境中的诗性书写

# 城市，需要诗歌记忆

黄礼孩

当看到《巴黎文学地图》《伦敦文学地图》《都柏林文学地图》等世界文学地图图书时，我们的反应是，我们太可怜了，既没有里斯本佩索阿常去写作的咖啡店，也没有波兰克拉科夫诗人在公园里的诗人椅子，我们没有多少值得流传的文学轶事。在我们的城市文化进程中，有世界影响力的文学气息是如此稀薄。没有文学记忆的城市是缺少魅力的城市，这是缺乏人情味的城市。

中国的一线城市需要自己的文学地图，需要自己的文学大师，需要自由的文学生活，需要变化多端的文学经历，意识到这一点，去提供尽可能的土壤，未来城市才有自己的文学遗产。

当下中国，很难有哪个时代像今天这样在城市诞生如此多的诗人群体，他们分布在城市的不同角落，只要去连接起来，就能构成我们城市的诗歌地图。

进入工业社会发展之后，城市成为商业与文化的交汇点，文学的创作越来越集中到城市，特别是大城市。我们看见小的城市都已经不大适合文学创作，这是因为大的城市是欲望之都，云集了各种重要的文化资源，提供了巨大的气场，形成了浓郁的文学氛围，比如你有机会与影响力大的诗人、作家亲切交谈，去听知名作家的讲座，长时间泡在咖啡店有可能获得意外的灵感，大型书店、精品书店、图书馆让你拥有最广的阅读视野，在各种国际文学活动上增长见识，还有大量可供发表的文学杂志、报纸副刊及文学公号等，城市成为文学的入口，成为文学创作和传播的重要基地。一个文学中的人就像一株植物，能结出什么样的果实，很大程度上取决于这株植物所得到的滋养和培育。

城市文学地图或者地理，它的传说是由所有的人来演绎的。没有伟大的读者，也就没有伟大的诗人、作家。两者如果没有共谋，也就没有城市的文学记忆。随着新兴的各类文化产品出现，更多读者的兴趣在转移，在离开诗歌。如果让读者重新关注诗歌，这需要对诗歌的传播在审美和形式上加以更新。诗歌写作从来都是个人、自我的事情，诗歌是所有文学艺术里唯一没有商品化的媒介，它孤独地跑在所有语言的前面。所以，现代诗歌把大众抛在后面是正常不过的事情，诗歌与大众的关系一直是难以调和的，尽管诗歌的创作与诗歌的教育存在鸿沟，但并不等于诗歌的传播没有纽带，没有空间。我一直觉得，诗歌面对城市的美学课，应该由专业的诗人来完成。因为每种文化在不同的环境、需要和能力的驱使下，会去探寻美的不同方面。如果对诗歌文本没有高度的认知，没有审美体验，只知道去迎合审美不高的读者，必将败坏诗歌的品位。

生活于城市，作为诗人必然会考虑到诗歌与城市的关系。如果一座城市，它的美术馆、音乐厅、博物馆、歌剧院、演出中心、图书馆、书店、画廊、创意园等机构多起来，城市的人群就在更多的基数上接触到文化，城市的审美自然会水涨船高。同样，诗歌如果以多种方式进入这些空间，诗歌就成为焦点，美就存在于眼中、心里。在我看来，诗歌什么都不是，诗歌又什么都是，诗歌无所不在。十几年前，我与广州做创意园的企业家谈过，诗歌的创造力、想象力其实是所有创意艺术的源头，但中国所有的创意空间都没有意识到这一点，就是因为诗歌没有商品化。企业家很同意我的观点，诗歌的语言可以带来无限的世界，他把诗歌作为一种艺术引进园区。多年前，我们开始把诗歌作为各种审美艺术的重要元素引入日常生活中，诗歌不仅仅是灵魂上的事情，它更应该在日常生活中滋养城市的气质，净化市民的心灵，帮助我们去认识世界与自身。如果诗歌不去占领读者的心灵空间，其他乱七八糟的东西会乘虚而入，但用以往老套的办法来推广诗歌是行不通的，所以诗歌作为一种创造性的语言，不能停留在纸上。

这些年我们用诗歌与不同的艺术形态发生关系，比如诗歌与现代舞、诗歌与当代民谣、诗歌与建筑、诗歌与雕塑、诗歌与肖像、诗歌与绘画、诗歌与装置、诗歌与动漫等，我们都进行了尝试，用诗歌来观看艺术，通过艺术，再还原为诗性的呈现，这样让诗歌语言上了艺术之身，效果明显，为城市市民喜爱。

因为时间关系，无法一一展开讲述，我只谈谈广州新年诗会。在十年前，我就开始做广州新年诗会，到了第五年就有了起色，慢慢引起市民的关注，就开始变得一票难求，有十几万人在线观看。诗歌的发生与城市的场地和加盟的艺术家有很大关系。2014 年，广州图书馆邀请我把广州新年诗会搬进这个全新的空间，加上本城一些热心艺术家的加盟，诗歌的演绎更为多元化，视觉冲击力十足。传统媒体与现代传媒还是推广诗歌的重要平台，来自媒体的推介和评价会引发更多市民去关注。广州新年诗会在几年间就成为广州这座城市的文化名片，这可以看作诗歌对城市精神的提升。每年广州新年诗会，我只做一个题材，把一个题材做细做深，做出想象力和表现力，借当代艺术的现场感，不让诗歌空心化、表面化，而是寻找现代城市人内心的渴求，最起码一首有效的诗歌经过演绎后能在心灵上产生效应，让读者感受到诗歌强大的内在感召力，并能对应自己需要解决的问题。城市的新年诗会需要去感受生活的困境和城市人所缺乏的审美经验，让诗歌的哲学之光得以照亮心灵灰暗的一角；它有必要提供新的观念和思想价值，唯有合乎人类价值的诗歌，比如探寻真理、追求正义、实践良知、传播爱等精神的作品，才能出奇，才不至于走偏。诗歌依然是城市之光。每年做不同的照亮，诗歌的欣赏方式就获得一种新的自我意识，观者的心就变得柔软而敏感，就拥有新年的第一缕阳光，诗歌在公众心目中的位置就高起来，从而成为心灵仪式，一种到新年这个时间就渴望去完成的仪式。

一种有效的诗歌审美方式随着时间的推移总会被人看到。2018 年上半年，广州新年诗会入围 2018 年国际图联营销大奖，这是对诗歌创意在城市文化演变中的肯定。

一座城市必须有传世的诗歌发生，要有诗歌上的文学地理，有传说中的诗歌人物，有伟大的诗歌友谊，有可以载入史册的诗歌事件，有更多动人的瞬间，如此，城市就有了温情的魅力，有了诗意的栖居，有了永恒的记忆。

［作者黄礼孩，广东省作家协会诗歌创作委员会主任，《中西诗歌》杂志主编。出版诗集《我对命运所知甚少》、艺术随笔集《忧伤的美意》、诗歌评论集《午夜的孩子》等多部。创办《诗歌与人》诗刊，后设立“诗歌与人·国际诗歌奖”。个人曾获 2014 年凤凰卫视“美动华人·年度艺术家奖”、首届海子诗歌奖、首届刘禹锡诗歌奖、第四届珠江(国际)诗歌奖、第八届广东鲁迅文学奖等。创办广州新年诗会。］

# 北漂诗人的城市诗写

安　琪

“城市诗”在中国当代诗歌语境里并非一个陌生的概念，20 世纪 80 年代，宋琳、张小波等人出版了《城市人》并先后在“中国现代主义诗群大展”和《中国当代文学思潮》杂志上提出了鲜明的“城市诗”诗学主张，他们也因此被学者称为中国“城市诗”派。有意思的是，30 多年来，“城市诗”一直不温不火，并未获得足够的重视，城市诗的书写者也相对稀缺。“中国古代长期处于自给自足的小农经济体制和格局中，古人与土地河川交往甚密”，古人们写起田园诗、农事诗堪称游刃有余，由此形成一系列相对稳定的美学词汇和象征指向，一直影响到今日的新诗诗人。现今很多诗人的写作其实是旧体诗的白话译本，所写的事物、所抒发的情感、所向往的人生与旧体诗中的类似，他们就像活在当代的古人。但这类诗依旧拥有强大的作者群和读者群，刊物也中意这类诗作，毕竟每个中国人血液里流动着的依旧是传统的血，人们受教育、环境所熏陶，很难改变。所谓的“诗意”在中国当代，就是小桥流水、春暖花开，诗人们处理起农业文明的题材身手不凡，面对工业文明就不免捉襟见肘了。

“上海是中国首个现代化的城市，城市生活丰富多彩，许多生活内容与形式已经在根本上超越农业文明、田园隐逸范畴，对包括诗歌在内的艺术提出了挑战”，批评家许道军教授的“挑战”一词道出了城市诗写与乡村诗写的关系，它不是继承而是另辟蹊径，城市诗写要寻找自己的意象、自己的表达方式，要打破习见的“诗意”，重新创造“诗意”，这是一个艰难的历程。经常见到的是，诗人们一面享受着工业文明、现代文明带给他们的便捷和舒适，譬如飞机、空调、电脑，乃至抽水马桶，一写诗就歌颂农业文明，咒骂工业文明，这里面有心态问题和写作能力问题，他们写不了城市诗歌，只能抱着农业诗歌粗壮的大腿不放，相比于城市诗，农业诗的大腿确实还很粗壮。真让这些诗人定居到农村去耕田种地，保证他们个个叫苦，迫不及待要回到城市。这就是当下我们的诗歌写作现状之一。

北京跟上海不同，有极其现代先锋的气息，中国各界最高端的人才大多汇聚于此，北京也有极其腐朽的封建王朝的遗存，故宫、紫禁城、颐和园，都是帝制时代的产物，北京周边的农村也并未全部城市化，像宋庄这一个举世闻名的艺术区，艺术家所租住的依旧是农民的房子。这一个混杂的复合型城市有一个庞大的群体——“北漂”，北漂这个词兴起于 20 世纪 80 年代改革开放初，历经 30 年而不衰，迄今已成为一个固定词汇。北漂诗人群体的写作和北京这个城市一样，也是混杂而丰富，各类题材都有，本文我想分析的是北漂诗人的城市诗写作。

北漂诗人出于各种原因离开自己的家乡来到北京，对北京这座城市有何感受，认同还是拒绝？这构成了北漂诗人城市书写的一个主题。诗人许多直接说，“北京就是我的家”；小海赋予北京一个新名词“梦想之都”；于丹用“这是一个巨型城堡”来形容北京；郭福来“走在北京的路上”，身子虽然缩小成蚂蚁，心却拔得很高。这些青春与激情尚在的诗人，对北京充满着旺盛的想象，他们有行动力，有干劲，北京对他们而言，有未来，有奔头。诗写北京更多的是这么一种风格，从北京风物入手，写北京地理、北京风俗，如李肇庆的“潭柘寺”、周瑟瑟的“动物园”、安琪的“菜户营桥西”、花语的“北京地铁”、张小云的“卧佛寺”、姜博瀚的“新街口”，角度独特令人过目难忘的还有杨北城的《散落在北京的朋友》，写了 33 个北京地名，每个地名又分别对照着与此地名构成反差或对应的朋友的体征，他让青光眼住在灯市口，弱听者住在锣鼓巷，左撇子住在右安门，等等，杨北城此诗可以列入城市诗写的典范。北漂诗人就这样用诗歌的形式把北京这座城市搬运到纸上，每一处地理都蕴涵着写作者的生命体温和语言尝试。诗写北京还有这么一种风格，即回到自己内心，体察自己与北京的关系，闭上眼睛对北京这个城市做冥想式的追问，对自己选择北漂做刨根问底的反思：杨拓在小寒日的京城街头，看见一丝不挂的乞丐，只能无奈地一声叹息。张后因为“你”不在了，就把北京当作“一座荒城”。蔡诚在北漂的宿舍里一遍一遍问自己，你“幸福了吗”？读之心酸。老巢在一次又一次的搬家之后终于明白，“和家一样可靠的名字是我租用的”，哀莫大于心死啊，连名字都不属于自己。笔者的《极地之境》则触及了这样一个永恒的悖论和内心的挣扎，“一个/出走异乡的人到达过/极地，摸到过太阳也被/它的光芒刺痛”。

城市化进程的加快也是北漂队伍不断壮大的一个原因，农田被征用，耕田的成本和所得的回报不相抵，迫使青壮年农民外出打工谋生，北京成为他们的选择之一。打工遇到欠薪怎么办，读读孙恒的《天下打工是一家》《团结一心讨工钱》，一辈子稳稳地躲在体制的饭碗里的人当能从此诗看到另外一个世界。光怪陆离的城市生活、光怪陆离的人，沈浩波诗中的那个已婚女“马丽”，被老板一句“我爱你”哄住，死心塌地为他卖命，这样的人自然不仅北京这座城市有，此诗的现实意义也因而不仅局限于北京。

宋庄作为艺术家的集散地早已闻名世界，它自成一个小世界，颓废、奋进、快乐、悲伤、一夜暴富、落荒而逃，这里每天都在上演着生活的悲喜剧，居住在这里的诗人群体自然是这个小世界最有力的观察者和书写者，沈亦然《活得简直就像一件艺术品》以自嘲的方式，写出了北漂者与家人的矛盾冲突；阿琪阿钰用“飘在宋庄的毛”来形容宋庄形形色色的艺术家无根的状态，特别有画面感；牧野则用文字记录下了一个反叛者的行为艺术（《关于冬天的回忆》）；潘漠子的“808 路巴士”，宋庄人对此都不陌生，这是通往宋庄的最著名的一趟巴士，在这趟巴士上，一切皆有可能……宋庄是一个真正“相逢何必曾相识”之地，在这里，你可以尽情释放你内心的“魔鬼”，宋庄当然也是需要你去挣养家活命的口粮的地方，区别只在，在他处用体力，在此处用艺术、用脑力。我特别羡慕宋庄的艺术家们，羡慕他们时时行走在空气中都是艺术气味的宋庄。

2017 年，我和师力斌博士联合编选了一部《北漂诗篇》，由中国言实出版社出版，这是北漂诗人的第一次诗歌结集，在编选过程中，我发现北漂诗人写乡村写田园的反而不多，这让我很欣喜，仔细想想也正常，如果诗人们迷恋乡村、迷恋土地，他们自然不会选择北漂。北京是一个锻炼人的地方，诗人们投身于此，被各种不可测的遭遇击打所迸发的创作灵感，自然以北京这座城市所提供的生活种种为主，这是我认为的北漂诗人城市诗写的理由。而此时，居住在自己的城市安稳过日子的诗人们正闭门造他们的田园诗和乡村诗，那些诗，古典诗词里是可以淘得出的。

研究城市诗不可绕过北漂诗人。当然，北漂诗人所有的，沪漂诗人也有，粤漂诗人也有……北漂之北，可替换为任何一座城市，如果你选择了漂泊。

（作者安琪，本名黄江嫔，1969 年 2 月生于福建漳州，现居北京，供职于作家网。中国作家协会会员，新世纪十佳青年女诗人。诗作入选《中国当代文学专题教程》《中国新诗百年大典》《百年中国长诗经典》等，独立或合作主编有《第三说》《中间代诗全集》《北漂诗篇》《卧夫诗选》，出版有诗集《奔跑的栅栏》《极地之境》《美学诊所》及随笔集《女性主义者笔记》等，诗作被译成英语、德语、韩语、西班牙语、日语、蒙古语等。曾应邀到北京师范大学、首都师范大学、中国人民解放军国防大学、中央财经学院等十几所高校开展讲座。画作被《诗刊》《文艺报》等五十几家报纸杂志及诗文集选用。）

# 城市诗与重庆的城市诗

蒋登科

城市在国家出现之后就逐渐出现了，有了城市就会出现城市诗。在文学史上，有一些批评家对城市文学（包括城市诗）进行过观照和总结。

在近代和现代意义上，城市是现代文明的象征，是社会进步的体现。关注城市，是诗歌走向现代的重要切入角度。尤其是在以农业文明为主要特征的中国，城市诗歌的发展是中国文化由传统向现代、由封闭向开放转变的标志之一。

在新诗史上，不少诗人在城市诗的探索上取得了可观的成绩。

郭沫若的城市意识和城市诗，受到孙玉石等的关注和肯定。[①]在郭沫若之后，很多诗人都创作了城市诗，城市诗研究也受到了学界的广泛关注，比如新月派的城市诗创作等。[②]20世纪40年代后期的九叶诗派在城市诗创作方面具有独特的艺术价值，辛笛、穆旦、袁可嘉、陈敬容、郑敏、杜运燮、杭约赫、唐湜、唐祈等在城市诗探索方面各有所得，而且影响较大。

关注城市的诗歌潮流一直延续到今天，随着城市地位的提升，这种关注肯定还会继续下去。北京、上海、香港、澳门等地的城市诗创作成果甚多，影响也比较大，受到了读者、学者的关注。

简单地说，城市诗就是在城市兴起之后，以城市生活作为题材创作的诗歌作品。其主题非常丰富，比如城市梦、城市幻想，到后来加入了对城市病、现代文明的观察和反思。中国传统文化以农业文明为主，所以很多诗人在观察城市的时候，找到的参照对象主要是乡村，因此，在城市诗创作中，城市与乡村的冲突之类的题材、主题非常多，这其实在很大程度上揭示了现代与传统的冲突、人

---

① 孙玉石：《论郭沫若的城市意识与城市诗》（上、下），《荆州师范学院学报》2002年第3、4期。

② 倪素平：《浪漫的潜伏——后期新月诗派“主智诗”、“城市诗”创作简论》，《阴山学刊》2004年第6期。

类与自然的冲突等。现代城市诗的发展也受到西方文化、诗歌的影响，尤其是波德莱尔的《恶之花》《巴黎的忧郁》等作品问世之后，诗人对城市问题的直接面对促使人们对城市进行多方位观察，带来了人们对城市的多元观照和反思；以金斯堡（又译金斯伯格）为代表的美国“垮掉派”诗歌也主要关注城市生活。这些都在一定程度上影响了中国诗歌尤其是城市诗的发展。

在学术界，人们对“城市诗”和“都市诗”概念进行过一些讨论，有人认为“城市”的内涵更为广泛，而“都市”则主要是指大型的城市。我们使用“城市诗”的概念，在很大程度上可以包含“都市诗”，但在具体的研究中，有时需要进行一些细分。

在中国的现代城市中，重庆是一座非常特殊的城市，也是一座值得关注的城市。

重庆具有悠久的历史、文化传统，尤其是它所传承的巴文化，对川东地区的历史、文化、文学影响很大。因为位于长江、嘉陵江交汇之处，而长江又是古人进出四川的主要通道，很多文人墨客在重庆留下了丰富的文化遗存。

就现代来看，1937 年到 1945 年，重庆是中国的战时首都，也有人称之为“陪都”，一度成为中国的政治、经济和文化中心，聚集了大量的文化、文学名家，他们带来了丰富的精神、文化资源，也留下了许多优秀的诗篇和其他文学作品。1939 年 5 月，国民政府宣布将重庆升格为甲等中央院辖市（即直辖市），也是继南京、上海、天津、青岛、北平后第六个中央院辖市。北碚市（今重庆市北碚区，也就是西南大学所在地）为中央行政院和临时政府所在地。当时在重庆生活和创作的诗人很多，除了本土诗人，还有郭沫若、艾青、臧克家、胡风、邹荻帆、陈敬容等，他们在重庆留下了很多重要的诗篇，涉及城市的历史文化、民风民俗、当下生活和抗战体验等主题，成为重庆现代文化、诗歌的重要组成部分。

1949 年 11 月，重庆解放，随后成为西南军政委员会驻地，成为西南大区的中央直辖市，这是重庆在现代历史上的第二次直辖。当时，西南文联、《西南文艺》（《红岩》的前身）都在重庆。1950 年，中央设立川东行署，驻地在重庆的黄桷垭（位于重庆市南岸区的南山），1951 年迁驻北碚市。1952 年 8 月，川东行署被撤销，和川西、川南、川北行署合并组建四川省，省会为成都，川东行署的驻地成为西南师范学院所在地，现在为西南大学所在地。1954 年，西南大区的北碚市并入重庆市，重庆直辖市被撤销，合并到四川省，降级为副省级城市。

1954年之后的很长时间内，重庆属于四川省管辖，其发展、地位、影响受到了一定程度的制约。1983年重庆成为享有省级经济管理权限的计划单列市。1997年3月14日，中国第八届人大五次会议批准设立重庆直辖市，1997年6月挂牌，撤销原重庆市。重庆直辖市辖原重庆市、万县市、涪陵市和黔江地区，共43个区市县（现在为38个），面积82 402.95平方千米，3 002万人。这是重庆在现代历史上第三次成为直辖市。

现代重庆经历过太多的变迁，政治地位也多次起伏。同时，现在的重庆直辖市和其他城市的特点有所不同。从地理环境看，重庆位于传统的川东地区，属于内陆城市，有大山和大河，地形地貌多样，个性突出；从历史文化看，重庆是巴文化的中心，同时和蜀文化、楚文化存在交融，而且重庆还有以苗族、土家族为主的少数民族聚居地，民族文化发达，尤其是现今随着外来人员、文化的不断增多，它也受到其他国家、其他区域文化的广泛影响；从经济社会结构看，重庆是大都市带大农村，有多个城市副中心，经济方式多元，生活方式也存在多元化格局。

因此，在重庆诗歌界，似乎没有人专门谈论过城市诗。重庆诗歌是多元化的，也是独特的。按照吕进教授的说法，重庆诗歌具有自己的个性，既不太传统，也不太现代，而是在传统与现代之间寻找适合自己的道路。老一辈诗人如邓均吾、何其芳、方敬等写过和城市有关的诗，他们的特点是长期生活、工作在其他地方，比如成都、桂林、青岛、延安、北京等地，他们诗歌中的城市不只是重庆，何其芳就写过关于成都的诗。20世纪五六十年代成长起来的诗人如梁上泉、陆棨等，他们诗歌中的城市意识不是特别明显，而且他们笔下的城市多是赞美式的，因为在他们创作的高潮期，城市还属于新生事物，属于人们都向往的地方，因此他们的作品中充满自豪与梦想。20世纪80年代及以后成长起来的一些诗人如傅天琳、李钢、李元胜、柏铭久、李亚伟、柏华、冉冉、冉仲景、虹影、李海洲、刘清泉、张远伦等，虽然生活在城市，但他们的作品多以自己的独特生活为题材或主题，比如傅天琳的“果园”，李钢的“蓝水兵”，柏铭久的“三峡”，李亚伟的“校园”，冉仲景、冉冉和张远伦的民族书写和“故乡”意识，虹影的“童年”感悟，等等。不过，他们在作品中肯定涉及了城市生活、城市体验，有些诗人的作品虽然不写城市，但城市生活成为他们作品中的隐形参照，甚至成为“逃离”“反叛”的对象，他们抒写乡村或其他主题，读者都可以从中或多或少地感受到他们对城市生活的独特体验。李元胜的诗在题材上没有明显的取向，但其精神追求具有自己的特点，就是对于人生、生命的观察和反思，追求生命自身的舒展和价值，他的一些作品如《走得太快的人》《我想和你虚度时光》等，有着明显的城市意识，对于都市的烦躁、快节奏等有着深度的反思，而对于生命的闲适、通透则有着骨子里的向往。

新世纪以来，重庆诗人创作的城市诗在数量上不少，这些作品分散在不同诗人的大量作品中。其精神取向大致包括这样几个方面：第一，对城市历史、现实的赞美。这类作品较多，但因为精神取向相对单一，影响并不是很大，很多作品被淹没在诗歌的海洋之中。第二，对城市历史、文化、现实的深度观察和反思。这类精神取向有时候渗透在诗人的各类题材的作品中，主要从生命关怀、精神浮躁等方面揭示现代都市给人的发展带来的困惑。第三，对都市的“逃离”。这不是说诗人们离开城市，而是说他们在精神上难以适应快节奏、浮躁、充满心灵隔阂的都市生活，所以在作品中抒写了对乡村的向往，对都市中复杂的人、事、物等各种现象的观察和反思。这类诗人及其作品，给人一种“分裂”的状态，他们无法离开都市，但对都市又充满忧虑、困惑甚至恐惧。这是现代都市、现代文明在现代诗人身上形成的矛盾和纠结，也是现代诗歌艺术张力得以形成的重要原因之一。

在新世纪的重庆诗歌界，重庆人关注城市生活的作品不少，大多数是单篇作品，一些区县也编辑出版了和当地有关的诗歌选集，比如《诗意江津》《诗意沙坪坝》《巴南作家诗歌选》《在云之阳——云阳诗歌作品选》等，从这些作品中，我们可以或多或少地读到诗人们对重庆这座城市或其某个区域的诗意观察。不过，我想在这里介绍的是三本专门写重庆城市生活的个人诗集（长诗）。一本是梁平的《重庆书》，一本是杨矿的《3650 行阳光》，还有一本是雨馨的《生长的城》，它们在诗歌界都产生了较大影响。

梁平的《重庆书》在 2003 年 9 月的《诗刊》下半月刊发表，后来又出版了单行本。这部诗集由数十首内涵相连的独立抒情诗组成，诗人从个人角度抒写他在重庆这座城市的各种心灵、情感体验，充满矛盾和纠结，也充满对人性、历史、文化、社会的反思，在艺术手法上体现出多元化，多种艺术手段的参与最终实现了这部书的丰富性。

杨矿的长诗《3650 行阳光》是他于 2007 年完成的为重庆直辖十周年献礼的作品，涉及对重庆历史文化的梳理，尤其书写了重庆直辖十年来在经济社会和其他方面所取得的成就，属于主题类作品，在艺术创作上具有一定的特色，但更多强调的是社会效益。

雨馨的《生长的城》于2013年5月由线装书局出版，这本诗集以女性特有的细腻和土生土长的重庆人的心态，观察重庆这座城市，不像梁平的作品那样充满纠结和矛盾，也不像杨矿的作品那样较多地关注外在社会现象，而是抓住了一些独特的角度，借助重庆的山水文化，从个人体验的角度抒写了这座城市历史变迁、精神脉络，抒写了诗人和这座城市的情感交集，整部作品较好地处理了内在与外在、个人与城市的关系，感情细腻，文字纯粹，诗意较为浓郁。

随着城市的变迁、社会的发展和人们精神世界越来越丰富，今后的重庆城市诗歌肯定会出现一些新的现象。究竟是怎样的变化，我们现在难以预测，但我们会关注这种变化的逐渐发生，并从诗学的角度对其进行观察和总结。

（作者蒋登科，文学博士，富布莱特学者，中国作家协会会员，西南大学中国新诗研究所教授、博士生导师，西南大学中国诗学研究中心副主任，西南师范大学出版社副社长，重庆市作家协会副主席。主要从事中国现代诗学研究，主持国家社科基金项目两项，出版学术著作十余种。）

# 对上海的书写贯穿我的创作生涯

张　烨

从1965年我写下第一首诗到2018年，想想走过了半个世纪。这期间，我发现自己写得最多的还是城市诗，这可能是因为我出生在上海，在上海长大（有一段时间在故乡祖父母的身边），因而与这座城市的生活息息相关。半个世纪以来，我对上海，这座世界闻名的大都市，她所经历的动荡岁月、改革创业的艰辛，她的沧桑、痛苦与欢乐，有着切肤的感受和深刻的体验，也因此积累了城市生活的经验。当我的笔端一触及稿纸，那些带着城市特质的符号、情绪、心态、思想的文字，便源源不断地涌流出来，这些文字在见证城市的同时，也见证了我作为一个城市书写者的良知和对人性真善美的讴歌、渴望与追求。本文将从三个方面浅谈我书写城市诗的过程及生活境遇。

## 一、城市与人的生存休戚相关，自然生成的城市诗（“文化大革命”期间作品）

“文化大革命”十年，我还算幸运，没有去上山下乡插队落户，我因病待业在家，但我在精神上、体力上所经受的苦闷和磨难，绝非一般人能够想象。希尼说：“诗歌的投射和创造应该与一种围绕着它并产生它的复杂现实相称。”对我来说，确实如此。

这段时期我的主要作品就是写“文化大革命”中的城市、城市中的人们以及自己的生存境遇。我也有着较为冷静的独立的思考。我必须听从内心真实召唤，诗人应当有正义感，有良知，有悲悯情怀。我又想起伟大的史学家司马迁，他的直书精神，要么因害怕胆怯放下笔，什么也不写，要么就勇敢地以赤子之心写，但我更多地是为自己而写，因为不可能发表。

这个时期的作品与城市有关的有：《1966》（1966年11月）、《喧嚣》（1966年11月）、《逍遥》（1966年12月）、《死神的表白》（1966年12月）、《无题》（1966年12月）、《致叔叔》（1966年12月）、《丙午红魔》（1967年2月）、《花儿欢歌在我心中》（1967年8月）、《丑石》（1968年7月）、《我们来自》（1968年8月）、《1969上海肖像》（1969年12月）、《那就是我》（1970年5月）、《待业的自己》（1972年2月）、《玻璃窗里的河》《1972年12月》、《青年失业者》（1974年1月）、《〈人〉——纪念唐山大地震遇难者》（1976年8月）、《一句话——怀念叔叔》（1976年10月）。

我把以上这些诗称为“自然生成”的城市诗。为什么这么说呢？因为当时我并没有主动地、有意识地、自觉地想到过这方面系列性的城市诗。连所谓的城市诗概念都不曾有过，完全是无心插柳，所以我称之为“自然生成”的城市诗。我不是先知，是不知不觉的后知，是不经意间写下的，也许是城市生活赋予我的。这些诗歌确实写得比较随意，不过，即便如此，我对诗性始终有较清晰的认识，写诗要既反映现实，又与现实保持距离。我认为诗人是站在半空中写诗的，既不能太贴近地面，又不至于飞得太高太远而完全看不见人地。诗，绝对不可缺乏艺术性，它是现实生活的提炼、诗人人格精神的折射。什么样的人格有什么样的诗。俗人写出来的诗终将俗不可耐。诗人又是多端语言的魔术师，诗的语言不一定非得优美、优雅、光洁、漂亮，可根据具体内容，也可使用笨拙、粗糙、幼稚，甚至丑的语言，我的意思是将适当的语言填入适当的位置，就像接电线，最后啪嗒一声，灯亮了。

## 二、城市意识与个体生命灵魂交融，深层思考的自觉性

20世纪80年代至90年代是我创作的第二个阶段，这阶段，我开始有意识、自觉地思考相关的问题以及表达的方式。这时期比较多地写“女性意识”方面的诗，与此同时思考如何将女性意识、个体生命融入城市诗。

“城市意识”的书写更多是从探寻城市与人的关系，城市人的内在情绪、情感、心态、心理的角度切入，淡化对城市场景、特征、生态的描述和言论。城市诗不是一种简单的新形式，而是以全新的视野、诗人的立场及人格精神、思想境界对城市人所面临的生存境遇、困惑、质疑，及对日常生活的种种矛盾进行揭示，

对情感、思想、理性以诗性书写。在物质主义盛行下，人的精神普遍匮乏，人性滑向庸俗、冷漠、隔阂的现代城市，诗人的立场尤其重要。诗人如果和腐败权势下的庸众同质化，那样的城市诗不要也罢。

这一时期主要的作品有：《车过甜爱路》《外白渡桥》《鬼男》《与陌生男子的谈话》《姐妹坡》《世纪末的玫瑰》《雪猫与女人》《玻璃人》《一旦我的末日来临（写在 1984 年 5 月 21 日午夜 23 时 39 分上海强烈地震时刻）》《茉莉花》《在咖啡馆》《夜上海》《和诗人派迪经过外白渡桥》等。

## 三、打开心理结构，切入城市空间的现代性书写

这是我最近所思考的书写城市诗趋势，暂时不谈，我想还是谈一谈上海诗坛的城市诗概貌。

在我的印象中，“城市诗”概念的提出大约是 20 世纪 80 年代中期，1986 年 4 月上海作协召集部分上海诗人、评论家探讨城市诗创作问题。作协副主席罗洛在会上指出，上海诗歌的特色是城市诗。在此之前我已经发表了《车过甜爱路》《大女的心律》《外白渡桥》等。罗洛老师曾就我的《车过甜爱路》写了点评，还将其推荐给《诗刊》发表（那时候我还不认识他，后来他跟我讲起，是他女儿在《萌芽》上看到这首诗后推荐给他，他觉得好，就推荐给了《诗刊》）。还有在这次会议之前，宁宇老师在《萌芽》上推出了一批写城市诗题材的青年诗人，如王小龙、缪国庆、黄晓华、刘国萍等，他们大多写工业和城市生活题材；与此同时还推出了一批大学生写的城市诗，如宋琳、孙晓刚、李彬勇等，1987 年他们出版了《城市人》，引起较大反响；另外有不同年龄层次的上海诗人，他们的城市诗也引人注目。年龄较大的诗人有宁宇、冰夫、宫玺、姜金城、谢其规、于之等，中青年诗人有赵丽宏、季振邦、田永昌、朱金晨、李天靖、梁志伟、季渺海、刘希涛、朱珊珊、玄鱼、征帆、费碟、费平、朱吉林、裘新海、陈放、王小龙、缪克构、陈东东、王寅、许德民、海岸、徐俊国、陈仓、陈忠村、默默、郁郁、汗漫、陈伯森、铁舞、喻军、火俊、余志成、黄晓华、缪国庆、程庸、刘国萍、王亚岗、严志明、韦泱、李刚、西厍、漫尘、陆飘、曹剑龙、李潇、宗月、肖水、王崇党、张萌……还有值得夸赞的一支上海女诗人队伍：陆萍、孙悦、陆新瑾、慧子、陆忆敏、董景黎、张健桐、陈雅明、郑洁、魏玲丽……更年轻的有徐芳、孙思、杨绣丽、冬青、瑞箫、袁雪蕾、语伞、陆群、夏午、秦

华、陈佩君、曹小航、钟惠娟、蝶小妖、锻轻……我阅读范围有限，很可能漏掉不少诗人的名字，只能深表歉意了。上海有个“城市诗社”（详情可问诗社社长铁舞和梁志伟），写作方向非常明确，一直坚持到现在。

到目前为止，就我读到的上海诗人中书写城市题材的个人诗集，印象比较深刻的有赵丽宏的《沧桑之城》《疼痛》、缪克构的《时光的炼金术》、孙思的《聆听》、徐芳的《上海：带蓝色光的土地》、杨绣丽的《城市像琥珀般的花园》、冬青的《冬青诗选》、语伞的《外滩手记》等。

还必须提到的是一批移民上海的新上海诗人。他们积极融入这座城市，写了不少上海题材的城市诗。这方面的内容已经有上海作协研究室主任、著名诗歌评论家杨斌华专门评论，在此就不展开了。

总之，随着时间的推进，会涌现出一大批具有深远影响力，能够走向世界的优秀的城市诗，我们拭目以待。

（作者张烨，女，生于上海，系上海大学教授、中国作家协会会员、中国诗歌学会理事、上海作家协会诗歌委员会主任。已出版诗集《诗人之恋》《生命路上的歌》《鬼男》《隔着时空凝望》等六部诗集。作品被选入近200部诗歌选集及多种诗歌鉴赏辞典，被翻译成英语、日语、法语、爱尔兰语、罗马尼亚语等多种语言。）

# “上海的街”与“北京的街”

王家新

谈到诗歌与都市这个话题，我首先想到两位“彼得堡诗人”阿赫玛托娃、曼德尔施塔姆，因为他们都从他们生活的圣彼得堡为我们发现或创造了独具特色、令人难忘的意象。因为他们，这些诗的意象也都具有了标志性意义。如阿赫玛托娃的一首短诗：

在那座吊桥上
在如今已成为纪念日的那一天，
我的青春结束。

仅这三句，就是一首令人动容的好诗！“吊桥”为圣彼得堡的一个标志（圣彼得堡市区运河上的桥大多为吊桥），阿赫玛托娃精心选取了这个细节，不仅把握到了“经验的具体性”，有一种视野上的“可见性”，而且暗示了她青春时代的告别与相逢、迷惘与徘徊，而接下来“在如今已成为纪念日的那一天”这一句，更是惊心动魄，只有一个历尽沧桑的诗人才可以写出！

从此对我来说，圣彼得堡的“吊桥”就和阿赫玛托娃联系在一起了。她在她生活的“北方的威尼斯”（圣彼得堡为彼得大帝仿威尼斯建造的城市）创造了它，它也永远属于这位伟大的女诗人了。也可以说，在从生活转化而来的诗歌世界里，它有了某种“专属性”。

我们再来看曼德尔施塔姆：

我的国家扭拧着我
糟蹋我，责骂我，从不听我。

她注意到我，只是在我长大
并以我的眼来见证的时候。
然后突然间，像一只透镜，她把我放在火苗上
以一道来自海军部锥形体的光束。

这是诗人后来在沃罗涅日流放期间所写的一节诗。诗中直接出现了个人与国家这一主题。"海军部"这一形象极为典型：它为彼得大帝时期的产物，位于圣彼得堡三条主要街道的交点，镀金的尖塔顶部成为一个帝国的标志。诗人早期曾专门写有《海军部》一诗，现在它又出现了，却投来一道足以致命的"锥形体的光束"！

我曾访问过圣彼得堡，一到那里，从任何角度都可以看到海军部高耸的金色尖顶。一看到它，我就想起了曼德尔施塔姆。在圣彼得堡市区或涅瓦河上漫游，诗人那不朽的声音也因此无所不在了。

现在，人们称北京为"帝都"，称上海为"魔都"，而我不能不想起瑞典诗人特朗斯特罗姆所写的《上海的街》。这不是一首泛泛的观光诗，它带着一个杰出诗人新奇、深刻的感受和艺术创造。谈到这首诗时，美国诗人罗伯特·哈斯曾这样感叹："我很高兴看到，这首诗并非以人群带来的冲击开篇，而是从公园里的一只蝴蝶开始。"哈斯指的是该诗的著名开头："公园里许多人读着这只白色蝴蝶。/我爱这纹白蝶，仿佛它是真实忽闪的一角！"

而我则惊异于诗中的这样一个创新性隐喻："黎明时分，跋涉的人群催动我们静默的星球。/我们全涌上街面，如同挤在渡船的甲板上……"上海熙熙攘攘的大街和黄浦江上的渡船我们都知道，甚至习以为常，而诗人却将这两者联系起来，并由此创造了一个令人惊异的现代人存在的隐喻！

所以，对我们生活或访问的城市是否有独到的感知和艺术发现，这是判断一个诗人的标准。这对我们的感受力、洞察力和语言创造能力都是一个检验。

上海，我自己已来过多次。我喜欢这个有点欧洲情调的国际大都市，它弥补了我在北京生活的某种不满足。我也总想就上海写点什么。我喜欢黄浦江上的"外白渡桥"，那是上海独有的一道风景；我也喜欢在老租界区的街上漫步，听着细雨落在法国梧桐上的声音。这些都是我在北京所体会不到的，但是，这些对我来说仍构成不了一首诗。我总感到自己欠了上海一首诗。正是这种"欠债感"迫使我向我的经验发掘，迫使我去找一个独特的角度或触发点，以写出一

首与这个城市相称的诗来。

直到2016年冬天，我重访了上海的普希金纪念碑，它坐落在汾阳路、岳阳路、桃江路的交叉路口。1937年2月10日，为纪念普希金逝世100周年，一座青铜纪念碑在这里落成。1987年，在诗人逝世150周年的日子里，这座曾两次被毁的纪念碑得以重建。重访这里，我很是感叹，一首诗很快也就出来了：

上海普希金纪念碑
像一尊飞来石，耸立在
一个远离故国的交叉路口，
第一次去寻觅它时，出租车
绕了很久，像是某种迷失
最终把我们带到这里；
我们去时，街心小花园四周的烧烤摊
在细雨中还冒着滋滋的白烟，
人们以我们听不懂的上海话
问着价钱……
流亡的诗人，你孤独吗？
雨夜，我无法看清你那远望的眼睛
和石斧般的嘴角，
我只能用手触摸布满青苔的基座，
任一阵冰凉传遍全身……
而现在，我再次回到你的身边
（四周的酒吧也多了起来）
诗人，你仍在那里眺望吗
你还要眺望多久？
这里是上海，很少有人知道
你那被繁华掩盖的
刻在专制废墟上的名字，
也许，我们只能用更锋锐的汉语
才能再次把它擦亮。
也许，我们只能任其荒芜。

这首诗看上去写得随意，但却把我内心中的很多东西调动起来了。这也说明，要通过诗来谈论一个城市，首先要能找到我们个人与这个城市最隐秘的切入点。

除了上海和中国其他城市，我也写过伦敦、纽约、布拉格、柏林、圣彼得堡等城市。至于我自己所生活的北京，它一直是我的一个主题，即使我没有专门写它，它也存在于我许多诗的背后。我不太认同“城市诗”这个说法，就如同我不认同“农村诗”“工厂诗”这类说法，因为它们把诗歌题材化了，也狭隘化了。我在北京生活了这么多年，我也从不认为我是“北京诗人”。我写它，是因为它和我们的个人存在息息相关，就北京这个“政治文化中心”而言，它也和我们所处的时代深刻相关。

我有意识地写北京，是从我于1990年冬写的那首《帕斯捷尔纳克》开始的：

这就是你，从一次次劫难里你找到我
检验我，使我的生命骤然疼痛
从雪到雪，我在北京的轰响泥泞的
公共汽车上读你的诗，我在心中
…………

帕斯捷尔纳克的诗中时常有“雪橇”“轻便马车”“早班火车”这样的意象，而我着意写了北京的街道、冬天的雪、呼啸而来的公共汽车，以和苏联的这位诗人构成“对称”，而在该诗的最后部分，我又写道“这是北京的十二月的冬天”，再次对时间和地点做了强调。我有意要以此在一个历史时空中对自身的命运处境进行重新“定位”。如果说在20世纪80年代我们的写作有些流于空泛的话，到了90年代，我们首先要做的是在写作中确立具体的时间、历史空间和物质环境，并由此导向对我们自身真实命运的发掘。不管怎么说，诗歌仍是存在的“见证”，我这样写显然也是为了“见证”的具体性与确切性，为了使一首诗在“超越时代”的同时获得它自己特有的时代感和场域感。

叶芝曾写有这样的诗句：“但人的生命是思想，虽恐怕/也必须追求，经过无数世纪，/追求着，狂索着，摧毁着，他要/最后能来到那现实的荒野……”（杨宪益译文）我认为我们在今天也仍面对着这样的诗学命题。我们对都市生活的书写怎样不流于表面的光怪陆离，而是能切实地抵达“现实的荒野”，让“当下的脉搏”在我们的字里行间跳动？

近年来我写了一些和我的都市生活有关的诗，尤其是一首较长的诗《这条街》①，可以说把我的生活和内心较充分地表达了出来。这首诗写了五年多来我们为了孩子上学而在北京西边租房生活的感受，很多诗人和读者读了说很受感动。不管怎么说，有了这首诗，我们没有白白在“这条街”上生活那么多年了。

该诗的叙述者仍是一个作为诗人的“我”。我们也只能立足于自身的存在来写作，来处理个人与世界的关系。但是，正如人们所说：“存在，就是与他者共存。”这已是当代诗学不可分割的一部分。在这首诗中，我也把“街上的一年四季”“蹲着的修车匠，飞窜的快递员，站着发小广告的”“我们家的小兔子”“天上的那颗让我流泪的小星”等人与事物都包含了进来。当然，纳入这首诗中的，还有更多的经验层面和元素：曼德尔施塔姆的蝴蝶、“借来的尘土”、“我童年的燕子”、“生活与伟大作品之间古老的敌意”及其“和解”、此世与“灵魂的边界”，等等。

正如集中营的栅栏最后形成了策兰诗中的“语言栅栏”，这条我们生活了五年多的“无名小街”，其实也是在我长年的写作和人生修炼中形成的，而我要用它来贯穿我们外在生活和内在生活的各个方面。巴赫金大概这样说过：“自我是一个礼物，它从别人那里得来。”只有进入语言写作中的“这条街”，我们自己的生活和命运才得以显现。

当然不仅是“进”，还有“出”（王国维意义上的“进”与“出”）。多年来，我欣赏的是那些立足于自身存在而又对世界保持深切关注的诗人。我们也只有把“进”与“出”结合为一体，才有可能与我们自己和我们的时代建立一种真正有效的“对话性”。

都市中的现代人往往有一种“异乡人”之感，但都市又是我们的立足之地，实际上在文明的进程中，它已替换了“大地”而成为我们生存的基础。这就是我们要面对的“现实”。单一的情绪书写已不足以全盘道出我们在都市生活的复杂感受。因此，《这条街》也就有了某种“复调”性质。它源自生活本身的多重色调，源自我们与世界的争辩，源自我们生命中响起的多个声音。相对于较为单纯的乡村或风景书写，“都市文化语境中的诗性书写”对一个诗人会提出更具难度、更具综合性的艺术要求。不管怎么说，我们得从真理、存在的多样性甚至荒

① 王家新：《这条街》，《诗刊》2017年第1期。

谬性中来把握自身的写作。

最后,容我引用《这条街》的最后一节(该诗共有十四节):

而“那条街”也就是“这条街”,正如
“这条街”也将变成“那条街”——
明年我们的孩子小学毕业,我们也将搬走,
但多少年后我会重访这里,我们的孩子也会——
我童年的燕子也许会跟着他一起到来。

“那条街”,指诗前面提到的曼德尔施塔姆在流放地,或者说在他死后渴望回到的“那条街”,而它也就是“这条街”,或者说,在一种共同的命运中被“翻译”成了“这条街”。我们住在上海的街上,或是住在北京的街上,但在很多意义上,作为一个诗人,我们仍住在“曼德尔施塔姆大街”上。“这条街”贯穿了生与死、进与出、自我与他者、个人与时代、晚年与早年,等等;它立足于当下,但它也在向记忆深处延伸,同时也指向了未来。诗歌的写作,现在在我看来,也正是这样一种艺术。

## 附

### 这条街

我将不向大地归还我借来的尘土……
——曼德尔施塔姆

1

在多年的动荡生活之后,
我也有了一条街,一条夹在居民区的小街,
一条我们已居住了五年的绿荫小街,
一条仍在等待我童年的燕子
和曼德尔施塔姆的蝴蝶的小街。

2

这条街,每天我都下楼走一走,在金色的黄昏,
或是伴着夏日蝉鸣的绿色正午,

即使在写作的时候我也往往忍不住
望一眼窗外的这条街，好像它就是
两行诗之间不能缺少的空白。

3

现在，一个穿短裙的少女走过，而我希望
她轻快的移动就是静止，
就像永远走在希腊古瓮上的画里，
至少走慢一点，我要替杜甫他老人家多看她一眼，
我还想替老叶芝向她伸出手来。

4

就是沿着这条街，我买来每天的面包、青菜，
(有时则专门去给我们家的兔子买吃的)
哦，街头那家“杭州小笼包”揭锅时的热气！
还有那家幼儿园，我喜欢孩子们的尖叫如同我喜欢
放学后的安静：那永恒的寂静的童年。

5

难忘的春天(那是哪一年?)，似乎一步出小区，
街边铁栅栏内的桃花就绽开了，
梦幻般的，虽然只开了三天，
从此我这个苦役犯的眼前就飘着几朵彩云，
就飘着，哪怕是在雾霾天。

6

蹲着的修车匠，飞窜的快递员，站着发小广告的……
我向这一切致敬，不仅如此，
每年这条街上还走过敲锣打鼓送葬的行列，
每到那时，我就拉着儿子来到窗边，
好像是让他观看月球的另一面。

7

傍晚，街头烤红薯的糊香味。
(“巴黎的大街上没有烤栗子吃了”，艾吕雅)
正午，电线杆拉长的阴影。

初夏时分，老槐树撒下的馨香细碎花蕊，
一场场秋雨后，银杏树那金币般的叶子！

8

有时我一连数日埋头写作，不曾下楼，
但那条街仍在那里，拉开窗帘，啊，下雪了——
那一瞬，好像就是上苍对我们的拯救！
那一瞬，连我们家的小兔子，也和我一起
久久地伫立在窗前。

9

就是这条街，虽然它并非我们自己的家，
我们只是为了孩子上学在这里租住，
但我爱这条街，爱这四楼上的窗户（它不高也不低），
爱街上的一年四季，爱它的光与影，
我的灵魂已带上了它们的颜色。

10

还有这街上的微风！每次梦游般出去时，
它就会徐徐拂来问候我的眉头。
它一次次使我与生活和解。而在闷热天，
它则好像把我带向了青岛或大连——
一拐过这条街口，就是大海与帆！

11

是的，我爱这条街，它使我安顿下来，
使我靠“借来的尘土”再活一次。
过生日的那晚，我想在这条街上一直走下去，
但它还不到五百米，我就来回走了三趟：
伴着天上的那颗让我流泪的小星。

12

而我爱这条街，还因为可看到远山（幸好它没有
被高楼完全挡住）——那是北京西山；
我爱它在黄昏燃尽后的黑色剪影，
爱街的尽头第一辆亮起的雪亮车灯，

它好像就从灵魂的边界向我驶来。

13

就是这条无名小街(你读了这首诗也找不到它),
就是面对它,我翻译了曼德尔施塔姆,
他居无定所,死于流放,却希望在他死后
那只“白色粉蝶”能在它的跨距间活着——
飞回到那个国度,飞回到那条街。

14

而“那条街”也就是“这条街”,正如
“这条街”也将变成“那条街”——
明年我们的孩子小学毕业,我们也将搬走,
但多少年后我会重访这里,我们的孩子也会——
我童年的燕子也许会跟着他一起到来。

(作者王家新,诗人、批评家、译者,中国人民大学文学院教授,博士生导师。著有诗集《游动悬崖》《王家新的诗》等,诗论随笔集《夜莺在它自己的时代》《没有英雄的诗》等;翻译集《保罗·策兰诗文选》《带着来自塔露萨的书:王家新译诗集》等;另有《20世纪外国诗人论诗》《当代欧美诗选》等编著多种。曾获韩国KC国际诗歌文学奖等多种国内外诗歌奖、诗学批评奖和翻译奖。)

# 水泥预制的诗意空间

古　冈

20世纪70年代进入了水泥板浇灌的时代，我就是在四周工地歇工时开始写诗的。

其实这是个城市工地的比喻，时间突然从学生的厌学和无尽的夏季游荡蔓延，好像城市的工地从标语写出“时间就是金钱”的一刻，时间本身就知觉化了。上班的责任和伦理揪着人本理想和惰性计件了，这时的诗有了一点变质的水泥味，形塑了道貌的抒情惯性。没有关系，我们还有冷抒情。

因为城市的冷暖关乎砖墙弹性和宗族的亲情，我们有了挂名的亲人和挂名的同事，只是公休日吃顿饭而已，但诗不能说就此挣脱距离和漠然。幻觉总是有的，语法的循规不更像经典构架？更多的陈规来自纸本上的农业美好，意象和词沾满泥土气息，不少人把经典的乡村像花盆那样栽种到城市诗的阳台。我不轻视他们，我自己就是城市的村民，弄堂里的砖瓦无非乱长的荒草，但还是不一样。弄堂里出来的姓名是内嵌于脸庞的，抖动的笑容里找不到天然的村姑。

要是分行算诗，高中反叛和怒气冲冲的句子便算处女作的零碎了。或许不读好书，或许天然逆反的细胞使然，从讨厌课程到喜欢分行的长短句，都逃脱不了文字的恶感快感，一枚硬币的正反面，还是内质迥异，诗歌的更不好说。这时的城市并不存在，只有文学的乡村菜单和隐秘的情绪波及。

那时的城乡接合部在徐家汇附近。一次小学放学后的出游，使我意识到了农田的存在。我们几个来到当时的边界，铁路路基旁的苞米地，那里有黄昏的夜风和狂热的奔跑以及回城的路上带来的浑身汗味和沿街暗淡的路灯。家长的规训让我向往村落的开阔和想象的自由。学农亦是一次假想的越界，农村是城市的教育基地，我们围坐在猪圈旁一日三餐。

诗歌无非一次臆想的回波，真以为寻着光线下的阴影和道德的回廊，不过是语词的回射反光层叠的过往。我晓得，叙述是假叙述的手在起作用，同时迷幻与大脑神经深处不停地“互怼”，真实的城乡之别远非地理的景致。

直到有一天去广州的宾馆，打开了 20 世纪 80 年代的旋转门，风情而迷离；去了深圳的高楼大厦，在开业的鞭炮声中倍觉异样和退却，一股扬尘的冲击波隔开了城建和我个人单个确切的器官的印记。这个时候我方才意识到，浑身的不适来自内心那个隐居的田野。于是浪漫、怀旧以及超越的终极性变得不堪，以前是文学陈规的铅字领着我跑遍街巷，携带着不相干的措辞，以此为世界的本源。

那时有个存在的神话概念，意义不会悬挂在头顶发光，没什么救世主，自己造就自己的本质。存在和虚无如同空心的都城，你扬长而去而具备影子和灰尘。我也明晓，出自语言的虚无，不会是更深的无，它们被正反的律法统辖。你以为写诗，写存在的意义和没意义，除了风格化的形式调子，还有什么不是我们能想象的。

慢慢地，记账凭证反面写满分行的焦虑和节律的醉意，收支平衡也成就日子的反向。科长们塑造你就像大众的公理，无从溯源和辩驳。

1988 年我选了些诗自印了本集子，是《正在写作的一只手的正反面曝光》，这书名和里面的句子一样，似乎走到了语法的反面。我当时不满意舒畅的句式和文学腔，为了去除表面的诗意污垢，迈进另一个极端。“整个下午/被滑走的是我的座椅/我的手臂提着的这只手”（《坐姿》），这看似是一座城市无力的颓丧图景，但我想借助这抽象的骨骼，也是真的想寻找一种超越性的前景，因为一首诗得有撑得起来的元素。

20 世纪 90 年代初我印了一本“丰腴”思想的诗集《朝圣者》，有点想把历史纳入进来的雄心，“终极的脸最终显现/标语源自忠臣之手/筹集的嘴装饰史册/隐喻推翻古代城墙/农民的刀阉割历史”（《农民战争》），然而细节、想象力和体验的不对称都体现在写作臆想中的历史。

仍旧每日去上班，挤上拥挤的公交车，全城的人都奔向每一个单位门洞，九点半的街头空荡荡的，除了闲杂和退休的在晒太阳。《古冈短诗选》（香港银河出版社）里除去对读书时光的感怀，已开始正视小职员的心绪，“从一开始就注定了/坐在命定的位置/一把椅子，看上司的眼光/到天亮未睡，一夜/成了自我惩罚/想象的旅程……”（《叫喊》），自己觉得情绪上找到了想写的动力，问题是诗意上如何立得起来。

西方文学带来的修辞和整肃思想的方法对此有所触动，但也不尽然。毕竟我们没有末世的心理原型，习俗和口语都不同，遑论文学上的意象。去文学性会不会是更佳的文学触摸？20世纪90年代的叙事性提供了一种方法，当然最好能精通十八般武艺，方可不受局限地、无尽地写史诗。

更真实的是你写作的素材和脊梁骨的通感。你自以为窥破文学本相，可仅仅是文学塑造的心动，脊梁骨还是没有哪怕一点点自上而下的微颤，说明写作尚未进入肉身化的思维，感官亦有被遮蔽的自我麻醉。

我知道我的城市，就是内在化的八小时。一旦你认清马路上的汽车通往何处，晚上的百货商店和时装都是为什么而休闲，哪怕是片刻的一个诱惑的回眸，你会突然想到四通八达的道路不就是公司的通道，资本和利润像血管般维持我们所需的养分。我明白了应该写什么才是当下的状态，就算没有所谓的诗意和经典的深度也罢。

2000年后大量时间埋头写诗，有过四五年，几乎每天上班写一首，仿佛仪式性地造一个隔离层，才能比较心安地应付日常琐碎。写的题材就是公司，它的征兆性的全部隐喻和我肉身等距的挣扎。这些诗的小部分放在了《尘世的重负——1987—2011诗选》(美国 Red Hen 出版社)和上海明圆美术馆印的小册子《职员的晨曦》里。

"沉浮的升降梯，/门合拢来，隔音/徐徐地吊起。/吱地塞进文件柜/每格分类、剔除，/每人被罩上/铁栅。铃/突入心里/喧响的源文件和水笔。"(《职员的晨曦》)这是我每天进入办公室的场景，肢体动作和心理拒斥的合规流向，使得我难以找到诗学上的摹本。对西方现代主义诗歌的某些部分有所征用，但其调子和气氛仍旧不像我们这儿的干枯，他们的滋润和我们的不相干。有时我也放一些文言的短句子混杂，半是滋润节奏，也是调侃一下中西合璧的觉悟。

我不把异化作为手段，可安顿和反省自身时，提醒一下关键的本城细节，比如城市最普通的住房内哑剧般的无常：

### 屋檐下

细的根绳，它断时悬住。
像他以往，街巷那么多，腿及人烟在
屋前或瓦后探头。
老虎窗一扇，三角返着光，停了的云

留半刻时日，半晌
旧人头没了，在晾衣的，竹篙向上，
少女胖成一圈，下岗的，还在老。
事实好似躲角外，一屋檐
人面依旧往下，沿着锈迹滴，或落下的黏回状。

我希望克制地描绘景观的细部，又合乎情理地包含我们周遭微小的命运、城市市民的宿命和内在的困境。城际风景线的宏大建筑轮廓与此关系不大。市民和职员构成日常的交通拥堵和奔波，已然无心光顾美的诗歌，甚至连它的陈腐也被当作抵御生机枯竭的鸦片，包括诗人层出不穷的八卦浪漫主义品质。

我不把枯燥当作缺憾，诗歌的传统绝不一样；也不敢贸然将其当作城市的内蕴来接续现代主义余绪。只不过是水泥浇灌的合理化进程和内在机理神经质般焦虑的夹层而已，我们都活在这两者之间，以至于正常语法和思想的线性逻辑荡然失语，已无力充当城市语境下的诗意裁决。

［作者古冈，诗人，祖居上海。华东师范大学出版社六点分社文学编辑，北京文艺网国际诗歌奖评委。著有诗集《古冈短诗选》《尘世的重负——1987—2011诗选》。曾获美国DJS艺术基金会诗集奖(2012)，首届上海国际诗歌节诗歌创作大赛奖(2016)，北京文艺网国际华文诗歌奖(2016)。］

# 岛屿柠檬和世界鳗鱼

## ——漫谈哈利·克里夫顿与当代爱尔兰诗歌地理[①]

包慧怡

说起当代爱尔兰的诗歌写作，一个糟糕透顶却难以回避的问题是：何为“爱尔兰”诗歌？它必须以爱尔兰语写就，还是包括英语？如果一名诗人用爱尔兰语写作却出生于北爱尔兰，他还能否被称为“爱尔兰”的？若他以双语写作且生于爱尔兰共和国，其家族却是世代支持《联合法案》的亲英新教徒，这是否使他比一个写英语的爱尔兰天主教诗人更不“爱尔兰”？叶芝不懂爱尔兰语却是凯尔特文艺复兴之父，受益于19世纪末大量新近译自古爱尔兰语的神话、史诗与民间传说，他以个人独特的灵视法为彼时“民族文学的软蜡状态”塑型。希尼生于北爱尔兰贝尔法斯特，1972年移居都柏林前常年任教于英属贝城皇后大学，英国评论界却一早就将他立为至少是想象中的“爱尔兰经验”的代言人，而他同时是古英语第一史诗《贝奥武甫》的译者。到了当代最活跃的一批杰出诗人诸如保罗·莫杜、埃蒙·葛雷楠、哈利·克里夫顿、伯纳德·奥多诺那里，情况更加复杂，他们多用英语写作，定居或长期居住在美国或欧陆国家，背负着向非爱尔兰读者介绍本国诗歌传统——其自由与焦虑，变迁与现状——的无形压力。自然这也为其中一部分人提供了重新自我塑造的机会，一如叶芝一系列新的诗学理论最终成形于美国巡回演讲，展示的压力能覆舟亦能载舟，在做得好的诗人那里，我们往往能看到世界经验与岛屿经验（“岛屿”一词的一个不受欢迎的义项是“故步自封、偏狭”）的双向反刍，如同：

---

① 本文被收录在《岛屿和远航：当代爱尔兰四诗人选》（包慧怡、彭李菁译，北方文艺出版社2016年版），为笔者所译克里夫顿诗集译序的一部分。

变着形，一个在另一个体内，
雌雄同体，模糊不定，滑入又滑出
属地方的，属宇宙的，
阅读自身，在鳗鱼之书中

——《鳗鱼》

哈利·克里夫顿（Harry Clifton，1952—　）在这一类爱尔兰诗人中具有尤为丰富的迁徙经历。他早年在南非和越南的难民营工作，在柬埔寨和泰国追随禅宗师父求道，中年后在巴黎定居长达十年并于近年重返故乡都柏林，羁旅与辗转并未在他的诗中表现为外在的地理志，而是冷凝和结晶成一种流动的精神版图，在那里，戏讽与怀疑，温情与悲悯都是同样克制的：

所以在黎明前醒来吧，独自吃早餐，
想想你为何来此……
……灵修大师萎缩
成皮囊与枯骨，一言不发等着你
在佛之中立国，金黄且中空，
来自内空间的微笑，超越灾祸
朝向一种古老的喜悦……
……好为了众生之福
重建那神秘，并从屈辱中复生
不涉政治之物，齐齐跪地
在僧侣与喇嘛，滋生潜流的联盟里——
为了《时代》和《生活》的闪光灯摄影师。
犹大有别的背叛。

——《托马斯·默顿之死》

这里有一种几难承受的破灭之痛，一项灵性求索事业的破产。尽管克里夫顿向来警惕凯尔特诗歌传统中喷薄抒情的一面，谨慎地将这首诗约束在继承自华兹华斯和马维尔的工整花韵之中（abcabcdd），抛弃了第一人称以维持审视的距离，那浑浊的破灭感却依然尖新：娑婆世界又称“堪忍”，到了不堪忍受之时，便是庄严时刻,若说此诗的叙述者是无神论者,那却是个自始至终渴望信仰的无神论者。青年时代的克里夫顿一直视托马斯·默顿(Thomas Merton)为自己的精神胞兄,后者是20世纪神秘主义思想家中剑走偏锋的一员,身为天主教熙笃会特拉普派修士却致力于研究禅宗、藏密、耆那教和苏菲派,其自传《七重山》影响了一整代第二次世界大战退伍兵与青年学生加入北美各地的修道院,晚年云游亚洲,1968年在曼谷触电身亡。同时,默顿还是一位杰出的诗人。前往泰国之前,默顿的阴影已在克里夫顿的诗作中闪现,泛宗教主义作为一种新的爱尔兰精神性的表达出口,已被克里夫顿多次审视并部分否决过了,恰如他在一次题为"未经锤炼的良心:爱尔兰诗歌中的欧洲"的讲座中所言:

"在爱尔兰,我们看似一直居于基督教文明中,实际上,那只是一个基督教的时刻,一边被古老的凯尔特神祇包围——已被选中服务于民族主义的目的——另一边则是古典神与古典英雄,现代爱尔兰诗歌带着一种复仇的意图选中它们,而它们实际上只是我们世俗的人文主义背后那些力量与本能冲动的别名。"

在叶芝那里,一句颠扑不破的(也是他最爱引用的)赫拉克利特名言是:人类和神祇永远在"死着彼此的生,活着彼此的死";在叶芝以后,乃至晚期叶芝的作品中,我们可以清楚地看到构成爱尔兰现代性主体的纯粹是人类之生。既然古老的神祇已死,或至少不再能被可信地召唤,他们在一系列重要的爱尔兰现当代诗人中如此迫切的在场又是怎么回事?奥斯丁·克拉克、保罗·莫杜、帕特里克·卡瓦纳、迈克尔·朗利、晚期的希尼……这个名单可以无限延长,克里夫顿称他们为"步入了维吉尔之疆"的诗人,一旦天主教的精神理想在第二次世界大战后的爱尔兰——甚至早在20世纪20年代爱尔兰独立战争之后——遭遇实质上的破产,这些"歌唱者"便选择"尽情沐浴在古典世界的光与笑声中——神祇作为一种糟心的东西被嘲笑……借着诗性的超脱之名"。帕特里克·卡瓦纳的《史诗》是个中范例:

我打算
在巴里洛西和戈廷失去我的信仰
直到荷马的幽灵来我耳中低语
他说:我以这些吵吵嚷嚷的当地人为材料
制造了《伊利亚特》。神明们制造自己的重要性。

在克里夫顿看来，古典万神庙对现代爱尔兰诗歌的另一个作用在于，将区域的、地方的、个体的感情与境遇普遍化：不再是地处欧洲极西、人称“冬境”的海波尼亚岛（爱尔兰的拉丁文旧称）；而是阳光明媚的地中海沿岸，觥筹交错的巴黎、罗马、威尼斯，人人可在茶余饭后津津乐道的老欧洲。不再是淌满血与汗，手足屠杀手足，历史的新仇旧恨错综纠盘一如其荒凉泥沼上的野生石楠，疼痛的记忆历历如新的爱尔兰（克里夫顿在诗集《勒马上尉的冬眠》标题诗中漂亮地清算了这一主题，以他惯有的隐忍）；而是抽象的、疏离的，在共同继承的古典传统中获得了必要的审美距离的欧罗巴大陆——从被真实居住的、过分拥挤的边缘，来到适用于普遍想象的、空荡荡的中心。克里夫顿对这种诗歌精神维度上的迁徙，一如他对自己多年来漂泊羁旅的物理迁徙，所持的是一种一半犬儒、一半耐心接受的暧昧态度，这种态度在一首题为《柠檬》的小诗中得到了隐喻的表达：

所有的柠檬都起于绿色，所有的柑橙。
我们的，爱尔兰灰光孕育的果实，
冬日转为黄色。同时，整个十月，
在高窗中，比人类还要高，
道成肉身的欢愉，忤逆季节的逻辑，
继续成熟着。缓缓地，随着冬至将近，
浸透于冰冷的月光，当这株小树
自授着花粉，像一宗私人神迹
隐匿于玻璃后，躲开一个正在崩坍的世界，
独自向南去，越过贫困与死亡
奔向无限的黄色……
他们已在
贩卖他，在西西里诸广场，
比白送还便宜，当太阳升起
穿过此刻的纬度，攫住不设防的我们
在一月的背极，仍在等待，
在从不会升得比自己更高的日子里
切开它，索取香味，沿着威士忌的

纹路，琴酒与保健饮品虚假的升华。

这是一首由北向南之诗、由边地到中心之诗、由寒带到温带之诗。柠檬的旅程始于私人的、神秘的、珍贵而不可言说的、有悖逻辑的、自给自足但却“正在崩坍”的地域，终结于公开的、光天化日之下的、廉价且可被肆意评论的、逻辑至上的、依赖中介却坚不可摧的领域。然而终点丝毫不比起点更真实：假萃取之名，终点实际上剥夺了徒劳守候在起点之人的具体鲜活的经验。柠檬作为一个不完美的圆、多汁而酸涩的球体、一年中最后的纯净黄色的凝聚者，始终是克里夫顿钟爱的一个神秘意象，他曾在一次朗诵会上提到自己种在都柏林家中的一棵小小的柠檬树。黄色是克里夫顿为自己选择的颜色，在下面这首关于原初记忆，致力于提纯个体经验的小诗中，黄色几乎获得了造物媒介般的神圣：

我盘坐下来，见到了与眼齐平的
黄水仙，光线正筛过它们。
从前也发生过一次。
我正在出生，那儿有黄光，
无法定义，但绝对纯洁，
使一切熠熠生辉……
……它繁衍着
无穷无尽。但绝不重复。
春天进入。它又开始建造自己的窗户
可被看见，却无法透过它看。

——《黄水仙》

每年二月底三月初，我都会在家门边的土坡上和树根下看到漫山遍野、明熠灼目的黄水仙花海，这种耐寒、花期长，无论单瓣重瓣都一样优美而生机勃勃的植物实际上已成了爱尔兰早春的计时器，比国花三叶草更为人们所爱。在这首纯粹岛屿之诗中，黄水仙变作眼睛和窗户（倒数第二行的“它”亦可解为春天，而黄水仙早已成为岛国春天的化身），连接着此在世界与看不见的彼方，即使那是个自始至终隐形的彼方。这种和解式的温柔独见于克里夫顿献给故乡的诗篇，虽然并不是遵循浪漫主义状物诗的抒情传统（可对比华兹华斯的《黄水仙》）。

事实上，作为精灵与矮仙、竖琴与风笛之邦的，在史诗与神话的广度和深度上唯一可与希腊媲美的（欧洲范围内），说着淙淙泠泠、语法优美的盖尔语的，人称仙境或翡翠岛的老爱尔兰是浪漫主义想象力最后的停尸房。一个持久有力的、局内人与局外人共同打造的"爱尔兰迷思"是：爱尔兰代表纯净的、天真的、未经文明败坏的、民族特色的，欧洲大陆则代表朽坏的、经验的、老道的、普遍的一切。正如克里夫顿任国家诗歌教授时在都柏林圣三一学院所说的："再也没有什么比'凯尔特薄暮'式的抒情传统——或其他任何抒情传统——腐烂得更快，假如它执意要抽去自己的智性脊柱。时至今日，爱尔兰诗歌仍想维持这种对其抒情自我的认同，于是，它将思考的那部分自己驱逐出境，去欧洲老城的沙漠里完成工作。不过，我们历来是一个将复杂的问题送去别处的国家——无论是性别的、经济的，还是诗歌的、精神的——如是就可以不再去思考它们。"

的确，为了保存这个如梦似幻的、催眠式的、田园情调的迷思，抒情的爱尔兰一次次放逐了智性的爱尔兰。当帕特里克·卡瓦纳于 1952 年发起对这一迷思的全面批评时，他遭到了来自国内主流诗歌界毫不留情的抨击。《尤利西斯》和《芬尼根守灵夜》时期的乔伊斯本质上是个智性诗人，其唯一不变的主题是现代城市，贝克特从来都是，晚期的叶芝也是——就一个国家诗歌精神的两个维度先后体现在同一人身上的程度而言，叶芝不愧是爱尔兰最后一个浪漫主义诗人、第一个现代主义诗人——还可以加上肖恩·奥凯西，他们都在真正的成熟期到来后移居国外，终身未返。表面看起来，只有叶芝仍与都柏林维持着紧密的联系，实际上，岛屿经验一直静静卧在他们后期作品的深处，挤满尘埃却仍微光灼烁，无可奈何却也饱含着并非感伤主义的柔情，一如克里夫顿在巴黎写下的这首回忆外祖母以及自己在西爱尔兰乡村度过的童年时光的风物之诗：

……我至今无从想象，
将世界浓缩为微观宇宙。水滴，
蕨类的叶子。在我靴底吐着泡沫，
咽喉里的钩子，马尾藻鳗鱼的
死结。它正托举着
那些距离，纯粹想象的空间
超越仅是局部了不起之物
干净一如田野的纵深。

……

我们是如何
到达此地，在这航海状态中
"温暖潮湿的冬季，凉爽湿润的夏季"
我们的房屋是这样充满卵石、贝壳与鸟鸣，
还有防风灯，掷下巨大的阴影，
钙化的鱼，风干的热带种籽
无法破解，带着海洋之力
是洋流携我们到来？阴影，阿延黛婆婆——
即使在那时，我也被自己失落的来历吓得不轻。

——《洋流颂》

克里夫顿的外祖母劳拉·阿延黛来自智利，如同记忆中洋流的动向，这首诗的视角也是站在岛屿岸边，想象回返入更广阔的世界。假如一切真正的溯源只可能发生在想象中，那么，《洋流颂》末尾再度出现的鳗鱼　随繁殖需要而变更性别的、热爱迁徙的、一生一世蜕着皮的洄游生物——则是关于当代爱尔兰诗歌，乃至世界各地的侨居诗人及其诗艺的一个不俗的隐喻。

"阿延黛婆婆，你究竟来自何方？——"
一条鳗鱼扭动。本能告诉我
随它去吧。冷血地，让它融化在
自身的元素中，一份幼鳗的记忆，
绝对别处的纯粹吊篮，
史诗或传奇，为了再度重返。

——《洋流颂》

（作者包慧怡，女，诗人，译者，爱尔兰都柏林大学中世纪文学博士，复旦大学外文学院副教授。著有诗集《我坐在火山的最边缘》，译作西尔维娅·普拉斯《爱丽尔》，伊丽莎白·毕肖普《唯有孤独恒常如新》，玛格丽特·阿特伍德《好骨头》，保罗·默顿、哈利·克里夫顿、葆拉·弥《岛屿和远航：当代爱尔兰四诗人选》等12种。现为复旦大学中澳创意写作中心副主任，上海市作家协会会员。）

# 都市诗歌概观

罗振亚

关于都市诗歌概念和内涵辨析，即都市诗是指都市人写的诗，还是指写都市的诗，抑或指都市人写都市的诗？迄今仍无定论。我以为无须在这歧义丛生的称谓问题上纠缠，凡是以都市为方圆，以都市生活和都市情感为观照对象的诗皆可称为都市诗。如果按这一标准去考察中国诗歌史就会发现，中国新诗的确和都市有着千丝万缕的联系，都市诗虽然在新诗史上从未领略过主潮的殊荣，但作为一种源远流长的诗的类型，在百年的现代诗史上，也存在着一条迷人风景线。从郭沫若、李金发、卞之琳、陈江帆、施蛰存、徐迟、艾青、唐祈、袁水拍、袁可嘉，到罗门、林耀德、叶延滨、于坚、欧阳江河、杨克、郑小琼等人，都写过出色的都市诗，输送出了一批高质量的“精神化石”。这些都市诗歌以特殊的方式凝聚着近百年的时代与城市的“心史”，将中国新诗现代化的进程向前推进了许多，它们理应成为新诗研究界重要的话语资源。

但是，不知是由于国内的都市文化理论缺少积蓄，还是因为发达的田园诗学传统的强力挤压，抑或是缘自现代都市诗歌本身的过于奇绝繁杂；总之，中国大陆关于都市诗歌的研讨起步较晚，并且进展缓慢，很长一段时间内都处在都市小说研究的理论框架、思想观念的荫蔽之下，多数研究者对文本仅仅单纯地做都市题材层面的阐释，远未抵达都市诗歌的深处和内在本质。其成绩休说难以和西方悠久、发达的城市文学探究比肩，即便比照海峡彼岸的台湾也相形见绌。这样说，并非意味着中国大陆的都市诗歌研究没有可以圈点之处，相反，在这方面张林杰、鲍昌宝、卢桢这三位先生的博士论文，或以断代模式观照 20 世纪 30 年代都市环境中新诗的危机与变化，或从宏观着眼厘定现代诗歌与都市的关系，或沟通“文本中的城市”和“城市中的文本”，建构“城市诗学”的阐释体系和话语空间，均有拓荒之功。但是这种研究现状和都市诗已有的成就相比，仍然无法匹配。

那么，都市文化在诗歌文本中是什么形态？诗人们对都市经验和存在的把握如何呢？现代都市乃神奇而令人压抑的存在，摩天大楼、商场、电报、手机、车流，写就了令人目不暇接的繁华喧闹，同时西式快餐、匆匆步履、尾气噪声等也让你心烦意乱，孤寂浮躁得无所适从。诗人们都不仅仅为都市浮光掠影地画像，而是力求写出声音、色彩、气味、形象与节奏背后的都市灵魂。也许是传统审美积淀的影响力太强，也许是都市的确充满太多的异化现象，也许是诗人骨子里的理想情结太重，也许是几者兼而有之，百年都市诗歌从整体上看，构成了赞颂与诅咒情绪的二重奏，但对都市的文明与进步热情礼赞者少，像郭沫若在《笔立山头展望》中，视都市的烟囱为大工业伟力运动的、反抗的时代精神的凝固与象征，“一枝枝的烟囱都开着了朵黑色的牡丹呀/哦哦，二十世纪的名花/近代文明的严母呀”，奇崛想象与热情语调里，讴歌近代工业文明的情感宛然可见。20 世纪 30 年代的徐迟也是都市文明最热烈的歌唱者，他的《二十岁人》这样描述青年人，“年轻、明亮又康健”“挟着网球拍子，哼着歌”“欢喜着呢”，充满活力与希望。20 世纪 80 年代的叶延滨那首《环形公路的圆和古城的直线——献给北京第一条立交公路》，在新时代的制高点上，欢呼环形公路像个“巨大的句号”，结束了古城旧的历史，将目光深情地投向未来。

而更多的侧重展示林林总总的黑暗、丑陋现象，聚焦于都市对自然、人性的异化和损害，日常生活和人类心理的困顿、灰暗，一些作者在不自觉间充当了都市“精神啄木鸟”角色，好像对都市怀有先天“偏见”似的。如同样是都市的烟筒，在施蛰存的《桃色的云》中已失却生机，蜕化为都市虚假繁荣的点缀，暗示着中国都市工业乍现即衰的病态美。《桃色的云》借助残霞映照，类乎肺结核病人脸上的潮红和垂死者回光返照的容颜，多了诗人的感伤与忧郁。废名的《街头》则揭示了人类生存本质的内在精神空寂。汽车从邮筒前驰过，邮筒无动于衷，上面的“PO”字样像两只凝思的眼睛，也是寂寞，被误记号码的汽车更为寂寞，于是大街寂寞，人类寂寞。台湾诗人罗门在《城里的人》中阐明，钢铁与大楼支撑起的都市文明，将人异化成了赚钱发财的工具，感叹“欲望是未纳税的私货/良心是严正的关员”，厌倦都市与生命的批判精神昭然若揭。舒婷的《流水线》更是一种人类异化的具象形式，其中人的主体性毁灭的悲剧情调令人惊心。顾城的《狼群》把城里人比喻为狼，“忽明忽暗的走廊/有人披着头发”，充满对“他者”世界的敌意对抗。也就是说，城市在很多诗人笔下是一片没有希望的“荒原”，它使许多看重精神质量的心灵饱受折磨，打上了痛苦的烙印。然而诗人们对城市文明“社会病”的观照，也只是放大了问题的某些侧面，无全盘否定之意；并且因深刻的批判精神和悲悯意识压着阵脚，基本没有迷失，其目的还是唤起对人类的救赎和拯治。

其实，都市诗歌的吟唱还包括因不满都市而生的对乡村自然闲适秩序的怀恋。记得海外学者顾彬在其《中国文人的自然观》中断言：每当我们对文明生活的复杂性感到厌倦的时候，就会向往一种更“接近自然”或“淳朴”的生活方式。此言不虚。都市荒原感造成的精神无可皈依，使诗人们自然去怀想、迷恋逝去的桃花源式的乡村文明。如此说来，就一点也不奇怪为什么 20 世纪 30 年代写山居的感觉竟成为一种时髦的追求，史卫斯有《山居》，玲君有《山居》，吴奔星有《山径》，刘振典有《伐山人》，史卫斯、玲君的诗还怡然自得、闲适淡泊、物我两忘，有种乐不思蜀的味道；也不奇怪当下时时消受现代化便捷好处的都市诗人，大面积地向都市外的乡村伸展触须。当然这种隐遁山林、沉醉乡土的平净淡远氛围背后，恐怕更多的是排遣不去的寂寞与为排遣寂寞刻意做出的旷达。

同复合情绪相比，都市诗歌更为动人之处是其艺术上的先锋色彩。身处都市常常先得异域艺术熏陶，都市心曲的细微、繁复和深邃也在呼唤一种更为间接含蓄的表达方式，所以都市诗歌往往充当着艺术探索者的角色，最前卫、先锋，富于实验性。如徐迟的诗歌语言选择力避墨守成规，而是刻意冲击语言惯性模式，似信手拈来、自由随便，又奇峭陌生、跃动鲜活。不说《轻的季节》“栽下着我的恋了”这虚实搭配的经济含蓄，不说《我及其它》书写方式的花样频出、惊人越轨，也不说《都市的满月》冒险地将罗马字与分数写入诗中；单是一些词汇、结构的排列就欧化得令你不解，奇峭得让人瞠目。如《秋夜》：

秋夜，雨滴总，仿
佛是，是春夜雪溶泻的时候的滴水
我的年龄的思想。

急骤发展的语言框架本身已造成一些诗意空白；连绵词“仿佛”的断句破行排列法更是少见的大胆尝试，既突出了诗歌陌生感，又外化出雨断续滴落的形态。

如施蛰存的日常化诗歌《银鱼》，则是诗人在菜市场上见到银鱼瞬间印象幻觉的叠合。土耳其风的女浴场、柔白的床巾、初恋的少女三个互不关联的意象叠加，与银鱼关系的分别建立，是从形体到容貌到心灵暗示女性美的魅力。这种组合方式绝对出人意料，当然也有阅读难度。

并且，都市诗歌的艺术追求能够与时俱进。比如20世纪90年代的朱文那首《让我们袭击城市》，日常生活表象"资料"的自动敞开即透着平淡而丰满的诗意光芒。诗意的采掘已触及日常生活最细微的皱褶之处，不乏异化痛感的心理咀嚼里也溢出了几许人性的温馨。如果说它显示了日常化走向，臧棣的《戈麦》则叙事性增强，"1990年，七月或八月的一天/我们聚集在学四食堂，不分宾主/为镀完金的陈建祖和非默饯行。/席间，只有韩毓海穿着休闲的短裤，使夏天准确地服务于人体/并使我的回忆有根有据……你的死亡使我震惊，但却/教育不了我；你的献身使我们/共同的朋友西渡震惊而悲伤"。过程切面、场景描述和冷静的议论，仿佛把诗变成了有条不紊的"无风格"的叙述之作，或者说叙述成为维系诗歌和世界关系的基本手段，但其诗意却毫无遗漏地渗入了抒情空间，那种对现实的点化能力无法不令人击节。至于西渡的《在硬卧车厢里》就有了文体互渗的倾向，像一幕正剧。在南下列车的硬卧车厢里，手持大哥大操纵北京生意的"他"，和"异性的图书推销员"奇遇、交谈，变得融洽、亲密，提前下车，诗歌叙述的是一个可能的暧昧的男女故事，其中有客观的环境交代，有男女从礼貌到微妙的对话，有女人为男人泡方便面和男人扶女人的腰下车的动作，有女人不无好奇的轻浮的性格刻画，更有作为旁观者的"我"的分析、微讽和评价，"不适于第三者旁听的氛围。我退进过道/回避陈腐的羞耻心"，认为他们提前下车，"合乎情理的说法是/图书推销员生了病，因此男人的手/恰到好处地扶住她的腰，以防她跌倒"。日常情境、画面的再现和含蓄微讽的批评立场相结合，显示了诗人介入复杂微妙生活能力之强。

可贵的是百年都市诗歌中每个人都是以自己的话语、修辞和想象方式进入诗歌的，这就输送出一个姚黄魏紫、各臻其态的个人化艺术景观，这也是都市诗歌的一大特色和成就。此处不再赘述。

（作者罗振亚，南开大学穆旦新诗研究中心主任，文学院教授、博导、副院长，享受国务院政府特殊津贴，教育部"新世纪优秀人才"，中国作家协会诗歌委员会委员、中国新文学学会副会长、中国写作学会副会长、中国闻一多研究会副会长。）

# 诗在城市里的空间位置

铁　舞

本文分两个部分。第一部分是上海城市诗人社40年历史的介绍，第二部分是我个人最近的思考。

先介绍第一部分：上海城市诗人社，隶属于黄浦区文化馆，致力于现代诗歌的创作，坚持"实验·守正·出新"和"开放的表达"取向。

诗社于1990年正式取得法人资格。上海作家协会诗歌委员会是它的顾问单位，上海社会科学院文学研究所是诗社的学术指导单位。

据有关人员回忆，诗社从提出、酝酿到开始出现在诗坛，是在1978年前后。当时，几位诗歌作者汇聚于徐汇区工人俱乐部，议题就是商讨如何创作反映我们城市生活的作品。不久，这些诗歌作者的活动移至上海市黄浦区文化馆，并成立了黄浦区文化馆诗歌组，负责创作组工作的是该馆干部王玉意。那是草创时期。

一些当事人回忆，城市诗人社前身的黄浦区文化馆诗歌组，是从赵丽宏担任组长开始的。诗歌组带有社团性质，诞生时间是1980年，聚会地点常在文化馆的屋顶花园，也就是旧时上海先施公司的屋顶游乐场。从那时开始，星火燎原，诗歌的创作和活动凝聚了一批诗歌作者，一直到今天。黄浦区文化馆诗歌组演变成了上海城市诗人社。

1986年，赵丽宏曾经在《诗的磁场》一文中回忆道："六年前的一个仲春之夜，地处大上海中心的黄浦区文化馆里，集聚着一群热衷于写诗的年轻人。他们有着各种各样不同的职业，他们来自大上海的四面八方，怀着虔诚热切的心情，也怀揣着以无数个不眠之夜作为代价写成的诗篇，穿过南京路缤纷喧嚣的人海，他们在这紧靠着南京路的楼房里找到了一个宁静的世界。"

这一时期，诗歌组活动的主要特点一是讨论，二是引导，三是点评，四是编印刊物和组织参与大型活动。当时，赵丽宏、桂兴华、陈放、董景黎等都不断有作品问世，在社会上形成一定的影响，时任《萌芽》月刊诗歌组组长的诗人王宁宇，也经常来文化馆做辅导，并在1984年的《萌芽》上推出《城市诗》专辑，并又配发了他撰写的评论《都市风》，呼唤城市诗派的出现。

诗歌组曾先后编印过《黄浦文艺》《黄浦诗叶》《黄浦江诗会》和《城市诗人》等多种油印和铅印报刊（内部交流），举办过多种大型诗歌朗诵会。1986年和1989年，黄浦区先后举办过两届"黄浦艺术节"，诗歌组奉献出两本合集，即《浦江魂——献给首届上海黄浦艺术节的诗》和《花的长街——献给第二届上海黄浦艺术节的诗》。两本书分别由赵丽宏、桂兴华作序，收抒情诗45首和70首。

时代将进入20世纪90年代时，黄浦区文化馆诗歌组已培养出一批有影响力的诗人，除赵丽宏外，桂兴华、缪国庆、铁舞、陈放、刘国萍、董景黎、赵国平、梁志伟、陈柏森、谢聪、沈晓、史益华、王成荣等诗人也愈来愈受到诗坛瞩目和关注。

同时，城市诗人社已呼之欲出。

1990年6月16日，举行了庆祝黄浦区文化馆诗歌组成立12周年暨上海市城市诗人社成立大会，大会在黄浦区文化馆音乐茶社召开。参加会议的有黄浦区文化局、文化馆的领导，还有赵丽宏、曾元沧、郭在精、姚村，以及诗社成员近40人。会上宣读了《上海市城市诗人社章程》，聘请赵丽宏、曾元沧、郭在精为诗社顾问，并颁发了证书。

正式成立后的城市诗人社第一任诗社名誉社长为黄浦区文化馆领导刘健；社长为缪国庆，副社长为赵国平、梁志伟；秘书长为钱蕴华；理事有桂兴华、陈放、王成荣、董景黎、王玉意、陈柏森等。

城市诗人社是一个民间诗社，走的是一条"官助民办"道路。诗社成立后，活动更趋规范，交流也更广泛，诗社刊物《城市诗人》从第三期（1991年5月）起，由诗人白桦题写刊头，作品质量也不断精进，且不限于诗社成员的作品。自2002年起，《城市诗人》由报纸（最初是4个版面，后来发展为一期8个版面和12个版面，共出版34期）改为刊物，在文化馆领导的放手支持下，坚持"实验·守正·出新"和"开放的表达"的主张，努力将传统融入先锋，体现创作和学术研究并举的特色。当时，主要作者还有程勇、朱铁武、张健桐、刘敦等，甚至白桦、王宁宇、冰夫、朱大可等也经常赐稿。

诗社活动特色包括：一、不定期举行"文学清谈"活动，批评切磋，学术探讨；

二、办好月半“我们”特色朗诵会，还包括小型的个人作品研讨会，广泛吸引诗歌爱好者；三、围绕《城市诗人》办刊，开展各种征诗、征文和城际交流活动。

城市诗人社所持创作观念，我在《城市诗歌和现代主义》一文中有所表述，我的意思是说：其本质应当归于现代主义，坚持城市的有根性写作。这方面的创作范本，有古冈的《驱巫的版图》、曲铭的《墙上的鱼》、缪克构的《过道灯》、杨秀丽的《门诊的午后或者一张药方》、瑞箫的《为上海写的一组》、朱春婷的《城市漫游》，还有我的一些诗，如《海已不是原来的样子》，不知道能不能被列入其中。

除了创作，还有理论探索。诗社倡导以理论为先导，提高站位，认定上海的诗人应该立足于太平洋此岸，背后是整个中国，面对的是太平洋——这样的国际视野决定了诗社人员的分化和重组，也曾先后裂变出“新城市”“海上风”等新的诗社。2005 年，我与严力曾经有过一个对话，主题是“诗歌：上海诗人和纽约对话的可能性”，试图在诗歌交流和理论方面有所突破。

20 世纪末，诗社曾经在民间社团中发起过“关于手稿时代和遗失手稿的时代”“极简主义写作”等专题的讨论，近年，诗社就“在城市怎么做一个诗人”“海洋与城市”“网络全球化语境下中国当代汉语诗歌”“女权主义和诗歌”等理论问题作了一些探讨。这两年，对国外的诗歌、旧体诗词也有一些讨论。

2006 年，我们花费多年时间遴选的上海现代城市诗歌选集《忘却的飞行》公开出版，具有较高的文献价值；2009 年《画说上海文学》将《忘却的飞行》列入其中。

上海的许多著名诗人，除了上面提到的，还有宫玺、姜金城、季振邦、朱金晨、田永昌、张烨、孙悦、徐芳、刘希涛等也都关心支持过城市诗人社，近十年诗社在学术上曾经先后得到过王晓明、夏中义、周介人、孙琴安、潘颂德、杨斌华、张瑞燕、钱文亮、张闳、王晓渔、王智量、黄杲炘、卢桢、陈仲义、海岸、黄福海、沈锡良等著名学者、编辑家、翻译家指导。

四十年，我做了后二十年，看来还可以做二十年，只是做的方式与以前不同。上海城市诗人社现在已孵化出几个分支：陆家嘴金融城白领诗社、第二场诗歌社、普陀区图书馆“城市文学 · 普图小组”、海派诗人社。我们还不定期开展 TW（技术智慧）写作工坊活动。我们的核心人员也有了很大变化，着眼于未来，有了沙柳、本思、朱春婷这些更年轻的一代。以上是我介绍的第一部分。

下面是本文的第二部分。与上面规范的介绍比较，可能有点个人化。这些个人化的想法可能本身就出自对城市诗写作的进一步反思。随着城市化的进展，我们究竟需要什么样的诗？它在哪里？

我想避开当下关于“口语诗”和“口水诗”的纷争，我更主张用“白文”两个字来命名新诗的言语方式，关于这个想法，另有机会我会写文章论述。我也不想过于深刻地谈论关于城市诗的一些形而上学问题，我想换一个角度谈谈生活里我感觉美好的东西，它们可能属于诗，但是微弱的。

如果我们相信康德的话“人是世界最后的目的”，那么，诗的最后目的也是人。今天，如果你稍稍留意一下你的周围，你就会相信：最好的诗不是写在纸上的，真正的诗是人实现自己的美好，在人的行为里。

这个道理有人还不太明白，这不得不让我来举一些事实例子。

最近乘地铁，在九号线的车厢里的每一个拉手上都有一首诗。古今中外的好诗进入地铁车厢，一个女教师让她的学生去车厢里抄写那些名诗，比如叶芝的《当我老了》，她要求学生抄写完毕后回到教室里，结合课文冰心《谈生命》，进行一场人生意义的讨论，还开展了一次别开生面的诗歌朗诵会。诗歌进地铁，只是一种仪式，我们这个城市诗歌、文学的仪式越来越多，但这不是诗本身。这个女教师的教学行为让我看到了一种诗的美。没有哪一首纸上的诗比这个教学行为更美。

在同普路建筑工地的围墙上，我读到好几首关于中国梦的诗，看似简单，称不上艺术诗，但它属于克罗齐说的那种民间诗，直率、单一，是建筑工人的墙头诗。恰好在那天我走过时，看到一个做奶奶的抱着一个小孙子，前面走着儿媳，突然那儿媳仰头朝对过马路的上空“哎”了一声，还说：“叫什么呀！”我十分好奇，问前面的抱着孙子的奶奶：“她在跟谁说话呀？”“喏，我孙子他爸在那吊塔上，他眼睛尖，看到我们了。”我想，这个场景是多么美好啊，那云塔好高好高，那云塔上的工人眼睛好尖好尖，这媳妇的耳朵也好灵好灵啊！这不也是一首诗吗？我们在生活里突然发现一种事物和事物之间的美的关系，它最终表现在人身上。它似乎比写在墙头上的中国梦的诗更美好。那一刻我感动了，我一直想把这首诗写出来，但一直写不出来。

还有一件我亲身经历的小事。有一次我应华东师范大学对外汉语学院丽娃诗社的一位“丽娃”女孩的邀请去万体馆看一个中华文化博览会，走出地铁口，正在寻找我要等的人，我一转身，就发现她已在我身边站着了。这瞬间的惊喜，让我获得了一种美好的诗意，我后来果真写了一首《地铁口纪念》的小诗留作纪念。我是这样写的：

鱼涌入
涌出
游……
感动的鳃
哗——
花一样兴奋
约好了我们去一个地方
猛一回首
你已站在我身边
哦，上帝安排的
一一
株棵
馨橡
菊树

“丽娃”女孩问我，你为什么写这首诗？我只是笑了笑，没回答。生活里有些美的瞬间，犹如几何题中某条暗线，需要你发现、添置，不然你就不能证明诗意的存在。这个城市的一些人，要是在生活里不为美所感动，这是非常危险的。

现在诗美的力量很单薄，许多诗被观念占据了，我不只一次在不同场合提过这个问题。许多时候，我们情理不平衡，敏感于灰色地带，缺失对明亮部分的发现，或只是平庸地歌唱，没有美妙而自然地亲近；最危险的诗随时出现，最高妙的诗却没有。但这背后的原因又是什么呢？现在全世界的诗都存在这个问题，诚如钱谷融先生说的20世纪的现代文学他不喜欢，现在是21世纪了，先生倘若在的话，他仍然会说这个话。人们深刻了，会思想了，但美没有了；人们通过写诗求真求善，但不求艺术美，就像啤酒没有了气。其结果是，不是诗的“诗”变成了诗：诗歌的一些“高技术”，也让一些怪异的文字日益被人们接受。所以，比起看重文本来，今天，我更看重诗的行为。

一些诗人一直在努力。上海的女诗人徐芳出版了一本《日历诗》，日历代表时间，时间是生活的载体，按着时间的次序写诗，把诗写在日历上，称“日历诗”；把诗和日历合在一起制作成日历，就成为“诗日历”。这日历上的诗，全是诗人对生活的感悟，这样，读徐芳的诗，就是读一片诗意的生活。日历上若无诗，生活的诗意就表现不出来。因此，按日历写诗，把诗写在日历上，是一次诗意的制作。每一天都诗意绽放，探究城市如何让生活更美好，诗人的作为是值得赞许的。于此，我也看到了诗的位置。

在这个城市，诗人的活动很多。且不说上海图书馆每年四季都要举办诗歌朗诵会，座位都坐得满满的；也且不说上海作家协会那个爱神雕像前的小礼堂，不知举行过多少次诗歌的朗诵会和研讨会；单说那旁边的一个咖啡馆，曾几何时，上海城市诗人社的诗友每月15日晚上，他们从这个城市的各个角落来到这里，“AA制”，讨论交流诗歌写作。以前他们是在浦东的一个“第三空间”活动，后来那地方被开发商拿走了，便转移到这里，他们称之为“月半活动”。又曾几何时，他们从此地移到别处去了。直至今天，我知道他们仍在活动。

还有很多很多，也许是你从来没听说过的诗歌活动，因为这些活动不曾公开报道过，冷不丁被你撞上了，算你有福气。我就碰到过一次，有一次在世纪公园的草地上，一些人在那里朗诵诗歌，还有人在拍照，在那里我认识了一个交通协管员，他也爱诗，还在田子坊组织过一次诗歌闪读；有一个新疆来的自由职业者（社工），他发起了一个“亲近自然”诗社，作为上海城市诗人社的一部分，在我们这座城市里号召大家“为大自然写诗”。我觉得这个口号很了不起。

我们还常常听到诗的小众和大众化的争议以及边缘化的说法。这种边缘化的说法也有道理，但我理解的边缘和通常人们说的边缘又有别。我参加过一次十分边缘的听诗会。我惊异，怎么会来到他们中间的，这个夜，在我心里是那样的星光灿烂，胜过我以前参加过的任何一次大型诗会；我一生中很少有机会和这些来自各个学校的男生、女生聚在一起，我在他们中间，可算是一个“老者”了。这是他们自己组织的一次名为“听诗会”的沙龙活动。尽管我叫不出他们的名字，但我觉得他们是多么美好！他们像鸟一样从这个城市的不同角落飞来，那样轻盈，那样微妙地混杂着各种颜色的衣裙，像一群麻雀，不，说是夜蝙蝠或许更确切些；在我听了他们的朗读之后，更觉得他们是这个城市的夜莺。那一刻栖息在这个城市一座24层大厦的屋顶上的一间屋子里，我只感到有一种难得的特别的气息，说是青春吧，肯定是的，于我而言，感觉到的是馥郁的花的气息，一丝奢华的气息。关于这一点，也许只有我这样的人才会体验到——一个失落太多仍成天沉浸在诗意理想里的人。这些弟弟、妹妹们——我权且这样称呼他们，因为我比他们大得多。而他们也长大了，走出学校多年，汇聚在一起却仍像一群学生，这就是我说的难得的特别的地方。我非常喜欢这座大厦给这间小屋所处位置的命名——北塔，一种莫名其妙的喜欢。屋子的主人把这层无法出售的楼面盘了下来，别致巧妙地布置成一个艺术沙龙。没有几个小凳子，大家都坐在地板上，我靠一个墙角坐着，听主持人报着我的名字。在众目注视下，我扬了扬手，像是在大街上招一辆出租车一样，夸张地显示我还有点未尽消逝的青春的动感。灯光有点暗，艺术墙上的画有点模糊，因此有点暧昧，我听到一个男生开始朗读了，他读的竟是我的诗："在岁末的晨曦中，天空里有一颗孤照的星……"

这么说来，我们这个城市还是有诗意的。问题只是我们在讨论和关注改革开放中的文学和人生的时候，在关注城市和诗歌、诗人的关系的时候，关于城市和城市诗这样的词显得这么突出，有时候，又为何还有点令人不安？

当我们高谈阔论城市诗的时候，关于这座城市的诗意的发生和美好，无不与人的自然性有关，我期望中的好诗，可能不是在几首所谓的代表"城市诗"里，而是更广泛地在被人们忽略的钢筋水泥墙的隙缝里，在时尚衣裳的褶皱里。当海平面上升，地球上一些城市有可能被海水淹没的时候；当人为制造周期破坏自然周期，鸡鸭鱼肉变成流水线生产的时候——这种时候，我们尽管有越来越多的文学、诗歌的仪式，诗又应该如何向大自然致敬呢？我们考虑过吗？我们能写出多少亲近自然的诗呢？照例诗应该是这个城市里的空气，它是流动的，它应该是音乐性的，目前有的还是散板。海已不是原来的样子，这是铁板钉钉的事实。我们的诗歌会变得越来越好吗？曾经的好诗会在什么情景下备受赞扬，又会在什么情景下被人遗忘？不要说城市诗，500年后，新诗的压卷诗是哪一首？我们现在就看看，哪一首比哪一首更重要？每说到城市诗，我就会想到惠特曼在一百多年前歌唱的：

我在梦里梦见一个地球上别的一切
力量所不能击倒的城；
我梦见那新的属于朋友们的城；
那儿，没有东西比雄健的爱的素质
更伟大了——它领导着别的；
它，可以时时刻刻从那城中的人们
的行动上被看出来，

并且可以在他们的一切容貌和言词
上被看出来。

我们今天,2018年,就缺少1860年惠特曼那样的歌声。

150多年前惠特曼梦见的依然是我今天梦见的:

有一个孩子向前走去,将来的诗人呵,我歌唱一个人的"自己",还有,给一个普通女人……

[作者铁舞,上海作家。上海城市诗人社总策划,编辑《城市诗人》,组织TW(技术智慧)写作工坊。出版诗集《手稿时代》《山水零墨》《瞬间伊甸园》《雪地音乐》等,长篇纪实报告文学《地铁:上海大呼吸》,曾在《社会科学》《探索与争鸣》《社会科学报》等上发表诗批评和文学评论。]

# 城市化进程与城市诗歌创作

杨剑龙

作为乡土中国的文学创作，历来乡土文学成为中国文学的正宗，城市文学常常作为乡土文学的补充或对应物而存在。在现代新诗的发展中，城市诗歌却往往引领着中国新诗的发展，虽然并未得到足够的重视，但是却成为中国新诗发展的主要动力。在中国城市化进程不断发展过程中，城市建设的日新月异、乡村人口涌入城市、城市生活的丰富多彩，激发了诗人们的创作激情，城市诗歌创作越来越引起人们的关注。何谓城市诗歌？城市诗歌究竟如何发展？这是本文关注的话题。

对于城市诗歌的概念，学者们有着不同的见解：吴思敬先生不赞同把诗歌分为城市诗、农村诗、军旅诗等的做法。朱大可、陈圣生、倪友葵、陈超、燎原、缪克构、常立霓、孙文波、孙琴安、卢桢、铁舞、魏天无等，分别对城市诗歌概念有自己的阐释。在诸多对于城市诗的界定和概括中，大多从城市题材、城市心态、城市精神、创作方法等方面进行概括，而乡土诗、农村诗又自然成为其对应面。中国城市化进程的加速发展，使城市成为更多人的栖息生存之地，也导致了城市文学的发展，城市诗的发展成为当代城市文学发展的重要方面。所谓城市诗，是诗人置身城市环境中，表达其在城市生活中的所感所思，展现出其置身的城市空间，在捕捉其熟稔的城市意象中，以诗意的手法抒写其内心情愫和对城市生活的思考，或多或少呈现出某种城市精神和城市形象。

诗歌是诗人对时代敏锐感应的表达，是对现实真实体悟的表述。城市诗是置身城市空间中的诗人的有感而发，是对于城市生活、城市变化的思索表达。

诗人在城市诗歌的创作中，注重抒写其对于城市生活的体验与感受，既寻觅城市生活之“美”，也批判城市生活之“丑”。只有真切深入地感受城市生活，努力把握城市生活的脉动和城市心态的跳动，只有充满激情地去感受、去表达，才能真正呈现城市诗的光彩。

城市诗应该是诗人对于城市生活的体验与思考，诗人应该沉浸到城市生活的河流中，敏锐及时地感受城市生活的脉动与变化，可以讴歌城市生活中的“美”，更应该发现城市生活中的“丑”，将诗人自我放进诗歌的感受体悟中，将鲜活的城市生活、灵动的城市脉动、细腻的心灵微澜等，都写进城市诗作中，让读者在城市诗歌的境界中得到共鸣。

城市诗的创作与城市空间有着不可分割的关系，城市空间成为诗人们生存的环境，城市空间出现在诗人们的眼中和笔底。在当代城市的发展过程中，我们可以看到城市空间、心灵空间都成为诗人们关注和描写的对象。城市诗人们对于其置身的城市空间的描写，也往往凸显了城市的面容与性格。

在谈到城市诗歌时，王光明教授指出：“城市进入诗歌以后，首先诗人想象城市的方式发生了改变，由自然意象转变为城市意象，语言与世界的关系由对应转向对抗纠缠，同时诗的节奏也出现了调整。”城市的发展导致了城市诗歌的诞生，以城市意象描摹城市、表达情感、坦现心灵，成为城市诗歌表达的重要特征。

人们往往将现代派诗歌等同于城市诗，这主要是因为现代派创作的前卫手法；城市诗的创作如何运用与城市文明、城市文化相关联的手法，应该成为城市诗歌创作关注的重要内容。城市诗歌的创作手法应该在传承中国古典诗词的传统中，不断汲取和借鉴现代派艺术的技巧和手法，将城市诗创作的丰富性和前卫性结合起来，让当代城市诗的创作真正敏锐地反映当代城市发展的光与彩，让当代城市诗真正引领当代诗歌的创作，为现代新诗的发展做出新的贡献。

（作者杨剑龙，文学博士、二级教授、博士生导师，上海师范大学都市文化研究中心创始主任、当代上海文学研究中心主任，香港中文大学客座教授、纽约大学访问教授、澳门城市大学特聘教授，中国老舍研究会副会长、上海知识青年历史文化研究会副会长、上海炎黄文化研究会副会长。）

# 上海：城市诗歌与城市梦想

张瑞燕

## 一、界定“城市诗歌”概念

马尔科姆·布雷德伯里的《现代主义的城市》一文，从地缘政治学的意义出发，通过探讨现代主义文学与城市的关系，为19世纪末以来的西方文化建构了一种话语背景。在现代主义文学发展比较充分的西方，正如布雷德伯里教授所言：“城市的吸引力和排斥力为文学提供了深刻的主题和观点：在文学中，城市与其说是一个地点，不如说是一种隐喻。的确，对许多作家来说，如对蒲伯和约翰逊，波德莱尔和陀思妥耶夫斯基，狄更斯和乔伊斯，艾略特和庞德来说，城市似乎逐渐变成了类似于形式的东西。”①我们看到的城市诗歌大多取材于城市生活，诗歌的格调、韵律、用语等形式元素与现代城市生活的节奏和色调相吻合。城市现代诗的先驱者波德莱尔把自己的诗集命名为《恶之花》，诗歌写的大多是城市中落拓的艺术家、醉汉、妓女、吸毒者、杀人犯、自杀者等的心态，但高尔基称赞波德莱尔“生活在恶之中，爱的却是善”。以恶入诗，以丑为美，波德莱尔的“审丑”意识贯穿在他的城市诗创作中。而艾略特在《荒原》里则巧妙运用各种隐喻和神话寓言说明一系列城市怎样变成荒原。不可否认，波德莱尔和艾略特的诗作都是源自城市生活的。该怎样看待城市与诗歌的关系？古老中国几千年来一直是农耕社会，在中国古代诗歌传统中，充满了“山水诗”“田园诗”“怀乡诗”这样的描绘自然风光、抒发个人情感的诗歌，但在古老的抒情诗传统中，也有描绘城市生活的诗歌，如唐诗里就有描写城市车马繁喧，熙来攘往，文人、市

---

① [英]马·布雷德伯里、詹·麦克法兰编《现代主义》，胡家峦等译，上海外语教育出版社，1992。

民应和唱酬，四季生活的作品，都市的盛衰兴亡都会引起诗人们的讴歌或哀婉。生活在现代城市的现代人，对城市的感触当然不同于古代诗人，随着社会发展、城市变迁，乡村社会作为诗歌主题被逐渐淡化。诗人缪克构提出："城市诗是指诗人在城市生态中的精神活动所化作的诗行。"燎原在《城市诗与智能信息空间》中试图廓清城市诗的涵盖范围，他指出，城市诗"绝不只是城市场景和生态的一般性描述，而是城市日常生存中内在的心理体认，是诗人与城市生态的相互容纳中，一种城市化了的情感立场、艺术方式和审美趣味。体现了城市文化与诗人的心灵叠合后，一种独立的精神文化生态单元"。由此看来，城市诗歌描述对象必须是城市，城市诗歌必须关注城市人的内心生活和心灵体验，此外，充分运用现代主义诗歌技巧也是城市诗歌的语言特征之一。

今天，对大多数生活在城市中的诗人而言，城市和其中的种种元素成为他们诗歌必须要关照和表现的对象。城市与乡村相比，是否缺乏诗意？在诗意贫乏的城市生活中索求诗意，有无可能？对光怪陆离的城市生活场景和苦闷焦灼的城市人心理的种种表现是否可被认同为城市诗歌所蕴含的诗意？上海这座从20世纪80年代起重新进入现代都市，从没有出现过《恶之花》或者《荒原》这样的文本，是否就没有真正意义上的城市诗歌呢？这些问题都值得深思。

## 二、上海城市诗歌档案

### （一）上海诗歌的历史档案

上海曾是现代新诗创作与出版的重镇，最早发表新诗的《新青年》是在上海编辑发行的；新诗史上第一份诗刊《诗》月刊于1922年1月在上海创刊；第一部新诗集《尝试集》也最先在上海出版；由郭沫若、成仿吾、郁达夫编辑的《创造》季刊（1922年3月创刊）也是在上海出版发行，这些刊物都在中国新诗发展过程中起过重要作用。此外"新月派"也是以上海为根据地，《新月》月刊创刊于1928年，还有同样创刊于上海的《现代》杂志，它们在推动中国新诗发展过程中功不可没。到了20世纪三四十年代，诗坛还形成了以上海为中心的新诗派、现代派：1947年7月，在诗人兼装帧艺术家曹辛之的带动下，《诗创造》第一辑《带路的人》在上海"破土而出"，代表诗人有臧克家、金克木、沙鸥、唐湜、苏金伞、杭约赫、徐迟、陈敬容等人；至1948年6月，《诗创造》整整出刊一年十二辑。另外《中国新诗》于1948年6月15日创刊，每月一集，共出版了五集。在上海文坛万马齐喑的环境下，《诗创造》和《中国新诗》发表了大量优秀诗作，不少诗人如李瑛、邵燕祥等早期的诗作大都刊在《诗创造》上，而在当代中国诗歌史上具有深远影响的"九叶诗派"也包括早期在上海的几位诗人——辛笛、陈敬容、杭约赫（曹辛之）、唐祈、唐湜，加上当时远在北平的西南联大四杰——穆旦、杜运燮、郑敏、袁可嘉，加盟《中国新诗》作者队伍。1947年，南北诗人终于汇合形成一个流派，又因20世纪80年代出版了《九叶集》一书，而被诗歌理论界冠以"九叶诗派"的美称，并确立了其在中国新诗发展中的艺术价值与历史地位。九叶诗派元老辛笛先生生前说过，九叶诗风是"在《中国新诗》和《诗创造》期间，因为作品互相吸引，同声相应，同气相求而自然形成的。《中国新诗》和《诗创造》在当时那样的年代里团结了大多数诗人，为诗坛开创了一种新鲜的氛围与意境，注入了一股活力"。《诗创造》和《中国新诗》是由曹辛之先生创办的星群出版社出版的诗刊，作为一个专业的诗刊出版社，"星群"得到了臧克家的鼓励和支持，在资金融通上，又得到当时在金城银行工作的辛笛给予的信贷支持，这是诞生在民国年间的一家集资经营的股份制私营出版企业，先后出版了臧克家的《罪恶的黑手》《泥土的歌》，辛笛的《手掌集》，戴望舒的《灾难的岁月》等，又出版了臧克家主编的"创造诗丛"十二种，这是当时"轰动全国诗坛的一件盛事"，接着又以森林出版社名义出版"森林诗丛"八种，诗歌读物总数达三十多种。与此同时，上海一批青年诗人相继从浪漫主义、现实主义转移到现代主义的诗歌写作上来。从象征主义诗歌鼻祖波德莱尔起，诗歌就开始把关注的目光由浪漫主义的描绘田园生活转向表现城市生活种种，表现人在城市中的生存、社会的黑暗、世态人情的冷漠。"九叶诗人"更多接受了后期象征主义诗歌智性思考的特点，观察和批判更冷静，更犀利，描写的也多是城市低层人们的悲惨生活。总之，到20世纪40年代，更多的上海诗人开始接受西方文艺理论和思潮的影响，成为都市生活出色的表现者和批判者，上海现代新诗的发展也日趋成熟。

（二）颂歌时期的上海城市诗歌创作

纵观中华人民共和国成立六十年的上海诗歌行程，大致可划分为三个时期：自1949年10月到1965年的十七年，自1966年到1976年10月的十年，自1976年10月至今的三十多年。诗评家吴欢章认为，由于"文化大革命"，极"左"思想泛滥，绝大多数诗人被迫沉默，"文化大革命"期间上海基本没有诗歌。因此中华人民共和国成立以来的上海诗歌发展，实际上只包括两个阶段："文化大革命”以前的十七年和新时期以来的三十多年。“在新中国头一个十七年中，同全国诗歌一样，上海诗歌也表现出一个主导的创作倾向，就是诞生了大量的颂歌。”①其中如石方禹《外白渡桥》《在上海大厦屋顶》、毛炳甫《在外白渡桥上》等都是城市赞歌。老诗人公刘为上海写了一曲《上海夜歌》：“上海关。钟楼。时针和分针，/像一把巨剪，/一圈，又一圈，/铰碎了白天。//夜色从二十四层高楼上挂下来，/如同一幅垂帘，/上海立即打开她的百宝箱，/到处珠光闪闪。//灯的峡谷，灯的河床，灯的山，/六百万人民写下了壮丽的诗篇：/纵横的街道是诗行，/灯是标点。”全诗只有十二行，诗人便精确地捕捉到富有上海特色的具体形象：入夜后，上海高耸的钟楼、长长的街道、穿梭的车辆，“到处珠光闪闪”，概括了上海夜晚动人的景色。诗人艾青在中华人民共和国成立后也为上海写下《?》，虽然这两位老诗人并不生活在上海这座城市，但他们书写上海的诗歌，他们诗中的上海新形象却在全国激起较大反响。中华人民共和国成立后的前十七年，面对上海崭新的生活气象，上海诗人芦芒、刘希涛、宁宇、宫玺、缪国庆、姜金城、季振邦等也写下了一首首时代的颂歌。此外，十七年文学中涌现出一批工人诗人，如李根宝、毛炳甫、居有松等，他们不仅积极参与城市建设，还用手中诗笔描画新上海面貌，讴歌上海建设新成果，充满了工人当家作主的自豪感，工人诗人书写城市诗篇为中华人民共和国成立初期上海的城市建设和发展留下了一份难得的诗歌记录。

纵观中华人民共和国成立后三十年上海诗歌发展，诗人对上海这座重获新生的城市的热爱是强烈的，但对生活的认识却过于简单，诗歌书写也过于直接，大部分诗作中充满了新旧社会的对比，却欠缺了各种复杂矛盾的剖析，“我们还应该看到，这个时期由于过分强调‘文艺从属于政治’，也产生了不少浮泛的颂歌”②。应该说，中华人民共和国成立后三十年诗歌创作中虽不乏描写上海的诗歌作品，但从表现内容与技巧、语言的运用来看，并没有太多深具现代感，富有现代意识的、真正的城市诗歌产生，大量的美化式、口号化的颂歌，是时代的错误使然，也是诗人们缺乏对城市生活的真切体验及真正的现代意识使然。“现代主义是大城市的艺术”③，真正的城市诗歌是带着现代主义意识和技巧的诗歌，而当真正意义上的现代化大都市还没有出现的时候，城市的硬件建设和人

①② 吴欢章：《上海五十年文学创作丛书——诗歌卷·序》，载巴金、吴欢章主编《上海五十年文学创作丛书——诗歌卷》，上海文艺出版社，1999。

③ ［英］马·布雷德伯里、詹·麦克法兰编《现代主义》，胡家峦等译，上海外语教育出版社，1992。

的思想意识还处在相对滞后的状态，不可能产生真正有意义的城市诗歌。出生在上海的诗人们带着翻身解放的喜悦和自豪，讴歌上海的新城市、新面貌，书写上海人民的新生活，但很多流于“唱中心，赶任务，听将领”。一些由乡村进入城市的诗人则带着把秧歌舞扭进上海，改造腐朽的资产阶级生活方式的主人翁意识，充满了无产阶级当家作主的自豪和喜悦之情。综上所述，中华人民共和国成立后三十年，上海产生了诸多的描写城市新生活、新风貌的诗歌，但并没有出现真正意义上的现代城市诗歌。

（三）“颂歌”之后的上海城市诗歌景象

20 世纪 70 年代末，社会和城市的大变革终于到来，诗坛上“朦胧诗”的出现带来了新鲜的诗歌空气，对朦胧诗的效仿和争议，打破了“颂歌体”一统天下的沉闷局面。20 世纪 80 年代，中国诗歌运动如火如荼，诗歌流派林立，论争不断。在上海，据 1987 年初《文学报》记者的不完全统计，当时 49 所大专院校就有近百个文学社团。改革开放带来全新的变局，老诗人黎焕颐写下《题南浦大桥》，宫玺创作《南京路》，诗人白桦、季振邦、刘希涛、姜金城、宁宇、缪国庆等在新时期都有新创作，描写上海新的城市氛围、新的变革，诗歌充满了乐观明朗的基调，也渗透了个人的真实情感，诗人诗作更具个性色彩，如张烨的《车过甜爱路》《外白渡桥》、胡平的《上海，在中国的阳台上》、裴高的《上海：山与海的协奏》、吴钧陶的《南浦大桥颂》、曲传久的《浦江情思》、韦泱的《外滩》、铁舞的《是夜，车过南浦大桥》、朱吉林的《浦江随想》等作品。

除了以上这些诗人的作品，20 世纪 80 年代的上海，还有几个诗歌团体是不能不提到的，如“城市人”“海上诗群”“撒娇派”等。1987 年 10 月学林出版社出版了《城市人——宋琳、张小波、孙晓刚、李彬勇合集》，两次印刷数达到 19 500 册，评论家朱大可为诗集作序《焦灼的一代和城市梦》。从此上海正式出现了一个以写城市诗为主的诗人群体，上海城市诗群的代表诗人还有张真、王寅、陈东东、陆忆敏、许德民等。这是第一个真正意义上的、自觉的“城市诗”团体，由华东师范大学的宋琳、张小波，复旦大学的孙晓刚、李彬勇组成。迄今为止，“城市人”诗群仍然是中国最具典范意义的城市诗群，《城市人》诗集仍具备城市诗的文本意义。

在《城市人》诗集中，很多诗歌表达了外省新来的年轻人无法驱除的异乡人情结，他们有着“城市人”理想，在一首题为《中国门牌：1983》的诗里，宋琳这样写道：“人口密度已精密计算过了/所有家庭都应拥有/一套刷新的住宅/一块蓝色的门牌。”宋琳幻想：“我从创世纪的海面漂泊而来/骑在时间光滑的背脊上喷射高高的水柱/我掠过城市红色的屋顶向一千条街道/人工降雨。”（《白鲸·我·印象城市》）而张小波直接道出了自己的幸福密码，“我发现庞大的世纪末在海上/城市在海上在世纪末的驼背派生出来的智囊上/定向的漂泊奇遇/遇见世纪初”（《城市人》）。

把世纪末转化为世纪初，把漂泊转化成传奇，是这些年轻诗人对世界的宣言，宋琳和张小波在诗歌中建设了一个“城市乌托邦”。如宋琳在诗中反复提到地铁（《这么多的雨披》《我们之间》），庞德《地铁车站》的著名意象在他们的城市诗里都有再现，他们的诗几乎是一种外国经典诗歌意象、诗歌经验的中国翻版。在诗人另外一首与马尔克斯对话的诗歌《一秒钟里听到百年孤独》里，则出现了“红灯区”这种典型的异域地理。慢慢地，诗人似乎已经发现城市是个骗局，并筹划着向城市复仇。他开始渐渐疏远这座城市：“在那里就是我们曾经住过的城市。”（张小波《在蚂蚁和蜥蜴上空》）孙晓刚则在诗歌中刻意营造了一个童话城市，“南方/装满柠檬汁的城市/牛奶在取得新的订户/婴儿诞生于阳光充足”（《南方，有一座美丽的城市》）。“社会使兜售棒糖的老叟变成拙童。”（《儿童游戏》）李彬勇诗歌里有着对自我的描述，其中的诗歌形象年轻而光明，这两位“城市人”，用童话或牧歌来与城市媾和，对未来充满了乐观和向往的梦幻。“我们用不着大声喧嚷但城市就是倾心于我们。”（李彬勇《鼓槌之歌》）

与“城市人”的城市乌托邦不同，“海上诗群”的年轻人共同拥有着一种“生活在别处”的感觉，就像孟浪所说：“紧挨我们身边的都市并不重要。”1985 年 1 月，孟浪在上海与海客、王寅、巴海、刘漫流、默默等共同创办的“海上艺术家俱乐部”成立；是年 3 月，诗刊《海上》创刊。“海上诗群”主要成员包括诗人默默、孟浪、王寅、郁郁、陈东东、陆忆敏等。刘漫流执笔概括了“海上诗群”的特征：“上海有那么一些个人，都孤独得可怕，常常走不到一起。他们躲在这座城市的各个角落，写诗，小心翼翼地使用这样一种语言。”他们创办了诗刊《海上》，印了诗集《城市的孩子》。他们常常从上海隐身而去，成为一个时间或空间上的“波西米亚人”。“海上诗群”用田园诗的方式，表达对城市的异议。

1985 年，另一个极具亚文化气质的“撒娇诗派”成立了，是年 5 月 19 日召开了第一届撒娇诗会，从“海上诗群”分离出的“撒娇派”，一开始就具有了一种美学无政府主义的倾向。默默与京不特，因他俩的诗多带黑色幽默，与《海上》《大陆》诗刊编辑方针不符，“撒娇”表示一种温柔的反抗。代表诗人有默默、郁郁、阿钟、冰释之、田勇、陈忠村、阿角、叶青、郭吟、许德祥、刘永、贾毅军、罗声远、小鱼儿、李申、梅花落、半弦月、袁小泓、沈杰、吕小青、清月、凡斯、祁国、海岸、二号车厢、西部快枪，以及道辉、潘洗尘、叶匡政、袁晓庆、张敏华、老刀等。2002 年“撒娇诗院”成立。迄今为止在“撒娇诗院”先后举办了兰波诞生 150 周年纪念会、美国诗人梅丹理诗歌报告会、芒克的《阳光中的向日葵》诗歌朗诵会、严力的《一行》诗歌朗诵会，举办了诗歌圣徒梁小斌、潘洗尘上海见面会、为当代文学默哀——叶匡政诗学报告会、“撒娇诗院”诗歌吟诵会等诗歌活动。

1. 上海城市诗人诗社

成立至今已有二十余年的上海城市诗人诗社对上海现代城市诗歌的创作和理论研究也起着引领作用，上海城市诗人社的前身是黄浦区文化馆诗歌组，早期创办人有赵丽宏、王玉意、梁志伟等，后陆续涌现出桂兴华、缪国庆、赵国平、陈柏森、王成荣、金瑜、陈放、刘国萍等一批优秀诗人。该社于 1990 年正式取得法人资格，主管部门是上海市黄浦区文化馆。诗社第一任社长是诗人缪国庆；早期编辑出版《城市诗人》报，每期 4 个版面，后来增加到 12 个版面，共出版了 34 期。第二任社长最初由黄浦区文化馆馆长兼任，日常工作由诗人铁舞主持。上海的一些著名诗人如宁宇、冰夫、宫玺、姜金城、季振邦、朱金晨、田永昌、张烨、孙悦、徐芳和刘希涛等也都关心支持过城市诗人社；在学术上，诗社先后得到过王晓明、夏中义、周介人、孙琴安、潘颂德、杨斌华、王晓渔、张闳、王智量、海岸、黄福海和沈锡良等学者、编辑的指导。这些都为诗社的发展奠定了坚实的专业基础。上海城市诗人社强调“观念性的社集”，而非实际之聚会，先后有了铁舞、玄鱼、张健桐、曲铭、芜弦、王晟、宗月、古冈、叶青、李天靖、杨绣丽、瑞箫、费碟、沙柳、裘新民、朱吉林等核心成员。20 世纪 90 年代末，诗社在民间社团中发起“关于手稿时代和遗失手稿的时代”“极简主义写作”等专题讨论，在诗坛产生一定影响。自 2002 年起，诗社编辑年刊《城市诗人》，由铁舞主编。年刊坚持“实验 · 守正 · 出新”和“开放的表达”，努力将传统融入先锋，体现创作和学术研究并举的特色。2006 年，铁舞偕诗社同仁遴选了上海现代城市诗歌选集《忘却的飞行》，作为“当代文学丛书”之一由大众文艺出版社出版。这部诗集体现了上海现代城市诗人社二十多年的发展历程，收录了活跃于诗坛但大多不为人所知的 36 位诗人的 136 首作品，此书后被收录在《画说上海文学》。二十多年来，一代一代的诗社成员们，在创作实践中努力使诗歌融入现代城市，把诗歌触角深入城市生活的各个层面。

2. 校园诗社

从1984年开始，校园文学社团大量涌现。透视20世纪的中国文学，新文学的创造者大都是以教师为主导、青年学生为主体力量的，校园成为新文学的摇篮。20世纪80年代以来，全国高校涌现的大量诗社中，复旦大学、北京大学、安徽师范大学、吉林大学的诗社并称为四大诗社。在80年代上海近百个校园诗社中，复旦诗社是最有代表性的校园诗歌团体。复旦诗派是以历届复旦诗社成员为基础的诗人群体。一代一代的复旦诗社的成员，在走出校园之后，坚持诗歌创作并自然形成复旦诗派。它成立于1981年5月27日（复旦校庆日），同年6月出版社刊《诗耕地》第1期，从1981年到1991年，《诗耕地》一共编了15期；还主办有《大陆》和《海上》杂志，主要作者是孟浪、郁郁、王寅、陆忆敏等。1983年首任社长许德民负责编辑了中国第一本大学生抒情诗选《海星星》（复旦大学出版社），印数达到将近70 000本，和后来出版的《太阳河》一起，为复旦诗社带来了经久不息的影响。近年来，由许德民主编的《复旦诗派诗歌系列》由复旦大学出版社推出。《复旦诗派诗歌系列》共计有16部，分为4部合集、12部个人诗集。《中华文学选刊》主编、评论家王干认为："我们所说的诗派往往是历史上的一个横断面，而复旦诗派是纵向流动的。它的特点有三个：第一，它是当代校园诗歌的发源地之一，并不断推动校园诗歌的新浪潮；第二，它是城市诗歌的发源地之一，复旦诗派提出了城市诗歌的概念，从一定程度上也推动了城市文学的产生；第三，复旦诗派诗歌的出版同时有理论的集子推出，在诗人们写作的理论文章中我们看到，复旦诗派是后现代理论在中国的最早发源地之一，这一概念是杨小滨首次提出的。"复旦诗人胡平《上海，在中国的阳台上》《上海，我深深地爱你》、周伟林《向前，自行车的河》、景晓东《路啊、路》、裴高《上海：山与海的协奏》等都是描写上海城市生活的新篇章。来自校园的诗歌充满了青春朝气，表现的往往是青年人眼里阳光般明朗的城市、上海给他们带来的美好的生活感受，诗歌充满弹性和活力，有清新透明的质地、火热的气势和舞动的节奏。

夏雨诗社成立于1982年5月，社长和主编为李其纲。在第一期的《夏雨岛》诗刊中，发表了李其纲撰写的《夏雨，年轻而执着——代发刊词》，以及著名诗人辛笛的《献给夏雨》。从1982年5月成立到1995年上半年自行宣布解散，夏雨诗社有社刊《夏雨岛》共15期，以及副刊《归宿》，铅、油印诗集《蔚蓝色的我们》《再生》《盲流》等。夏雨诗社的主要领导有宋琳和张小波，代表诗人有赵丽宏、王小鹰、陈丹燕、于奎潮、李其纲、徐芳、张黎明、陈鸣华、于荣健、林锡潜、郑洁、旺秀才丹、余弦等 114 人。“外省青年”的异乡孤独，对都市的隔膜与排斥感，成为校园诗歌写作的一大主旨。这也使得这些描写“城市与人”的校园诗歌具有了现代城市诗歌的意识和意义。夏雨诗社除集结了一大批热爱艺术、热爱诗歌的年轻人以外，还与新时期诗坛“城市人”这一写作流派的形成，有着不可分割的联系。宋琳和另一位留校任教的诗人徐芳，对华东师范大学校园诗歌写作起到引领的作用。诗人张小波的诗歌更多展现身处都市的现代人的复杂心态，零碎拼贴的城市意象、新奇杂陈的词汇明显折射出诗人的焦虑之情。而从 20 世纪 90 年代初开始，以陆晓东、余弦、陈哲、江南春等为代表的夏雨诗人们，在城市诗的写作中确立了美学上另一重要的风格：形而上、个人化的诗思多了起来，诗歌受到中国古典诗词和俄罗斯诗歌的影响，在总体语言风格上呈现出纯净、明朗、抒情的特征。到了 20 世纪 90 年代中后期，包括华东师范大学在内的诸多校园诗社纷纷宣告解散。夏雨诗社解散后，华东师范大学的校园诗歌写作趋于沉寂。

## 三、个案研究：上海的城市诗歌交响

### （一）新时期主旋律的宏大开场

进入新世纪以来，上海出现了几首正面描写城市的主旋律作品。首先值得一提的是诗人赵丽宏的长诗《沧桑之城》，这是一部正面讴歌上海百年历史风貌和城市精神的长诗，扉页中题词：“谨以此诗献给我的母亲之城上海。”历时五年创作完成的《沧桑之城》长达 3 000 余行，是诗人献给母亲之城——上海的一份厚礼。《沧桑之城》九个章节分别为《醒狮之眼》《惊雷大世界》《苏州河咏叹》《从霞飞路到淮海路》《生生不息的风骨》《在地下飞翔》《我亲爱的父亲母亲》《烟囱的盛衰》《仰望和俯瞰》。诗歌从一个在这座大都市里出生成长的上海诗人的情感视角出发，以上海独具的标志性景观、文化事件和人物故事作为切口，细述城市曾经的兴衰，展现上海开埠百年多来时空交错的巨变，透过这座城市沉浮跌宕、生机勃勃的历史命运，描画了历史的悲苦与现实的绮丽。第一章《醒狮之眼》的开篇语：“世界/是一棵浓荫缤纷的大树/你在树下/承接飘零的落叶/岁月/是一条暗流汹涌的长河/你在河边/检阅起落的浪波。”而在《生生不息的风骨》一章中，诗人向在上海生活过的鲁迅、梅兰芳、巴金等文化名人致敬；《我亲爱的父亲母亲》一章记录了自己家庭的变迁，诗人对上海的感情，也就是对故乡的感情，是“发自肺腑的吟唱”。从身怀“生生不息的/坚忍风骨”的文化人物到“我亲爱的父亲母亲”，全诗中有我们熟谙的场景、意象、事件、人物，诗人说“这座城市生我养我，我的个人记忆已与这座城市交融”，“我并没有打算写史诗，只是想通过个人的体验、观察和思考，描绘这座城市，展现这座城市。其中既有讴歌，也有感慨和怅惘。要想用一首诗来写尽这座城市的历史和风貌，那是妄想，绝无可能。诗中展现的，只是一些片断和瞬间”。

从九个章节的篇名来看，可大略了解所涉的内容以及时空容量，但《沧桑之城》并未简单进行纵向的历史叙事，而是打破了时空的阻隔和分界，将历史、现实、梦想和个体情感相互交融，如诗中《仰望和俯瞰》一章的末尾所写：“仰望使我异想天开/神游的思绪/在辽阔的视野中/翔舞飘行/遥远的目标/会变得很近很近/俯瞰使我亲近生活/沉思的目光/阅览现实的人生/世界精微而博大/我们每个人/不过是天地间/一粒微尘。”

华东师范大学中文系教授杨扬认为：“以长诗抒写城市非常困难，正面抒写上海这座城市更是难上加难。”《沧桑之城》以上海这座宏大都市的历史与现实为背景，抒写了百年上海的荣辱悲欢及生生不息的城市精神风骨，承载着上海的荣枯盛衰、世事浮沉，从正面抒写了城市的巨变，将有关城市的集体记忆和个人记忆糅合在一起，以个人情感展现了上海这座城市的百年变迁。透过历史视角兼容了带有自我成长印痕的个人情怀，是这部诗歌的特征。

《城市诗人》总策划、诗人铁舞从建设者的角度也写出了一部《上海书》，“我歌唱隧道/是因为我们朝向时光的核心”“上升的感觉是大地节节后退/站在晃荡的简易电梯里/空气也跟着晃荡起来了/看着周围的平凡建筑纷纷朝后落去/始知人已上升/城市画卷，从容不迫/在你眼里舒展开来”。诗人用长诗的形式，从正面直接描写了上海日新月异的变化，赞美了城市建设者创造的伟大奇迹，毫无疑问这显然又是一部主旋律题材的诗歌。作为一名城市建设的亲历者，铁舞见证了时代的变迁和建设者的艰辛劳动。诗人长期坚持深入建设第一线，认真观察，努力积淀，坚持从普通工人、平民百姓的角度出发，以民间参与的方式自下而上打造主旋律题材。在大量讴歌城市建设成果的篇章中，也不乏对普通人平凡生活、建设者辛勤劳动的细节描写，以及对城市巨变带来的精神困顿的披露。

以上几部长诗从大时代的角度和立场出发，带着个人为时代代言的激情，描绘了改革开放以来的上海城市变迁的图景，作为一份时代的诗歌记录，有其价值和意义。但由于诗人们的立场和选材的角度不同程度地受到主流意识形态的影响，个人情感更多受大时代风气左右，太多直接的政治抒情未免留下了杀伤诗美的遗憾。

（二）城市隐居者和漫游者的自我之歌

除了以上的主旋律诗人，还有一群蛰居潜伏于城市生活中的上海诗人，他们在重新打量着人和这个城市的关系。诗人陈东东在《秋日断章》里写道：写作即做梦，用语言做梦，写作生涯即做梦的生涯。这些身处于喧哗都市，内心却充满古典士大夫情怀的诗人，他们的诗歌仿佛不可解开的密语，语词繁复，意义晦涩。作为一个纯粹的诗歌写作者，他仿佛“生活在别处”，他的写作与这个城市构成了互补和对应的关系。这也是上海现代诗的一个群体特色。

除了长期生活在迷宫般都市的诗人唱出的隐者之歌外，一些来自外乡的诗人对城市生活的描绘也别具意义。倾诉对故乡的感情，是古今中外诗人创作的动力和灵感源泉，一些城市诗人的故乡在农村，他们不小心闯入陌生的都市，心里却还始终萦绕着故乡的田园农舍、山野花树、鸡犬炊烟，他们坚定地认为只有乡村才能阐发诗意，而对周围的城市风景、城市人物，大都抱着批评和否定的态度。诗人张炽恒认为，虽然他早年也有些正面写城市的诗作，但那都是在故乡徐州完成的，他认为上海不能给他灵感。“我只有在忘记自己置身于上海时，才会写出诗来。”他的《夏日上海》可谓一首反对城市的城市诗，充满了对杂乱的城市生活、城市中冷酷面具和冰冻灵魂的尖锐批判：“发亮的马路像一柄柄利剑/从地平线处刺入城市的心脏/黑夜和白昼都闪烁着亮光//中国人依然在浪费食物/在上帝的惩罚之中/毫无羞惧之色　把一桌酒宴/从上世纪吃到这一个世纪//哦，太阳，硫酸一样灼热的太阳/这些冰冻过的心连你也无法消融/这些玻璃的面具连你也无法刺穿。”诗中虽有城市的氛围，但显然并不是一首城市诗人写就的城市赞美诗，而是在城市背景下展开的一个异类刺耳的声音。对于一个怀有故土梦想、无法融入城市的外乡诗人而言，上海在他的写作中到底起了什么作用？诗人坚持认为上海虽是中国最繁华的城市，但并不是一个富有诗意的城市，它能使人产生对于富丽华贵的梦想，却不能使人产生激情。他的诗歌可算是宏大的上海主旋律诗歌外的一个不和谐音，视角独特、态度真诚，充满了消解和批评的力量。

汗漫的《海上书（组诗）》也是近年来重要的异乡城市诗代表作，“最初的小渔村，在 1843 年华丽转身/成为最终的外滩”。《外滩》句首就奠定了全诗反讽的基调，诗人接着铺陈他对这座城市的观察：“上海的舌头也许就是苏州河了/——外白渡桥及其霓虹闪烁的倒影/就是上海涂了口红的薄嘴唇？河水蜿蜒/吴语软侬，叙述着明清以来的传奇、流言……”在这个组诗里，有着对上海诸多标志性建筑场所的独特解读，“人民在广场上普遍消逝/”（《人民广场，深夜》），“静安寺能坚持安静下来吗？”（《静安寺，或者安静》），“新天空，新土地/目前它被香港知名建筑设计师镶上金牙/咀嚼这座海边城市的骚动、喧哗”（《太仓路 181 弄：新天地》），这些解读悄然解构着有关这个城市沧桑的历史和辉煌的成果。作为一个生活在都市边缘的外乡诗人，汗漫如此冷静地窥测这座趋时媚俗的城市，“这混血的城市！这艳异的美！”“从外省鸟鸣林幽的山区/不知不觉闯进静安寺附近高耸入云的写字楼”。烙着自然的印记，带着乡村田园的记忆，都市里的外省诗人常感到被异化的痛苦。“我，一个租居附近深巷里的书生/偶尔与来自异省的乡村诗人聚会于此/一瓶德国啤酒的价格/总是被我们心疼地换算为故乡半亩的月光和土豆。”诗人迷失在都市里的乡村记忆随时会被激起，现代主义文学的主题之一是失落和离异，尽管经过多年的努力，诗人已拥有了一张城市名片，但从精神上还是难以融入城市生活，介入城市每每不得要领。苦吟的、沉思的、安静的诗人，仿佛是这个城市的流浪者，他常常反省，有时自嘲，“‘怎样让一个人、一个区域、一个时代，/获得冷静、安详？’/静安寺内，大佛无语/目前，我所能做的仅仅是在深夜洗洗冷水澡”。诗人希望栖息的理想家园依然是古老的、自然的田园，而不是现代化的大都市，在他眼里，城市只是一个驿站，人们只是过客，城市并没有成为诗人倚赖的精神家园。“拥有乡村背景的情人们相互偎依/取暖，追忆/他们常常觉得窗外那座著名钟楼/鸡笼一般依稀传出声声鸡鸣……”在这里，城市意象只是“临时布景”，无法潜入诗人心底，外乡诗人笔下的上海景象与生长在这座都市并以此为骄傲的诗人笔下的母亲之城简直有着天壤之别。这些异乡人、都市的精神漫游者，在城市“颂歌”的轰鸣声浪里，唱出了属于自己的不和谐之音。面对激流奔涌的时代，渺小的个人发出了这样的疑问，“一个在外滩迷茫徘徊的书生不合时宜”。“而我，一个书生/能够坚持安静下来吗？”

最后，不得不提到马骅这位诗人，这位于 20 世纪 90 年代出现的年轻诗人，于 1996 年毕业于复旦大学国政系，毕业后先后在上海、北京工作。对于城市生活，可谓烂熟于心，他编过自助旅游书籍，做过网络经理，同时还是“诗生活”“北大新青年”“泡网俱乐部”“网易”等著名网络诗歌论坛的版主。他早年的诗歌技巧灵活多变，表现了复杂摇曳的现代都市人心态，反映着他轰轰烈烈的城市生活。2003 年初，马骅经过长期酝酿，强迫自己改变了原来生活的轨迹，离开城市，并希望从改变中寻找新的支点。他在滇藏交界处梅里雪山山脚下的一个小山村成为一名义务乡村教师。2004 年 6 月 20 日晚，马骅遭遇意外，他所乘坐的吉普车在梅里雪山明永冰川附近落入悬崖下的澜沧江，被江水吞没……在离开城市、生活在偏僻的山村期间，诗人写下了他一生最重要的诗作《雪山短歌》。这是一组拥有丰富自然意象的诗作。从《春眠》中“梦见破烂的木门就是我自己/被透明的积雪和新月来回敲打”，到《明妃舞场》中“最初跳舞的人去了罗刹土，和她的佛一起。/后来跳舞的人都回了家，带着/细竹竿、柏树枝和来世的幸福”，再到《风》中“我从风与风之间穿过，打着手电/找着黑暗里的黑”，不难看出一位诗人情感的变化，从最初的自怜自艾，逐渐变得内心空旷，他的心向着更大的空间敞开了，“自我”这个曾经在马骅的诗里不可或缺的主体随着辞藻的雕饰一起淡化、消退，世界开始呈现出本来的质朴面貌：“偷睡的年轻汉子在青稞田边醒来，雪山上的花已经开了。”（《雪山上的花开了》）“湿热的白天在河谷里消散，天上也随着越来越凉。/四个年轻男人在雪山对面枯坐，等待积雪背后/秋天冰凉的满月。”（《秋月》）萧开愚在马骅诗集《雪山短歌》序中说：“他一到雪山，诗歌立刻成熟。很可能是，从来就耸立在云藏边界的山脉跟他有一个诗歌的约定，他们互赠性格，在语言中融合。等着他前去践约，没有适应、过渡阶段，他到那里写的第一首诗就丰富，生动，完满。”马骅一离开城市，“一到雪山，诗歌立刻成熟”，根源应在知行合一的写作终于调整了个体与世界的关系。

除了《上海诗人》主导的主流诗坛开始确立上海诗人园地，产生辐射全国的影响外，进入 21 世纪以来，许多边缘民间先锋诗歌群体依然活跃，比较有影响的有新“撒娇”、新“海上”、老牌的上海城市诗人社、“零度写作”和复旦诗派等。20 世纪 90 年代以来，一批更为年轻的诗人如韩博、马骅、王乙宴等出现在上海诗坛，他们的创作实力不容小觑。另外值得注意的是，在上海的新上海人中出现了不少优秀的“异乡诗人”，组成了一个特殊的诗歌存在，如汗漫《海上书（组诗）》、张炽恒《夏日上海》、韩博《借深心》等也是近年来上海重要的城市诗代表作。最后必须承认，新世纪以来大量涌现的网络诗歌作为上海民间诗歌的第一现场，有着不可忽视的地位。

20 世纪 90 年代，大量诗刊停刊，诗歌陷入低谷，诗人们日益异化和被边缘化，世纪末情绪悄然来临。诗人没有了舞台，诗歌就成了濒临死亡的东西。1993年3月，诗阳首次使用电脑大量创作诗歌并在互联网发表后，网络诗歌应运而生。之后，随着互联网的快速发展，许多失去了阵地的诗人，凭借网络这个低成本的舞台，再度活跃起来。网络诗歌进入诗歌创作的主流时代，其间涌现出了大量的诗人和各种派别。有资料显示，自1999年国内第一家中文诗歌网站"界限"创办以来，各种专业性的中文诗歌网站、论坛、专栏(包括个人"博客")开始雨后春笋般地被创建起来，其数量已达数千家。在网络诗歌空间中，诗歌论坛因为开放、便捷、直观等特点而获得了超常规的发展，成为网络诗歌的第一现场。20世纪90年代曾一度趋于沉寂的各个诗歌流派也纷纷开设各自的论坛，重新集结力量，定期或不定期地编写"网刊"。长期以来备受主流诗坛排斥的无数诗歌"流民"成了话语再分配的直接受益者，他们开始主动寻求自我表达的权利，从而将当代诗歌带入一个众声喧哗、群雄争锋的时代。许多论坛所发表的诗歌作品从主题到题材，从诗意到意象，从话语主体立场到话语方式，一开始就表现出与主流诗歌完全不同的特征。在城市诗歌写作中，它们更多表现为对城市的疏离和尖锐批判，困兽犹斗的自我宣泄，充斥着幽暗的城市意识和异样的城市风景。可以说，进入新世纪后，上海诗歌的写作现场在民间，而民间的现场则在鱼龙混杂的网络诗歌论坛，以及之后出现的个人博客、微博和现在正在发生、发展的微信朋友圈里。诗人的创作发表由公开发行的官方报刊迅速走向互联网的论坛和个人博客、微博、微信自留地，而围绕网络诗歌论坛、个人博客、微博、微信发生的诗人分化、重组，各种诗学主张和写作倾向之间的对话、交流和碰撞，风起云涌并且不可避免地把当代城市诗歌带入一个全新的时代。

## 四、结　语

21世纪的今天，城市的丰富多样性已经远远超过了乡村，在漫长单调的农业文明社会里，我们拥有了恒久的抒情诗歌传统，诗歌作为一种较抽象的、封闭的、单一的和古老的文学体裁，多多少少排斥了世界的复杂性。而今天，新兴的城市早已背离了古老的乡村文明，新的城市诗歌该如何表现当代生活？上海这座日益宏大的国际大都市正一步步向现代化蔓延发展，大都市的文化艺术结晶——城市诗歌也会一步步逼近现代诗歌的巅峰吗？上海诗歌如何面向未来？

上海诗人如何才能有所作为？诗人铁舞提出："一个更重要的问题是上海诗人的定位的问题。上海诗人应该面向世界诗坛，而背后赖以支撑的，应该是中国新诗文化的丰厚传统。"

在广阔深厚的现实世界面前，面对纷繁复杂、瞬息万变、跌宕起伏的城市生活，上海诗歌要有海纳百川的勇气，包孕表现城市生活的多种技巧和能力，才能更好地表现这座城市庞杂无边、宏大复杂的多元化生活，为上海这座日新月异的现代化都市留下时代的剪影。上海城市诗歌的不断发展最终也会注入中国现代诗歌发展的洪流之中。

（作者张瑞燕，笔名瑞箫，诗人、诗评家、诗歌活动策展人，现供职于上海社会科学院文学研究所，主要研究方向为国际文化交流、中外诗歌。为"中国当代诗歌临港理论研讨会""诗意当代艺术融合展""妈妈的诗——母亲节全国联动朗诵会""草地诗会"等诗歌活动总策划之一。2015 年入选"中国十大诗歌活动家"，2017 年被评为"新诗百年百位最具活力诗人"。发表有《论"九叶诗派"的文化源流》《多元共生的上海城市诗歌》《上海城市诗歌中的两种声音》《E 时代的上海诗歌》《自媒体时代的上海诗歌和城市文化》《在异质文明的边缘》《浮木与残骸》等论文，著有个人诗集《木头比我更持久》《瑞箫的诗》。）

# 第三辑　中国诗歌的现代化之路

# 启蒙的幽灵在徘徊

## ——自我启蒙、田野调查与诗歌人类学

周瑟瑟

启蒙的幽灵在中国大地徘徊。

16世纪明代末期，启蒙思想萌芽，泰州学派发起的“天理即人欲”的思潮极具现代性，反对“存天理、灭人欲”封建专制礼教，主张人性解放。但清军入关后，汤显祖、袁宏道倡导的人性解放的唯情主义在文字狱面前终止，这是中国现代性第一次启蒙的失败，思想启蒙失败后留下了一批悲伤的诗歌。

在晚明悲伤的诗歌中，我们看到了中国诗歌的现代性诉求，诗歌收拾启蒙残局，诗歌照见时代人心，诗歌里有启蒙的乌托邦。

诗歌与正史不同，诗里有人的情感。明清之际的诗文被禁毁，加上战争与流亡，保存下来的实属不易。诗歌在任何时代虽然脱不了附庸风雅与权贵的一面，但在少数诗人心里，诗歌即自我信仰，自我信仰中即有自我启蒙。所以，我要说诗歌即自我启蒙。

生员陈邦彦在崇祯煤山自缢后赴南京途中写下了三十多首诗，后集为《南草集》，“福祸非所谋”，历史的命运交给历史，但悲伤的诗学由此开启了一条漫长的河流，我们都在这条河流上写诗，不可能不受到诗歌史中悲伤诗歌的影响。绝命诗如果从屈原算起，到南明达到了高潮。

弘光元年六月十五日，刘宗周在吃饭时听到鲁王政权崩溃，推案恸哭，开始绝食，写下大量悲伤的诗歌。

绝命诗是一个关乎诗人气节、价值观、情感纠结、时代困境与现实出路的以命为代价的诗歌体系，屈原抱石沉江，李白踩月而去，朱湘归于河流，王国维走向湖底，海子虽然在岸上但绝命于时代疯狂的火车与冰凉的铁轨；而飞身赴死的也有一个长队：昌耀、徐迟、马雁、余虹、小招、许立志、陈超……个人与时代的

命运不堪回首，绝命的诗人纵身一跃时溅起的血光照见了时代乌黑的脸，任何时代的思想启蒙都会留下诗歌的痕迹，诗人从来没有在启蒙中缺席。

在一个新旧文明交替的国家，诗歌作为文明的形态之一，从明末启蒙思想的萌芽，到晚清知识分子启蒙被压制，到民国启蒙思想的建设，再到五四运动启蒙，这一路给我们造成一个启蒙还是有巨大的精神遗产的错觉，最近一次是20世纪80年代的人文启蒙，但那并不是一次完整的启蒙，半途而废。几代人在科学、民主、理性的漫漫长路上艰难启蒙，而诗歌诚实地介入了启蒙运动。

任何时代的启蒙都在诗歌中有历史性的投影，谓之为"朦胧诗派"的一代诗人，其以北岛为首的诗歌启蒙其实只是延续了五四启蒙的传统，所以逃不脱启蒙时代街头演讲式的急骤消失的命运，甚至与明末士人绝命的诗学有相同的精神境遇，向死而生的诗歌在我们的诗歌史中从来被赞美与敬仰，当然以命启蒙本是英雄的诗学，但不是后现代社会的主要特征，尊重绝命的诗学，并不以反传统精神为代价，而是以反封建父系专制思想，实现诗歌理想乌托邦为目标。

诗歌史是永远向前的，向后看是一种批判性态度，回头是尊重历史，抬举前辈，但我们终究要找到自我启蒙的姿态，找到我们骨子里启蒙的狼性，以及诗歌撞击强硬时代所产生的柔软的线条感、语言动作上的抓痕力度、个体精神表达上的血珠渗透的革命性，这就是我们作为一个时代的诗人所找到的自我启蒙的姿态。

现代诗对历史的反省也是对自我的启蒙，而不是对他人进行训导式的反启蒙，将个体生命在进入后现代社会时所遭遇的精神困境以现代性方式重构，这是启蒙的责任。

同时我们要分清楚谁是真正的启蒙者，谁是反启蒙者，在失败的启蒙中我们可以轻易发现号称启蒙者的人恰恰在做反启蒙的事情，我们的写作号称现代性写作，但往往却是封建意识下的封建性写作。这需要我们刮骨疗伤，此刻谁头脑糊涂，谁就有可能进行的是一场走向反启蒙的写作，与现代性越来越远，甚至以绝命的诗学、悲伤的诗学收场，落得一个诗歌史中的美名，历史的恶性循环以反启蒙为荣，多少士人与诗人葬身于反启蒙的汪洋大海，还自以为获得了真理。什么是悲哀？这就是悲哀，美名的悲哀。

这让我想起20世纪80年代一帮启蒙知识分子与国务院农村发展研究中心联络室合作的《走向未来》丛书，王岐山当年就是这套丛书的编委，丛书序言中有过这样的话："思想的闪电，一旦照进人们荒芜的心田，必将迸发出无穷的力量。”上一代人理想主义的启蒙对于今天多元与复杂的现实来说依然值得反思。现在我提出重建诗歌现代性启蒙精神，是在一个十字路口的再出发。我始终认为，诗的技术不是我们写作的问题，技术很好解决，西方诗歌的技术我们都过了一遍，实践证明技术性的超越对于我们来说并不难，但诗歌现代性思想启蒙被历史证明太难了，尤其是要对自我进行现代性启蒙。

启蒙也可理解为一种方法论，在通往启蒙的路上，要有一种求异的独立写作精神，而不是求同的妥协，在这个丰富多元的时代，求异是当代诗人最基本的本能。

启蒙精神对于当代诗歌而言，从来没有这样被漠视。我提出要重建诗歌现代性启蒙精神，这种启蒙具体指向了诗歌的精神源头与诗歌写作的元语言、元体验。从历史与当代经验里挖掘诗歌的源头，从而找到属于我们每个时代的“元诗”。从当下往回找，找到精神的源头，越过现代性困境，直面传统与现代的冲突，重建诗歌现代性启蒙精神。

重建中国诗歌现代性启蒙精神是一种新的诗歌乌托邦与现代性难题的梳理与总结。自晚清以来，中国知识分子在文化启蒙上做出的努力对于当代中国依然有其伟大的意义，若具体到个人的精神路径，就是把对我们自身的反思变成重建当代精神生活的一部分。从晚清到“五四”，再到当下，中国知识分子在现代性面前徘徊，一边是害怕，一边是向往，害怕传统成为现代性中国的绊脚石，同时又向往西方文明的理想模式，正是因为既向往又害怕，导致我们常常陷入困境。

困境即诗歌的命运，所以启蒙，尤其是自我启蒙，是我们走向现代性的唯一途径。

具体的方法是“诗人田野调查”与“走向户外的写作”，中国古代诗人就是这样写作的，李白、杜甫他们不断走向户外，从庙堂走向荒野，他们流传下来的诗歌都是这样写作的结果，直接把诗写到岩石上、墙壁上。从肉身到精神的解脱，就是“走向户外的写作”，从修辞的写作走向现场的写作，从想象的写作走向真实存在的写作，从书斋的写作走向向生活敞开的写作。我们要寻找活动的、有生命创造性的语言，诗人是创造语言的人，没有语言的变化就是僵死的诗歌。我们往往习惯于守旧的写作，不愿走向户外，不敢脱离书本，走向户外意味着离开了现成的知识体系，因为户外是全新的、时刻在变化的体系。户外给我们打开了一个陌生的世界，而陌生的经验正是当代诗歌所缺少的。寻找陌生的经验是“诗人田野调查”与“走向户外的写作”的目的，在户外找到其所需要的陌生的经验，关于时间、自然、生命、神秘、进化等未知的经验。

这是我一直在思考的“诗歌人类学”的经验——建立在人类原居环境下的当代诗歌经验，这种经验被现代社会所遗忘，或者被传统文化掩埋掉了。诗歌不只是文学意义上的诗歌，它同时成了人类学的一部分，诗歌构成了人的历史与现实。我所实践的“诗人（诗歌）田野调查”并非通行的“采风”，而是以口述实录、民谣采集、户外读诗、方言整理、问卷调查、影像拍摄、户外行走等“诗歌人类学”的方式进行“田野调查”与“有现场感的写作”。“诗歌人类学”是一种写作方法论，更是一种古老的诗歌精神的恢复。当代诗歌更多依赖于个体的感性，当然感性是最天然的经验，获得经验的方式有一条重要的途径就是走向户外，进入“诗歌人类学”的原生地带。

［作者周瑟瑟，著有诗集《松树下》《栗山》《暴雨将至》《世界尽头》《犀牛》《向杜甫致敬》（英语、西班牙语、日语等多语种）等，长篇小说《暧昧大街》《苹果》《中关村的乌鸦》《中国兄弟连》（三十集电视连续剧小说创作）等二十多部。］

# 中国新诗的最新转型

## ——论21世纪以来的中国诗歌

何言宏

## 一

对于21世纪以来的中国诗歌，曾经有很多不同的观察，有人认为，21世纪以来的中国新诗进入了一个新诗史上少有的黄金时代，出现了很多相当重要的诗人与诗作，诗歌已经全面复兴；有的对此则不以为然，甚至在判断上与此相反，认为21世纪以来的中国诗歌并没有出现好的诗人，也没有什么好的作品，他们因此也很少，甚至是拒绝阅读。对这两种观点，我并不想只是简单地附和。因为前者过于乐观，轻忽了一些隐含在“复兴”背后的基本问题；而后者，则由于阅读的局限，实际上对这样的问题并没有什么发言权。我个人以为，21世纪以来的中国诗歌虽然就其精神和美学上的“历史突破”而言，比不上很多人所怀念的20世纪80年代，但还是以其独特的诗歌成就开辟了一个新的时代。它不仅是中国当代诗歌史，甚至也是整个中国新诗史上的一个相当独特的“诗歌时代”。

以“诗歌时代”这样的说法来指称21世纪以来的中国诗歌，意味着后者明显有着相对的独特性、阶段性和历史完整性，有着诗歌史分期的意味。实际上的情况也确实如此。21世纪以来的中国诗歌进入了一个新的历史时期，它不仅有着自己的历史前提和社会背景，也有自己的诗歌史特征。就历史前提和社会背景而言，2001年的“9·11”事件引发了全球格局的历史性巨变，继20世纪90年代冷战结束后，世界范围内的冲突与紧张更加由此前的意识形态层面转向文化的层面，文化与文明，似乎成了我们这个时代的人们（包括很多诗人）所迫切面对与突出考虑的问题。在中国内部，1997年7月1日的香港回归、1999年12

月20日的澳门回归和我国大陆与台湾之间开始于2001年后来基本实现于2008年的两岸“三通”，对于促进海峡两岸暨香港的诗歌交流，共同营造汉语诗歌的诗歌文化与诗歌生态产生了相当重要的影响。2001年11月，中国加入WTO，市场化社会逐步形成，随着消费文化的日益蔓延和网络文化的不断发达，人们的生存方式和价值观念也在不断地发生着裂变……要知道这些变化，并不仅仅简单地构成着我们诗歌实践的外在背景，而是从很多具体的方面，甚至是从深处与根部，影响着我们的诗歌。

另一方面，从诗歌史自身的历史演变与发展逻辑来看，1999年4月的“盘峰论战”提出的很多重要问题，比如诗的本土传统与西方资源问题、知识分子精神与民间精神问题、诗的叙事性与口语化问题、个人写作问题等，经过1999年和2000年近两年的拓展与深化，尤其是以王家新、孙文波所编选的《中国诗歌：九十年代备忘录》和杨克主编的《1999中国新诗年鉴》《2000中国新诗年鉴》等汇集了论争中重要文章与文献的选本的出版为标志，整体性地突现在诗歌界面前，很难让我们忽视与回避。21世纪以来的中国诗歌，在对自身问题的关注与处理的意义上，实际上就展开于这样的背景。基本上从2001年开始，中国诗歌就出现了转型，所有对诗学问题有所思考和有所自觉的诗人，都将在上述背景中有所调整，他们的创作，也变得更加自觉和更加明确。所以说，无论是从外部性的历史语境，还是从自身的历史逻辑来看，似乎是一种巧合，21世纪之初，恰好是中国诗歌进入一个新的历史时期的清晰节点。21世纪以来，我们的诗人和诗歌界的广大同道一起，共同开辟了一个新的“诗歌时代”。

## 二

指出21世纪以来的中国诗歌进入了一个新的“诗歌时代”，我们首先需要解决的问题，就是要在总体上对其把握与定位，要对它的总体特征有很明确的了解与认识。在此方面，曾经有论者以“常规化”的说法来予以概括，认为我们的诗歌目前正处在“常规化时代”。这位论者指出：“之所以这样定义，是相对于此前的非常规化时代而言，比如至‘文革’真正结束的前三十年，由统一思想改造所贯穿的运动风暴；其后的第一个十年，以拨乱反正为主旨的思想解放大潮；截至世纪末的第二个十年，无序竞争中的全民经商下海洪流。及至21世纪以来，中国社会始得步入的，则是历经剧烈的左右摇撼而渐趋明确的，以经济建设为中心的经济社会，亦即与全球发展潮流相一致的常规化时代。常规化时代当然有它自己的问题，但它的一个重要特征，则是社会机制由大起大落的意识形态运动，转向恒常务实的经济发展；人的社会生活和价值观念由强制性的大一统而转向多元。”在这样一种“常规化”的社会历史时期，“当下诗歌已在潜滋暗长中形成了自身新的格局。其基本特征是：已往诗歌写作所依赖的轰轰烈烈的运动化、潮流化的模式已经风光不再，多元化写作中的诗人们依据各自的时代感受和艺术趣味，历史性地进入了伏藏着深层艺术景观和精神景观的文本建设之中”①。

上述判断，与陈思和先生对于 21 世纪以来新世纪文学历史特征的概括基本一致。近几年来，陈思和教授提出中国新文学历史中存在着“先锋”与“常态”这样两种最基本的发展模式，我们目前所身处的文学时代，则应该属于“常态化”的时代。他认为，“这种常态在 20 世纪 90 年代已经出现，经过一二十年的演变，新世纪文学真正完成了文学与生活的新关系，那就是在边缘立场上进行自身的完善和发展。所以，我们从现代文学史上看到的代际间的冲突、争论、更替等热闹场面，现在已经消失，作家们各就其位进行自己的创作，通过市场发表作品换取报酬，一切盘踞在文学之上的力量渐渐远离”②。

所以说，我们这个“诗歌时代”的“常规化”或“常态化”特征，不管是在当代中国的社会历史变迁中，还是在我们的诗歌史甚至是整个中国新文学历史发展的背景下，都已经得到很好的突显。

## 三

但是在另一方面，“常规化”与“常态化”并不意味着我们“诗歌时代”的平庸与平常，实际上的情况倒反而是，21 世纪以来，中国诗歌几乎是在不作宣告地“悄然”转型为“常态化时代”的历史进程中，确实正如陈思和先生所说的，扎实地“在边缘立场上进行自身的完善和发展”，已经取得了多方面成就，对于这些

① 燎原：《多元化建造中的纵深景观》，《诗刊》2014 年第 1 期。

② 陈思和：《对新世纪文学的一点理解》，载《萍水文字》，上海文艺出版社，2011。

成就的及时总结，于我们的诗歌发展，显然有着必要的意义。

21世纪以来，中国诗歌的一项重要成就，就是在创生着一种独特的诗歌体制。一方面，以中国作家协会和各省、市、自治区的文联与作协为主干的官方文学体制，它们在诗歌界的影响仍然很大，各级作协的“会员”“理事”“副主席”以至于“主席”等身份，在不少诗人那里，某种意义上，仍然是衡量其诗歌成就与诗歌地位的重要标志。各级作协与文联主办的文学刊物特别是像《诗刊》《星星》《诗歌月刊》《诗潮》《诗林》等老牌诗刊和《扬子江诗刊》《诗江南》等新创办的诗歌刊物，仍然是诗歌发表的重要阵地。以“鲁迅文学奖”中的“诗歌奖”为最高代表的诗歌评奖的“政府奖”体系，仍然会吸引较高的关注。另一方面，当代中国的诗歌界，还存在着一种“亚体制”。我一直认为，相应于官方主导的文学体制，当代中国文学中一直存在着“文学亚体制”。“文学亚体制”有自己的运作方式和体制结构，也有其多方面的形成原因和文学文化功能，其与官方性的文学体制之间，存在着非常复杂的关系。在我们的当代文学史上，“文学亚体制”最具历史传统和最为发达的方面，就是在诗歌界。“文化大革命”时期，流传和盛行于当时的“手抄本”和“文学沙龙”——典型的比如食指诗歌的传抄和活动于白洋淀、北京之间的一些沙龙——就是这种亚体制的主要形式。及至后来，像《今天》《他们》《非非》等诗刊，更是开创了一种亚体制的重要传统，它们在后来不断发展与壮大，构成了我们文学史上最为独特和最具研究价值的亚体制方式。21世纪以来，网络的不断发达似乎“冲淡”了民间诗刊的影响力和价值，但是像《诗歌与人》《后天》《诗参考》《自行车》《剃须刀》《野外》等诗刊，仍然在很坚定地坚持与发展，其对中国新诗的重要贡献，已经被越来越多的人所认识与评价。民间诗刊外，一些主要用于内部交流的“自印诗集”和大量民间性的诗歌网站——重要的比如北京“汉语诗歌资料馆”所印的诸多诗集和“诗生活”网站等，同样也属于亚体制。相应于官方体制中的“政府奖”体系，亚体制也有着自己的“诗歌奖”，有影响的比如“刘丽安诗歌奖”“柔刚诗歌奖”“《诗歌与人》诗人奖”“中坤诗歌奖”等，它们或者创设于20世纪而在今天仍在坚持，或者创设于新的世纪，都在各自以自己的方式、自己的诗歌趣味和诗学倡导，共同致力于中国诗歌的生态建设和健康发展。任何一个中国当代诗歌以至于整个中国当代文学的研究者和关注者，如果忽略了上面一些亚体制因素以及它们所取得的成就和所发挥的影响，就很难称得上合格。

但是在21世纪以来，也出现了一种新的状况，那就是官方性的诗歌体制和亚体制在各自运作的同时，经常会走向合作与融合。在我们的诗歌史上，比如在“文化大革命”时期，亚体制也确实是对当时文化专制主义的精神反抗，但是在近来，亚体制和体制之间经常会在有些方面互相借重、互相合作，体制性的诗歌刊物经常会介绍民间诗刊，选发一些民间诗刊上的作品，有时甚至会以专栏、专题或专刊的方式突出后者。亚体制的诗歌奖，特别是它们的颁奖活动，也经常会充分“整合”民间资本、社会力量、各级文联与作协和政府文化部门的丰富资源，体制性的边界变得很模糊，以至于在诗歌界，近乎形成了一种类似于经济领域中“混合所有制”的“混合体制”。我们可以说，21 世纪以来中国的诗歌实践，实际上已经在自觉不自觉和有意无意地探索与创生着一种新的诗歌体制，这样的实践才伊始，相信经过进一步的努力，一定会探索出一种不仅有利于我们的诗歌，更有利于我们的文学与文化的体制创新。

## 四

21 世纪以来的中国诗歌，不仅在探索与创生着新的诗歌体制，也在创生着丰富多彩和充满活力的诗歌文化。中华民族一直具有深厚悠久的诗歌文化传统，从古代的乐府采诗、以诗取仕，以及文人间的结社、雅集与唱酬应答、诗酒风流，到现代时期的朗诵运动等，都是诗歌文化的不同表现。21 世纪中国的诗歌文化，除了我们在前面所说的诗歌体制与亚体制意义上的制度文化以外，还有其他丰富的表现。

21 世纪以来，我们经常会发现很多地方都在举办形形色色的诗歌活动，最为典型的就是各种“诗歌节”的举办，这些“诗歌节”名目繁多，动机不一，操办者的构成复杂，往往由“主办”“联合主办”“协办”“承办”“媒体支持”等很多方面“整合”而成。“诗歌”而成“庆典”，而成“节”，是其不同于小说和散文等其他文学艺术门类的独特“待遇”与独特荣光，虽然它也会引发或伴生着一些应景性的诗歌写作和诗人们的奔走与浮躁等问题，但是它对整个社会诗歌氛围的形成、诗歌文化生态的营建和诗歌交流的促进却起到了很大作用。在我个人对“诗歌节”的参与中，印象最深也最为看重的，是其中的“诗歌朗诵”和“诗歌研讨”环节。很多诗人不远千里、鞍马劳顿地去参加一个诗歌节，往往就是为了一两首诗的朗诵。我们这个时代，这种似乎让人有点不可思议的行为与现象，实际上更让我们感觉到诗的珍贵。在那样一个仪式性的场合，诗人之间因为诗，因为语言，因为诗与语言和我们的灵魂与世界之间千变万化、难以穷究而又无比迷人的可能而深深认同。诗歌与声音，和我们的肉身，它们之间源于原初的内在同一，也在那样的场合被我们深深领会并再一次分享。在这样的意义上，我们才能够理解为什么哪怕语言不通，一些国际性的诗歌节中诗人们仍然热衷于一场又 场的诗歌朗诵。很多时候，仅仅是以声音，诗人们就找到自己的同志、自己的知音。至于“诗歌研讨”，很多诗歌节并不安排，而安排了这一环节的诗歌活动中，名目也不一，有的叫“论坛”，有的则就叫“研讨会”。在我看来，“诗歌研讨”之有无，特别是其所达到的深度与高度，它所取得的成效，应该是衡量一个诗歌活动的内在品质和文化含量的重要方面。此一方面，对于目前在各地仍方兴未艾的“诗歌节”而言，显然应该加强。

除可以称之为诗歌的“节庆文化”的诗歌文化之外，包括印刷文化和网络文化在内的诗歌的媒介文化，同样也是 21 世纪以来值得关注的诗歌文化现象。就诗歌的出版而言，难以赢利的诗集出版处于极其不利的地位，但是由于不少出版人对诗歌的热爱与责任，加之一些社会力量的支持和一些诗人自身经济状况的允许，21 世纪以来的诗集出版无论是在种类与数量，还是在装帧设计方面，要远比此前的 20 世纪 90 年代繁多与优秀，像长江文艺出版社和江苏文艺出版社，还在诗集的出版方面投入较多，建立了相应的品牌。而诗歌文化中的选本文化，作为我国历史悠久的诗歌文化传统，21 世纪以来也较为发达，春风文艺出版社、长江文艺出版社、花城出版社和漓江出版社，一直坚持不懈地出版诗歌年选，各自拥有已成品牌的张清华、李少君、王光明、杨克和宗仁发等人的年度选本。《诗刊》《诗歌月刊》《星星》《诗林》《诗选刊》等诗歌刊物，从 2001 年开始，先后分身扩容，开办各自的“下半月版”，《星星》诗刊还专门开辟了“理论批评”版和“散文诗”版，扩大为实际上的“旬刊”。与这些官方诗刊相比，民间力量也不示弱，在很多企业家的赞助下，《新诗评论》《当代国际诗坛》《中国诗歌》《诗建设》《读诗》《译诗》《飞地》《诗国际》等诗歌研究与批评、诗歌翻译、诗歌创作类刊物也应运而生，它们往往定位高端，趣味纯正，具有很好的诗歌品质和学术品质。

21 世纪以来，网络文化的兴盛使我们的诗歌文化呈现出一种前所未有的景观。诗歌网站、虚拟性的诗歌社区与网络论坛、个人博客、微博、微信与电子刊物等，极大地改观了我们的诗歌文化生态。诗歌写作和诗的发表、诗歌信息和诗学观点的表达与传播方式发生了巨大变化，在传统纸媒所必然具有的发表门槛及发表周期与容量方面的限制一下子被冲破的同时，以一些诗歌网站的虚拟论坛为主要阵地，形形色色的诗歌论争此起彼伏，仿佛一扇巨大的闸门被轰然打开，洪水滔滔，泥沙俱下，不仅出现了很多"粗鄙""即兴""口水化"的、基本没有艺术难度的"无难度的亚文学写作"①，在网络论坛中，还曾出现过很多情绪性的、越过了基本的文明底线的宣泄与哄闹，一度甚至还引发过诸如"梨花体事件"和"羊羔体事件"之类的网络狂欢。但这一切，我以为都不过是我们诗歌文化转型中的暂时性问题，我们也很欣慰地看到，随着时间的推衍和我们对网络媒介的逐步适应，这些负面性的问题正趋消失，一种更加清明、健康、理性和有序的网络文化生态已经出现，典型的比如"诗生活"网站，它已经赢得了诗歌界的广泛信任。

## 五

除诗歌体制的探索和诗歌文化的转型与创生之外，最为主要的是，21世纪以来的中国诗歌还以其创作实绩证明了自身，宣告着自己足以代表一个时代，一个既不同于20世纪80年代，又不同于20世纪90年代的具有新的诗学特征与诗歌成就的"诗歌时代"。

21世纪以来，中国诗歌几代同堂，老一辈诗人如"中国新诗派"的郑敏、唐湜，"七月派"的牛汉、绿原、彭燕郊和"右派诗人"白桦、公刘、孙静轩、邵燕祥、郑玲等人，和身处台湾或客居海外的余光中、杨牧、洛夫、郑愁予、痖弦、张默等一起，不仅诗心不减当年，仍然坚持写作，奉献出很多晚年时期的杰作，还对社会历史、现实人生和诗与诗学有着更加透彻、深邃和玄远的思考。前"朦胧诗"、"朦胧诗"一代和后来的许多"第三代诗人"，如陈建华、黄翔、北岛、多多、林莽、食指、杨炼、王家新、王小妮、欧阳江河、翟永明、西川、黄灿然、柏桦、陈东东、周伦佑、于坚、孙文波、箫开愚、韩东和臧棣等，虽然在目前的诗歌史编纂中已入正典，但仍然在诗歌创作、诗歌翻译、诗学研究和诗歌理论批评等诸多方面多向探索，体现着我们这个时代的诗歌高度。21世纪以来，在十多年的诗歌历史上，涌

① 张清华：《诗歌标准·网络平权·无难度写作》，载《穿越尘埃与冰雪》，西北大学出版社，2010。

现出了很多相当优秀的诗人，他们的写作，或者起步于20世纪90年代，或者开始于21世纪，他们的年龄，有的是“60后”，有的则是“70后”与“80后”，他们中的最杰出者，实际上已具有经典性的品质。

与整个文学界一样，21世纪以来，诗歌界也经常会以年龄与代群来划分和把握诗歌潮流与诗歌格局，因此，“80后诗人”“70后诗人”“60年代生诗人”等，就先后被用来作简单化的命名或自我命名。但我个人认为，这些命名，由于很难明确地指称或概括出有关写作的精神实质与诗学品格，对于它们的命名对象与社会历史和诗歌史间的内在关联，实际上也无从揭示，所以在最后，它们并不可能真正有效地置身于历史、扎根于历史，命名便显得空洞与无效，带有很强的“强扭感”与人为色彩。与此不同，倒是像“下半身写作”“打工诗歌”“草根写作”之类的命名，不管我们对它们作怎样的评价，精神和美学上有所确指——哪怕是一种破坏性的精神和破坏性的美学——却都是它们的共同特点。只是在我们这个“常态化”的诗歌时代，这些命名和它们所指称的写作，已经不再可能像20世纪80年代那样，会凭一股潮流或者一位诗人，而荣登史册，纳入正典。也正是出于这个原因，21世纪以来的诗歌界，虽然不无很多打造流派的努力与尝试，有的还不惜投入巨大资金，调动许多社会资源，最后却总难奏效。所以说，专注于“自身的完善和发展”，便不仅是整个诗歌界，也是每一个具体的诗人最应作出的明智选择。

## 六

相较于20世纪八九十年代的中国诗歌，21世纪以来，中国诗歌的精神和美学都发生了新的变化，以我个人的观察，以下几个方面的精神向度尤其重要：

第一，历史向度。对于我们这个民族久远历史的揭示和与它的精神对话，一直是中国诗歌的重要传统，21世纪以来，有不少诗作如梁平的《吊卫元嵩墓》、龚学敏的《紫禁城》、柏桦的《水绘仙侣》、翟永明的《鱼玄机赋》、耿林莽的《孤城落日》、姚辉的《为自己痛哭的阮籍》、箫风的《放鹤亭》等散文诗，或者潜入狰狞鬼魅的帝王世界，或者书写和感怀历史人物的生活与命运，着力表达的是各个不同的历史感受。而当代中国的近期历史，则更为很多诗人所关注，如白桦的《从秋瑾到林昭》在对林昭烈士追求自由思想和捍卫独立人格的歌颂和缅怀中，一方面上溯联系当年的秋瑾烈士；另一方面，则将秋瑾与林昭的命运置放于历史、时代，特别是我们这个民族精神痼疾的关联与背景中，作出了令人警醒的精神批判与历史批判。而王家新的《少年》、雷平阳的《小学校》、姚风的《没有缴械的记忆》和阳飏的《六十年代的回忆》等所书写的，则是惨痛的"文化大革命"记忆、见证与反思，其历史意识因切身于个体生命，而尤为痛切。

第二，现实精神。正如我们前面所指出的，21 世纪以来的中国社会发生了很多巨大的变化，具有较强的社会意识的诗人们都纷纷以诗的方式去感应、书写甚至介入这些变化，从而使得诗歌显示出相当突出的现实精神。一方面，乡土中国的现实状况为很多诗人——如北野、成路、大解、杜涯、韩宗宝、胡弦、黄玲君、雷平阳、李成恩、马新朝、牛庆国、沈浩波、田禾、王夫刚、杨键、张联、张执浩等所充分关注；另一方面，对于伴随着社会转型所出现的农民工进城及其所引发的精神与社会问题，还有我们的都市生存问题，像杨克、杨子、苏历铭、叶匡政、郑小琼、谷禾、卢卫平、张尔克、简单、陈忠村、许强、熊焱、默默等诗人，都曾写有出色的诗篇。我们这个时代的内在真相和令人揪心的痛苦，在雷平阳的《杀狗的过程》、杨克的《人民》、王家新的《田园诗》、谷禾的《宋红丽》、邵燕祥的《哀矿难》、蓝蓝的《矿工》和朵渔的《今夜，写诗是轻浮的》等诗作中，表现得尤为锐利。我们的精神和我们的生存，宿命般地嵌入时代，书写和关注时代与现实，实际上就是关注我们自身，我们对此责无旁贷。

第三，日常意识。日常生活的美，日常生活的温暖、奇妙、忧伤与疼痛，是 21 世纪以来中国诗人所尤为钟爱的主题。在广阔的社会历史和社会现实之外，我们细小甚至卑微的日常生活，实际上是一个无比深邃和丰富的世界，更有它的尊严。柏桦的《水绘仙侣》写的是 17 世纪冒辟疆与董小宛的故事，它写了水绘园中的唯美生活，写了其中的锦衣美食、香事茶艺，还有文人雅集，但是在最后，这梦一般的光阴都被残暴的历史所毁灭，日常的脆弱和它的珍贵，均在于斯。所以，柏桦总是容易耽溺于生活的美，《在猿王洞》中，在猿王洞，即使有苍蝇，他也能够体味着生活——"苍蝇，两三只，闲闲地飞着，/很清瘦，很干净。/孩子们朝它喂饼，/一位红色小姐在拍它//此时，我注意到一个人，/他渴望生活，/于是他喝了酒"。除了柏桦的诗，像王家新的《和儿子一起喝酒》、李少君的《抒怀》、周庆荣的《日记》、食指的《家》、林莽的《夏末十四行》、孙文波的《这只鸟》、胡弦的《夜读》、侯马的《静电》、马铃薯兄弟的《春天如此蔓延》、沉河的《昨日大雪记》、张维的《宁静的美与痛》、黄梵的《中年》、黄礼孩的《劳动者》、丁俭的《时间的缝隙》、凌越的《我贪恋庸常的时日》、李琦的《下雪的时候》、李小洛的《一只乌鸦在窗户上敲》、徐俊国的《这个早晨》、叶辉的《叙事》、子川的《这一天》、冯晏的《深居》和东荡子的《喧嚣为何停止》等很多篇什，都专注于日常生活，在我们对日常生活的体味中，充分感受到那些"高于""低于"或者是"深于"生活的东西，它们有很丰富的精神指向，让我们时刻体验着"日常的奇迹"（黄灿然《日常的奇迹》）。

第四，生命体验。在很多关于日常的诗篇中，我们的生命都曾被呈现，但是向更深处，向我们生命内部的神秘、慌乱、冲动、哀伤、无奈、向往、恐惧、渴望、黑暗与荒谬去挖掘，并且触碰到我们最深的深渊和我们所仰望的最高的事物——那终极性的死亡和终极性的光，在诸如张枣的《灯笼镇》、阿翔的《农事诗》、朵渔的《野榛果》、韩东的《自我认识》、韩作荣的《毕节》、刘漫流的《归来》、默默的《为上帝补写墓志铭》、孙磊的《存在之难》、西川的《小老儿》、王明韵的《原罪》、王久辛的《淫秽论》、张尔的《论身体》等作品中都曾有体现，特别是在黄灿然的《冬天的下午》《日常的奇迹》、梁雪波的《修灯的人》、凌越的《在乡间公路上》和徐江的《骑车仰头所见》等作品中，"光"已经成了照耀和提升我们生命的最重要的象喻，诚如凌越所言，我们黑暗中的生存，永远渴望着那"最主要的星光"，我们期待着"形而上学"的引领（麦城《形而上学的上游》）和神性的降临（李少君《神降临的小站》）！而沙光的《心笛》、蓝玛的《竹林恩歌》、靳晓静的《耶稣爱你》、李建春的《街心花园祈祷》和黄礼孩的《劳动者》《小兽》，他们所表达的，已经是一种"福音诗学"，是生命和至高与永恒的深刻联结。

第五，女性意识。与20世纪八九十年代相比，中国诗歌中的女性写作发生了很大变化，一方面，女诗人们继续在自己的写作中突显她们异于传统的女性形象，她们或者性格"激烈"（安琪《我性格中的激烈部分》），"坚硬如铁"（李轻松《爱上打铁这门手艺》），"如火如风"（孙萌《红衣女子巴洛克》），甚至"像鬼一样芬芳四溢"（海男《像鬼一样芬芳四溢》）；或者不避情色（宇向《一阵风》、吕约《欢爱时闭上的眼睛》），多有自恋地书写身体（潇潇《秋天的洪水猛兽》、路也《身体版图》）……但是在另一方面，对于上述女性自我的局限性（荣荣《"谢天谢地，青春终于逝去……"》、安琪《像杜拉斯一样生活》）和对爱的需要与依赖（马莉《爱一个人能有多久》、郁雯《接住我的灵魂》），以及与此同时的对于传统女性的精神认同（李琦《我一百零三岁的祖母》、黄玲君《归乡》、卢文丽《陈端生故居》、李成恩《汴河，汴河》）和与男性的和解与归一（海男《亲爱的琥珀》《受孕日》、从容《陌生人进入我的身体》），也被她们所经常表现。21世纪以来的女性诗歌具有着更加坚实、宽阔与深厚的特点，最突出的如翟永明。在20世纪八九十年代的“独白”与“叙事”确立了自己的诗歌史地位后，21世纪的翟永明更多地关注起现实(《洋盘货的广告词》)，关注起当下中国社会现实中的女性处境(《关于雏妓的一次报道》)，并且向历史的深处追究中国的女性命运(《鱼玄机赋》)，从而使她的诗歌带有了强烈的批判色彩。像翟永明一样，自觉地“横站”于历史，“横站”于女性自身的命运之中，让自己的灵魂去咀嚼、体味并哀诉、呼喊出苍凉、苦难与历史悲情的，还有潇潇、娜夜、池凌云、林雪、周瓒、寒烟、杜涯、叶丽隽、宋晓杰、郑小琼和李南等很多相当优秀的女性诗人。

第六，本土情怀。21世纪以来，全球化进程的加剧反而在世界各地激发出愈加自觉的本土意识，特别是在中国，伴随着21世纪以来的经济崛起，文化上的自信与自觉也日益突出，悠久、独特和深厚的历史文化传统越来越被人们所深切认同。在诗歌界，杨键曾经说过他“要将这一生奉献给自己的文化母体”①，因此在他的《古时候》《荒草不会忘记》《多年以后》，特别是他后来的长诗《哭庙》中，他才为祖宗见弃、古风不存和庙的毁圮而感到哀痛。这种对我们这个民族的传统文化和我们传统的精神意识与生存方式(如山水自然意识)的重新发现与强调，以及对它们的亲近、守护与继承，在雷平阳、陈先发和李少君等人的诗中，表现得尤其突出。而吉狄马加、阿尔丁夫·翼人和列美平措等人的写作，则分别通过对各自所属的族裔文化精神与文化传统(彝族、撒拉族和藏族)的认同，在对全球化的回应与表达中，由于超越了民族国家的阈限，具有了更加突出的人类性。在重返传统之外，21世纪中国诗歌中的本土情怀，还表现在“地方性”的突显，像雷平阳诗中的云南、沈苇诗中的新疆、潘洗尘诗中的东北、哨兵诗中的洪湖和陈东东、赵野、潘维、庞培、朱朱、叶辉、黄梵、长岛、龚璇、丁俭、胡桑、伊甸、张维、育邦、江离、泉子、叶丽隽、卢文丽等很多诗人作品中的江南，都是这些年来中国诗歌中的著名的“地方”。“地方性”的发达，甚至已经开始走向“偏至”，需要我们的警醒与超越。②在全球化时代的民族认同中，如何避免新的迷误，坚定和清醒地捍卫个体的价值，正是我们的迫切课题。

第七，实际上也是一个非常重要的精神向度，就是出于种种现实和历史的原因，21世纪以来的中国诗歌中，像北岛、多多、杨炼、张枣、欧阳江河、李笠、宋

---

① 杨键:《〈古桥头〉自序》，载《古桥头》，上海文化出版社，2007。

② 沈苇:《地域性及其他》，载张曙光等主编《诗歌的重新命名》，上海文艺出版社，2013。

琳、田原、哈金、明迪、杨小滨、麦芒和欧阳昱等具有海外国籍或者具有深厚频繁的海外经验的诗人，他们的写作，一方面与故国具有深切的精神关联，故国的历史、现实、乡土、故城与亲人，为他们所念念不忘，绝不只是乡愁，他们的生命因为深深地纠缠和扎入历史，而使这种关联显示出尤其特别的低徊与沉痛。另一方面，他们跨国与跨文化的“流散经验”，又很突出地显示出全球化时代的一种新的精神景观，像杨炼、张枣和宋琳对我们的母语和传统诗学的强调，李笠的对故国文化的关切与回望，欧阳江河《泰姬陵之泪》的异域书写，都隐含着深刻的跨文化问题，随着全球化时代“流散生存”的日益普遍与寻常，这样的写作将越来越多、越来越常见，由此所引发的精神问题将越来越得到我们的关注。

（作者何言宏，学者、批评家，上海交通大学教授、博士生导师。著有《中国书写：当代知识分子写作与现代性问题》《坚持与抵抗》《介入的写作》《精神的证词》《知识人的精神事务》《介入与超越》等。《二十一世纪中国文学大系：2001—2010》总主编。）

# 与现代诗有关的三点看法

汪剑钊

## 一、诗歌的乌鸦时代

对于诗歌而言，这是一个乌鸦的时代。

我们知道，在中国，乌鸦大多被当作不祥、凶险的象征，民谚里就有“喜鹊报喜，乌鸦叫丧”的说法。一个人清早出门，倘若碰上乌鸦在聒噪，就觉得晦气透顶；在日常生活中，偶然有乌鸦粪掉落在某人身上，更被认为是倒大霉的先兆。乌鸦在西方的名声也不大好。在古希腊的神话传说里，乌鸦便是因为懒惰和不诚实而受到了惩罚。据说，阿波罗曾经拿出一个大银杯，命令乌鸦到河边舀一杯净水给宙斯上供。谁知乌鸦跑到一棵无花果树上打起了瞌睡，直到一个熟透的无花果落在头上，才惊扰了它的好梦。乌鸦吓了一跳，嘴里衔的大银杯“啪”的一声掉下去，正好砸在一条大蛇的身上。于是，乌鸦就叼着那条蛇飞回来。阿波罗责问它，它就撒谎说：“这条蛇跟我捣乱，所以我没能舀上水。”阿波罗知道这是在撒谎，就狠狠地惩罚它，把它原本一身漂亮的银白羽毛变成了黑色，同时让其优美的鸣叫声也变得嘶哑难听。至于拉封丹的寓言《乌鸦和狐狸》更是让乌鸦愚蠢、自大的坏名声流播甚广。

我之所以认为诗歌（在更多的情况下，实际是指称诗人）是一只乌鸦，无疑与诗歌在当代社会的地位和处境有密切的关系。毋须否认，由于处在一个非常态的转型期，人的自然性和精神性正遭受着严重的剥夺，以诗性为代表的人性化生存方式面临着崩溃的危险，从某种程度上说，我们的精神内部出现了一种极端主义的变异，一方面，我们许多文学作品仍然是某种意图和导向的注解；另一方面，经济已经崛起，并逐渐成为一个时代的艺术形式，人们以往用来创造诗歌的智慧，而今被用作了广告词的撰写，至于从前进行绘画、雕塑的才华和技能，则被消耗在了大小建筑的装修之中。

在这样一个时代，选择诗歌作为自己的人生目标，很像福斯特那个著名的比喻，是拆除了现实的屋子，来建造一座虚构的城堡。或许任何时代的诗人都生不逢时，但当代的中国诗人对此可能体验更深，他们天性里的浪漫精神很难找到一块纯净的浪漫主义天空。太阳已经下山，月亮尚未升起，玫瑰的花魂也已逃逸，留在世间的只有现代主义的乌云和暧昧不明的后现代主义的黄昏。于是，即便是雪莱、济慈、普希金、海涅再世，他们都不再可能是讨人喜欢的夜莺。但是，如果他们依然渴望发出自己的声音，那么，不论愿意与否，都只能充当“乌鸦”的角色。

正如乌鸦在误解中受到歧视和排斥一样，现代诗和诗人们同样因为理解上的困难而饱受世人的指责。我们记忆犹新的是，朦胧诗出现之初，最为人诟病的一点，便是“读不懂”，二十多年过去了，这“读不懂”的傲慢似乎仍然盘踞在我们的读者（包括不少评论家）的脑海里。根据他们的逻辑，“我读不懂，该负责任的肯定是你”“连我都没读懂，可见你就是没写好”，他们从不检讨自己是否作好了阅读的准备，从不问自己为阅读现代诗付出了多少努力。就是在这种阅读心理定势的驱使下，人们把诗歌的前卫性当成“妖魔化”的事物拒之门外，因此，他们也顺带着放逐了与前卫性相伴的诗歌创造。这种现象的存在，在评论家那里，主要出自他们虚妄的话语权力，由于早期的工作成绩为其设置了一个浮出地面的高台，他们也就天真地觉得高台上的自己有着思想上的“高身材”，可以居高临下地评判一切。在普通读者那里，则跟 20 世纪一度风行的文学“大众化”运动有很大关联，一个原本以普及为主题的短期目标，在特殊的年代里，得到了无限的扩张和延伸，在各类文学教科书中，甚至被界定为一个终极性的追求，显然，这种做法所引发的后果就是，丰富的向简单的压缩，前锋撤退到后卫的位置，它纵容了思维的惰性和精神诉求的平庸化。

上述傲慢和惰性，与现代人在快速转型的生活里形成的浮躁相结合，造成了当今文化素质以及诗学素质普遍下滑的趋势。试想，在一个误以为麦当劳和肯德基就是正宗的西式大餐，从而拥有比满汉全席更大的诱惑力的时代里，诗歌如何能从卡通剧和肥皂剧那里争取它的受众呢？

诚然，不祥、阴郁、绝望、颓废、虚无、神秘，等等，是现代诗所着力体现的一些东西，但这恰恰是一些凝聚了现代人生活特性的真实情绪和体验。高科技的发展和普及使我们的现代生活出现了更多的可能性，但也暴露了比那些可能性更多的缺陷和断裂，从而打破了从前的和谐与平衡。今天，我们放眼望去，随处可以看到的是：高分值的希望带来了难以承受的失落，对意义的追问遭遇了越来越多的讥讽与嘲弄，现实生活中的偶然与荒诞加大了认识上不理解的外延，等等。现代诗作为对现实的表现或折射，必然要涉及这部分内容。因此，生活在现代的读者指责现代诗在调子上的灰暗并因此否定其存在的合理性，无异于一个病人指责诚实的X光镜泄露了他严重的病灶。不幸的是，指责是那样理直气壮，在恐怖和灾难降临的前夕，我们的诗歌就这样被看作了一只讨厌的乌鸦。

相传，乌鸦的血可以擦亮人们的眼睛，得知这一点，我们的诗人大概可以得到少许的慰藉，或许，由于他们的存在，人们可以看清被世俗生活所蒙蔽了的真实。另外，鸟类学家告诉我们，乌鸦具有不少优点，譬如杂食性、忠诚、反哺。与之相对照，现代诗似乎同样具备这些特性，首先，它有一个强健的"胃"，就内容而言，举凡生活的方方面面，诗人们都敢于吸纳进来；在形式上，叙事性、戏剧性、口语等因素作为亚体裁纷纷出现，诗歌越来越体现出某些综合性的特征。其次，新时期以来，诗人们在自己的领域里孜孜不倦探索着汉语言的艺术，其作出的贡献可以说超过了任何一种其他文体。至于说到反哺，青年诗人调整了相当一部分老一代诗人的诗歌观念，并且还为后者的写作提供新的艺术经验，也是屡见不鲜的事情。

1845年，爱伦·坡发表了一首题为《乌鸦》的诗歌，笼罩着全诗的是一种忧郁、恐怖、绝望、神秘、阴沉的气氛。在这首诗中，不断重复出现的一句话或者说一个单词是"永不再"(nevermore)。它仿佛是一则谶言，预示着诗歌的浪漫主义时代"永不再现"。而在一个浪漫不再的背景下，做一只说明真相的乌鸦，应该是当代每一位诗人的宿命和光荣。

另外，从某种意义上讲，目前，中国新诗也恰好处在一个"诗经"的时代。坦率地说，就诗歌艺术而言，《诗经》所收纳的305首作品，尽管曾经孔老夫子有所甄别和删削，却绝非每篇俱是佳作。剔除《关雎》《静女》《蒹葭》《鹤鸣》《遵大路》等十余首，其余大多为历史价值大于艺术价值的作品。即便如此，《诗经》仍然是中国古典诗歌一个伟大的开始，而倘若没有这样的开始，期望出现唐诗那样的繁荣是不可想象的。中国新诗由文言转向白话文不过百年的历史，已经积累了不少堪予评说的成果，同时也毋庸讳言，它迄今还存在着诸多的不成熟。但是，这种种的"不成熟"恰恰为这个同样伟大的开始从另一侧面作出了确凿的证明。因此，我要说，如果在未来的某一天，中国新诗进抵繁荣的“唐诗”时代，它必须感谢今天从事新诗写作的每一位“诗经”作者。

## 二、诗歌的意义蕴藏于人性

生存激发了人的劳动本能，劳动则不断地凿刻着进化的人性。诗是人性在语言艺术中的隐喻，是美在现实生活中的文字呈现，亦即人类文明的标志之一。从某种意义上讲，一个没有诗歌的民族是一个野蛮的民族。

上述这一点，从诗歌的发生学来说，可以得到证实。根据专家的考证，最初的诗歌便起源于劳动者的号子，人们在繁重的劳作中发现，有节奏的呼喊不仅可以减缓疲劳，而且可以唤起共同的感受，与自然和他人建立一种隐秘的联系，让内蕴的生命潜力得到尽情的发挥。于是，人类最早的文学体裁由此诞生，形成了一套有别于日常话语的言说方式。应该指出的是，诗歌在诞生之初便与人们内在的精神生活密切相关，它是人类整个精神发展史上不可或缺的重要章节。

中国是一个诗歌的泱泱大国，诗歌对本民族的精神传承起过至关重要的作用。诗歌的读写能力曾经是古代知识分子怡情养性、安身立命、治国理家的基本功之一。诗歌语言的精练、简洁、丰富和内敛，长期在汉语中占有优先的地位。考察一部中国历史，我们不难得出结论，倘若没有诗歌，中国的文明成果便会大打折扣。

可是，诗歌在中国古代社会中的隆崇地位恰恰也为自己埋下了一个暗礁。众所周知的是，在相当长一个时期内，由于诗歌表达的快捷性，人们赋予了一些它原本并不具备的特质，把政治学、宗教学、伦理学应该承担的责任安放到了它的头顶。它也因此而承担了许多本不属于它的义务和职能，以至于在现实中沦为政治简单的传声筒、道德和宗教的庸俗代理，以及各种文字娱乐和游戏的工具。这种做法所导致的后果便是，诗歌最根本的品质——抒情和审美的功能严重受创。于是，我们看到，在那种氛围下“创作”出来的诗歌，除了外形（分行、韵律等）以外，总体上已被那些非诗的成分包裹了起来。这样，诗歌的外延由于不加节制地膨胀，它也就在不知不觉间丧失了自己的本性，并最终削弱了人们对这一文体的尊重和热爱。

近年来，伴随着中国经济的高速发展，一部分功利主义思想和生活原则受到鼓励，悄悄地滋长了起来，甚而占据了舆论的主导地位，许多人的价值观和生活方式逐渐向物质一极倾斜。于是，他们短视的目光便由从前的“诗歌万能”的误区转向了当下的“诗歌无能”的误区。应该承认，当今我们社会的物质生活水平在整体上已有了很大的提高，可与此不相适应的是，精神生活却表现出一定程度的下滑趋势，在功能上受到误解的诗歌更似乎被有意无意地忽略了。想象力的萎缩、思维的简单化和幼稚化驱使人们轻易就选择了快餐性的读物，有时甚至更愿意在“读图”的快感中消磨自己。尤其悲哀的是，普通读者和专家们在对诗歌的漠视上似乎如出一辙。每次走进书店，我们不能不尴尬地看到，在琳琅满目的各种实用性、消闲性的印刷品中间，诗歌作品已成了一个比灰姑娘更可怜的角色，往往蜷缩在十分尴尬的位置上。

这里，我想说的是，诗歌目前的这种困境并不意味着诗歌不被人们所需要，恰恰相反，置身在一个诗性缺乏的时代，或许最需要的就是诗歌的出现和存在，这正如在荒漠中最需要的是水和绿色一样。如前所述，诗是人性在语言艺术中的隐喻，是美在现实生活中的文字呈现。我们知道，人与动物的最大区别就在于，人有思想，有感情，有想象力，有对美的事物的敏感，有对超现实空间的向往，并且渴望人与人之间精神上的沟通。所谓“文学是人学”，也正是在这一基础上确立的命题。因此，诗歌作为“文学中的文学”，更是不容放弃的事业。

其实，在人们的心灵深处，诗歌仍然是生活的核心内容之一，是人们渴望抵达的一种境界。这从“诗意”这个词被广泛地运用就可以得到证明，它几乎成了世间一切美好事物的代名词。而在日常生活中，一部分诗歌的智慧甚至转移到了广告词和手机短信的写作中。因此，我们说，只要这世界有人类存在，诗歌就不会消亡。

诗歌的意义就蕴藏于人性，我们则通过诗歌可以看到最美好的人性。

## 三、荷马、但丁也是我们的传统

中国的现代诗在20世纪90年代取得了巨大的成绩，诗人们在摆脱了诸种非诗的意识形态的干扰以后，其写作的自觉与文体的自觉达到了前所未有的高度，他们愈来愈注重诗歌本体意义上的创造，推出了不少堪称一流的优秀作品，形成了风格、形式和流派上的多元化格局，在这一点上，我们无须妄自菲薄。但是，我们也同样应该看到，中国的现代诗并不是一枝孤独的玫瑰，不是在完全与外界隔绝的状态下发芽、含苞、绽放的，实际上，在它的成长史上始终潜伏着翻译诗的历史，后者就像根须一般滋养和支持着它，就某种程度而言，翻译诗已经成为中国现代诗的一个重要的组成部分。我们必须意识到，诗人们借助翻译家的辛勤劳动，汲取了不少有益的异域营养。因此，我们不妨在诗歌领域里旗帜鲜明地倡导一下世界主义。

诗歌不是政治，它的世界主义不是帝国主义，不是霸权主义，更不是什么投降主义和买办主义。中国当代诗人应该以自信、开放的姿态面对世界，兼收并蓄各民族先进的文化成果，尤其是它们丰富的诗歌经验，铺造出一条跨越民族文化隔阂的艺术道路。这里，我们有必要指出目前过分强调诗歌的民族性的危险。诗歌的民族性问题实际是一个假问题，也就是说，它是不成为问题的问题；因为，任何诗人从事写作都无法摆脱他的民族之根，自从他呱呱坠地开始，本民族的文化、语言、思维方式、生活习惯，等等，就像一日三餐的饮食，潜移默化地融入了他的身体里，成为在脉管里流动的血液似的存在，正如一首流行歌曲所唱的那样，哪怕他穿上了西装，都无法摘除那颗中国心(而倘若真的出现了极端的例子，一个中国诗人能够写出一首可以称得上优秀的“美国诗歌”“俄罗斯诗歌”或“法国诗歌”，只要它本身确实是一首优秀的诗歌，我们又有什么理由不允许它存在呢？我们大可不必那么在乎这首诗歌的“国籍”，就此滋生亡国亡族的危机感)。

文化上的民族主义不可避免地带有一定的偏狭性，为了保持所谓的纯粹性，它从特性的定义到具体的实践必然会呈现某种封闭性，从而显露出拒斥异质事物的姿态。我们的历史已经证明，在文化上一味地强调纯粹的民族性，对外来文化持怀疑、排斥和拒绝的态度，实际违反了人类资源共享的原则，造成的是文化资源和精神资源无谓的浪费，既不利于自身的发展，也无益于全人类的进步。经济上的闭关锁国，导致的是物质上的匮乏，而文化上的故步自封，引发的后果就是精神上的萎缩和脆弱；因此，我们应该接受历史给我们的启示，呼应现实对我们的期待，自觉地加入诗歌的 WTO。

1827 年 1 月 31 日，歌德告诉自己的秘书爱克曼，这段时间他正在阅读一部中国传奇，觉得受益匪浅，认为那是一种很值得注意的文学现象。后来，他就这个话题又强调：“我愈来愈深信，诗是人类的共同财产。”在这次谈话中，他指责了当时德国人的那种自大和封闭，认为倘若不跳开周围那个狭窄的小圈子，到外面去看一看的话，就会陷入“学究气的昏头昏脑”之中。正是在同一天里，他提出了“世界文学”的概念：“民族文学在现代算不了很大的一回事，世界文学的时代已快来临了。现在每个人都应该出力促使它早日来临。”

如今，历史已经跨入21世纪，距离歌德生活的年代已有两百多年了，当年的理想已经成了现实，高科技时代的交通工具和通信设备之发达，尤其是互联网的出现，大大改变了人们的时空概念，它把以往相互隔绝的民族紧密地联结到一起，人们觉得仿佛生活在同一个村落——地球村里，体验到了唇齿相依的相互关系。当前，世界各国在政治、经济、教育、体育等领域的合作日益频繁，而文学与艺术的交流更是空前活跃。生逢此际，倘若我们再抱残守缺，偏狭地划分什么“你们”的传统和“我们”的传统，无疑是不明智的。事实上，正如屈原、李白、杜甫是我们精神上的父亲，荷马、但丁、莎士比亚就是我们精神上的叔父，那也是我们的传统；至于策兰、布罗茨基、帕斯、聂鲁达、阿特伍德、希姆博尔斯卡等，更是今日我们诗歌大家庭里的兄弟姐妹。当我们走过翻译这座桥梁，在汉语的空间中与他们相遇的时候，相互之间能够满怀亲情地展开一场精神的对话，恐怕是最合情合理的选择。

（作者汪剑钊，外国诗歌史研究方向硕士和中国新诗史研究方向博士，北京外国语大学外国文学研究所教授、博士生导师，北京大学中国诗歌研究院研究员。著、译有《汪剑钊诗选》《二十世纪中国的现代主义诗歌》《诗歌的乌鸦时代》《俄罗斯黄金时代诗选》《俄罗斯白银时代诗选》《二十世纪俄罗斯流亡诗选》《曼杰什坦姆诗全集》《茨维塔耶娃诗集》《没有主人公的叙事诗——阿赫玛托娃诗选》等数十种。）

# “一切坚固的东西都烟消云散了”

## ——有关中国新诗现代化转型之路的几点陋识

杨斌华

### 一

从现代诗歌的历史演变和现实语境的角度来看，或许需要注重两种“转体”的兼容并重，即“写什么”的社会责任的“公转”与“怎么写”的诗艺探求的“自转”，两种转体同样重要，不可偏废。片面地强调一个侧面，有可能陷入新的一元论的窠臼，给当代诗歌艺术的发展带来负面性影响。唯其如此，才能够较好地解决现实关怀如何传达、社会责任如何担当，即如何实践“诗歌何为”的本质问题；才能够真实体现并揭示中国新诗追求和谐共生的现代性的全部过程及其价值意义所在。

中国新诗追求现代性的意义，本质上就是要丰富现代诗歌的想象力和表现力，培育其体认和容纳复杂的现实经验的能力。而诗歌对现代诗本质的探寻，就是试图要在一方面体认和把握现实经验，寻求诗歌在感受方式和想象方式上的现代性；另一方面能够借以询唤、应答现实与历史的复杂境遇，融会社会责任和道义，将诗歌的外在形式灵魂化，从而真正实现一种新的感受和想象现实生活的艺术形式。毫无疑问，这中间包含了诗歌的两种转体方式，实践着的是某种同一性的诉求。

在现代诗歌的演变历史中，无疑有着一条绵延不绝的现代化转型的道路。譬如20世纪三四十年代以来的诗歌实践，以及“九叶”诗派的创作。他们是能够用新的感觉、想象方式和诗艺策略更自觉地处理个人与时代经验、现实关怀的关系，把复杂的现实经验有效转化为诗歌艺术的一个重要群体，显示了中国诗歌对现代性观念的重要拓展。他们主张诗歌面对现实生活的整体性和艺术的综合性，重新体认了诗与公共生活、现实责任的密切关系，既要回应现实历史的呼唤，使诗与现实社会的道义担当相和谐，对写作题材持开放包容的态度，也希望并力求找到一种将现实关怀与艺术形式综合交错的诗歌方式，获得个人与时代之间的双向互动，在现实关切与诗艺探求两者中实现一种和谐平衡。遗憾的是，这样一种传统被历史所中断，没有延续到之后新诗发展的脉络中去。

我们需要注重中国诗歌现代性寻求过程中的丰富性，使诗歌不仅成为参与社会、关怀现实、憧憬或者批判社会的方式，也要成为观照寻求现代性进程中人们的内心经验和现实情绪的想象方式，将对现实生存的关切、社会责任的担当和美学的现代性，将诗歌的功能性和艺术的独立性，融合为一种诗歌的本体性与同一性的探求。我觉得这样的认识对探讨新诗历久弥坚的现代化转型之路是具有一定的启示作用的。

## 二

英国诗人艾略特在隐喻的意义上把诗的声音分为三种："第一种声音是诗人对自己或不对任何人讲话。第二种声音是对一个或一群听众发言。第三种声音是诗人创造一个戏剧的角色，他不以他自己的身份说话，而是按照他虚构出来的角色对另一个虚构出来的角色说他能说的话。"这样，诗歌声音的不同就构成了诗歌表达的不同形式：独语、宣讲和戏剧性对谈。这就为我们探察新诗的表达方式提供了理论参考。不同的诗歌的声音会促成形态各异的语言传达方式，它表征着一个时代或者时期的诗歌的形象特征，也无疑体现了新诗从多侧面多视角处理现实历史题材的能力，并形成不同时期诗歌丰富多彩的多元化的面貌。

我赞同有论者指出的，台湾现代诗的语言策略所提供的化古、融欧、趋土三条路径，它所包含的各有价值的艺术经验对现代化转型具有积极的借鉴意义。"化古"在台湾实现的是新古典主义，我们可以积极从古典诗词中汲取养分，促进新诗语言、氛围、境界的提升。"融欧"就是要融会现代诗的新的质素、感知方式和表现形式。"趋土"的结果是让诗的语言和品质保持原生性、自然性、在地性、即物性。这几条路径的导入也曾为我们新时期以来新诗语言的变化、探索和转型,产生过重要的借鉴作用。

现代汉语中明显划分的两大类,即文言化、现代化的两种语言方式,是有着很大差异性的,尽管有相通的成分,但也存在相互隔离的地方。如果能够相互融合,就可能促使诗歌新的质素的发酵。

就新诗语言资源的论题而言,如何在白话与欧化的历史两难处境中寻找到适合于当代诗歌语言的内在资源,这毫无疑问是一个理论难题。从这个论题出发,我们才可能努力去寻求新诗语言重构和再生的可能性。关于这一点,我赞同有些学者的观点,作为现代汉语构成基础的白话,一般都表现出口语化的浮泛性和简单化,这样的语言进入诗歌形态面临着一种天然的缺陷和难处,让它担负起表达新世纪新时代人们复杂的思维与现实感情,以及几千年中华文化的传统菁华和丰富质地,将显得比较困难。因此,此后不同时期和阶段诗人们所作出的艰难努力,其旨归都是针对这种语言资源的勘察及理论难题的突破,尽管结果远未尽如人意,路途还相当遥远。

## 三

接下来谈谈对新诗现状的丰富性和多元性等基本特征的涵括。首先,我们姑且用"多元"和"混搭"两个语词,来作为对当下时代文化的一种描述与对诗歌现实和历史本身丰富性的某种隐喻。这中间既有意识形态的区分,也有诗艺观念、方式的差异,还包括对文学写作历久弥坚的热忱与定力。我一直赞同这样的说法,在当下丰富庞杂的诗歌格局下,在一个整体性瓦解的时代,二元对立的局面早已不复存在,官方刊物与民间刊物、主流诗坛与先锋诗坛、知识分子写作与民间写作等所有原本的文化对立都被一种更多显示出交杂和纠缠、更平面和多元的姿态所代替,所媾和。这是 20 世纪 90 年代以来诗歌文化的一个最显著特点,也是文学循环往复的一种现实常态。

其次,值得注意的是诗歌写作中日益凸显的文化地理元素,或者说是写作的地方性因素。如今集群性的诗歌写作确实很明显地表现出与此相关的地理文化属性及区域经济发展不平衡之间的差异,与各个地域的精神文化的溯源,与当地诗歌环境与传统氛围的现实关联性。拿上海来说,它一般都会被外界认为更多具有现代性、后现代性的实验因素,有更开阔的艺术视野,更复杂的社会历史容量。但究竟上海无论体制性的还是民间性的诗歌的艺术水准能否真正与之相当，依然是值得疑惑并仔细考量的问题。上海各具禀性的诗歌写作无疑应该尽力提升自己的艺术追求和文学格调，在努力呈展自身的独立个性的同时不断张扬自己鲜明可辨的诗艺主张，不能因团队的壁垒而变得面目模糊、一团和气，和气未必生“才”。另外，我觉得，在作品中还要避免“一过性”的政治文化因素的渗透，强力凸显因地域文化而熔炼的语言层面的异质性元素，这样才可能做到别开生面、独具一格。

再者，值得关注的是新世纪以来诗歌写作当下性、时代性和公共性的强烈呈现。就当下诗坛而言，不管是民间还是体制内的情况，我一直以为，虽然创作非常活跃，现象异彩纷呈，但真正推进诗歌整体实力提升和拓展的创造性因素和机制化能力事实上却逐步在消减和下降。这里说的创造性因素的消减主要是指语言技艺上的平滑和雷同，机制化能力的下降主要是指诗艺空间的腾挪和拓展的可能性的局囿。当然，我们能够明显感受到的一个事实是，近年来的创作对现实生活的直接感受性确实得以进一步加强，体现在诗歌作品里的生活经验也更加纯粹、通透、浓烈。较之于以往年代过度的精英化意识和纯技艺的“诗意”写作，情状出现了较大变化，有以下三点：诗人身份的改变，即平民化和非专业化；创作意识的转变，即非功利性和文学表达的主动性与内在性；诗人群体相互交叉叠合的多元化。这些年，“让诗歌重新关注时代，让诗人重新成为时代的心灵”在特定的界域内逐步呈现为一种强烈的声音。这突出地表现为，在许多诗歌作品中，其时代性和公共性获得了进一步的凸显，在对现实生存的强烈介入和突进中，诗人们改变姿态，以一种向下的视角获得了更加真切的生活经验，直接面向今天的时代处境。

最后，我以为可以切入的一个视角是，在当下的诗歌创作中，诗人身份的改变、创作意识的转变和诗人群体多元化的现象，还喻示着另外一种变化。那就是很多诗人不再是为专业化的诗艺风格的创新而写作，而纯粹出乎生活感受和现实经验，直面当下的文化境遇。就像有位诗人所说的，除了为乡村留下最后一首挽歌之外，也应该全力以赴地去呈现历史所带来的新生活。这种新生活的主要征象就是如今很多诗歌创作所凸显的现代化进程中现实的矛盾冲突与人们内心的精神复杂性。

本土文化经验的消解及其承续的断裂确实是一个令人关切省思的问题。他们对现实生存世界的重新关注及其表达方式，无疑构成了其本土书写一个值得重视的侧面。这里，我只能对于他们孜孜不倦地坚持本土经验与家园记忆的热忱书写表达一种敬重之意。这些作品当然也是这个时代城市文明与峻急现实错动而间离的真实境遇的某种写照与见证。不过，应该指出的是，如何在表现被遮蔽的现实世界的多面性，袒露现代化进程中人们的内心痛感的同时，更深入地触及和把握进入城市化过程中的复杂性，以有意味的形式表现一种独到的富有质感的中国经验，是当下诗人都面临的一个写作难题。

## 四

对现代性的理解和释义有很多种，这里不能一一阐述。我用马克思的这句话“一切坚固的东西都烟消云散了”来作为一种标示。也就是说，它从根本上是对于我们以往的全部历史和传统的冲刷、瓦解和威胁。尽管我们都渴望坚守某种坚固的东西，但“仅仅看到了自己眼前的幻象，但只要我试图抓住它们，它们马上就消失了”。马歇尔·伯曼说：“正是从这样的感受——焦虑和骚动，心理的晕眩和昏乱，各种经验的可能性的扩展及道德界限与个人约束的破坏，自我放大和自我混乱，大街上及灵魂中的幻象，等等——之中，诞生出了现代的感受能力。”

现代性的丰富性和复杂性，正体现在它是各种多样性的统一。更重要的是，它是充满矛盾和悖论的错缠的织体。因而，“人们终于不得不直面……他们生活的真实状况和他们的相互关系”。尼采也说过：“我们只是在最危险的时刻才处于极大的危险之中。刺激我们使我们愉悦的唯一事物便是那不确定的东西，那不可衡量的东西。”这两者中间有一个共通的内核，那就在于它时刻准备攻击自己，质疑和否定自己说过的一切，时刻准备将自身转变为一系列和声或不和谐的声音，并且超越自己的能力来扩展自身。这一内核是与自我发现和嘲弄，以及自我快乐和怀疑产生共鸣的，它是嘲弄的和矛盾的，是多音调的和辩证的。

对于百年多以来中国新诗追求现代性的路程，以及如何在新时代语境下持续展开转型之路，实在有许多议题可以延展，至少能在以下诸多层面进一步拓展探究，重要的是对繁复多样的新诗实践的考察和辨析：在精神结构上树立新与旧、中与西的对比与融汇，葆有批判与反思能力；在文化特征上体现多元性、交错性和复杂性。

就新诗美学的角度而言，亟须注重对于传统的重新认识和审视，对于传统的发现、接续与再造；凸显诗艺精进和多元的互动互进。需要关切智性书写所建构的新诗的现代性，注重重新集聚语言与经验的活力、词物之间的圆融与勾连，探察万物世相正向与负向两面的交流镜鉴，返观事物世相之间的相似性、对立性和可能性。如此种种，不一而足。

任何创造性的新诗写作寻求的都不单是新语词新风景，而是一种自觉自主的语言经验的再造，一种用语言重新想象与形塑世界的可能性。它在当下不懈地缅想与冥思，不倦地回应与接续传统，并且为之提供一种表达精神自由的无限境域。正如有首诗所写的那样：

所有仰视的目光
好像都已简化成自己的形体
转世或者重生

（作者杨斌华，文学评论家，上海市作家协会理事，上海市作家协会理论专业委员会副主任、编审。现任上海市作家协会创作研究室主任，《上海作家》主编。著有评论集《文学：理解与还原》《旋入灵魂的磁场》《家园与异乡》等，主编或策划编选《守望灵魂》《守护民间》《上海味道》《思想的盛宴》《几度风雨海上花》等近二十种。）

# 现代诗学的两个重要话题

吕 进

新诗在下一个百年的重要美学使命是“立”。我认为，现代诗学面临两大“立”的使命：实现“精神大解放”以后的诗歌精神重建和实现“诗体大解放”以后的诗体重建。

## 一、关于诗歌精神重建

从诞生以来，新诗就在重建属于自己时代的诗歌精神。诗无非有两种基本关怀：社会关怀和生命关怀。过去在比较长的时期里，新诗比古诗更加强调诗的政治属性，更加看重“大我”，更加张扬“炸弹”和“旗帜”的社会功能。这是现当代中国历史环境使然，有其历史的合理性。在多灾多难的中国，除了加强自身的社会关怀，诗别无出路。在生存的苦难下，在战争的硝烟中，在革命的大潮里，诗不可能脱离民族的忧患去一味地抒发生命关怀。但是，以“文化大革命”时代为极致，庸俗社会学困扰着、折腾着、毁灭着诗歌。许多诗歌偏离了艺术本质和艺术轨道，蜕变成了单纯的政治工具和传声筒。

在20世纪的新时期，现代诗学在思想解放运动中获得精神大解放。诗学界批判“左”的桎梏，革除思维惰性，打破习惯定势，围绕诗歌本体解决了一系列诗学理论问题，推动诗歌摆脱长期以来的诗外承载，使诗得以回归自身。

诗回归本位，当然是回归诗之为诗的美学本质，绝不是回归诗人狭小的自我天地。但是，从20世纪80年代后期始，诗歌精神重建中的某些偏颇暴露在人们面前。在艺术上有了长足进步的同时，新诗又在相当程度上脱离了社会与时代，出现了社会身份和承担品格的危机。

诗一经公开发表，就成了社会产品，也就具有了社会性。所以社会关怀是诗在社会的生存理由，也是诗的生命底线。诗背对社会，社会肯定就背对诗。

书写社会关怀是中国诗歌的显著特征，千百年来以家国为本位的优秀篇章数不胜数，历来被认为是上品，所谓“国家不幸诗家幸，赋到沧桑句便工”，所谓“有第一等襟抱，斯有第一等真诗”。“海天愁思正茫茫”是历代中国优秀诗人的共性。

即使对个人命运的浅吟低唱，也常常是和对国家兴衰的关注连在一起的。只是，这“关注”的通道是诗的，而不是非诗的。新时期开始的时候，许多曾经的“受难者”从各个地方、各个领域“归来”了，“归来者”诗人高平的诗句“冬天对不起我/我要对得起春天”说出了所有“归来者”的心绪：抛开昨天，走向明天。而朦胧诗人顾城的诗《一代人》只有两行“黑夜给了我黑色的眼睛/我却用它来寻找光明”，和高平有异曲同工之妙。

诗是艺术，艺术来自生活又必定高出原生态生活。常人是写不出诗的。只要真正进入写诗状态，那么，在写诗的时候，常人一定是一个诗人——在那个状态下，他洗掉了自己作为常人的俗气与牵挂，从非个人化路径进入诗的世界。非个人化就是常人感情向诗人感情的转变，原生态感情向艺术感情的提升，没有这种转变和提升，就没有诗。

诗的显著特征是“无名性”。歌唱着的诗人和歌唱者本人既有联系，更有区别。既是诗人，就应当不只是充当自己灵魂的保姆，更不能只是一个自恋者。这种“无名性”使得诗所传达的诗美体验获得高度的普视性，为读者从诗中找到自己、了解自己、丰富自己、提高自己提供广泛可能。原生态的感情不可能成为诗的对象。艾略特说：“艺术家越是完美，那么在他身上，感受的个人和创造的心灵越是完全的分开的。”仅仅对一个人有价值的东西对于社会、对于时代不一定有重大意义。越是优秀的诗人，他的诗的普视性就越高。

诗与其他文体一样，与社会、与时代处于无须、无法割断的联系中，其区别无非是联系渠道的不同而已。并非诗一沾上社会与时代就会贬值甚至毫无价值。诗不应充当政治和政策的工具，但是也不应与社会和时代脱离，更不应将此隔离当作诗的“纯度”。

诗歌园地里正常的生态是：有大树，也有小草。现实与艺术之间总是存有“缝隙”。现实不等于艺术，现实人格不等于艺术人格。作为艺术品的诗歌是否出现，取决于诗人对自己的提炼程度，取决于诗人的艺术化、净化、诗化的程度。

1929年,闻一多在一封致梁实秋的信中这样评价宋代诗人陆游:"放翁真诗人也。彼盖时时退居第二人地位以观赏自身之人格,故其作品个性独步。""观赏"二字的分量是相当重的。

当然,在情感内容上的高度非个人化的诗又必须在表达上寻觅高度的个人化。真正的诗人不可复制。表达技法是一个深不见底的大海,公共的规条被摒弃,"国无法则国乱,诗有法则诗亡""无法之法,乃为至法"。千变万化的技法表现着普视的情感内容,这就是古往今来的优秀诗篇的共同品质。

## 二、关于诗体重建

新诗是从诗体的突破中诞生的,它是"诗体大解放"的产物。胡适当年提出的"诗体大解放"是顺应了时代的潮流的。从"诗体解放"到"诗体重建"本是合乎逻辑的发展。现代诗学的早行人刘半农在新诗出世之初就提出了"重建诗韵"的创意。从郭沫若的"内节奏"论到艾青的"散文美"论,从闻一多的"创格"论到何其芳的"现代格律诗"论,现代诗学在诗体重建上做出了巨大努力。然而,由于长期战争、动乱的外部环境的局限,更由于在理念上对"新诗"的"新"的误读,(就像梁实秋在《新诗的格调及其他》一文中所说:"新诗运动的最早的几年,大家注重的是'白话',不是'诗',大家努力的是摆脱旧诗的藩篱,不是如何建设新诗的根基。")可以说,对新诗的这个"根基"的忽略是长期的,岂止是"最初几年"。总体而言,新诗的诗体重建在20世纪里的进展比较缓慢。极端地说,不少旧体诗是有形式而无内容,而不少新诗则是有内容而无形式。诗体重建的缺失使诗人感到新诗诗体缺乏审美表现力(所以包括郭沫若、臧克家在内的不少诗人在晚年出现了闻一多说的"勒马回缰写旧诗"的现象),使读者感到新诗诗体缺乏审美感染力(所以不少读者在走出青年时代后就不再亲近新诗,而是去读唐诗宋词了)。

诗体问题关涉到新诗的文化身份和民族归属。以"热爱自由,反对束缚"为由来避开此一问题是无济于事的,以"大家都习惯这样写了"的懒汉心态来否认此一问题是不负责任的。歌德的"只有限制才能显出能手,只有法则才能给人自由"之论对当下的中国新诗特别适用。

有些论者以为,诗体重建就是建立现代格律诗,甚至将主张诗体重建的人称为“格律诗的代表”，显然毫无根据。

自由诗提升、现代格律诗成形、诗体增多，是诗体重建的三个美学使命。

自由诗的冠名并不科学。我们从来没有听过“自由散文”“自由音乐”“自由绘画”“自由戏剧”的说法。凡艺术都应有其自由但也都不可能享有无限的自由，何况是诗——以形式为基础、以形式为生命的艺术。近百年的中国新诗的成就主要是自由诗的成就。同样，近百年的新诗危机，从诗体看，也主要是自由诗的危机。既然是诗，自由诗当然也当有诗的规范。既然是诗人，自由体诗人也应当有强烈的形式感和诗体制约感。把握诗的形式美学是“自由”的前提。任何艺术门类都有形式的制约，每种艺术门类的美正是在自己受到的特定“制约”中，在艺术形式的规范性和审美容量的广阔性的交融中产生的。没有舞台的制约，哪有舞台艺术？没有色彩和线条的制约，哪有绘画艺术？没有音调的制约，哪有音乐艺术？古代诗人中，李白自由体写得较多。朱熹对他有这样的精彩评价：“李太白诗，非无法度，乃从容于法度之中，圣于诗者也。”圣者知法，至法无法，这就是自由诗的审美辩证法。

现代格律诗成熟的标志是成形，成形的关键是诗语的音乐性，由此创造出有规律的韵式和段式。

音乐性是诗的生命。有些人忽视自由诗的外节奏，其实外节奏是中国古诗自《诗经》以降最有成就的一环，但很遗憾，它却是中国新诗最贫弱的一环。随着近年来经过翻译的失去了原诗风貌的西方现代诗的涌入，中国新诗的外节奏就更加理直气壮地贫弱了。任何一种诗歌，其音乐性总是来自该民族语言的语音体系。不管自由诗如何完善，只有自由诗，总非诗歌的正常状态。除了有民族传统可以承续，有西方诗律可以借鉴，近百年的新诗已经积累了不算太少的理论与实践的财富。

被誉为“新格律运动的前驱”的陆志韦最早尝试写现代格律诗。他主张“节奏千万不可少，押韵不是可怕的罪恶”。在后来致力于现代格律诗理论探索的诗人中，最有影响的是闻一多和何其芳。闻一多从视觉和听觉两个方面去建立格律，达到音乐的美（音节）、绘画的美（词藻）和建筑的美（节的匀称和句的均齐）。闻一多更看重从视觉去建立格律，也认为自己对于格律诗的贡献在于“增加了一种建筑的美”。闻一多重整齐，何其芳则看出了“豆腐干”体的局限，更重整齐中的变化，更看重从听觉去建立格律。他的理论既是对闻一多的发挥，又是对闻一多没有区别中西诗歌和古汉语与现代汉语而产生的形式主义倾向的补救。

诗之有律，犹如兵之有法。无论哪个民族的诗歌，格律体总是主流诗体，何况在具有悠久而丰富的格律诗传统的中国。中国新诗急需从艺术实践上和理论探索上倡导、壮大现代格律诗，争取在现有基础上将现代格律诗建设迅速推向成熟。

现代诗学与古代诗学的重大差异在于：前者是描述性的，后者是规范性的。现代格律诗不是靠谁来人工制定，也不是一种单一的格式就可以抒写现代人丰富、敏感、复杂的内心世界的。

完善自由诗，倡导现代格律诗，都有一个前提——两种诗体的无限多样性。完善自由诗，倡导现代格律诗，是复引百川归海，而海是广阔博大的。

在古代，中国以格律诗为主流的诗歌的体式是颇多的。仅以宋词为例，陈廷敬、王奕清等编修的《词谱》，收 862 调，计 2 306 体之多。相形之下，新诗在诗体上就太单薄和单一了。安徽文艺出版社 1994 年出版的陶保玺《新诗大千》一书，从现代格律诗、自由诗、韵式三个角度入手，列出了两百余种体式——其中相当数量的诗体根本还没有完全成形，由此可见新诗诗体之贫乏。

在谈到增多诗体的时候，我们应当记得刘半农，他的《我之文学改良观》是增多诗体的重要文献。刘半农将诗体较多的英诗和诗体较少的法诗做了比较，认为："法国文学史中，诗人之成绩，决不能与英国比。"刘半农将"增多诗体"与"诗人辈出"联系起来，很有见地，值得今日诗坛注意。

[作者吕进，西南大学二级教授，博士生导师。曾任中国文联第七届、第八届全委会委员，重庆直辖市第一届文联主席，鲁迅文学奖及其前身全国文学奖多届评委。著有《吕进文存》等诗学专著 47 部（共 86 卷），获第七届世界诗歌黄金王冠。]

# 中国大陆（内地）和港澳台现代派诗简述

孙琴安

## 一、大陆（内地）现代派诗简述

20世纪初，中国有大量学者奔赴欧美留学，同时又爆发了五四新文化运动，诗坛冒出白话新诗，一时相当流行。因此，西方的现代派诗曾对中国诗坛发生重大影响，许多诗人纷纷引进或效法欧美的现代派诗，如李金发、戴望舒、王独清、穆木天、冯乃超等都受法国象征派诗人的影响；郭沫若受美国惠特曼和德国歌德等人的影响；冯至受奥地利诗人里尔克的影响；徐志摩、闻一多等受西方唯美派诗的影响；艾青受比利时维尔哈伦和法国阿波里奈尔的影响；卞之琳对西方象征派、现代派诗均有吸纳；以辛笛、穆旦、陈敬容、郑敏等为代表的“九叶诗人”，则以受现代派诗的影响为主。

1949年以后，由于中国政治格局的变化与重组，中国的诗人队伍也发生了裂变，一部分诗人留在了大陆（内地），一部分诗人去了台湾或是香港，也有少数诗人漂泊到了其他国家。现代派诗在大陆也就此风飘云散，难觅踪影。

也正是出于历史的原因，同样是在中国，半个多世纪来，大陆（内地）与台湾暨香港、澳门的政治体制、社会背景以及意识形态各不相同，诗人的生活环境和创作环境各不相同，使各自的诗歌也走过了不同的道路，呈现出不同的风貌，对现代派诗的态度也各有不同。所以，在论述了大陆（内地）的诗歌状况之后，对港、澳、台三十年来的诗歌发展道路作一简要的论述和比较，总结其利弊得失，这对于中国诗歌今后的发展与走向，仍有一定的必要，并可带来许多有益的思考。

## 二、香港现代派诗的发展

抗日战争的全面爆发，曾使中国内地的一批优秀作家流寓香港，如茅盾、萧红、夏衍、戴望舒、萧乾、杨刚、端木蕻良、袁水拍、鸥外鸥等都在此时陆续来到香港，对香港的抗日救亡运动和文学创作都带来重大的积极影响。国共内战发生以后，郭沫若、臧克家、陈芦荻、徐迟、吕剑、邹荻帆等诗人及一大批文化名人也相继寓居香港，对香港的文学和诗歌也带来过重大的影响。然而，在1949年开国大典前后，曾在香港活跃一时的南下诗人如戴望舒、臧克家、吕剑、沙鸥、力扬、陈敬容、邹荻帆、陈芦荻等陆续迁回内地，顿使香港的诗坛显得空寂和冷清起来。只有力匡、何达、舒巷城等为数不多、资格不老的几位诗人还在发散着自己的声音，有的充满激昂的情绪，有的则是真实描写现实生活，其语言和表现手法仍以"五四"以来的传统诗风为主。

不过，1956年《文艺新潮》在香港的诞生，意味着香港现代派诗的正式开启。创办人为马朗，早年就读于上海圣约翰大学，与邵洵美、纪弦结为忘年交，作诗则受戴望舒、卞之琳、艾青等人的影响，于1950年离沪来港。他在《文艺新潮》创刊号上发表的《焚琴的浪子》与《国殇祭》二诗，集中地表现了他的现代诗艺和复杂心情。

马朗所创办的《文艺新潮》及其艺术主张，立刻得到了王无邪、昆南、李维骏等人的支持与响应，他们后来与马朗一样，都成为香港20世纪50年代十分活跃而又有一定影响的现代派诗人。

到了20世纪60年代，现代主义在香港文坛得到了更多的传播，除了王无邪、昆南等人继续鼓吹以外，刘以鬯主编的《香港时报》《浅水湾》、李英豪主编的《好望角》等，都大力倡导现代派诗歌。此外，留学欧美来港的戴天、叶维廉、也斯、亦舒等诗人与作家，也以新的姿态出现在香港文坛，对香港的现代主义诗歌起了积极的推动作用。

然而，现代主义诗歌流行中所产生的弊端，不久也逐渐显现并为世人所诟病。因此，到了20世纪70年代，现实主义、浪漫激情的诗风又重新回潮，与香港的现代主义诗歌并行共存。这种局面几乎一直延续至今。不过，这三者关系并不是壁垒分明、互不相干，恰恰相反，它们有时在诗人的创作中会共存、互相转换或渗透。

如内地南下的香港诗人黄河浪，其早年的诗注重于抒情，后期的诗则倾向于现代派与象征派，侧重于意象的捕捉与技巧的运用，他的《黄河浪短诗选》中大量的诗都以现代派的表现手法为主。最近，他又出版了新诗集《披黑纱的地球》，其中有大量的行旅诗和咏物诗，从中国到欧洲，都留下了他的足迹和诗的情怀。然而，不论是他的行旅诗还是咏物诗，都有着诗或诗意的发现，有时也不乏趣味机智之作，呈现出风格的多样性。夏智定的诗歌创作不囿于一种方法和流派，而是时用象征手法，时用传统方法，或是传统与现代兼而有之，这使他的诗呈现出一种多元的状态，显得丰富多彩。

也许是年纪轻一点的关系，从福建来港的黄灿然与来自印度尼西亚的女诗人梦如，他们写的诗传统的成分甚少，而更多了一些现代派的表现手法。黄灿然于1990年在香港《大公报》工作，除了写诗，还汉译了许多欧、美诗人的诗作。他早年的诗受拜伦等人的影响较大，1993年至1994年之后，诗风开始发生变化，喜欢用象征、隐喻、比附、寓言类的手法，来委婉含蓄地表达自己的思想与感受。梦如的诗多用意象与象征来表达自己的心灵世界，散发着现代派的气息。

所以，不论是对香港的诗坛，还是对香港的一个个具体的诗人，都不能简单地仅以一种诗风或流派来评定，而应根据其每一阶段的创作情况和艺术表现来加以具体分析和区分。

## 三、澳门现代派诗简述

澳门本是中国领土的一部分，1887年12月，葡萄牙人取得了在澳门的管理权。1999年12月，它又回归到祖国的怀抱。就澳门的文学来说，其最早萌生的品种是诗歌。20世纪初，这里有冯印雪、冯秋雪兄弟创办的诗社“雪社”，而五四新文化运动对澳门文学的影响尤大。但新诗却是姗姗来迟，在20世纪50年代，新诗还是稀有之物，直到60年代，新诗才逐渐萌芽。但澳门新诗的真正活跃，却是在七八十年代以后。特别是80年代以来，澳门的商品经济快速发展，诗人大放异彩。1983年，香港诗人何达赴澳门举办诗歌创作宣讲，见台下人头攒动、听众云集，不禁感叹澳门是“诗的基地”。黄晓峰在《澳门文学的预产期和现代诗的妊娠反应》一文中更是自豪地说：“澳门面积目前不到十八平方公里，而几乎每平方公里就有两位写现代诗或新诗的文学好事之徒，而其中有一半干脆可以称为澳门诗人。”

此话也许有点夸张，又是说于1990年，但当时澳门的诗歌活跃气象，却大致可测，令人向往。

由于澳门是一座移民城市，人口的流动量也比较大，所以澳门诗人也以外来移民者居多，他们在此工作、生活、写诗、创办刊物和诗社，为澳门的诗歌发展作出了不少的贡献。特别是内地朦胧诗崛起，给澳门诗界带来了强烈的冲击，澳门的诗人们也立刻融入进去，如韩牧就曾致力于举办“澳门新诗月会”，推动澳门的新诗创作。与此同时，澳门也卷入了现代主义的诗歌思潮之中，诗风大变，而创立于1989年5月的五月诗社，可说是澳门现代主义的一面旗帜。1990年，该诗社又推出了《澳门现代诗刊》，鼓吹现代主义诗风。

在这些思潮与风气的影响下，澳门有相当一批诗人的作品都明显地带有现代主义的色彩，如高戈、淘空了、李观鼎、苇鸣、流星子、舒星、玉文、凌钝、江思杨、懿灵等都是其中有代表性的诗人。又因黄晓峰、黄文辉主编过一本《澳门新生代诗抄》，所以诗坛上又涌现出一批青年诗人，如林玉凤、郭颂扬、黄文辉、齐思、谢小冰、冯倾城、王和等。

代表诗人如下：

高戈本名黄晓峰，祖籍福建莆田，20世纪70年代旅居澳门，做过教师、编辑，为澳门“五月诗社”理事长，又任《澳门现代诗刊》《澳门写作学报》主编等。著有诗集《梦向情天》、评论集《澳门现代艺术和现代诗评论》，并主编了《神往——澳门现代抒情诗选》《澳门新生代诗抄》等。

尽管高戈很注意诗的现代性，也很关注澳门的新生代诗人，并常常促使自己与时俱进，有些诗中也注意现代手法的运用，甚至引进后现代元素，但他又深受五四新文化的影响，不少诗在形式和语言上仍留有“五四”以来新诗的痕迹，如《我望故乡山头月》《梦乡》等诗的形式都分明受到新月派诗人的影响。所以，传统的新诗与现代的新诗，在他的《梦向情天》中可说是并行不悖、多元共存。其抒情的色彩和感情的真挚，还是给人留下了深刻的印象。

“淘空了”本名郑卓立，原籍福建惠安，20世纪80年代初移居澳门。在澳门著有诗集《我的黄昏》《黄昏的解答》《黄昏的再版书》等。从他的第一本诗集中大量的诗来看，虽有些晦涩之处，但《我的黄昏》《荒诞的发问》等诗仍以直抒胸臆者居多。而从他后来所写的《小城音符》《含笑的气质》《刷不亮夜色》(诗组)

等一系列诗来看，却是委婉多情、风姿绰约、意象流动、寓意丰富。无论是写“小都市”的夜色，还是写爱情和人生的诸多愁绪与思念，都相当出色。如他在《天桥上》一诗中写道：

现在我愿刻意是一盏灯
自诩从天街陨落的微尘
为小都市拉长一段唠叨的晃动
这时，我看清了自己燃烧的姿势
更看清小都市晃动的姿势

这些描写和描写中所穿插的意象，都具有流动感，并通过这种流动感，把人与城市的关系有机地融合在了一起。“淘空了”在后来的诗作中常有这种出色的表现。

苇鸣本名郑炜明，祖籍浙江宁波，生于上海，1962年移居澳门，后在香港生活过一段时间，现在香港大学任高级研究员。他与高戈等人一样，对诗非常执着，除了著有《黑色的沙与等待》《血门外无血的深思》《无心眼集》《传说》等个人诗集以外，还编有《澳门新诗选》，与人合著有诗集《双子叶》《五人诗选》等。

澳门的诗至苇鸣、懿灵，已出现了后现代文学的特点。就拿苇鸣来说，他根本就不讲究诗的抒情、音乐、节奏等一些传统的要素，甚至是废弃这些传统，而是根据自己对诗的认识与理解，设计出自己所独创的一些诗，形成自己的风格。他的《对话》《第一交响曲》《0与突破的禅学》《也是历史》《剧》《断层廿一》《蚝镜意象十首》《镜头：路环海边，暮色中》等许多诗无不如此。其中《关于此间的海和鱼群新形势调查报告撮要》一诗还荣获了1988年度香港中文文学创作奖诗组优异奖。

其实，早在1987年，他所写的《长途电话文化史讲义摘要》等诗中，就已经有了这种与众不同的作诗倾向与怪异诗风，以后竟愈演愈烈，形成其诗歌创作的主要风格，他也在这条道路上越走越远。他的诗看上去很拙，一点也不美，有时简直不像诗，令人匪夷所思，但他其实很用心，他有自己的角度、思考、经营与构想，却又与前人和他人截然不同。他完全是另一种异想天开，另一种妙笔生花，另一种涉笔成趣。

总之，他“玩”诗、“反”诗，完全从无固定之诗的个人角度，把许多“非诗”的元素，都大胆破格地引入诗中，最终形成了他自己的诗，一种混杂而又面目全非、从未有过的诗。尽管他写出了《铜马像下，传自金属的历史感》这些很优秀的诗，但从总体上说，这还是一种探索与尝试。他大胆地引入诗中的那些“非诗”的元素，最终是会被永远或相对地融入诗中，还是会从诗中被剥离出来，至今尚难预测。但他这种敢为天下先的大胆尝试，仍是值得我们肯定的。

流星子生于1958年，本名庄文水，原籍福建惠安，20世纪80年代初到新加坡，之后定居澳门。著有诗集《落叶的季节》，也写评论，有《澳门文学评论集》。从他的《酒吧咏叹调》《钟声》等诗来看，他的创作态度相当认真，有些诗句式整齐，有些则参差错落；有些以热烈的抒情为主，有些以含蓄的象征为主。如《钟声》中的“几百年来你重复着一个话题/我以神的眼镜看到大海”“人类居住的地方/夕阳敲打单调的木鱼”等句，都意味隽永，抒写人类的悲剧性，耐人寻味。此外，他对澳门文学也有着相应的系统研究，并常常提出与众不同的独到见解，有些还相当深刻，成一家之言，为澳门著名的文学评论家之一。

懿灵生于1965年，本名郑妙姗，出生于澳门，原籍广东中山，毕业于澳门大学。学生时代即开始写诗，出版有诗集《流动岛》。因她在诗中表达了对澳门深厚的爱与对国家民族深沉的忧虑，所以该诗集出版后在香港和台湾都引起了强烈反响。尽管她诗中多用现代主义甚至后现代的表现手法，但其内心的种种感受和思想仍都强烈地表达了出来。《住宅区街景录影》通过遛狗者与狗在街上的表现，发泄了诗人对城市中这些邋遢现象的不满；《我们遗失了所有的脸》则又有着对国家民族一些不良现象的忧虑和讽刺。作为女性，她也写有一些爱情诗，观念上也闪现出不少新的火花。

## 四、台湾现代派诗的发展

在20世纪40年代末，由于国共内战和政局动荡，大陆有一些诗人陆续来到台湾定居，如纪弦、覃子豪、周梦蝶、余光中、洛夫、痖弦、张默、罗门等。

其实，在大陆诗人未去台湾之前，台湾本地也有一些乡土诗人，但影响并不大。自纪弦、覃子豪、洛夫等人来台以后，台湾的诗坛才开始活跃起来。纪弦早在大陆时，就热心于诗歌创作，办诗刊，出诗集，在诗坛很活跃。来台湾不久，就在1953年独资创办《现代诗》季刊，1956年发起组织“现代派”，有83位诗人参加，郑愁予、罗门、林亨泰等9位诗人都参与了筹备工作。他们以“领导新诗的再革命，推行新诗的现代化”为宗旨，宣布了“我们是有所扬弃并发扬光大地包容了自波特莱尔以降一切新兴诗派之精神与要素之一切”“我们认为新诗乃是横的移植，而非纵的继承。这是总的看法，一个基本出发点，无论是理论的建立还是创作的实践”等“六大信条”。

他们的诗论主张对台湾的现代派产生了影响，推进了台湾现代派诗的发展。

然而，他们的诗论主张却遭到了以覃子豪为首的“蓝星诗社”的批评。“蓝星诗社”创办于1953年，参加者有余光中、钟鼎文、夏菁等，在1957年出版的《蓝星诗选》中，主编覃子豪针对以纪弦为首的“现代派”提出的“六大信条”，在《新诗向何处去》一文中，又提出了发展新诗的“六原则”：

一、诗的再认识。认为“诗的意义就在于注视人生本身及人生事象，表现出一种崭新人生现象”。二、创作态度要重新考虑。要考虑“在作者和读者两座悬崖之间，寻得两者都能望见的焦点，这是作者和读者沟通心灵的桥梁”。三、重视实质及表现的完美。四、寻求诗的思想根源。五、从准确中求新的出现。六、风格是自我创造的完成。

覃子豪的“六原则”刚刊出不久，纪弦马上写了《从现代主义到新现代主义》《对于所谓六原则之批判》两篇长文，均一万余字，予以辩护和回应。此后覃子豪又发表了《关于新现代主义》一文，批驳纪弦的辩护。

谁知就在纪弦与覃子豪为诗争论之时，苏雪林也加入了论战，分别向纪弦、覃子豪两人开了火。纪弦与覃子豪也分别作出了回应。

其实，纪弦与覃子豪虽然论诗主张各不相同，但都被视为台湾现代派诗的主要代表人物与著名诗人，对台湾现代派诗的发生、发展产生过重大影响。与此同时，台湾现代派诗中还有一支重要队伍不容忽视，这就是以洛夫为代表的一群诗人。

张默主编的台湾《创世纪》诗刊，历时甚长，影响颇大。1953年10月初，洛夫与张默、痖弦等诗人共同创办了《创世纪》诗刊。他们早期的宗旨是提倡创造“新民族诗型”，希望诗对新时代、新世界有新的认识。但到了1958年，《创世纪》诗刊出版至11期之后，内容则有了完全的转变，不再提及“新民族诗型”的创造，而是极力鼓吹新诗的再革命，发展新诗的现代化。从1961年开始，本来提倡现代派的纪弦忽然对台湾的现代派感到不满，在同年夏天发表的《新形式主义之放逐》一文中，对台湾现代诗创作中的新形式主义、纵欲主义、虚无主义等现象进行了批评。此后又发表了《我的现代诗观》《中国新诗之正名》等文，甚至扬言要取消“现代诗”三个字，认为这三个字造成了台湾诗坛的重大偏差。但洛夫则认为纪弦晚年再三作文宣布取消“现代诗”的做法是不明智的，同时他与“创世纪”的同仁们致力于诗歌革新，而早期参加纪弦“现代派”的商禽也加盟“创世纪”，从而成为《创世纪》诗刊的一员大将。自此，洛夫、痖弦、张默、商禽、梅新、辛郁、管管、碧果等一大批“创世纪”诗人，一直引领潮流，成为台湾新诗创作中最前卫的诗派。他们中的不少人甚至被视为“超现实主义”诗人。

当然，台湾现代派诗人还有叶维廉、郑愁予等人，稍后的还有杨牧、白灵、杨平、冯青、夏宇、焦桐、刘彧、萧萧、张堃等，但他们在诗歌创作的过程中，与“创世纪”诗社多少有一些往来，互相间有过一些影响。台湾现代派诗从成长到走向成熟，以至打下坚实基础并发展至今，“创世纪”诗社以及后起的《阳光小集》等功不可没。

［作者孙琴安，上海社会科学院文学研究所研究员，上海文史馆馆员。长期从事诗歌研究。多次赴法国、韩国等地讲学诗歌。已出版《现代诗四十家风格论》《朦胧诗二十五年》（四册）、《中国诗歌三十年》《上海诗歌四十年》《徐志摩传》《刘禹锡传》《冯雪峰传》等三十多部。］

# 百年新诗：汉语的现代转型和畸变

树　才

本文主要有以下五个方面：

第一，“现代”是中国一百多年历史演变中最重要的一个关键词。但“现代”这个词，这种大趋势、大变局，在中国新诗的语言和诗体转型中，还远未达到“完成”的状态，而是仍处于某种“未完成（甚至畸形或畸变）”的痛楚阶段。中国当代诗的挑战也在于此：每一个诗人如何自觉地、内部地开始一种“现代转型”，甚至敞开给“后现代”？所以需要探索。“现代”这个词，对我来说，它已经不够现代了，因为这个词在使用中磨损得厉害，它亟须在每一个诗人的写作探索中被再次擦亮。

第二，让我们回溯到胡适的时代。那是中国新诗（那时的语言形态就是胡适倡导的“白话诗”）的发轫期，“现代”正爆裂出一种冲动的萌芽。随着当时整个社会的衰落，中国诗歌跌入了一种双重的困境：一方面，自知难以承续古典诗的格律式传统，从文言文的内部感到了一种异乎寻常的压力，有人甚至激进地宣称要抛弃文言文，也就是说，古典诗从此失去生存的根系和土壤；另一方面，一时又不知道究竟该怎么办，但中国人一向是擅于模仿的，于是把手伸向了外国诗（已经进入“现代性”状态的欧美诸强国诗歌），于是“翻译诗”就像斜刺里杀出来的一支援军，把中国诗歌从格律的严谨高堂拽进了口语的散漫荒地。为什么说是“荒地”？因为以前从未在这里“长”出来过一首诗。白话诗应该长成什么模样？因此就成了一个问题。人们只好参照“译诗”的各种长相。在此，我们可以讨论对法国的象征派诗歌的翻译、对美国的意象派诗歌的翻译、对印度的泰戈尔诗歌的翻译……这些翻译都催生了中国的大诗人，比如戴望舒、胡适和冰心。在白话诗阶段，怎么高估译诗的影响和作用都不为过。读一读胡适的《尝试集》就知道了：他把翻译而成的一首《关不住了》认定是“新诗的纪元”。应该指明，这是一首典型的译作，但胡适强认它为原创，甚至放到“新诗的纪元”的位置上。为什么会这样？因为他虽在美国留学，但身心中的文化资源全是文言文给他的。他想从文言文的内部取得突破当然没门儿，于是，应该是在一个决定性的夜深人静的时刻，他从“一首译作”身上看到了新诗的语言可能。从这里，我们可以看到新诗的畸变之一：语言的异质。这是因为“翻译诗”从横向切入正处于萌芽状态的现代汉语体内，并参与了新诗体的最初的语言骨骼的生长。

第三，白话诗的粗陋，我们现在看得很清楚了。但这种粗陋，在当时却正是一种革命性的力量。这力量显得粗暴，因为它的构成是粗糙的。但是不这样不足以告别文言文。白话即口语，“我手写我口”，怎么可能写出典雅精致的诗句呢？散文，或者说散文的诗性，一方面，给危难之际的古典诗指点了一条出路；另一方面，作为新的诗体的重塑力量，它也深深地嵌入新诗的骨肉之中，变成一种无论如何也洗脱不了的文身印记。白话诗之后，20 世纪三四十年代，曾经有一批诗人，如闻一多，想在“形式”上对白话诗的散漫无度予以纠正，于是倡导一种“新格律诗”，制订了很多规矩，但是并没有成功，因为历史条件不让他们成功。其实，即使从现代诗的最早发源地——波德莱尔的创作中，我们也可以意识到，他一边写着既押韵又破格的古典形态的《恶之花》，一边又忍不住尝试写他的散文体诗《巴黎的忧郁》，常常，同一个题材，甚至同一篇诗，他写出了“格律的”和“散文的”诗作各一首。这说明什么？这说明现代诗的“散文化”是一种总体性的倾向，同现代人选择的“个性”和“自由”这种基本价值是合拍的。现在的问题是，“散文的诗性”究竟是什么？一首诗可以从“叙事”中赢得什么？“散文化”的边界在哪儿？新的可能的形式，显然是当代诗人必须全力以求的。这也许是新诗的畸变之二：诗体的异形，但新诗作为一种诗体，仍在生成的过程之中。

第四，“现代性”是西方发明的一个词，一个大概念，是为了预言和描述西方诸国率先遭遇到的一种无法描述清楚的社会状态、文化状态和心理状态，其突出特征用两个词来概括就是不确定性和矛盾性。我们先了解一下波德莱尔在《现代生活的画家》一文中的描述：所谓“现代性”，指的是转瞬即逝的、即兴偶成的、意外多变的那一半艺术，另一半艺术则是永恒不变的。我们也不要忘记兰波对自己的蛮横要求“Il faut être absolument moderne”（必须绝对现代）。所谓不确定性，反映在现代诗人的心理结构中，就是内心的不安、莫名的不安、无解的忧虑。每一首诗都是一次新的冒险,同时涉及语言和精神。对一首现代诗,没有任何现成的经验可用,因为它是现场的生成、即兴的生成。所谓矛盾性,就是各种各样的对立,就是内在生命的反抗、永远落空的悖论。诗歌本身就是矛盾之力。一首诗的张力,就是词语之间相吸相斥的矛盾并置。随着现代生活的日益技术化和物质化,词语这种特殊的符号之物,诱惑诗人一个个坠入修辞的游戏之中,沉溺于词语的狂欢泡沫,对精神的形而上避之唯恐不及。这可以解释新世纪以来为什么"口水诗"会渐成泛滥之势。在新诗的范畴内,这应该是新诗的畸变之三:诗心的物化。灵性已经像大城市的交通一样堵塞,冥想者失去了冥想的安静和空间,闭目尚可飞翔,睁眼即是坠落。

第五,"现代性"是(也只能是)一种未完成,因为它的完成就是它的未完成,因为它只能完成于它的未完成状态。"顶点是不完美的。"博纳富瓦在一句诗中已经领悟到。无论语言,还是精神,我们都只剩下碎片化的废墟遗产。汉语诗歌的现代性转型,借法国天才诗人洛特雷阿蒙的一句诗,它必须"由所有人完成,而不是由一个人完成"! 所以,如何真正地领悟并实践"现代性"背景下的自由精神和创造力? 这是我们每一个诗人必须自我质询的大问题。

(作者树才,诗人、翻译家,文学博士。1987 年毕业于北京外国语大学法语系,现就职于中国社会科学院外国文学研究所。出版《树才诗选》《节奏练习》《灵魂的两面》《心动》《春天没有方向》《去来》等诗集,译著有《勒韦尔迪诗选》《夏尔诗选》《博纳富瓦诗选》《法国九人诗选》《小王子》等。2008 年获法国政府颁发的"教育骑士"勋章。)

# 从被迫到自觉的诗学变局

## ——浅述上海诗坛对口语诗的认知和践行

曹剑龙

从某种意义上说，上海是当代中国口语诗的发祥地。以王小龙为代表的早期成名的几位诗人，比较早地对口语诗写作进行过不懈的、有益的探索。后来的事实证明，口语诗的横空出世，不仅冲击了我们的诗学理念，也给我们这个时代的文化生活带来了深刻的影响。

作为成长与生活在上海的新诗爱好者，笔者还是比较了解上海诗坛对口语诗的态度和实践。但由于笔者理论素养不足，只能以夹叙夹议的形式缀篇。所以，如果本文的观点、考证和推论有谬误之处，理当是笔者的责任。

## 一、拷问：接纳或抗拒

20 世纪 80 年代初，国内诗歌界掀起了一场影响深远的“第三代”诗歌运动。“口语诗”这个概念，由此在汉语诗歌的语境中悄然萌生。为什么说是悄然？因为它起初只是几位诗人的一种“地下”写作实验。这中间，上海诗人王小龙是当之无愧的一位开路先锋。如今的口语诗代表人物伊沙认为，王小龙写于 1982 年的《纪念》，当为汉语诗歌口语化的源头。而另一位口语诗代表人物沈浩波则致敬说，王小龙在更早的一年，即 1981 年写下的《出租车总是在绝望时开来》，已经成了口语诗的开山之作。反正，无论是 1981 年还是 1982 年，王小龙都称得上是当代口语诗的鼻祖，这恐怕没有异议。补个小插曲：2019 年 6 月初，沈浩波为他的一部新诗集来上海做宣传活动，王小龙与笔者均在场。听到沈浩波又当着面这般颂扬一番，王小龙表情复杂。这就意味深长了。

经历了20世纪八九十年代粗放型的狂飙突进式的前口语诗歌运动后，新世纪以来的口语诗与前期的口语诗相较，在表达的理念上更明晰，形式上更细腻。后口语诗强调，诗歌写作要“回到日常”，甚至将这个标准作为评价一个口语诗人是否成熟的一杆标尺。换言之，口语诗呼唤平民写作，拒绝精英化写作式的高高在上。口语诗倡导者们试图把士大夫们从习惯成自然的俯瞰位置上拉下马来，使之站在平视的场地；使庙堂骄子式的指点江山，回归到草民百姓的油盐酱醋茶。从技术层面讲，就是要求诗人在常态化的日常工作和生活中，于诗意之外发现诗意，即树立“人本”的思想。反过来说，如果认识到“功夫在诗外”，那么强调“回到日常”就绝对不仅是技术活了，它一定是希望回到平民主义的诗学价值观。

从口语诗肇始时期到后口语诗活跃的当下，尽管认同这种诗歌写作理念并付诸行动的诗人还不是主力军，但时代的弄潮儿在上海诗坛来说，绝非王小龙一个，还有如严力，也是绕不过去的一员“浪里白条”。他是当代诗人中最早觉醒口语意识，将“口语与意象融化一体的诗人”(沈浩波语)。另外，上海主流诗歌界的诗人，如《上海文学》杂志社社长赵丽宏、《上海诗人》执行主编季振邦等，他们的诗风也随着时代变化而变化，写下了不少有口语诗特征的力作。上海社会科学院文学研究所研究员孙琴安在他的《中国诗歌三十年》一书中提及：“(季振邦)喜欢以口语入诗。但他的口语显然都进行过提炼与合理的调设，在长短参差中自有节奏。”他认为，这说明季振邦的语言非常老到。

就当下的上海诗人来说，即使赵丽宏、季振邦这样的诗坛大腕也并不排斥口语入诗，但正像笔者前文提到的，后口语诗仍然不是上海诗坛的主流。有一个数据是，上海诗人中现有上海市和中国作协会员200多人，加上区一级作协会员及各类民间诗社的诗歌写作者，总数超过2 000人，其中真正认同并实践口语诗写作的还不到100人。事实证明，口语诗尚未被上海的广大诗人和诗歌爱好者完全接受。总体而言，上海主流诗人很大部分是不屑于口语诗的，有些人还时不时加以讥讽，称之为“口水诗”。譬如，多年前上海有诗人在《文学自由谈》杂志中撰文，指名道姓批评过某著名诗人的口语诗“不忍卒读”。因此口语诗的探索，任重而道远。

口语诗在上海诗坛不是主流，但有没有一股清流在暗暗涌动呢？还好，当然还是有的。

## 二、认知：迷茫到清晰

笔者认为，那些对国际诗歌潮流不了解的读者和一部分诗人，时不时送给口语诗当头一瓢冷水，也许不足为奇。这并不能够阻挡口语诗拥趸者的前进步履。上海诗坛梦想有作为的口语诗写作者，已经对口语诗前后两个时期承前启后、互为照应的变化，有了然于胸的判断和认识。

笔者认同诗人吕本怀的观点：二十多年来，口语诗风起云涌，确实出现了一批力作，也培养了一批忠实的作者与读者。无论是谁，想要将口语诗一笔抹杀或一句话骂倒，都在事实上已经不可能。

上海诗人群体中最先接受后口语诗理念的，要数地处闵行的浦江诗群、地处松江的华亭诗群以及目前客居上海的数十位诗人。

为什么是他们？这恰恰是个非常有意思的话题。笔者将在后文里逐一剖析。现在我们发现，上海目前写作口语诗比较活跃的诗人，主要由如下三部分构成：浦江诗群的陆飘、陈行（曹剑龙）、任意、溪心、夏风、陈贝贝及最近新加盟的宗月等十余位诗人，华亭诗群的漫尘、张萌、李潇、陆群、朵而、徐风叶等近十位诗人，新上海诗人群的瑞箫（张瑞燕）、摆丢、苏不归等几位诗人。

关于这些诗人对口语诗的认知，其中许多人经历了由迷茫到清晰的过程。以浦江诗群的陆飘、陈行为例，他们在分别出版过两三部诗集后，发现抒情诗的写作遇到了瓶颈。两位因此感到很迷茫，尤其对寻找诗歌新的题材、新的意象之困难而痛苦，一度无法找到新的突破了。怎么办？是就此搁笔还是不甘心被困扰打败？他们在焦虑中开始摸索。

天无绝人之路。2015年，澳籍华裔著名诗人、学者欧阳昱恰巧受聘到上海对外经贸大学任教。该校地处松江，华亭诗社的几位诗人率先与欧阳昱结识。随之，素与华亭诗社来往密切的浦江文学社的几位诗人，也与欧阳昱有了往来。

欧阳昱不远万里，从大洋彼岸来到上海，正处于举目无亲的窘境。他的个性本来就不适合安享寂寞，有一帮上海诗人听他聊口语诗，跟他学口语诗，岂不正中下怀？找到了存在感的欧阳昱，不失时机地拉起一个口语诗写作的"朋友圈"，将华亭诗群、浦江诗群及全球各地写口语诗的华语诗人数十人网罗进来。这个微信群每天由一个主持人轮值，主持者匿名推出诗友们新创作的口语诗，在微信群里供诗友评判。由于并不知是谁的作品，大家批评时也就没有情面观点的顾忌，敢于大胆议论、公开批评，被批评者也不以为忤。这种“找茬”式的点评作品，被戏称为“砸诗”。当天的活动结束时，微信群会公布作者名单，由大家投票选出最佳作品。匿名“砸诗”的历练，对提高口语诗的写作水平，起到了不可替代的作用。

受此启发，浦江诗群的诗人们适时也独立建立了一个每周集中推出一组口语诗新作的微信群。如今，通过不断扩大与逐步淘汰，沉淀下十余人的中坚力量，孜孜不倦地进行创作。“砸诗”活动坚持数年如一日，可以说成绩斐然（这在后面分单节叙述，按下不表）。

在此需要补充的是，上海诗人口语诗创作的点滴进步，除了欧阳的点拨以外，与他们本身能够确立正确的、清晰的诗观是分不开的。

毋庸置疑，历数我国古代和近、现代的优秀诗人，李白、白居易、柳永的诗、词大都通俗易懂。“白日依山尽，黄河入海流”，不管在当年还是现在来看，都是口语诗的翘楚。臧克家的《有的人》写道“有的人活着，他已经死了；有的人死了，他还活着”，理所当然成为口语诗的经典之作。对于今天来说，口语诗的诞生与成长，当然与当代中国的社会背景、思想潮流和美学倾向相关。几乎可以认为，它正是当代文化的伴生物。不过，从全球视野来看，凭借《嚎叫》这首诗一举成名的美国诗人艾伦·金斯伯格、英国诗人菲利普·拉金等，才是创始者。他们坚持追求采用口语，而不是用雕琢和精致的文学语言写诗，在诗坛标新立异。由此发端，早在 20 世纪中叶，口语诗成了世界诗歌写作的其中一种趋势。地处东半球的中国，有一众得风气之先的诗人敏锐地捕捉到这一趋势，于 20 世纪 80 年代初，就尝试并相对成功地创作出了一批当代口语诗。所以在诗人、学者唐欣看来：“中国的口语诗，无意之间，汇入了世界文化史的历史潮流，并成为其中重要的有机部分。”

## 三、践行：沉淀中升华

认知的正确与否，应让有效的践行来检验。华亭诗群、浦江诗群的诗人在长期的创作实践中，针对流行的一些后口语诗写作理念，亲身加以体会和调整。譬如将“身体在现场”的观点修正为“现场写作”；在体验“口语写作”时，据对后口语诗实践经历较为丰富的诗人陆飘透露，他在用普通话阅读口语诗时，心里是用浦东本地方言默念的。

西毒何殇说口语诗是一种世界观，未免有故作惊人之语之嫌，但作为新诗的写作者，如何写诗，体现了每个人的诗歌美学价值取向。面对纷扰的诗坛现状，“不必文字的诗意而要事实的诗意”，美国后现代主义诗人金斯伯格提倡的“写你看见的，不要写你想到的”，获得华亭诗群、浦江诗群诗人的普遍认同。

还有个有趣的现象：当下口语诗的写作者中，为人处世相当直接、坦率的诗人比较多。他们的穿衣打扮也与笔下的文字相仿。譬如，喜欢留短发，伊沙、沈浩波、欧阳昱，莫不如此，仿佛不约而同。不知是有意还是无意，华亭诗群、浦江诗群内，有多位诗人也常年剃小平头。

诚然，这些都是外在的现象。上海诗人在写作后口语诗时，由于地域文化的不同，选题、笔法、语言都与生活在北方的诗人稍有审美差异。如同烹饪，别地喜欢辣、酸、咸的重口味，上海人则偏爱甜和清淡。所以，作为同一个诗群的浦江诗群或者华亭诗群的诗人，也有不同的诗观和写作特点。

这里分别简述。宗月认为，诗歌一直在演进当中，因为人类的语言一直在演变。诗歌修辞的繁复化和口语的简化，像两条纠缠着的基因链，在不同时期偏向的反复中，推动诗歌向前发展。先知先觉也好，后进跟随也罢，口语诗在传统抒情诗、朦胧诗、冷抒情、翻译体等诗歌创作大环境中异军突起，具有先锋性和探索性，值得期待。他觉得进行多方面的尝试是一个诗人应有的责任。

因为早年写过小说，漫尘对饶有意味的生活事件敏感度较高。一些日常场景的戏剧性，以及现实中不同质素的事物互相对冲所产生的复杂张力，极易挑动他的叙述兴致。为了祛除修辞迷雾的蛊惑，他对口语表示出充分的信任，三下五除二就把一个有寓意的场景或者一件有弦外之音的事情呈现为诗的形态。漫尘说，都是生活憋得他不爽，口语诗不写不行。生活憋着很多诗，来不及摆姿势了。

任意谈“我为什么钟情口语写作”时表示，口语不矫情、不造作，是跳跃在舌尖上的语言，生动、直接。口语诗读来简单、朴实，但内涵丰富、有弹性。用口语写诗能使诗歌更具现场感，符合原味（求真）、趣味（情趣）、异味（意外之意）的先锋性要求。口语写作可使诗歌题材更多样、更广阔。

张萌关于口语诗写作的自我认识是：口语诗写作中去抒情和去修辞的写法，看似让诗歌折去了飞翔的翅膀，似乎也减弱了传统诗歌阅读时产生的那种舒适度和所谓的美感，但这恰恰是现代诗歌中累赘的部分，对诗歌本身已造成严重伤害，同时对读者的“伪审美”阅读也是一种伤害。如何去除这种双重伤害，正是口语诗肩负的使命。

什么是成功的口语诗？在朵而看来，不难发现，口语诗依然具备肉感，保留了点滴修辞，但不注重过多枝节繁花。它们更直接、有力，就整体性而言，更趋骨感美。不可否认，诗坛新近两年确实出现了一批“口水诗”，这种现象令人担忧。

浦江诗群、华亭诗群与新上海诗人群的后口语诗创作成果累累。近年来，有百余首口语诗发表在《诗刊》《星星》《上海文学》《绿风》等主流刊物，数十首口语诗入选《中国口语诗选》《当代诗经》《中国先锋诗歌年鉴》《新世纪诗典》《中国当代城市诗典》等选本。

## 四、样本：成因的解析

《中国诗歌三十年》的作者孙琴安指出过，要关注诗人群落现象，因为“群落”“诗群”都是中性词，有弹性，有空间，不褒不贬，每个人可以从自身的眼光来加以打量和评判，不像过去动辄“思潮”，张口“流派”。笔者认为，除此之外还不容忽视的是，每个诗群（诗社）有一批中坚力量和代表诗人，研究诗歌现象时，要将群落与代表诗人有机结合，兼容并蓄地加以分析研究。那么，样本才更有科学性。

以浦江诗群、华亭诗群为代表的后口语诗写作群落在上海诗坛的表现来观照，我们发现它已经是一个令人瞩目的地域性诗歌运动标志事件。拿到这个样本后，试图解读它的成因，就离不开时代机缘（天时）、地域特征（地利）、环境因素（人和）三方面。

首先，时代机缘。谢冕在《谢冕论诗歌》中说：“中国文学艺术的发展从来受制于社会的政治……就诗而言，诗的开放是社会开放的恩惠。”中国在进入新世纪后，对优秀诗歌的全新理解在不断挑战着人们的神经。诗人们在开放和交流的冲击下，看到了自身的局限，力求跟上时代潮流，不被时代所抛弃。具有极为敏感心灵的诗人，属于最能率先捕捉到时代脉搏的其中一族。后口语诗的兴起，让素来不甘落伍的华亭诗群、浦江诗群的诗人们敏锐地感受到一种崭新的文化荷尔蒙,正在集聚能量,等待喷薄而出。怀着对诗歌朝圣般的情怀,他们自然而然会萌生不受传统诗歌理念约束的、能传递自由的心灵思考的渴望和热情。

时代变化带来了工作和生活状态的变化。多样地、立体地展现五彩缤纷的时代精神与人生体验,打破精英化、士大夫似的诗歌写作,后口语于此时乘虚而入,登堂入室,让有准备的诗人有了用武之地。

口语诗的特点被一部分诗人占尽先机。他们从日常生活的间隙里,去提炼出诗意并让其折射新的光芒和活力。那些写口语诗的诗人,肯定是得益者。

其次,地域特征。华亭诗群植根于上海松江区,浦江诗群活跃在上海闵行区浦江镇,虽然前者是远郊,后者是近郊,但都是在进入改革开放时期尤其是新世纪后,社会、经济得到飞速发展的区域,现在,都业已城市化了。在革故鼎新最为显著的区域,人们自然也比较容易接纳和消化新思维、新观念。对变革的感触、对人生的反思,潜移默化地影响着诗人的哲学观。在诗歌写作时的潜意识里,他们会不断去寻找新的题材,寻找新的表达方式。

这一地域特征所揭示的重要意义,还可以通过历史的纵深度来寻根。松江的历史文脉源远流长,自不待言;浦江的文化基因,也不容小觑。现在的浦江镇由陈行、杜行、鲁汇三镇合并而成。历史上的陈行地区文风鼎盛,封建时代进士、举人的中榜数在上海各乡镇首屈一指。颇有意味的是,笔者曾注意到,旧时陈行地区的文人诗歌写作中,留存了不少可看作口语诗的作品。以清末民初的当地文人著作为例,秦荣光的《上海县竹枝词》(闵行区由原上海县与闵行区合并而成)、秦锡田的《周浦塘棹歌》、胡祖德的《沪谚》中,收录有许多口语化的诗词、韵文。“口纳黄龙浦水长,东流三里即陈行”,是《周浦塘棹歌》中一首诗的前两句。这几乎就是口语诗了。

还有一个有趣的现象:华亭诗群与浦江诗群的人员目前虽然身份各异,有的在市中心工作,有的在当地发展,但他们基本上都出生或成长于上海市郊。就连刚加盟浦江诗群不久的宗月和公长,也分别来自崇明和浦东乡镇。

来自乡村,扎根民间,是不是可以让诗歌的创造力更强大?这当然是另一个宏大的课题。前些天,笔者参加上海城市诗人社举行的一次座谈会,有人无意中提起当年城市诗人社刚成立时,不太欢迎近郊地区的诗歌爱好者加入。言下之意是他们不如城里人见识广。当然,这种看法有失偏颇了。

最后,环境因素。马克思说过,人是社会关系的总和。上海口语诗在华亭诗群、浦江诗群形成诗歌方程，打出诗歌品牌，不仅是天时、地利所致，同时还与人文环境有关。

一是与上海的专家学者指导帮助分不开。上海诗坛著名诗人赵丽宏、季振邦、张烨、缪克构等，十分关心浦江诗群主办的内部文学季刊《浦江文学》，曾以题词、供稿、授课等形式进行支持。上海社会科学院文学研究所研究员孙琴安、上海作协研究室主任杨斌华等多次到浦江进行指导，为浦江诗群诗人出诗集作序，参加研讨会等。

二是诗群内部成员互学互帮，紧密团结，共同进步。浦江诗群与华亭诗群有一个显著的共同点，就是诗人之间对各自作品进行评判或批评，且不留情面；互相还可以随意改诗；作者对待诗友的批评和建议乐于接受。这对于诗人们能写出成功的作品而言，居功至伟。

三是积极奖掖和培养新人。诗社一旦发现外面有人爱好诗歌，就千方百计动员其加入诗群，一同写作和研习。哪一位的作品可以出一部诗集了，就协助设法出版；书印出来后，及时为他开研讨会。近几年来，已经有多位诗歌作者加入了市和区级作协。

总之，天时、地利、人和，才使上海的口语诗创作在这片土地上赖以生根并且发芽、开花、结果。

［作者曹剑龙，笔名陈行，居上海。现为《上海外滩》杂志总编辑，上海城市诗人社常务副社长(主持工作)。自20世纪80年代至今，在国内外报刊上发表过三百多首诗词作品；著有《枕流掬珠》《空间》《陈行诗选》(即将出版)等三本诗集，主编出版《中国当代城市诗典》《上海先锋诗选》(即将出版)等选本。］

# 适用一切的法则：反求诸己、知行合一

石　生

首先讲，世界的多变性和多样性，这种状况一直都是存在的，并且正在加剧。变革不只是发生在中国，是全人类都正在面对的。只不过是，有的是自发的，有的是跟进的，有的是被动的，甚至有的是被胁迫的。

第二点，因为世界的多变性和多样性，随之而来的变革是全方位的，哲学、艺术、宗教、自然科学、社会学、政治学、统治学等，每一个领域都在随时发生变革，诗歌只是很小的一块。而且，是很微不足道的一个小点。诗歌是一种表达方式，目前存在的表达方式会有几十种上百种，连电影、摄影、绘画、说唱、演说等，都已显得有些落伍了。并且，以上每一种表达形式都很重要，不存在谁的地位更重要或者特殊。只不过是，诗歌借助易于保存信息的文字及其载体，得以迅速传播，曾经占据了统治或影响人类灵魂工程的核心位置，时间长达两三千年。但是诗人们要清醒起来，那是在过去，顶多是在100年前地位还尚可维持。如今的时代，要从电气时代进入工业4.0和人工智能时代，我们的诗歌和我们自己，已经不再重要，或者不再那么重要了。很多诗人不服气这一点，认为我们的诗歌和我们自己，还可以继续重要。对的，这也没错。至于如何继续重要，我想这应该就是我们所要讨论的议题。不承认以上事实，对话无法进行。站在这样的立场和角度来讨论中国当代诗歌，我认为要遵循以下方式和方法。

## 一

诗人们首先要反省自身，也就是反求诸己。到底是我们被时代误会了，还是我们自身存在问题？当代诗歌有很多乱象，看似复杂，其实透过现象看本质，很简单，乱象的本质是诗人们自己慌乱了，不适应时代了，绝不是社会或读者误会我们了。

诗人的写作往往会有自己的参照系和对立面，他所选择的对立面，很多时候出于一己之私。他觉得不自由，就去反对国家；他觉得自己没有爱情，就去诅咒妓女；他觉得别人抒情都是假大空，他就要弄口语，就算高潮来了，也要憋着不能呻吟；他觉得中国传统诗歌不能丢，就要去搞格律；甚至是，他觉得作为发表载体的掌握者，例如《诗刊》《星星》一类的主编或编辑，他就有权力以管理者的心态来随意阉割别人的作品……有句话叫作，选择与风车作战的人，他其实不如风车。再多加一句，98％的人，过了40岁以后，终于成了自己当年所反对的那种人，甚至吃相更难看，行为更恶劣。

人人都会有私心，当一个人的私心大到开始使其面目狰狞的时候，请问，这样的诗人，还能写出好作品吗？写出的作品还能赢得人心吗？那是不是要反求诸己，是不是要反省自身？

“吾日三省吾身：为人谋而不忠乎？与朋友交而不信乎？传不习乎？”请问是不是应该这样？

又有人说了，诗人是巫师，是代表人类与天地对话的人，他怎么做都可以，都不为过。那么好，请问你是巫师吗？巫师是这样的吗？有这样的巫师吗？

## 二

如果做到了第一点，那么紧接下来第二点就是，身体力行地去做，去执行，而且是不打折扣，一点都不要含糊，也不要掺假。这对于我们诗人来说，其实是很难的。你那么认为，就要去那么做。太多的人，一边教着别人如何写诗，教着别人如何做人，自己却在做着完全相反的事情；把别人带进阴沟，自己又躲在染缸里不出来，喝着小酒，哼着小曲，一副我死后哪管他洪水滔天的姿态。

如果你觉得不自由，就去争取真的自由；你觉得自己没有爱情，就去好好教育自己的子女；你觉得别人抒情都是假大空，你可以弄口语，但千万别变成另外一种假大空；你觉得中国传统诗歌不能丢，可以搞格律，但别要求所有人都搞；甚至是，你觉得作为发表载体的掌握者，例如《诗刊》《星星》一类的主编或编辑，你有权力以管理者的心态来随意修改别人的作品，可以是为了读者，而不是为了其他……如果做到了这样，有句话就可以叫作，选择与风车作战的人，他其实高于风车。再多加一句，98%的人，过了40岁以后，终于打败了自己当年所反对的那种人，而且手段很高明，脸面很光彩。

我这里所要说的是，诗人们要做到最基本的知行合一，无关于任何诗歌理论。做人只是第一步，至于怎么写，写什么，反对什么，提倡什么，那都是“小具体”。

## 三

第三点，自由、博爱、平等，到了这个层面，无须多说了。你自己做到了第一和第二点，其实有可能，别的不写诗的人，早就比我们提前多少年做到了这些，只是我们不知道，或者我们自己糊涂，甚至是自以为是而已。那么，如果有一天，我们大多数人都做到了以上两点，是不是就算是和谐社会了？诗人们写出的诗，读者都爱读，就像唐宋，不光是民间爱读，官府也爱读。那么偶尔有牢骚，那么再尖锐，也都不是个事儿。甚至会出现这样的局面：亲，求“践踏”；亲，求新作……不管是诗人和作品，诗人与读者，还是作品与读者，所有的关系都再不会那么紧张了，大家握手言和，谁也不欺负谁，和谐共生，成为真正的人类命运共同体。

## 四

第四点，天人合一。理顺了人与人之间的关系，理顺了人与作品之间的关系，理顺了作品与作品之间的关系，那么下一步肯定是得理顺人与自然的关系，人与天地的关系，甚至到最后可以是所有的人与物都没有任何关系：鸡犬之声相闻，老死不相往来，遵从黑暗森林法则。这个时候，是不是诗人，是不是诗，是不是有关系，都不再重要了，完全做到了“无”。

## 五

最后一点，我想我们都不想“Game Over”吧？任何事物，都是没有顶的。没有对立面的事物是不存在的，那么同样，有顶层的事物也一定会很快消亡，只是我们是可以循环往复式上升的：从一个层次达到另外一个层次，从一个境界达到另外一个境界。诗歌的形式也许会发生颠覆性的改变，就像百年前，但是它的内核还是没变，有关于人，有关于世界，有关于灵魂，有关于天地，也就是人类自己再继续讲述天地人。所以，从反求诸己开始，我们可以把以上流程再来一遍。

我的主要观点就是在讨论具体的诗歌方式和方法之前，我们应该首先沐浴更衣、梳妆打扮一下，擦擦脸，照照镜子。其身正，才可以去正人；先人品，后作品，然后才是理论。最重要的一点就是诗的写作过程是鞭策诗人建设自己体内的文明，其他的都是次要的。也就是说，在人成为一个正常人之前，我们来谈论中国当代诗歌的有关理论，是不合适的，有点操之过急。

（作者石生，2001 年始在上海参与创建诗歌报网站，现任诗歌报网站常务副站长、《中国网络诗歌年鉴》执行主编。出版有诗集《石生诗选（1999—2009）》《故国吟》。）

# 诗歌未来的河流

铁 舞

我想以一本书——王家新的《翻译的辨认》为例，确认有一条诗歌未来的河流。我想告诉大家，我不是翻译家，我想仅仅作为一个诗歌写作者，作一些必要的思考。

这条诗歌未来河流的属性就已呈现在当下了。

一条新颖的、异质的、艺术的诗歌河流，它一定是朝前的，不会倒退。

当然，在这里我先得说明一下，我是读了天津《文学自由谈》2018 年第 5 期上丁鲁的一篇《说说王家新先生的“翻译诗学”》后，才得知这本书的。好多年以前的一个暑期，王家新到上海，我在他下榻的青松城里问他，你对中国诗歌的发展有什么大的判断？他说没有(其实他是有的，只是不愿意和我说罢了)。又问他最近在做什么？他说在做翻译影响研究。读到丁鲁的文章以后，我就想把王家新的这本《翻译的辨认》找来读一下。

当然我对翻译是外行，对丁鲁和王家新的翻译争辩我不便参与。我只从一个新诗写作者的需求出发，想知道诗歌的未来是什么样的？我希望在王家新的《翻译的辨认》一书里找到一些启发。

朱光潜在他的《诗论》抗战版序中说：

> 在目前中国，研究诗学似尤刻不容缓。第一，一切价值都由比较得来，不比较无由见长短优劣。现在西方诗作品与诗理论开始流传到中国来，我们的比较材料比从前丰富得多，我们应该利用这个机会，研究我们以往在诗创作与理论两方面的长短究竟何在，西方人的成就究竟可否借鉴。其次，我们的新诗运动正在开始，这运动的成功或失败对中国文学的前途必有极大影响，我们必须郑重谨慎，不能让它流产。当前有两大问题须特别

研究，一是固有的传统究竟有几分可以沿袭，一是外来的影响究竟有几分可以接受。这都是诗学者所应虚心探讨的。

我是带着这个问题进入这本书的，在我看来这是新诗研究的一个原点，100年来，中国新诗人都是从这个原点出发的。好像一时间找不到一本能同时连接这两个问题的书来回答——或者说至少能同时从这两个方面给我们一点实证性的启发。而这一本《翻译的辨认》似乎可以作些参考。理由：王家新既是一个诗人，又是一个译者（和其他职业翻译家不同的是他的翻译研究是从写作出发的），他是一个“译者式的诗人”或者说是“诗人式的译者”，他在这本书里所举的诗人和翻译家，很多是这种类型的。他自己这样表白：说来也是，我不是职业翻译家，但却“习惯了翻译”。因为只有通过翻译才能使我真正抵达一个诗人的“在场”。

“习惯了翻译”，这个说法多好！都说新诗是受外来影响的。这个外来影响究竟是怎么回事？我们大多数人只知道我们是阅读了翻译文字才受了影响，一些人这样写，我们就跟着这样写。最早的开创者们却是直接受外来作品影响的，他们是怎么接受外来作品的影响的呢？他们有的是先翻译，后创作，如卞之琳；有的是先创作，后翻译，如徐志摩；还有的是译写同时进行，如郭沫若；有的到后来，专事翻译，把创作包含在翻译里面，如穆旦。知道这一点，你就不会满足于阅读译文了，阅读译文后，觉得译文好，你就会设法去读原文；读了原文，就能从根本上了解外来的究竟有多少可以接受了，你会再评介译文，把不同的译文拿来比较，否则你总是被隔了一层积了灰尘的玻璃，看不清，好坏不得基准。要改变这种状况，就该有“习惯了翻译”的“习惯”才好。这本书的精彩之处，即它的重点是“翻译的辨认”；要汲取什么，怎么汲取？我们读这本书应该多从这方面考虑。

我们现在面临的问题是如何继往开来。我们不可能离开传统，也不可能离开全球影响（这方面特别包括对未来的思考）。客观上中国诗歌现在有三大传统：一是古体诗的传统，二是西诗译用的传统，三就是由这两个传统的继承和汲取而带来的新诗本身的传统。一个新诗作者使命是什么？他的位置在哪里？真可以说是三泉汇一。

我们现在写现代诗，是得了翻译的红利，却不知道如何回报这份红利，把诗写坏了，写成了口水式，写成了段子，写成了唠叨语；根本不去考虑什么“我们在今天是否依然需要不断拓展和刷新我们的语言，是否依然需要保持诗歌的异质性和陌生化的力量”（王家新语）。这方面，王家新和谢冕发生了摩擦，他说，由谢冕先生主编、一批新诗学者参与编选的堂堂十卷本《中国新诗总集》中诗歌翻译等于不存在。我们看到的并不是真实的、互动的诗歌和语言的历史。他和北岛发生了摩擦，他指出，在诗人们中，北岛当年是以异端的语言姿态出现的，但我发现他近些年来也有一些很微妙的变化，比如说他称里尔克的诗被“西方人”“捧得太高了”；在谈到策兰《花冠》一诗的译文“是时候了他们知道”时，他指责说“本来正常的诗句，非要按西方语言结构译成‘洋泾浜’，不仅伤及诗意也伤及汉语”，因此他改译为“是让他们知道的时候了！”——这是中国诗歌界高层的信息，虽然是一句“译文之争”，却也是十分严肃的，不是荒山野火，不是口水之仗。从中我们知道一点写诗的严肃性。

关于翻译体的问题，更是应该从传统和译用两方面来看。王家新以鲁迅为例，人们常说鲁迅的文体是“魏晋文章”，他认为这样限定是远远不够的，鲁迅有着非常人可比的来自传统的功底，但他那奇崛、怪异的独特文体，是在“求异”中吸收和整合而成的。借用顾彬的话（一个域外人的视角），赞叹鲁迅的语言风格，是“在恐怖暴政之下，鲁迅成功地在开口和沉默之间发展了中国语言的各种可能性，他所采用的方式迄今无人能及。他偏爱重复句式、悖论和辛辣嘲讽。他调遣着不同的语言层次……构成了一种需要反复阅读的独特风格”。这在今天，我们在反复思考新诗受古典传统和西方语言影响的时候，我们有必要集中注意力研究一下鲁迅这方面的经验，以考察一下新诗本身的传统，看看这种传统的底座在哪里？前辈先驱是怎么打造这个底座的？

再从艺术的严酷性角度看看王家新对穆旦的翻译诗学和翻译艺术的分析，了解这些早期的前辈诗人翻译家，他们对自己的工作的要求是何等严酷。以穆旦对济慈的《蝈蝈和蟋蟀》一诗的翻译为例，从诗学实践层面深入认识，王家新的辨析显然对我们写作者有直接的指导意义。他说：

> 穆旦忠实地传达了原作的精神，而又不拘泥于原文，更没有掉进“直译的陷阱”。他充分意识到诗的翻译是一种有所损失但又必须有所“补偿”的艺术，有所损失，往往是指原作的节奏韵律（比如济慈的这首诗十四行诗）、词的丰富含义及其在该语种语言文化系统内的互文共鸣功能在译成另一种语言时往往会失去，等等，因此穆旦会采用某种“墙外损失墙内补”的译

诗策略。也只有以这种富有创造性的翻译，才能使原作失去的东西得到充分的“补偿”。

这样的辨析是中肯的，穆旦作为一个诗人，又是一个翻译者，我们看到了他接受影响的一个过程。我们打开了这个黑匣子，看到了严肃的译者如何抓住了作品“永恒的生命之火”和“语言的不断更新”。想想我们对自己当下的写作是否也如此严酷呢？当你写下类似“大地的诗歌永远不会死去”时，你是否还会去找“从不间断的是大地的诗歌”那样的诗句去替代呢？你是否能够以严谨的态度面对每一次写作过程呢？你那个对诗性追求的最清洁的位置在哪里？

辨认，是这本书的关键词。在这方面，王家新始终是一个思者，在谈陈敬容对里尔克《预感》的翻译《风暴到来前的辨认》一文中他开门见山：“我们知道，曼德尔施塔姆视诗歌创作为一种‘辨认’(recognition)，在我看来翻译更是——这至少是自我与他者的辨认，以及两种语言之间的艰辛辨认，到最后，这成为一种对生命、对诗歌本身的最深刻的辨认。”

他以诗人陈敬容所翻译的里尔克《预感》为例：

我像一面旗被包围在辽阔的空间。
我觉得风从四方吹来，我必须忍耐，
下面一切还没有动静：
门依然轻轻关闭，烟囱里还没有声音；
窗子都还没有颤动，尘土还很重。
我认出了风暴而激动如大海。
我舒展又跌回我自己，
又把自己抛出去，并且独个儿
置身在伟大的风暴里。

这首诗我们也很熟悉。这是一个在20世纪80年代以来产生过广泛影响的译本。王家新对“我认出了风暴而激动如大海”赞叹有加，它一下子使里尔克这样一位诗人在汉语中“获得了辨认”。王家新的观点是，翻译的首要目的，正如曼德尔施塔姆的英译者理查德·麦克恩所说，就是“使诗人在另一种语言中获得辨认”。

王家新在学校的翻译课上和学生们一起考察了陈敬容的翻译，从德语和英语两方面比较，陈敬容不是从德语，而是从英语转译过来的，而英语中没有一个版本，根据原文能译出“我认出了风暴而激动如大海”这样的诗句出来，只能是陈敬容自己惊人的创造。但是，她又译得多么好！什么是翻译的辨认？这就是，或者说，这才是。她凭着一个诗人的直觉抓住了一个决定性的瞬间。的确，这是一个伟大的瞬间。王家新为什么要强调这一点呢？对一句译文的辨认，不仅仅是从字面上辨认，而是直接进入翻译家的心理姿态，诚如本雅明在《译者的任务》中所说的：“译作源自原文——与其说源自其生命，不如说更多地源自其来世的生命。”所以王家新总结道：

> 对于中国新诗史上一些优秀的诗人译者，从事翻译并不仅仅是为了译出几首好诗，在根本上，乃是为了语言的拓展、变革和新生。深入考察他们的翻译实践，我们会发现他们在某种程度上正是那种本雅明意义上的译者：一方面，他们“密切注视着原作语言的成熟过程”；另一方面，又在切身经历着“自身语言降生的阵痛”。正是这样的翻译，他们为中国新诗不断带来了灼热的语言新质。

从翻译的辨认，到对生命、对诗歌本身的辨认，这样的认识难道仅仅是对翻译家说的吗？曼德尔施塔姆视诗歌创作为一种“辨认”——王家新关于翻译的辨认，源自曼德尔施塔姆的话，那么我们完全有理由再由翻译回到创作，视创作为一种“辨认”，可以吗？能想到这一点，我们就不会简单地把创作视为抒情、歌颂，或者分行叙事。所有的抒情、歌颂，或者分行叙事，都应该是一种辨认，自我与他者的辨认。我以为这是哲学层面上的要求，也是艺术的更本质的体现。写诗作为一个行为，它是一种什么样的行为呢？诗是情感的一种形式，但这种情感形式的表达就是一种行为。把这种行为的本质定为“辨认”，一下子把我们对诗的认识提升了一个层次。“辨认”的反面就是不辨认、从众。辨认必须打开自己的身体，从实际感受出发，而不是从观念出发。在艺术的道路上走，必须是这么一个严酷的过程——如何感谢命运，写出具有生命哲学密码的诗。电影导演陈依薪创作她的剧诗，提出要用比兴手法来处理生活里的种种冲突，用此情此景比喻彼情此景，这就是艺术。我们现在的新诗艺术性不够，就不能健康起来；所谓健康地成长，首先指的就是在艺术道路上的生长。未来的新诗，应该有它的自尊，因为它是艺术，陈依薪说，未来的话剧要走向高贵，本来就是高贵的诗歌，现在怎么变得一点不高贵了呢？我们的写作本身缺少“辨认”。如何处理好个人与世界，作品与社会现实（包括政治）？它应该有它自身高贵的东西——它必须清洁。因此，我十分欣赏“辨认”这两个字，它应该是对灵魂的辨认，是对生命本质的辨认，也是对诗歌艺术性的辨认；辨认，就是意味着诗人的独立。这种辨认的功夫——在写作中是否能自觉地设置难度，主动贴近“灼热的语言新质”，这决定了新诗的前途。

当然，另一种情况是，不是所有的辨认都是正确的，错误的辨认也许是诗歌的敌人。它会让平庸的诗显圣，对优秀的诗视而不见，甚至以种种理由不予重视；显圣，是指一首平庸的诗，被说得十分好，神圣得不得了；而对一首好诗，失去了鉴别能力。这是有大量例证的。那些靠钱位、权位、名位召开的种种研讨会，一些平庸的诗得以热烈捧场，这种事情，我们还见得少吗？有些获奖者自嘲，我一首垃圾诗得奖，还能拿到多少多少奖金，还是合算的。这样的诗人清洁度就有点差了。

我所谓的“清洁度”，指的首先是艺术性。我不想去谈什么口语不口语，垃圾不垃圾。那样的争辩级别太低了，那简直是让诗歌低下了高贵的头。

写到这里我忽然想起纽约诗人梅瑞安·穆尔（Marianne Moore）在答复奈莫洛夫提出的问题时说：

> 依我看，奥登（W.H.Auden）在他的《短诗选》的序文里讲的是对的。他说：“我想每一位作者都会看出，他自己过去的作品可以分为四类。第一类纯粹是垃圾，他很懊悔怎么会写出这些东西来；第二类他最感痛苦，他有很好的概念，但因能力不及或过于性急，以致无法有所成就（就我而言，《演说家》似乎就是这种例子，一个好意念却受了致命伤）；第三类他虽不讨厌，但它们缺少重要性，这一类作品，无可避免地要成为任何集子的重要分量，因为，如果他仅仅收录第四类那些让他老老实实感激在心的诗，那么，他的集子就会薄得令人沮丧。”

多么清醒的认识！——这也是一种自我的辨认，写作上的自我辨认，它几乎符合每个诗人的实际，何况是一个普通写作者呢！

关于西诗翻译的例证有很多。现在来说说我们自己的传统问题——《翻译的辨认》会给我们带来一些什么启发。

中国古诗有一个特点，就是特别讲究审美规范形式，这跟我们国家大一统的观念有关，天人合一，这是最高的大一统。从孔子选删《诗经》到唐诗宋词，诗歌格律的大一统经历了漫长时间的探索；就像古典芭蕾舞的标准一样，芭蕾舞国际比赛，先要跳一段古典芭蕾舞，然后才是即兴的现代舞；也如音乐里的各种调式，全全全半全全半，全全半全全全半，依次类推，全全半全全全半全，全半全全全半全……我们的律诗有平平仄仄仄平平，仄仄平平仄仄平，依次类推，平平仄仄平平仄，仄仄平平仄仄平……对中国传统的格律诗应当从两方面看，一方面它是宝贝；另一方面也要突破，别让它变成垃圾。

孙绍振说，从某种意义上说，不研究诗的形式审美规范特征，就不可能真正懂得诗。诗的审美规范特征是什么呢？他说：

> 我们讲过文学的普遍性是想象的、虚拟的，为什么要虚拟、想象呢？因为诗，尤其是古典诗歌，是抒情言志的。在心为志，发言为诗，这是权威的《诗大序》里说的，后来陆机在《文赋》里说得更明确一点，叫作“诗缘情”，诗是抒情的。关键在于，直接把感情抒发出来，是不是诗呢？也就是说，是不是心有情、有志，发出来就是诗呢？是不是说出来，感到不足的话，就手之舞之，足之蹈之，就成好诗了呢？显然不行。就算你是舞蹈家，也根本和诗是两回事呀。这个问题，从《诗经》时代，到现在，两千多年了。还是搞不清楚。弄到现在还有一种更简单的说法，叫作“真情实感”，只要不说假话，就能写成好诗了。如果这样的话，诗就太简单，楼肇明先生说，那样的话流氓殴斗、泼妇骂街就都是诗了。

接下来，孙绍振说了一段非常重要的话：

> 要把原生态的情感变成合乎审美规范形式的诗，是要经过多层次的提炼和探险的，需要许多因素的协同，只要其中一个因素、一个层次不协同，就不称其为诗了。

他的结论是：审美规范形式强迫内容就范。

这是一方面的事实，另一方面的事实是它也应该是可以突破的，这方面典型的说法如曹雪芹在《红楼梦》第四十八回“滥情人情误思游艺　慕雅女雅集苦吟诗”里借林黛玉的口说的：

> 黛玉道：“什么难事，也值得去学！不过是起承转合，当中承转是两副对子，平声的对仄声，虚的对实的，实的对虚的。若是果有了奇句，连平仄虚实不对都使得的。……词句究竟还是末事，第一是立意要紧。若意趣真了，连词句不用修饰，自是好的。这叫做不以词害意。”

以上是从我们国人角度看古体诗。

王家新的《翻译的辨认》则打开了另一面，即域外人如何看待我们中国诗歌的——他们认识我们的古体诗，大大亮了我们的眼。

大家都知道，庞德的翻译使西方诗人们第一次领略了中国古典诗歌“至高无上的美”，并带去一种“意象和技法的新鲜气息”和另一种诗的“范例”。这和“五四”时代外国诗歌的翻译也起到这种作用一样。书中说到勃莱这样的话：“在古代中国，各个层次的知觉能够静悄悄地混合起来。它们不像冬天湖水那样分成一层又一层，而是不知怎的都流在一起了。我以为古代中国诗仍是人类曾写过的最伟大的诗。”这使得我们可以以另一只眼看我们自己的传统。当我们读到勃莱那些深意象的诗时，我们同时会想到超现实主义和中国传统。用王家新的话说，就是对“现代”与“传统”的双重发现。

而布罗茨基的“语言比国家更古老，格律学总是比历史更耐久”，洛尔迦的“诗就是人们从来想象不到会结合在一起的两个词语，它们结合起来构成了某种神秘”，让我们对自己的传统的看法，更增加了一些新的视角。闻一多说，中诗之律体，犹如英诗之“十四行诗”，不短不长，实为最佳之诗体。这样的中西比较的高见，使得我们今天的创作者真正睁开了“两只眼”。阿拉伯世界有句名言，希腊人只有一只眼睛，唯有中国人才有两只眼睛。我们的两只眼，何时变得只有一只眼了呢？马克思曾经说过，如果希腊是正常儿童，中国则是早熟的儿童。我们今天，在某种意义上是否需要找回那个“早熟的儿童”呢？那兴许是整个中国诗歌出发的原点。

当我们读到雷克斯洛斯对杜甫的翻译时，我们不能忘了他说的一句最重要的话：“翻译能给我们提供一种高层次的诗性训练。”读他对杜甫《北征》的翻译，只节选了其中四行，但题仍为《北征》：

**Travelling Northward**

Screech owls moan in the yellowing
Mulberry trees. Field mice scurry,
Preparing their holes for winter.
Midnight, we cross an old battlefield.
The moonlight shines cold on white bones.

**北征**

鸱鸮鸣黄桑，
野鼠乱拱穴。
夜深经战场，
寒月照白骨。

这样，杜甫的一百四十余行，只剩了四行。是他没有能力翻译全诗吗？王家新说这是“体现了一种直取事物本质的敏锐眼光”，但我想到的是另一方面的问题，即诗的现代品格。这不是一个时间概念，而是一种价值取向和品质认同。保护古体诗词，或新诗继承传统的最好途径，是促使它走出框架，向更广阔的可能性发展。换句话说，我们现在说的现代性很可能在古代诗人那里已经潜伏着了，就看我们如何去拿来。与其说雷克斯洛斯在翻译，不如说他在自觉地“拿来”。

这种可能性有时候还需要我们更深地回看。中国祖先在遥远的过去，凭着他们的智慧超越了生命，达到了今人无法企及的高度，我们不知道他们用什么方法揭示人类生命的真相，顿悟了生命的终极意义，通晓天人合一的法门，写出了《易经》《黄帝内经》这样的书，慧眼灵光闪过之后，永远地闭上了。我想，勃莱、庞德和雷克斯洛斯他们要是读到这样的书以后，又会如何说呢？他们会不会说，《易经》中隐藏着一部比《诗经》还古老的诗集呢？他们会不会说，《黄帝内经》里的“藏象”可以涵盖生命诗学的一切？

我相信，生命等级越高，好奇心越重。

我带着好奇心，读完了王家新的《翻译的辨认》，想象未来的诗歌的河流是怎样的，自然也该回看一下我们自己的几千年光辉诗歌史的底座在哪里。

而我们今天看到的情景却像是乔纳森·斯威夫特《澡盆故事》一开头写的：

无论谁要想在听众群中一呼百应，都必须不遗余力地往前钻、挤、拥、攀，以达到一个所有人之上的制高点。而在所有集会上，不论人们多么拥挤，我们总能观察到一个特有的现象，就是在他们头顶上仍有充裕的空间，但是如何到达那里却是一个难题。想要摆脱定数就像摆脱地球一样难。

谁能清醒地认清自己的位置呢？

附言：当我写完以上这些话之后，同样带着好奇心去重读丁鲁的那篇《说说王家新先生的“翻译诗学”》。很欣赏他的另一种“辨认”，十点看法自然不错，告诉我们对任何人的辨认，还需要辨认。但我认为他对王家新的“翻译诗学”本身——作者视写作和翻译为一种生命的辨认——没有触及，只是一些具体译文的指错或商榷，因而没能肯定一种新的“面向未来”的翻译诗学的建设的可能。

# 第四辑　当代诗歌中的“当代性”

# 言志与咏怀，流情与立意

## ——当代诗歌、音乐与电影的相互观照

舒 冲

小说、散文、随笔、杂文等都被列入文学范畴，唯有诗歌，在同样被当作文学样式的同时，也常常被人称为诗歌艺术。因了吟诵，因了咏叹，还是因了电台、舞台等以语言为主的综合艺术形式的传播，不得而知，但是诗歌是文学同时也是艺术，之所以业已成为很多人的共识，是因为当代诗歌艺术与其他艺术门类其实完全是同宗同源、共享共融的。

## 一、诗歌同宗，言志咏怀

回溯历史，远至《诗经》《楚辞》和汉赋，近到唐诗、宋词和元曲，从屈原、司马相如到柳永、关汉卿，古代诗词就是用来吟之、咏之、歌之、唱之的，只是这些曲牌腔调都早已散佚绝迹而已。

回到当代，20 世纪 60 年代初期披头士、甲壳虫和滚石乐队革命性的英伦摇滚，迷幻而又絮叨的诗一般的歌词和音乐，对彼时整个世界文化思想界的冲击不亚于当年尼采的那句“上帝死了”，是谓当代性。

随后美国鲍勃·迪伦和琼贝兹用从头到尾几乎是诘问和质疑的“答案就在风中飘”掀起了全美反战抵抗民谣的浪潮，而后又汇集到当年全美的黑人民权运动、性别平权解放的巨澜中，最后在整个 60 年代的最后一年，诞生了 51 年后的今天看来依旧有点惊世骇俗的伍德斯托克音乐节，为期四天空前绝后的癫狂，就像艾略特《荒原》、金斯伯格《嚎叫》的现场音乐版，是谓当代性。

20 世纪 70 年代中期，在伴着台湾地区政局变化悄然发端的最早以校园诗

歌社团为主的台湾现代民歌运动中，李双泽率先提出"唱我们自己的歌"，同时也是诗人的杨弦不仅唱了余光中大量的诗歌，自己和胡德夫还一起举行了一场后来被冠名为"辛亥革命"的演唱会，开启了整个20世纪七八十年代台湾现代民歌时代，歌词浅显、朴素而又充满着单纯的诗意，单独拿出来看就是一首首清新脱俗的短诗，就像其中有首《我送你一首小诗》里面写的那样，"我送你一首小诗，用草原写成羊群，用眼睛写成爱情"。1980年侯德健、叶佳修等引进的第一批歌曲里面，好多歌词其实就是朦胧诗，比如《龙的传人》里"四面楚歌是姑息的剑"，比如《乡间小路》里"蓝天佩朵夕阳在胸膛"，这些现在看来根本不晦涩更无须诠释的意象和表达，在当时引来多少老学究甚至所谓老诗人们的口诛笔伐，是谓当代性。

到了20世纪70年代末一直到整个80年代，继续革命的音乐诗人们共同谱写和成就了整个80年代伟大的史诗般的摇滚乐时代，无论是迈克尔·杰克逊、莱昂内尔·里奇开创的群星闪耀的《天下一家》，还是崔健的"脚下这地在走，身边这水在流，可是你总是笑我一无所有"，他们同包括严力在内的，那一拨从星星、荆棘和泥泞里走来的，国内思想解放运动以来最早的一批当代诗人一样，共同照亮了那时还是少年的我们的天空和心灵，这就是当年的诗意和情怀的当代性对于我们曾经和永远拥有的影响。

20世纪90年代以后，一直到今天，音乐诗人们依然行走、游吟而自言自语，依然困扰于"活着还是死去"这一永远当下又永远即时的母题，涅槃主唱科本在发出最后的嘶鸣"与其苟延残喘，不如从容燃烧"之后吞枪自戕，而由作家诗人转为音乐诗人的科恩老人家依然选择活着并兀自呢喃着"万物皆有裂痕，那是光芒照射进来的地方"（顺便说一句，好多人觉得鲍勃·迪伦那个得奖名额应该给阿多尼斯，而更多的人觉得应该给科恩）。而国内像舌头乐队及主音吴吞这样，用烦躁不安、凌乱不堪，时而尖锐呼啸、时而混浊沉闷的声音，来坚持自己的不满、反抗和崩溃，也恰恰应和了诗歌当代性的核心要义。

## 二、诗画（像）同源，流情立意

这里不说古代以画科划分的山水画，比如王维、倪瓒的诗书画合流；不谈以流派划分的人文画，比如嵇康、苏轼的诗书画合璧；也不讲结合影像的当代行为艺术、装置艺术和实验艺术，仅就历史不过一个多世纪的电影来与诗歌观照。

早期电影中，法国的先锋派先驱被誉为“银幕诗人”，而苏联电影大师爱森斯坦在20世纪20年代导演的大胆探索隐喻、象征和节奏的无声史诗电影《战舰波将金号》的出现，标志苏联电影“诗派”地位的确立。

到了20世纪40年代中后期，奥逊·威尔斯的《公民凯恩》通过六段闪回段落构成散文史诗架构，则成了内容上反映美国梦愿景和摧毁、风格上反叛好莱坞的另类美学——电影诗的代表作品。而意大利新现实主义和其实比之还要早十多年的中国早期左翼电影，作为纪实电影风格的双子星座，每一部作品都像是一首首底层百姓悲悯的叙事诗和包含劳苦大众情感的叙事民谣，我们几乎仍可以从当今那些纪录片影像里捕捉到那些原始、真挚而又略带笨拙的诗意的美。那些影片，应和着他们即时的年代，就是一部当下的断代史诗。

到了20世纪五六十年代，诗电影的流派也日益丰富，不管是以小津安二郎、沟口健二、黑泽明为代表的或淡雅或细腻或浓郁的日本战后电影，还是以巴赞、特吕弗、戈达尔等为旗帜人物的与当代诗歌苦闷彷徨、不确定性不谋而合的法国新浪潮电影，包括更加深化成熟了的，形散神不散、抒情不煽情散文诗式的卡拉托佐夫、塔科夫斯基等的苏联作品，都呈现出不同走向的诗电影境界。

20世纪七八十年代以后，诗电影从导演学派到作品系列，都形成了群雄并起的大气象，并几乎垄断了世界艺术电影和各大电影节，欧洲哲学电影诗圣三位一体的瑞典的伯格曼、费里尼、塔科夫斯基，把作者电影和诗的梦境几乎无缝对接熨帖在一起。同样，那种属于作者电影、诗电影所共同特有的破碎、幽深而悲伤的哲学记忆，在安哲罗普洛斯希腊三部曲、基洛级耶夫斯基波兰三部曲上表现得淋漓尽致，我执拗地以为这些欧洲大师的闷片能让普通观众看得昏昏欲睡，却能让诗人们泪流不止，是写在银幕上的诗，这些大导演其实是躲在摄影机后面写诗的大诗人。

值得一提的是在大银幕上直接描写诗人生活和诗歌影响力的佳作也有很多，比如讲述天才诗人济慈爱情的《明亮的星》，比如兰波和魏尔伦同性情感的《全蚀狂爱》，而《死亡诗社》和《邮差》则讲述了诗歌和诗人对人当下和一生的重大影响。

## 三、相互观照，相映成辉

诗歌、音乐和电影的当代性、当代意识与意象、元素与要素，形成一种相互观照的生态。

就时间而言，我们举华语电影的例子，无论是费穆的《小城之春》里的停滞窒息，还是吴贻弓的《城南旧事》里的离散伤逝，抑或是侯孝贤几乎所有作品里几乎不动的长镜头所蕴含的凝固甚至倒流，都有一个当代诗歌一直在隐约表达的符咒：失去。

就空间而言，不管是平克·弗洛伊德充满迷幻摇曳的音乐《迷墙》和《月蚀》，还是贾樟柯几个地域国度里苦痛的《山河故人》《三峡好人》，那种破碎，那种幻灭，那种不完整、不完美，都契合了当代诗歌的另一个符咒：残缺。

就独立性而言，几个从乐队单飞的音乐人，不管是从警察乐出来的Sting，还是从达明一派出来的黄耀明，包括笔者的好朋友从魔岩三杰三位一体做回自己的张楚，都是因为想做一个音乐诗人，所以单飞了，因为单飞才能更自由、更勇敢，当然也更漂泊、更流浪，更有不确定性。

最后就说不确定性，左岸派大师阿仑雷乃有一部电影《去年在马里昂巴德》，说男主人公一见女主人公非说以前见过她还有过关系，女的怎么也想不起来，男的一直对女的反复说并坚持帮她回忆，到后来女的自己也怀疑自己，不能确定了。这种不确定性、自我怀疑、不断坚持和臧否，可以说是包括诗歌在内的所有当代艺术永远的标签之一了。

综上所述，当代诗歌已经愈来愈与其他艺术类别和形态强烈地复合、混血和杂糅，不一定再局限于文字和语言等纯粹单一途径上的陈述，表情达意的载体和途径日益多元、多向和多维。当代诗歌与音乐、电影等视听和综合艺术，以及戏剧、舞蹈等舞台类综合艺术，互为一体、互为观照，呈现出交织交响、共融共享的无限可能性。

（作者舒冲，又名大舒舒，生于20世纪60年代，诗人，于戏剧编导、音乐创作和评论也有所涉猎，曾出访阿根廷、智利、墨西哥等参加国际诗歌活动。）

# 口语诗原罪

伊　沙

我刚从新诗史上最大的一场论战的战场上下来——这是一场针对我个人、口语诗、《新世纪诗典》的在2018年秋天发动的诗战，在今年新冠大疫之中，一方还在收买水军，借网络暴力“杀人”，真是“此恨绵绵无绝期”！并且早已越过了论战的底线。让我此时此刻不谈及与此相关的话题，就显得特别心虚、特别矫情，也有负读者阅读的期待，那就说说吧。由于时间关系，我只谈口语诗，我主题发言的题目是《口语诗原罪》。

首先，请允许我将一首我写于诗战初期的战诗引于此处：

**口语诗人为何必须战斗**

1999，世纪总结，骂口语诗
2009，新世纪第一个10年总结，骂口语诗
2017，新诗百年总结，骂口语诗
1999—2017，历年官方或学院年终总结，骂口语诗
2019，新世纪第二个10年总结，必骂口语诗，不骂没话题

是这样的吧？我没有无中生有吧？我没有小题大做吧？我没有危言耸听吧？我没有虚张声势吧？关于中国当代诗歌——不，是关于百年新诗的研讨会已经形成了一个公式：先讲成绩——成绩是百家的成绩；再讲问题，问题是一家的问题——这一家，当然是口语诗！或者口语诗的某个分支！这就是中国诗歌界认识问题的水平吗？这么多的诗会，这么多的发言，这么多的文章，包括此次诗战中汹涌而来的、洪水猛兽般的批判言论，有几条对口语诗的批评是到位的、有效的？

口语诗一宗罪：古汉语太古老、太早熟，是靠手口分离电报体完成其早熟的，催生了上古的华章，也留下了巨大的不足与隐患。

口语诗二宗罪：在封建社会帝制下，变革太稀少、太微小，全都积压到了辛亥革命后的"五四"运动，它作为一场白话文运动，表面上看很彻底，但因为靠的是教育部的强制推行，并没有解决民众——主要是知识分子思想深处的问题。

口语诗三宗罪：极"左"时代太封闭，一开放后又食洋不化，消化不良，经常拉稀。连意象派与浪漫主义的区别都没搞清，更别说在观念上接受口语诗了。

口语诗四宗罪：口语诗的文化背景是后现代主义。

口语诗五宗罪：口语诗是城市文化的产物，是咖啡馆摇滚乐文化。

口语诗六宗罪：这是林语堂先生早就发现的——中国人没有幽默感，尤其不能忍受诗歌中的幽默，诗一幽默便被其指斥为"段子"，他们一直以为"诗可以兴，可以观，可以群，可以怨"，就是不可以乐，不可以玩，不可以开心。

口语诗七宗罪：中国人多，总有例外，缪斯女神赐天才与能者于中国口语诗，将拿来与创造合一，走得远又写得好，硬把羊肠小路踏成康庄大道，硬将边缘地带拓成主流广场，硬让阴湿低地耸起万丈高峰，于是，口语诗的罪就在于它的火！

好了，就写这些。

（作者伊沙，原名吴文健，男，当代著名诗人、作家、批评家、翻译家、编选家。1966年生于四川成都，1989年毕业于北京师范大学中文系。著、译、编108部作品。获美国亨利·鲁斯基金会中文诗歌奖金、韩国"亚洲诗人奖"以及中国国内数十项诗歌奖项。应邀出席瑞典第16届奈舍国际诗歌节，荷兰第38届鹿特丹国际诗歌节，英国第20届奥尔德堡国际诗歌节，马其顿第50届斯特鲁加国际诗歌节，中国第二、三、四、五届青海湖国际诗歌节，第二届澳门文学节，美国佛蒙特创作中心驻站作家、美国亚利桑那大学为其举办的朗诵会，奥地利两校一刊为其举办的朗诵会与研讨会等国际交流活动。）

# 中拉诗歌：现代性与交流

孙新堂

说到中国和拉丁美洲的诗歌交流，首先我想明确一下，我所指的是拉丁美洲的19个西班牙语国家，因为我做的工作，包括诗歌交流，都跟西班牙语有关。大家知道，拉丁美洲是一块诗歌的大陆，有着深厚的诗歌传统：西班牙语的现代主义诗歌就发端于拉美，是尼加拉瓜诗人鲁文·达里奥在19世纪末开创的，影响了整个西语世界，也是诗歌意义上的第一次拉美反哺欧洲。拉美至今有六位诺贝尔文学奖得主，其中三位是诗人，获得西班牙语文学最高奖——塞万提斯文学奖的二十多个拉美作家中，三分之一是诗人。这都说明，拉美诗歌有着深厚的传统。拉丁美洲的诗歌在20世纪有多次创新与先锋转型，历经"创造主义""极端主义""人性诗篇""反诗歌"等，从拉丁美洲真正走向世界，在这个意义上，与中国新诗颇有殊途同归之感。

新世纪拉美诗歌呈现出广阔、丰富、多元的状态，并没有某个风格特别突出，没有某个主导流派，我觉得跟中国当下的诗歌状态比较相似。今天的拉美诗歌有较为成熟的先锋特点和当代性，具体表现在诗歌作品对于今天的拉美人的生活、内心世界、社会变革等各方面的表达，均与当下息息相关。

而说到拉美诗歌与中国诗歌的交流，首先是拉美诗歌在中国的译介数量多，影响较大，有持续性，20世纪50年代起，聂鲁达、何塞·马蒂、纪廉、里昂等左翼诗人较早被介绍到中国，80年代以来拉美诗歌的翻译渐成规模，状态稳定，现今每年均有多名拉美诗人被译介到国内。

中国当代诗歌在拉美的译介呈现出相对不平衡的状态，数量很小，存在感不足。中国古典诗歌在拉美还是比较受到关注和欢迎的，拉美的诗人、学者研究和翻译也多是集中在中国古典诗歌，始于一百年前，墨西哥著名诗人帕斯等把李白、王维的诗歌从英文翻译成西班牙文。而当代诗歌的翻译，是从20世纪

60年代开始出现的，但是一直到2000年，中国20世纪的诗歌作品翻译到拉美出版成集的只有毛泽东和鲁迅的诗作。

进入新世纪后，局面明显得以改善。第一部中国当代诗人选集出版是在2002年，之后很多年是空白，从2009年到今天，拉丁美洲一共出版了16部中国诗人的诗集（不包括同一作品集的重复出版），其中有中国诗人的个人选集，影响较广的有吉狄马加、赵丽宏、沈浩波，也有6部多人诗选。另外，拉美的诗歌杂志也开始陆续刊登中国诗人的作品。

但是总的来讲，拉美诗歌对中国诗坛的影响远远大于中国诗歌在拉美的影响。拉美一些诗人，比如博尔赫斯、帕斯，包括最近译介的波拉尼奥等，他们几乎全部的诗作都被翻译成了中文，传播很广，影响巨大。我在拉美接待中国诗人作家，他们在演讲和交流中都不免提到拉美诗歌对他们文学之路的影响，甚至有中国作家的演讲题目就叫《聂鲁达召唤我来到拉丁美洲》。相反，几乎没有拉美诗人能够提到中国当代诗歌对他们的影响。

我下面主要从自身经验谈一下中国当代诗歌走进拉美之路及其新的可能性。我本人在拉美工作生活八年多，出于对文学和文学翻译的热爱，一直致力于中国和拉美的诗歌交流，乐此不疲。我策划并主持拉美孔子学院的“中国作家讲坛”项目，多年来邀请了一大批中国诗人来拉美参加诗歌活动，并组织协调中国当代诗歌的西班牙文翻译出版。

一是拉美的诗歌界必须要有中国诗人的身影。我邀请和协调中国诗人来拉美访问，除了组织当地大学、作家协会、文学机构的讲座、演讲，中拉作家对话等活动之外，很注重中国诗人参与当地大型诗歌和文学活动，比如诗歌节和书展。从墨西哥到阿根廷，拉美国家每年都会有很多国际诗歌节，他们的诗歌节影响力很大，公众参与度非常高，完全是开放式的，是一种诗歌的狂欢，比如麦德林国际诗歌节、墨西哥城国际诗歌节、罗莎里奥国际诗歌节，以及布宜诺斯艾利斯国际书展等，举办历史悠久，严力老师、沈浩波、舒冲等均有亲历，通过诗歌节与当地读者、拉美诗人进行了多层次的交流。

二是翻译中国当代诗歌到西班牙语。这方面最大的问题是译者太少，拉美的翻译家、汉学家绝对数量本来就不多，且主要集中在中国政治经济问题领域，研究文学的比较少，致力于中国诗歌研究或者能够翻译中国诗歌的不到十人，这就从根本上限制了中国当代诗歌翻译成西班牙语，这也是为什么我自己斗胆开始翻译中国当代诗歌，将其翻译成西班牙语。

三是发表和出版。因为我们中国当代诗歌本身在拉美认知度比较低，拉美对中国当代诗人非常不了解，很少接触到中国诗人及作品，对中国当代诗歌的发展成就、流派走向等均没有认知，所以在发表和出版方面一开始比较难推动，也缺乏本地专家学者进行推介，导致本地出版社极少能够关注到中国当代诗歌，发表和出版多年来处于一种零散、偶发的状态，仅在最近三年有了明显改观。

我结合自身的经验说明一下。刚才提到的16部已出版的西班牙语中国当代诗歌选集，超过一半其实是近三年出版的，其中有8部是我翻译或者参与推动在拉美出版的，另外还有中国当代诗歌的文学作品集。比如《人民文学》拉丁美洲版《路灯》，我是编辑和翻译总监，已在墨西哥和智利出版两期，第三期正在翻译过程中，每期包括小说、散文、诗歌。《林中鸟——中国当代诗人选》由我主编并翻译，在古巴出版；《五个中国诗人：新诗掠影》由我和学者黎妮合作主编和翻译，在哥伦比亚出版；《海上的霞光——中国诗人在拉丁美洲》由我在墨西哥出版，收录的是近年到访拉丁美洲中国诗人的作品；《中国当代诗选》由我和诗人周瑟瑟共同编选，我主译，2019年底在智利出版，收录中国当代43位具有代表性的诗人作品，是在西班牙语国家出版的最广泛地代表中国当代诗歌面貌的一部选集。另外还有即将出版的智利聂鲁达基金会主办的《笔记本》杂志的《中国诗歌专刊》。这个杂志有30年的历史，在拉美影响很大，发行量最大，首次整期刊登外国诗歌专刊，而且篇幅是平常的两倍多。作品由我编选和翻译。同时，我也在拉丁美洲其他文学期刊不断推动中国当代诗歌的翻译和发表，比如墨西哥最著名的《诗歌报》月刊，我翻译发表了严力、蔡天新、周瑟瑟等人的作品，在哥伦比亚《普罗米修斯》《P＋P》、墨西哥《另有之诗》《剑与笔》、古巴《团结》、阿根廷《当代》等杂志发表诗歌译作，在智利《圆锥云》杂志开办中国当代诗歌专栏，每期介绍一个中国诗人。还有一些是中国诗人的个人作品选集，比如沈浩波《下半身》哥伦比亚版、欧阳江河《蝴蝶》哥斯达黎加版、王寅《灰光灯》阿根廷版、赵丽宏《疼痛》智利版等，均为近三年我推动或者协调出版的作品。随着越来越多的中国诗人走进拉美，拉美的诗人、读者对当代的诗歌正在产生强烈的认知需求和阅读欲望，我也适时邀请拉美作家评论家为中国诗人写书评，比如智利作家评于坚《卡他出塔的石头》、沈浩波《说出》，墨西哥诗人评赵丽宏《疼痛》等，这其中产生了拉美诗人和中国诗人的良好互动，请看墨西哥诗人奎亚尔的这段话：

赵丽宏的诗歌与我本人作品之间的联结也引起了我的注意，哪怕我们之间有语言障碍和遥远距离的阻隔。……赵丽宏的诗《梦中去了哪里》与我的《黄河夜航》主题均为梦境，且都跟车厢里的旅行有关，诗意从其中展开，梦境都在一刹那间化为现实。这样的异曲同工必然来自诗歌之间某种奇特的电流，使得它们能够相互沟通，即使我们的生活经历各不相同，文化背景也千差万别，或许我们两人之间的距离其实比地图上看起来要近得多。

中国诗人如何通过作品持续走进拉美，首先是需要翻译，因为没有作品就无法得到认知。拉美的汉学家和中国的学者翻译合作是比较好的模式，因为拉美翻译中国诗歌的汉学家太少，而拉美的年轻一代译者刚开始成长，这种情况下就需要合作翻译，相互配合，相互学习。我前面提到的作品里，有拉美青年汉学家翻译的作品，我发现存在对中文原文的理解偏差，对中国当代现实的把握不充分之处，所以这种情况下中国的西班牙语学者可以来纠正这些偏误。

我自己翻译诗歌，实乃斗胆而为。这其中当然也需要耐心和激情，但我知道西班牙语毕竟不是我的母语，所以我的西班牙语译文到底能不能把中文诗句里面的情感表达出来，诗意传达出来，对此我也没有把握。那么，我翻译完了以后，除了自己一遍一遍打磨，还要请拉美的诗人、作家进行审校，甚至逐字逐句和他们沟通。

总之，中国和拉丁美洲的当代诗歌具有共通的当代性，拉美的诗人、评论家、读者，逐渐对中国当代诗歌产生了兴趣和认知需求，我们希望他们从中国当代诗歌中获得经验，所以我觉得还需要各方去努力推动，需要多方的参与，需要更多的中国诗人到拉美交流访问，需要更多的作品被翻译成西班牙文。我本人作为译者和这一过程的亲历者，也会坚持不懈地继续为中国当代诗歌走进拉美铺路搭桥，让中国当代诗歌在拉美有更多的呈现、更多的存在。

（作者孙新堂，任教于北京语言大学，阿根廷国会大学荣誉教授、智利大学讲座教授。现居智利圣地亚哥。译有西班牙和拉美作家的小说和诗作，并翻译、主编约 40 部中国文学作品，使其在中国、智利、墨西哥、古巴、哥伦比亚等国出版。近年来邀请了 30 多名中国作家、诗人访问拉美。）

# 重新思考诗歌的当下性

沈浩波

我们经常会提到诗歌的当下性。一个诗人的写作，如果缺乏当下性，就意味着陈旧、过时、落伍，但我们很多时候可能忘了问自己一句，到底什么是诗歌的当下性？当下性到底包含着哪些要义？我们每个人所理解的当下性是同一回事吗，还是千差万别？

关于诗歌的当下性，有一点或许可以构成共识：只有通过不断创新才能使诗人的创作获得新意，而只有具备新意的诗歌才有可能具备当下性。这是对当下性最简单的理解——与过去不同。

我们强调创新，强调新意，更多的时候，往往是在指语言和形式，但语言和形式又源自哪里呢？仅仅是来自我们的诗歌观念的更新吗？仅仅是诗歌内部的事情吗？诗歌观念的不断更新永远是在时代发展的过程中形成的，我们不可能脱离时代而讨论观念。那么，我们每个人的观念来源于何处？就是一件值得被拷问的事情。

如果说当下性的要义之一是观念的不断现代化，那么你的观念真的足够现代吗？这恐怕就必须追问你作为一个人是不是足够现代了！你是不是具备更现代的价值观？如果你作为一个人的价值观是陈腐的、落后的，又怎能奢望自己在诗歌中的观念是先进的呢？举一个在中国很普遍的同时也很低端(low)的例子，那些将诗歌作为一种现实利益而去追求所谓的成功，削尖脑袋以在官方刊物发表为荣，梦想鲁迅文学奖，渴望成为作协主席的诗人，其作为一个人的价值观如此陈旧腐烂，他们又怎么可能获得更现代的诗歌观念呢？

动荡不安的2020年，的确构成了一个促使我重新思考诗歌当下性的时机。肆虐整个世界的新冠“瘟疫”，令原本就危机重重的全球化进程遭遇严重阻碍甚至休克，无论是个人、家庭还是国家，都有可能在瞬间沦为世界的孤岛。席卷美国，波及欧洲和澳洲的“黑命贵”运动，既将人类追求公平的平权运动推向新的高潮，其中隐含的政治正确暴政又构成了对自由的压制，因观点的不同而构成的族群撕裂越发严重。女性伸张自己的权利越来越成为全世界共同的主题，女权主义在中国的影响力也日渐扩展。在全球很多地区，极“左”、民粹主义兴起，与自由主义陷入观念的混战。作为一个诗人，如果精神背景中缺乏了对这样一种当下图景的映射，我们又如何来言说诗歌的当下性呢？

所以至少对我自己来说，当下性所包含的第一要义，是个人价值观的现代化，是个人精神图景的现代化。我们的精神是不是真的活跃在人类精神发展的前沿？我们的世界观、价值观是不是真的足以和这个世界对话和碰撞？我们所追求的和我们所质疑的，足够现代和当下吗？我们真的具备一个当代人的人格和观念吗？并不是说你活在当代就自动成为当代人，你也许只是一个“类人”，甚至只是一头“人兽”。尤其是，活在当代中国，与活在这个世界、这个地球，也远不是同一回事，我们的精神自由度、我们的人文视域、我们的观念敏感度、我们的价值观碰撞层次、我们的思考范围，是不是足以令我们走在真正的现代和真正的当下？我们有没有坐井观天？有没有夜郎自大？有没有闭目塞听？有没有得意扬扬于我们的陈腐与落后？

我们的精神来源于何处？我们的价值观形成于何时？

大约在二十年前，一位20世纪80年代就颇有名气的第三代诗人，也是一位通常意义上被定义为先锋派的诗人，来北京游玩。我和尹丽川请他吃饭，席间，他得意扬扬地大谈如何打老婆云云，令人瞠目结舌。我从来都不会以社会普遍意义的道德准则来衡量诗人，但这位诗人身上所体现出的，不是道德不道德的问题，而是价值观的腐朽，是一种土和脏。这样一个诗人，虽然其诗歌在语言和形式上颇给人以现代和先锋之感，对80年代的中国当代诗歌亦有贡献，但其在精神上却并不现代，甚至是反现代的，他作为一个人，远没有成为一个现代人。所以其诗歌上的现代性和先锋性其实非常局限。我也由此反思，我们当时所认为的现代派和先锋派们，他们的写作真的现代和先锋吗？时至今日，这样的质疑当然早已有了答案。而我们今天很多自诩先锋的诗人，其骨子里又有多少保守、封闭和陈腐的东西呢？这些精神上的、价值观层面的保守、封闭和陈腐，无不流淌在他们的诗歌中，时而散发出恶臭。

质疑他人并无意义，更多的时候，我对自己说，应质疑自身，拷问我自己的心灵，进而刷新自身。

我强调精神和价值观的现代性和当下性，并不是说，诗歌要成为观点的奴隶，要迎合任何一种时代潮流，要成为任何一种时髦观念的图解者。不，绝非如此，诗人当然也可以选择对时代背过身去，这也往往根源于我们心灵的当下敏感性，也同样构成反对，构成对抗。我想强调的是，我们的精神世界图景每时每刻都在塑造我们的心灵，使我们或深刻或狭隘的心灵得以形成，影响我们的心灵自由度。

当下性的另一要义自然是对语言和形式的不断更新。这恐怕更是一个常识。毕加索那么伟大，他在立体主义观念下所形成的艺术语言和形式，放到今天，也毫无当下性可言，因为一代又一代的艺术家们，已经将艺术的语言和形式开拓到了毕加索本人无法想象的地步。而从现代艺术到当代艺术的这场狂欢式的创新盛宴，根源于何处？根源于对心灵自由的无限渴望，根源于时代的快速发展与各种哲学思想、人类思潮的交汇碰撞。这正是对艺术当下性的完美诠释。从这个角度看去，今天中国诗歌的当下性是不是仍然显得任重道远呢？是不是远不足以沾沾自喜呢？我们在语言和形式上是不是仍然被无数陈腐的观念所束缚，被我们不自由的、不现代的、缺乏当代前沿精神的心灵所捆绑呢？我们对于语言和形式的创新、发展真的具备足够的想象力吗？

对我个人而言——这是我自己的写作追求——当下性的第三要义，是指内容的当下性。我是一个追求诗歌内容的诗人，我希望我的诗歌，能够容纳当下，能够将我生活和生命中正在遭遇的一切纳入诗歌；我所想象的和正在追求的诗歌，是那种用身体去直接撞击当下，撞击这个世界时所产生的诗歌，并在这种撞击中，构成一种具体的、可触摸的当下质感，也就是身体感。

在2020年这样一种时代变局的背景下，我更加坚定于这样的碰撞：诗歌用小对抗大，用碎片对抗完整，用细节对抗总体，用敏感对抗坚硬，用真实对抗概念，用荒诞对抗现实，用语言和形式对抗这个越来越工具化、越来越压抑的时代。

（作者沈浩波，1976年出生于江苏泰兴，1999年毕业于北京师范大学中文系。现居北京。出版有诗集《心藏大恶》《蝴蝶》《命令我沉默》《向命要诗》《花莲之夜》等。在海外发表和出版诗集，诗歌被翻译成英语、西班牙语、德语、俄语、丹麦语、韩语等。）

# “当代性”“诗意启蒙”和“当代诗歌”

祁　国

## 一、关于“当代性”

新冠疫情亮起的红灯之下，人类宽广的羊肠小道，突然被各种各样、大大小小的问题堵得水泄不通。全球化让疫情灾难也迅速全球化，并引发了全球化的危机，人们突然掉进了不同以往的处境。这一切是个可以仔细端详的时代截面，如同一面镜子，为诗人们提供了有关“当代性”的系列背景与观照。

这次疫情引发了很多未知问题。例如，关于新冠病毒本身到底是不是生命体的最基本的问题，还一直存在争论：说它是生命，它又不像细胞和细菌那样会自己呼吸，自己分裂繁殖；说它不是生命，它却能依靠宿主进行繁殖生存。不得不承认，这个病毒很有超越性，是一个“很高级”的存在，看上去似乎比人还智能、还当代。当然，拿这个祸害人命的病毒，引发对人自身的思考，只是出于一种黑色谦虚。

从根上讲，人与人之间的关系很“历史”、很复杂，也很有趣、很“爱恨情仇”。我们有句俗话叫“好男不与女斗”，这是听上去很高大上的观点，但也正泄漏了父权意识高高在上的公开“机密”。举个大家熟悉的特朗普故事：特朗普与其他国家的男性代表握手，总是喜欢暗暗扳下手腕，比下谁的手劲更大；与其他国家的女性代表握手就不一样了，更狠，比如和默克尔见面，就假装看不见，间接拒绝握手；后来更绝，直接拒绝与同一个屋檐下的女性代表佩洛西握手，而佩洛西最后也毫不犹豫地起身，直接撕碎了特朗普的演讲稿。

沿着这些政治化的表面场景一路回想下去，我想到了存在主义女王波伏娃在第二次女性主义运动中说出的那句名言：“女人不是先天生成的，而是后天变成的。”名言的力量果然影响深远。记得小时候，我们那儿的男厕所面积总是大于女厕所，现在男女公共厕所看上去基本一样大了，有的地方女厕所甚至比男厕所还大。不过又出现了跨性别的问题，估计以后还要出现第三类厕所，还会出现各种细分的厕所。

男女关系是人类基本问题，性别也已不是简单的生殖系统之分，广义的爱恨情仇从没消停过，并衍生了文化、政治等融合与纷争。其中的纷争最终会造成一辆公共汽车左中右的方向之争。乘客被搞得有时会觉得很爽，有时又会晕头转向，乱成一团。车子往往会急转急停，翻车的现象也不少见。

这引发了乘客们的一系列追问：我是哪位？你是哪位？他又是哪位？我们是什么东西？你们是什么东西？他们又是什么东西？不确定这些有关人之尊严的事情，何谈去什么方向，到达什么目的地？这些追问引发了更大范围各自展示各种“身份证件”的活动，包括各种朋友圈的各种展示活动。但有逃票的乘客假装在睡觉，因为身份证件一直在印刷厂的印制程序中被延误，没有身份证就买不了合同性质一样的车票。

随着大数据与人工智能的全面深化，“隐私”一词只能矫情地退场。性别已失去了大部分意义，将来会有越来越多的人，在趋同化的透明人时代，临终时还在声称未能确定好自己的性别。

另一个大的方面是，人们全力抓紧了似乎更可靠的把手，全力迈进了以科技为代宗教、以抽象货币为代世界的冷酷时代。在信息即时化、知识共享化、交通便利化、经济一体化等科技手腕一揽子工程干预下，全球化迅速壮大。中央商务区、精英大咖将在物化的最终形式——数字化中逐步走向瓦解。我们活生生多元化气息的脸，也将被数字化抹平，得到虚拟美颜一样的空虚自足。人们似乎已做好了被人工智能替代大部分生活的心理准备，包括被迫定制的、伪个性化的智能虚拟情感生活。

这里不得不提一下，在熟视无睹的沿途两侧，除了新型病毒，还埋伏了一系列当代公路杀手，如环境破坏、超级武器、经济危机、网络安全、极端主义、伦理困境等。不过人们似乎早有预见，科技已在执行另一种简单想象：人类在地球上折腾完了，再迁移去先天条件恶劣的火星继续折腾。这个终结想象倒进一步证明了无须证明的一个事实：地球以前是、今天是、明天仍然是人类的故乡。

七拐八弯、东扯西拉这么多，主要是想尝试速写一份个人视野有关“当代性”的部分背景草图。不谈背景，而谈当代性，往往陷入空洞。当代诗人是社会中人，当代诗也是社会之诗，没有个人当代性背景图绘的诗人，是可疑的。

当代诗歌的“当代性”，一定是在“当代性”的背景观照下产生的，这种产生还需要来自诗人独特性、批判性、开放性和预言性的精神再发现，这种再发现有着文本的双重属性：审美当代性和精神当代性。换言之，审美当代性和精神当代性共同构成了当代诗歌的“当代性”。

## 二、关于“诗意启蒙”

时间凌驾于对与错之上，流淌不息。在吴刚伐桂一样的困境面前，人类必须承担起自身的有限性，行使与时代相符或超越时代的精神权利。时代的心灵剧场不停响起警报般的手机铃声，各种角色轮番出场，唯独不见诗人。出于一种必然的原因，蒙羞的诗人已和诗一起被发配远方。或者也可以说，诗人正在赶来的途中。

回到今天的现场，说到底，人类现有形式已远远跟不上时代的内容发展，一切都在发生流变。人们虽然同坐在地球这一艘飞船里，却坐在不同的时间里。

诗人们也一样，我和陆渔在现代新诗诞生百年之际，联合发起编选出版了《当代传世诗歌三百首》一书——这是中国第一本以当代诗歌为主题的诗选合集，在书的代序中，我和陆渔有个对谈，就说到过这个问题：“‘当代诗歌’应是与‘当代艺术’并行的特称专指。现当代诗歌史与现当代艺术史不能同步的基本问题，造成了多年来严重的诗学混乱，严重阻碍了诗歌创新与发展，这是目前急需解决的基本诗学问题。当今中国诗人，貌似同处一个时空，诗人之间其实落差很大，有些还在‘翻译’古诗，有些还在搬弄外国现代诗；有些还生活在农业乡土社会，有些仍停留在集体主义工业社会……所以，诗学混乱不仅仅是诗评家们造成的，也是我们所面临的社会现实，加上公众及部分诗人审美的滞后……”这其中除了部分选择性回溯的建设性诗人，大多数诗人都是不自觉地拷贝传统，达成一种安全的写作、失效的写作，有的甚至对传统产生一种赤裸裸的欺骗和污蔑。

真正的诗人，应是时代最前沿的精神探索者。语言即思想，即思维，即文化，即精神，诗人则是语言之王。诗人应通过唤醒、解放腐旧、垄断的语言，完成与当代并行、面向未来的诗意启蒙。诗意启蒙是诗人的重要天职，也是区别诗人分量的重要标准。具有诗意启蒙意义的书写，才是人性与生命的再续之光，才是人类苦难文明不灭的精神胎记。

从以 2 500 年前左右孔子编纂《诗经》成书为开端的中国古典诗歌，到 20 世纪初胡适等人发起的现代白话诗运动，到 20 世纪 70 年代北岛、芒克等人倡导的朦胧诗运动，都在历史重要节点上承担了源头性的诗意启蒙。

而朦胧诗之后的改革开放时代，一切都在加速与世界交流、触合，第三代诗人发起的个人化口语诗运动，以及新世纪网络诗歌兴起的中间代、20 世纪 70 年代以后诗人的多元探索性写作，共同完成了现代诗歌大面积成熟、后现代诗歌急速过渡和当代诗歌创作开启的三大重要事实。

当代诗歌的开启，首先在诗人内部引起了共振。在汇聚几代诗人的新世纪共同诗歌现场，诗人们不分年龄，默默探索。例如严力，就是朦胧诗代表中早已抵达当代诗写的诗人之一，与其他代际的诗人们共同开拓着当代诗歌的诗歌长路。

## 三、关于“当代诗歌”

当代诗歌虽然不是完全的时间概念，但从系统发生的时间主线上来讲，互联网兴起、全球化特征越加明显的新世纪以来部分具有当代性的诗歌，应归入当代诗歌。

当代诗歌是一种不断优化世界观的智性写作，一种必须具备当代性的开放性写作。智性写作，是诗与思的高级美学结合，是一个当代诗人必须具备的重要素质；当代性，是当代诗歌的根本指标，也是对这个时代最可靠的美学呼应与精神介入。

从语言角度讲，充满生命体温的个体鲜活口语，仍然是当代诗歌语言自由生长的主要源泉。一个时代有一个时代的语言内容和形式，在当代各种语言系统的杂交碰撞中，唯有口语，是诗人心灵与正在发生的生存现场最为直接、真实、有效的衔接，是诗人对当下中国经验最个性、最生动、最贴切的表达，更是对政治、经济等强大工具语言体系最为重要的回应。当然，不同作品有着不同语境对应需要，或者说，不同作品都应是口语思维下的语言再创造。

由此产生的当代诗歌内容和形式多元多样，凭借我个人写作实践，在此随意无序地列举一部分:或是一种介入性的困境写作,或是一种公共性的互动写作,或是一种设计性的极简写作,或是一种拼贴时空的想象力写作,或是一种人性异化的变态性写作,或是一种公共事件的批判性写作,或是一种纯粹精神性的狂欢式写作,或是一种跨性别情感的探索性写作,或是一种流行观念的娱乐性写作,或是一种解放经典的互文式写作,或是一种利用政治、经济等文本的跨文体写作,或是一种虚拟未来的科幻性写作,或是一种消费性的无感写作,或是一种日常生活的即时性写作,或是一种针对新事物的假设性写作,或是一种啼笑皆非的荒诞写作,或是一种讨论生死的无厘头写作,或是一种无立场的自嘲式写作,或是一种无底线的自虐式写作,或是一种野生的身体写作,或是一种平民化的自足式写作,或是一种中性立场的无聊写作,或是一种仿哲学的伪逻辑写作,或是一种复制重组的装置式写作,或是一种未完成的残缺式写作,或是一种机器人式的爱情诗写作,或是一种亚文化的对抗式写作,或是一种城市化的深度写作,或是一种感悟式的灵性写作,或是一种口号式的吵架式写作,或是一种女性主义的理性写作,或是一种快餐性的广告式写作,或是一种实验性的语言写作,或是一种挣脱语法的“病句”式写作,或是一种文化比较的喜剧式写作,或是一种残酷青春的硬性写作,或是一种中年危机的矫情写作,或是一种终极思考的冥想式写作……

当代诗人一旦打开当代诗歌的大门,就会告别各种可怜的保守与局限,进入一个崭新的、创造的、无限的写作世界。

[作者祁国,1968年10月1日出生,男,江苏盐城人。诗人、书画家、剧作家,荒诞主义诗歌实验小组主要成员。世界诗人大会(中国)苏州诗院主持,中国桂冠诗歌奖组委会主席。主编或合作主编《中国新诗选》《新流向当代经典诗库》《中国当代风景诗选》《当代传世诗歌三百首》《苏州诗院学刊》等。曾获当代诗歌精神骑士奖、黄河金岸诗歌节鸿派国际诗会新世纪十年诗歌推动奖、《诗参考》创刊30周年中国诗歌贡献奖、第五届北京诗歌节金向日葵奖章等荣誉。]

# 关于诗歌“当代性”的几点思考

王家铭

“当代诗歌中的‘当代性’”，谈到这个话题，我首先产生两个疑惑。第一，是关于当代诗的。我们经常读到的各种各样关于当代诗的论述，或出自诗人，或出自批评家，大体上都是从宏观的角度对当代诗的历史、现状与发展进行阐释。这就造成几个问题，即论者是否有可能因为自己的身份与喜好而提前预设了某种立场？他所看到（或看重）并引为材料的那部分诗，在当代诗歌里究竟占了多大的比例？是否存在某些观点，因为一再被谈论，而不断加强它的“正确性”，然后逐渐使可辩驳的余地越来越小？但是反过来看，如果不是从自己的视域出发，勉力做探讨，就一方面容易陷入另外一种“整体主义”式的不可言说，另一方面容易对当下的现状保持惰性态度，这大概就是所谓的“批评之难”吧。

第二，即所谓的“当代性”。“当代”一词本来就有含混的面貌。在文学史述说中，“当代文学”通常指中华人民共和国成立以来的文学，而在当下诗人的语境里，“当代诗”似乎主要指朦胧诗以来的诗歌作品。那么什么是“当代性”？我们现在说着“当代”，那它是否具有一些区别于“当代之前”的基本品格，并深嵌入我们的无意识之中？以至于它值得被单拎出来，甚至有可能成为与“现代性”并置的一个概念？不论是“现代”还是“当代”，多少年来，诗歌与现实、诗歌与时代的关系总是我们难以避开的、争论已久的话题，那么我们今天提诗的“当代性”，能够在这样的老话题里提供多少新意呢，而不至于只是重复过去的观点？

在胡适等白话诗草创时期诗人的推动下，新诗从一开始就承载了超出它自身的意蕴，在当时新诗被寄寓了反封建、反传统的责任与意义，譬如胡适的《尝试集》中许多诗篇就是以宣扬“五四”精神为主旨。很大程度上，在新文化运动中被发扬的新诗，是被卷入了民族国家现代化的历史进程之中的，因为新文化运动本身就不是一场单纯的文化运动。因此中国新诗的生成、发展是与对现代性的追求密不可分的。在新诗的现代性里有一个显著的特征，即它的语言是现代化的语言，也就是区别于文言的白话。从语言角度谈新诗的现代性，首先主要是指它区别于旧诗的语言，语言现代化了，新诗及其背后的文化也才能实现现代化。因此在那时的诗人笔下，语言作为工具，就被赋予了告别传统，走向现代化的功用。在20世纪三四十年代现代派诗人那里，新诗的语言更为成熟了。而中华人民共和国成立以后很长一段时间里，新诗的现代性被压抑，单一面向的政治抒情诗成为主流。直到“文化大革命”结束后，新诗逐渐从政治的重负中松绑，有论者认为朦胧诗以来的当代诗写作续接上了现代派诗人的传统。在当代诗这里，语言的现代性问题似乎不成为问题，经历了百年新诗的发展，今天的诗歌语言天然地享用着现代汉语，并且随着当代社会物象的丰富，各类生命经验繁多，当代诗拥有着日益充沛的语言资源。因此如果从语言的角度理解当代诗的当代性，可以说当代诗的语言早已摆脱了昔日现代化进程中的那个负重的角色，奔向了自由广大的境地。

关于“当代性”，意大利哲学家阿甘本的说法值得参考，他强调了两点，一是与时代保持距离，二是观看时代的晦暗。阿甘本说道：“当代性就是指一种与自己时代的奇特关系，这种关系既依附于时代，同时又与它保持距离。更确切而言，这种与时代的关系是通过脱节或时代错误而依附于时代的那种关系。过于契合时代的人，在所有方面与时代完全联系在一起的人，并非当代人，之所以如此，确切的原因在于，他们无法审视它；他们不能死死地凝视它。”在此，阿甘本认为，当代性既要依附于时代，又要与时代保持距离，只有保持距离，才能凝视时代。凝视时代，才能感知时代的晦暗：“当代人是紧紧凝视自己时代的人，以便感知时代的黑暗而不是其光芒的人。对于那些经历过当代性的人来说，所有时代都是黯淡的。当代人就是那些知道如何观察这种黯淡的人，他能够用笔探究当下的晦暗，从而进行书写。”

一位诗人首先以他作为人的个体，参与到个人与时代的结构性关系中，而诗人这个身份则让这个关系更复杂，更有层次性。很显然，当诗人尝试在诗中对他所看到的时代进行反思时，他必然需要一种距离感。评论家陈超在谈论第三代诗人时，称他们“揭示出被整体话语的大结构所忽略的，日常生存细碎角落里的沉默或喑哑的生存‘原子’”。从第三代诗人到20世纪90年代诗歌，再到我们今天，尽管“大结构”仍在，但写作的自由度已远胜过往，其中对日常的书写便是拉开时代距离的手段之一。如果将日常化理解为一种写作中的当代性，那么今天的诗歌写作无疑就笼罩在这样的当代特征之中。

现代性的核心观念之一是追求进步，这涉及一种线性的、前进的时间观。对时代与社会来说，追求进步，就是要不断朝向光明的开阔地。对个人来说，追求进步，就要追求世俗意义上的成功。如果以“当代性”来区隔“现代性”，那么对进步观念进行反思就成为一种必须。反思下降的、后退的，而不只是上升的、前进的，从更广泛的维度来重构我们写作的精神源头，驱使我们更全面地检索过去与现在的每个角落。写诗作为一项精神工作，有理由在不断前进的时间面前，提醒人们适时地停一停，去关注光明之外的晦暗的地方。借用陈超“个人化历史想象力”的提法：“诗人从个体的主体性出发，以独立的精神姿态和个人的话语修辞方式，去处理具体的生存、历史、文化、语言和个体生命中的问题，使我们的诗歌能在文学话语和历史话语，个人化的形势探索与宽广的人文关怀之间，建立起一种更富于异质包容力的、彼此激发的能动关系。”他主要指个人与历史的关联，不过这种概括性的对当代诗的综合指认依然适用于当下，适用于诗歌写作与我们当前时代的关系。

（作者王家铭，1989年3月生于福建。本科毕业于武汉大学，现为清华大学人文学院中文系博士研究生。曾获十月诗歌奖、三月三诗会新人奖、东荡子诗歌高校奖、全国大学生樱花诗赛奖等。）

# 中西方抽象诗比较与延伸

许德民

## 一、抽象诗的发生与选择

抽象诗写作并非是偶然，而是经历了好多年的寻找和谋划。

我曾经认为无主题、意识流、碎片化、超现实、梦幻、无意识的诗歌就是抽象诗，我在20世纪80年代中期以后就开始写作这样的诗歌，《人兽共患病》是我这个时代“抽象诗”的代表作。这些诗歌在当时就让很多人看不懂，刊物上也发表不了，使得我在80年代后期从诗坛隐身，拿现在的话讲就是“潜水”。同时期，我还出版了一本诗画集《现代幻象画——许德民幻象诗画集》，其中的幻象诗也是我认为的“抽象诗”。90年代我的诗歌创作主要就是为了我的一本画册《许德民作品》配诗，写了一百多首，也基本上是和《人兽共患病》风格一致的诗歌。

直到2005年，复旦百年校庆，我主编复旦诗派诗歌系列，自己要出一本诗集，才开始整理旧作和恢复写作。当时我已经在思考抽象艺术的理论问题，并开始了《中国抽象艺术学》的写作。

2005年写的一篇论文《诗歌发生中的抽象选择》是我第一次提出抽象诗的概念，当时我对抽象诗的理解还局限在半抽象，认为“文字中的每个字，基本上都有固定含义，都在人的经验里有具体的形象和意义，而形象和意义都是和理性有关，因此，完全的抽象的诗恐怕是不存在的”。

我当时的思路，还囿于语法和词组的惯性。在进一步的研究和思考过后，我终于发现语法和词组是抽象诗最大的障碍，只有放弃语法和词组，让陌生字组成为主角，解构逻辑和经验，才有可能使得诗真正抽象起来。经过反复实验，前后大概一年时间，终于迎来了柳暗花明，写出了纯粹的抽象诗。当然，即便在同样理念下创作的抽象诗，由于不同的字组，字的抽象程度也有所不同，诗的抽象性也是有层次的，有的很抽象，有的就可能带有理性的弹道，让我们的阅读似曾相识。

抽象诗填补了文学没有抽象的空白。抽象诗开创了抽象文学。

## 二、西方抽象诗和汉语抽象诗的区别

抽象诗的概念于20世纪在西方已经出现，英国诗人伊迪丝·西特韦尔夫人（1887—1964）将她的诗集《门面》（1922）里的诗称作“抽象诗”。

> 抽象诗发轫于未来主义、狂飙派和达达主义，抽象诗放弃了形象化的比喻，退回到语言材料（词、音节和字母）之中，进行语言材料的游戏，著名的抽象诗有达达主义的音响诗、视觉诗和“二战”后的德语具体诗。

抽象诗包括未来主义、达达主义、具体派诗歌中以语音和图形为特征的诗歌等。语音诗只有音响、节奏而没有任何文字意境。语音当然是抽象的，但属于音乐抽象；原生态的音乐，如歌手龚琳娜的《忐忑》，不是诗的抽象，尽管是以诗的名义。图像诗具有双重性，具象的造型属于具象画，抽象的造型属于抽象画，而诗意的抽象取决于文字组合，如果是传统的文字组合，有主谓宾结构，文字依旧是遵循语法、词组、逻辑、主题原则排列，尽管是图像诗，表达的意境也是具象的，而非抽象的。非语音（音响）和非图像的达达主义、未来主义、具体派诗歌，可翻译的象征主义诗歌，都不属于抽象诗。

诗歌是语言、文字的艺术，不是声音的艺术，也不是绘画的艺术。诗歌可以跨界，一首诗既可以是语言的、有语义空间的诗，也可以是语音发声的“音乐”，或者是用文字造型构成的绘画。但是，如果没有语义，只有语音、画面，那么，应该更恰当地称之为诗形音乐、诗形绘画。诗形音乐和诗形绘画也是抽象的，但不属于抽象诗，属于抽象艺术。

汉语抽象诗和西方抽象诗最大的不同在于，汉语抽象诗的抽象是语义的抽象，而不仅是声音和图像的抽象。汉语抽象诗是有语义的，但是，和传统的诗歌的语义是不同的。传统诗歌的语义，都是建立在主题和逻辑思维的基础上，语义是相对明晰的、精确的，即使是诗意的抽象，也如同哲学的抽象一样，我们阅读时的理解，基本上还是在一个方向。

抽象诗的定义是无语法、非理性、非逻辑、非经验、无主题的纯粹字组组合。字组是汉语抽象诗专用名词，是汉语单字的独创组合，字组和词组的区别在于词组是司空见惯的常用词组，每个词组在我们的经验中都是有具体的意义的。而字组都是独创使用的无语法、非逻辑的字的组合，它没有任何我们经验中的意义。字组可以是两个字，也可以是很多个字。

尽管所有的抽象诗字组都是非常用词组，都是一般读者经验之外的文字构成，但是也是有语义的，只是抽象诗的语义和具象诗的语义完全不同。

如果放在中西方比较诗学的角度，来衡量汉字抽象诗和西语抽象诗的关系，尽管汉字抽象诗和西语抽象诗都秉承了西方抽象艺术定义方向，但由于西语词汇受语法和词汇构成的限制，使得它们无法具有汉字单个字的独立性和自由组合性，西语词组一旦拆分后只能成为无语义的字母，因此用字母写成的诗只能是声音的诗而非语义的诗。声音的诗是抽象的，但它属于音乐的抽象，而非语义的抽象。用字母排列成图像也没有语义关系，只有符号组合的图像，那属于视觉抽象、抽象绘画，也不属于诗歌的抽象，不属于抽象诗。

因此，基本上可以论定，西方一百年来的所谓的抽象诗，只是在观念上赋予了抽象诗这个命名，在形式上，是属于音乐和绘画的抽象，只是用了字母的读声和符号(字母的造型)，和诗歌所要求的语义、字义是背道而驰的。

## 三、抽象诗是21世纪诗歌的新地标

抽象字组是文字的金矿。汉字常用字大约5 000个，千百年以来，组成的词组和语法使用习惯，使得5 000个字的汉字排列组合都已经固定，要改变千百年以来形成的使用习惯是非常困难的。

抽象诗的出现，打开了字组金矿的大门，字组的矿体要远远大于裸露几千年被我们使用过的汉语词汇量。

三言诗、四言诗、五言诗、七言诗、自由诗等诗体形式实验只是为了更多的可能性，这种可能性还可以无限延伸。为了让人在阅读上有一种亲近感，我在某类风格上作出一些妥协，让抽象诗在诗体结构上靠拢古体诗，因为古体诗的文化基因在我们的语言里有深深的烙印。三言、四言、七言，朗朗上口的阅读，即便是字面上完全不懂，也有音律和节奏会引发审美共鸣。这种共鸣和以往诗歌带给我们的感受和理解是完全不同的。

抽象诗的语义能够传递的首先是陌生的美感，是陌生化字组带来的新鲜感和趣味性。它会激发人的好奇心，也会挑战人的承受力，这种新鲜最初是形式的新鲜，接着是陌生字组的独特的组合所带来的字义空间。许许多多我们非常熟悉的文字经过陌生化组合之后，产生了新的“语义”，这种语义是陌生的，但是非常有趣、有感觉、有意义。抽象诗会使得我们的大脑有一种失重感，尽管在开始有一点畏惧，但是更多的是好奇和享受这种智慧失重带来的感觉，这种感觉提升我们的精神维度，让我们的智慧有了更高的目标和追寻。

其次是语义的多重性。抽象诗中陌生字组带来了更多的想象力和创造力，让人觉得可以有很多种语义解读来自圆其说，这种解读千变万化，刺激着我们的思维应变和多变，从而激发我们的语感创造力。语义的多重性意味着多重的不一样性，意味着诗歌触摸文字边缘的无限可能性。

第三是语义的主动性。传统诗歌的语义（无论是古典诗词还是白话诗）都是作者确定主题的，读者只能跟着作者走，通过理解作者的意图来实现自己对语义的共鸣，读者的审美永远是被动的。而抽象诗是无主题、无情绪、无故事、无经验的字组构成，读者不需要通过理解作者意图来实现自己的审美，而是审美完全由自己做主，审美的答案不只一个，也不是两个，而是许多个，无穷大。这使得我们可以百读不厌，每一次阅读都会有一种新的感觉。它符合接受美学的最基本原则，让审美者加入创造并得出自己的最佳审美选择。

第四是语义抽象带来的观念冲击。抽象诗打破了所有传统诗歌（无论是古典诗词还是白话诗歌）的创作和审美法则，以全新的文字价值观和审美观刺激着每一个读者，这种反差是让人绝望的，尤其是自以为优秀的诗人和评论家，他们最可能完全不接受抽象诗，因为他们的能力与智商受到的冲击最大。何况，抽象诗的横空出世并非是偶然的，而是有着深厚文字历史渊源和系统的学术理论支持的。你可以不理解，也可以不喜欢，但是，在文学的版图中，它的出现如同曾母暗沙，在中国的版图上即便人迹罕至，但是，它的存在就是文学的尊严。

当然，抽象诗的单个字组或多字字组，总会有那么一些原有经验中的语义存在，尤其是单个的名词、动词和形容词，有确切的字义（语义），经过陌生字组的排列，仍然有可能带有原来的固有的字义（语义）痕迹，会把我们的审美拉回原有的轨迹，但是，原有的语义被陌生化字组重组之后，所产生的字义能量和张力彻底超出了原有的字义储存，产生了更大的字义能量和空间。

抽象诗体现我的生命价值观，这个价值观就是生命的非理性的本质意义。

以往的诗歌都是传递人类理性的价值和意义，而抽象诗传递的是人类非理性的生命价值和意义。传统文学是我们领着文字跑，文字只是工具，传递着人类的思想和情绪。

抽象诗是跟着文字跑，文字是主角，传递出文字背后的生命意志和宇宙思想。

通过创新与创造，颠覆传统的语言逻辑，语法、词组词汇、主题、思想、比喻修辞、意象，为汉语开辟一个全新的赛场，让文字传递出非人类的思想能够抵达的神秘的审美与境界。

## 四、新诗死了？

新诗死了！新诗会死吗？

确实，和很多诗人的担忧是一样的，传统的新诗（在我的意识中，所有的白话诗，无论多么现代，只要是理性而有主题的诗，无论是哲理诗、意象诗、当代诗，都是毫无新意的传统诗）已经步入黄昏，新诗的高潮已经过了，已经没什么好写了。换句话说，就是新诗已经死亡。

尼采说上帝死了，黑格尔说哲学死了，丹托说艺术死了。它们都死了吗？

当然这个死亡不是新诗消亡的意思。新诗会继续有人写，前赴后继地写。

新诗死了，只是新诗在形式、方法论、新思维创造力上，已经死亡。

新诗一百年，是学习西方现代主义、当代主义诗歌一百年的历史。新诗的文体也是外来的，是“五四”以后，受自由和科学的西方价值观影响的后果，也是将传统的古典诗词打入冷宫取而代之的结果。古典诗词作为国粹，并没有在这场劫难中消亡，依然顽强地存在着，这种生命力就是文化的生命力。文化，是一个民族历史的基因，是难以磨灭和消亡的。

新诗以强大的扩张力盛行一百年之后，疲态的显现也是必然的。新诗不能够一再辉煌的原因自然并非是诗歌的形式，还和诗歌文化、生态与政治关系有关。从纯诗的角度来看，一百年前，白话诗完成了它开拓者的文化使命之后，一直未能有出色的表现，直到20世纪80年代朦胧诗的出现。

朦胧诗可谓是新诗一百年间的高峰。朦胧诗创造了新诗的奇迹，这个奇迹不仅是影响力的奇迹，也是新诗观念和形式的奇迹。朦胧诗之后，新诗在题材上、观念上、表现形式和语言的丰富性上，并没有输给朦胧诗，甚至对朦胧诗有大踏步的超越。但是这种超越并没有改变新诗在整个文学文化中的轨迹。因为，新诗的诗意内核，同样已经被一百年来哲学、心理学、语言学、美学、道德学、社会学等人文学观念、警句蛀空，新诗的情绪和感慨，没有从人性的生死冰场突围，而新诗的皮囊，那种西化的散漫的自由诗句，经历了一百年的随波逐流，已经过了亢奋期而进入和古典诗词一样的冗长冰河期，经典而弥散，用功而颓废。新诗在逐渐走下坡路。

人类生命的感悟和经验，在现代主义一百年末路狂奔之后，已经气喘吁吁、江郎才尽，只能以不断重复、轮回来支撑倾斜的智慧。以理性思维作为伞骨，以逻辑思维统领方法论、价值观的故事人文汇，虽然其背后站的是黑格尔、康德、尼采、叔本华、海德格尔、维特根斯坦、德里达抑或弗洛伊德、荣格等，但他们把世界和人生的学说肢解已尽，哲学死了，他们依然活着，苟延残喘却聊胜于无。

古典诗词依然是国学簇拥者们膜拜的神龛，并且以竞技的赛制填鸭给一代又一代儿童少年们。新诗裹挟西方自文艺复兴以来的文化霸权，以人类思想者自居，居高临下地影响着中国诗坛。新诗成为不同意识形态价值观争夺的屠场，也是诗江湖文学网民与学院派众俑相互角斗的青楼，无论是主旋律写作、知识分子写作、第三代，还是边缘写作、口语诗、逍遥派，他们在诗歌性能上捍卫观念贞操，寸土不让，为谁王谁寇、谁尊谁卑斗得你死我活。

和而不同，本是中国最高智慧的千年古训，但自恃高雅的诗歌也依然有着流寇习气而一再渲染血腥味十足的新诗竞技。

胡适创导的新诗一百年，它是否还有可能继续下一个一百年的新诗辉煌？

20世纪“50后”“60后”的诗人们已经是被历史淹没的新诗一代，只能在深水区底部才能找到他们沉默的车辙；“70后”“80后”羽翼丰满而凋零，刚隐退青春躁动，却踏进中年之沼，有气无力，苟延残喘；“90后”“00后”踌躇满志，物质肌肉丰满，精神却未老先衰。不是诗人们无能，也不是新诗寿数已尽，而是新诗百年，逻辑与记忆的拐杖，已经敲不出新路。任你怎么美颜自拍或“抖音”谄媚，人们对新诗的阅读兴趣，已然消逝，只有同一桌麻友或同一队驴友，才可能惺惺相惜，抱团取暖。这并非完全是诗的责任，也不是诗人们的过错，而是人生哲学谜底已现，生命体验如在迷宫作茧自缚，现实与理想的裂痕越来越深。新诗无论怎么走，都不可能回到初始——无知无畏的进取、不留后路的实验、大张旗鼓的繁衍。

《人兽共患病》是我20世纪80年代的诗歌，具有形式主义诗歌的表现方式，意识流、蒙太奇、超现实主义、口语荒诞派，下意识、无意识、潜意识，很“尼采”地“上帝死了”，也很“海德格尔”地“向死而生”，维特根斯坦的碎片哲学和德里达的解构重构，在语言深度和内部，策划一次次越狱，试图在诗的囚室里炸开一道突围的口子。我当时就以为自己的诗很抽象。80年代末《人兽共患病》出版，我当时感觉我把诗都写绝了，有这些诗就够了，不用再写了。直到我发现了真正的抽象诗，才知道另外一个世界出现了，抽象诗已经全面超越了我原来的诗歌。

非理性、无主题、语言实验、感觉纵欲、记忆碎片、解构哲理、混搭经验，现代主义一切表现手段和技法，都在《人兽共患病》里体现。这本诗集的诗是被动受孕于西方现代主义诗歌而产下的诗歌混血儿，带有明显的西方诗歌的基因，可以看到莎士比亚式的谋划、金斯伯格毁掉一代的呻吟、庞德地下铁阴郁霉烂的气息和后现代无厘头碎片化战争引发的街头混战。自然，在谎言文化和囚禁观念中迷失太久，四肢和视线都无法适应环境的变化，而带来失衡和愤怒，选择语言复仇。

这样的诗风，在三十年后的当下，已经成为一种常态，时不时地会在“00后”的诗歌中，发现《人兽共患病》的影子，这并不是说这本诗集产生的影响，而是诗歌心理跨时空重叠，隔代遗传。从生命心理的传承在诗中的沉浮来看，这或许并不出乎意料，但是从诗歌文化的创新与否而言，这并非是一件值得夸耀的事情，这意味着三十年诗歌生命意志一直在原地徘徊，死亡意识、忧患意识、绝望意识还是一种诗歌的圣经，打捞起来的废墟依然是一代诗人的面具，那么，这个时代的面孔在哪里？诗歌的精神在哪里，在重复和模仿中年复一年？新诗的堕落犹如温水煮青蛙。我们可以向它脱帽敬礼，就如同百年之后，我们会被追悼，悼词洋溢着赞美之词，但是，这已经与我们毫无关系，这是生存者在玩矫情和捉迷藏的游戏。“80后”“90后”年轻诗人都在重复《人兽共患病》的诗歌的语言和情绪的表现形式，没有超越，他们都在模仿着模仿者的模仿，近亲繁殖。所以现在大批的诗歌作者就好像绘画一样，还在应试阶段，还在素描和写生阶段，根本没有进入一个独立的创造性的诗歌生态。素描和写生也可以画得很认真很精致，但是，毫无价值。

在新诗文化的贫乳下，诗人们已经习惯了流水的模式，新诗的流派也日益增多，圈子文化、江湖阵线、歃血网友、精英联盟，在新诗的大地上各自拉网、建群，捕捞着不同年龄的诗粉。这已经成为诗歌生态的常态。新诗阵线，无论被撕裂还是吻合，阵痛还是痉挛，都已经习以为常、见怪不怪。诗人们也已经习惯叼着新诗的奶头，炫耀学问和天赋，在语言的煤窑里，精心测试可能危及生命的边缘的瓦斯浓度和诗人能够承受的抗体压力。这是一个平庸的时空里明哲保身的最佳选择，语言训练有素，精准把握尺度，不越雷池一步，有时也会扮演诗歌城堡里的城管角色，以巡视诗坛为快。

我跟复旦诗社的年轻诗友交流过新诗的和平时代，诗歌已经丧失了它的敏感与锐角，开始心平气和，以炫技和卖萌作为护身符，以好与不好的审美轻口味作为标志，来衡量一个诗人的天赋和能力。

这里涉及诗歌的价值标准，什么样的诗歌是好的诗歌，什么样的诗歌是不好的诗歌。在中国有很多评论家、理论家，我也看了很多他们的文章，但是，几乎都没有说到关键，或者说，当今中国诗坛的价值标准观念还是非常狭隘与陈旧的。诗坛每年都有很多诗歌选本，但是绝大部分诗歌都是老的诗歌模式，没有任何创新和超越。

一般意义上，诗人的诗的好坏是有深刻时代烙印的。朦胧诗能够在 20 世纪 80 年代平地一声惊雷般地崛起，是从颠覆一个时代的审美价值观开始的。从粉饰太平、歌功颂德的跑堂诗歌，一下子切换到敢于说真话、讲真理、露真情、针砭时弊、胸怀历史格局、负重民族大义的英雄主义时代，且意象与象征长驱直入，从现实主义、浪漫主义跨越到超现实主义、现代主义、后现代主义的诗歌路线，大学生诗歌运动的浪潮又将时代诗歌风格切换到更为青春、智慧、生命意识勘探、情绪躁动涅槃、多元语言风格实验的当代诗歌时代，使得 20 世纪 80 年代的诗歌色彩浓重而丰富，响亮而厚重，斑斓而经久不衰。以至在很长的时间内，中国诗风都沉浸在铁肩担道义、忧国忧民的意识形态诗歌格调中。这也是一个诗歌“入世”的代表性时代，“入世”的诗歌，一直蔓延至今而无溃退，只是在诗歌的真诚与虚假、善美与丑陋之间徘徊。诗歌由入世到出世，有一个漫长的过程。

社会化诗歌转向生命化诗歌，诗歌离开时代的虚幻之影，而进入生命内部，从超我的生命意识回归到寻找自我、本我的原生态生命意识，在当代投射出的矛盾、焦虑和忐忑，依然带着强烈的入世之叹而挟诗歌为人质，绑架着整个诗歌生态的审美与价值判断。

社会化诗歌是诗歌价值标准重要的一环，但不是全部。

诗歌好坏的价值标准有多个维度，首先是诗歌风格、语言、题材、观念、意象的原创性和唯一性。我们见到的很多“好诗”都似曾相识，都具有抄袭和临摹的嫌疑。按照价值标准，凡是具有相似性的诗歌一律都只能被视为习作。诗歌的评委首先必须要统一评判标准，不能由着自己的口味来评判一首诗歌，而必须按照诗歌史上以时间先后为顺序的原创性诗歌为标杆，区分类别，形成具有学术辨识度的模本，然后来评判后来诗人的诗是否具有开创性，是否在风格、语言、观念、题材上有所突破和超越。在现当代艺术中，风格原创的里程碑一旦树立，后来者的模仿雷同是一种耻辱，而在诗歌界，雷同的诗歌风格却不以为耻，创新的诗歌却无人看得懂。

诗歌的原创性是一个大家都明白的老问题，但是对原创的标准却各有己见。一旦原创超出了自己经验和能力的范围，态度就变得吝啬和暧昧起来，迟迟也不肯接受认同，成为叶公好龙。

好，还是不好，确实是经典的审美标准，而且，审美是主观的，审美没有高下之分，审美只有不同。当然，对诗歌来说，民工的审美与教授的审美肯定是不同的，但是这种不同并不构成诗歌史意义上的价值。如同美术界的素描功底，在现实主义风格的文化中，素描成为应试教育的必杀技，但是，到了现代主义、当代艺术那里，素描已经是大观园里的刘姥姥，你和抽象艺术家、装置艺术家、观念艺术家谈素描是基本功，如同和正在一线厮杀进攻的战士谈营房内务，叠被子必须一条线是战士素质和基本功一样荒诞。

我关注诗歌观念和形式的有与无。在新诗内部，也是有这样的有与无的创造，比如在“大跃进”诗歌时代，写出浪漫主义的爱情；在浪漫主义的幼稚时代，写出理想主义的激情；在理想主义的单纯时代，写出悲观主义的决绝；在悲观主义的楼阁上，写出超现实主义的梦幻；在超现实主义的虚幻中，写出荒诞派的野蛮与无畏；在荒诞派的冲动与茫然上，写出图像诗歌的形式与造型。人类的诗歌历史生死几千年，但诗歌的时代替换却屈指可数。

中国的诗歌史的脉络轨迹：《诗经》《楚辞》、汉赋、唐诗、宋词、元曲、白话诗。其中唐诗宋词是最顽强的，至今上千年，依然蔓延着；其他诗歌形式，穿插在历代的各个文化时期，相互纠缠。作为一股强大的复古势力，古典诗词依然随时有再度蔓延的可能。白话诗的高峰期过后，它的生态，也将和古典诗词一样，进入枯水期。

好坏问题只是一个审美问题，是一个很低级的价值标准。重要的是创造，是有还是无的问题。你必须面对“有无”问题，你必须创造一个“无”的概念，这才是价值。从“好坏”到“有无”，这才是诗歌价值从量变到质变的唯一正路。

汉语抽象诗，从无到有，正在路上走着。

（作者许德民，著名抽象艺术家、抽象艺术理论家、诗人、画家，中国抽象艺术学学科、抽象文学、抽象文化理论、中国抽象美术史创导者，《中国抽象艺术》主编，国家一级美术师，复旦大学中文系特聘教授，上海抽象画会会长。1981 年发起成立复旦诗社，为第一任社长，1982 年参加诗刊社第二届青春诗会。著有《人兽共患病》《发生与选择》《抽象诗》《现代幻象画》《中国抽象艺术学》《抽象艺术文化论》等诗集、画册、理论集十余部。系中国作家协会会员、中国美术家协会会员、中国摄影家协会会员。）

# 被疫情改变的当代性

叶匡政

当人们用研究自然科学的方法，用一种几何学倾向来分析和研究诗歌时，就会出现一些有趣的问题，“当代诗歌中的‘当代性’”大概也属于这样的问题。几何学头脑和方式，只能处理简单的事物，面对诗歌这种复杂的形态，我们更需要的是直觉理解，需要帕斯卡所说的“敏感精神”，也就是说要通过整体观照来感受诗歌的一切。这种观照是直接的、体验式的，没有定义和原理，也是无法计量的，它更多的是通过隐喻和暗示，通过内心的敏感性来表达。它不是抽象的和系统化的，无法像物理学那样得出某个固定的公式，或发展出某种理论和观念体系。那些体系常常不是增加我们对诗歌的认知，而是相反，带我们偏离了诗歌。

当代人写的诗，都可谓之当代诗。写诗的人，因阶层不同、职业不同、生活的地域不同、面对的生活样貌不同，他们眼中呈现的当代性，可能也完全不同。一个诗人既可写他熟悉的生活，也可写他想象的生活，写他观察来的生活，写给他以冲击的生活，无论他怎么写，写得是否深刻，写得是否让我们喜欢，只要他是在当代写的，我们就可以说这些诗天然具有当代性。

从这个角度看，并不存在一种明确的或谓之统一的当代性指向。当代性是有多种面相的，正是这泥沙俱下、鱼龙混杂的多种面相，构成了我们所说的当代性。

但显然，在某些诗人眼中，会认为另一些诗人的诗是不具有当代性的，甚至是反当代性的，这是为什么呢？这不只说明他们对当代性的理解不同，还有更复杂的原因。这是个庞大的话题，下面我简单说几点理解：

## 一、当代性首先是一种历史意识

每个诗人如何认知当代性？他无非是把当代与历史相比较，也就是说，历史意识是当代性存在的基础。没有历史意识，也难获得对当代的认知。只有通过历史，每个人才能从一个广大的人群中，找到自己的归属和认同感，明白自我与他人的差异。所谓当代诗的当代性，首先便是这种历史意识的自觉获得，它是诗人一种重要的领悟，不但要理解过去的过去性，也要理解过去的当代性，以及当代的过去性。回到历史去感受当代性，你才明白发生了什么。不仅要理解新诗的一百多年，其实也要感受到从《诗经》、屈原以来的整个中国诗歌，它其实是一种整体存在。你只有不断在历史中感受当代，才能明白自己在时间中的位置，自己与历史以及与当下的关系。

对当代性来说，历史意识还有第二层含义：单个的诗人所呈现的意义，永远是不完整的，他的重要性也是我们把他和过往诗人比较的结果。所以我们评论诗人，总是从历史的角度来评价他的独特与创新之处。一个生命，我们只有从统一而连续的精神长河中，才能真正发现自己在当下行动的价值。我们认知的当代，其实是对过去的一种印象。

如新诗到1949年构成了一种秩序，但这个秩序在当代是变动的。一旦有创新的作品出现，这个秩序就得变化一下，哪怕变化很小。每诞生一首重要的作品，过去的经典作品对于整个诗歌史的关系、比例、价值也会发生变化。新的要加入旧的，旧的也要适应新的。所以说，过去也会因为当代而改变。一个集大成者的出现，往往会在整体上改变我们对文学史的认知。艺术与诗歌，虽然手法多变，但整体上并不存在所谓的进步。所以，诗人会不断地追溯历史。

其三，当代性中的这种历史意识，也在提醒世人和诗人注意，这个世界上，还有一部诗人撰写的历史。在我们的常识中，从来都是统治者、胜利者撰写历史，然而谁又敢说诗人不是最后的胜利者，是历史不可替代的保存者？

中国自古就有“诗史观”。从古诗能看到，杜甫与苏轼的诗在他们的时代，是极具当代性的，它们不仅是一个时代的历史记录，也是个人人生的全记录，你读他们的诗，也能读到他们毕生所经历的时代，政事治乱、民生经济、社会风俗、师友交游、生死福祸、日常琐碎、风景山川等，既能看到作者的生活起居，也能看到他们的性情嗜好，包括他们的各种内心活动，也由此能看到他们的家庭族群、社会变迁，从人事到社会到自然都会涉猎。

新诗同样如此。我们通过检索一百多年来的新诗会发现，诗人对当代性已有一种集体意识：诗人把真理的片断从现实的连续体中分隔出来，诗人把心灵的奇迹从一个时代中爆破出来。他们呈现的历史不再是封闭的、直线的、同质的，而是对人类良知那种神秘之物的凝视。诗人编撰的这部历史既包含未来，又让我们重获过去。

所以新诗的当代性在某种程度上意味着：它们不对生命删繁就简，它们不携带虚假的官方记忆，更不会忽略那些时间中失败的事物、那些被伤害过的事物，那些散落各处、无名又无形的踪迹。这或许是一部与流行的公共话语完全不同的历史，但他们呈现的却是一个时代的心灵史，也携带着一个时代中国人的个人意志与生存真相。没有历史意识的诗歌，在某种程度上也意味着难以具有深刻的当代性。

诗人们对于当代性，意味着要肩负这样的使命，对当代每一事件的回溯，对现实和心灵的每次审视，诗人们都渴望为它们寻找到第二次生命。诗人们期望，那已经死亡的过去，通过诗歌能获得另一个躯体。这一次是由诗人意志创造的躯体，所以它无法被毁灭。只有当这个世界上，任何事件或任何苦难，在诗人充满良知的凝视中，都不再落空时，诗歌才有可能创造出比历史更广阔的视野。在那里，每一次受难都将以复活告终，每一种悲伤都在被引向更大的善。它可能是跳跃的、断裂的，甚至是反历史的，但它不会错过那些失败者，不会错过那些不公正的命运，不会错过那些散落各处的、无名又无形的踪迹。可以说，诗人的诗歌，既是一次为它们求得宽恕的审判，也是诗人站出来为它们结清的最后一笔债务，历史由此进入一次新的生命循环。那时我们不能不说，当代或历史，只有在这样的诗歌、这样的心灵中存在过，才是真正的复活。

## 二、被疫情改变的当代性

半年多的疫情，正在让我们过去理解的当代性出现断裂，大量过去的理念已无法帮助我们理解这个时代。我们都在重新锻造新的思维方式和新理念。这一百多天中，我们看到了太多卡夫卡式的困境。每天早上醒来，我都要分辨一下脑中的信息，哪些来自现实，哪些来自梦境。我悲哀地发现，我竟然很少做梦，那令人难以置信的一切，都发生在现实中。我们面对的当代性发生了八级地震。

一粒病毒的爆炸！它如此小，小到我们肉眼都看不见，对人类带来的伤害却远超一枚核弹，从目前看，它的威胁还遥遥无期。它让一座座华丽的城市，一夜间变得如废墟一般寂静；它让人们主动避开大部分的公共空间，放弃集会与社交；它让一个地区或一个国家的人成为病毒的人质，被某些人排斥、躲避。这粒病毒在爆炸的过程中，还找到了同盟军。这支同盟军，故意隐藏病毒蔓延的消息，阻止人们对病毒有更深的思考。它更愿意看到人们在恐惧中，选择麻木或遗忘。确实，这与多数人的期待也是暗合的。因为你对病毒认知得越深，承受的苦痛与绝望也会越多。

这就是我们身处的当代。我们落入了一个做梦也难以梦到的古怪处境：活的前提是放弃一切生活的可能性。

疫病在当代的无限性，并不只是指它可以无限地传染人，而是在一夜之间，它改变了实体世界的一切规则，在短时间内，它损毁了我们对公共空间的认知。人们退守到家中，就像蜗牛藏进壳中。我们把每个人都看作潜在的病毒携带者，“其他人”成为生活中最不安全的因素，甚至是潜在的“敌人”。如果把病毒看作武器，你怀疑一切“外人”都持有这致命的武器。人们对病毒的恐惧，正转化为对人的恐惧，对人种的恐惧，对一切集体活动的恐惧。每个人都感到病毒的威胁，人人都在揣测自己未知的命运。那曾经让当代变得坚固的事物都在土崩瓦解。这威胁在时间上也有无限性，直到出现疫苗或可治愈的药物。病毒是不长眼睛的。权力和财富在病毒面前，失去了旧时的魔力，它甚至给拥有者带来更多的恐惧。因为有的人失去的只是苦难的生活，而有的人则会失去对整个世界的掌控。只有逝者摆脱了病毒的威胁。

当人的受难无法停止时，时间便停止了，它让时间成了一个没有未来的当代。苦厄让人失去了时间，也失去了世界，失去了诗歌过去所信任、熟悉的当代性。然而，思想总是厌于思考苦厄，就像鲜活的肉体厌于死亡一样。我们在当代的苦厄中，忍受纯粹的时间，没有事件、没有计划也看不到可能性的时间，一种无限的、必须每时每刻忍受的空无的永恒性。我们丧失了自身，丧失了那个在正常世界中的“我”，丧失了那个曾让我们安心的世界。上帝是悲剧的中心，但苦厄又移除了上帝，使他不在场，让我们在当代沉入了比死亡还要巨大的空无，比暗无天日的牢房还要黑暗的日子。当代性在今天似乎只变成了两个词：苦难与等待，我们只能在苦难中等待，一场无所期待的等待。

当一个人觉得自我的可能性与当代的限制构成强烈冲突时，向宗教、向哲学求援，几乎成为一种本能。自我的可能性与所处的当代密切相关，当这当代提供的自由范围越来越小时，当我们不得不因疫情而禁足在家，放弃一切公共活动时，我们会渐渐感知到，生存将不再向理性和知性开放，你时刻感到来自荒谬和挫折的威胁。这是我们面对的最真实的当代。我们遭遇了最深刻的悖论，人人都知道问题出在何处，人人不得不"王顾左右而言他"。有些诗人们无法写诗，或不想写诗，步入了米沃什所说的乌尔罗地，在那片灵魂饱受煎熬之地，残损的人类承受也必将承受心灵的困苦。当写或不写变得不再重要时，我们内心已发生了变化，被恐惧俘虏，或被厌倦征服。

或许新诗在未来的当代性，需要向人类自身之外寻找支持，只有这样才能把秩序重新带入自我，让生存摆脱紊乱和灾难。宗教中，有一个献身的理念，这种献身是指向未来的，它意味着扩展自我的可能性，它意味着要有勇气运用自己的理智，把自我引向一种重大的可能性。人生其他的可能性，都将从属于这种可能性。通过献身，通过超越自身，来实现真正的自我，这或许就是宗教哲学给我们的启示。信仰可以给我们的，不只是一种相信，它还是一种生存态度，这种态度本身就包含了献身。没有献身意识，当代性就会被灭迹。

诗把人引向神，引向一切未知的世界。人的尊严、人的自由永存于一个神秘的未知世界，只有不断发现，这些尊严与自由才能存在。宗教让我们相信一个未知的世界，而诗是在创造和进入一个未知的世界。它向原始与未知敞开。其他学科是所有科学家一起发现一个世界，只有诗人，凭一己之力，往往就能发现和创造一个世界。当我们仍身处疫情蔓延的当代，或许更需要这种思辨。

当下发生的一切，是人类的一次极限体验，也是每个人的一次极限体验，每个诗人的极限体验。无论你是否染上病毒，你都在这次爆炸中被改变、被影响。你期望能回到过去的生活，但你今天看到的太阳，已与过去不同；你今天写下同样的文字和诗，但含义已发生变化。你如果愿意沉浸于这苦难深处，你就能抵达你精神的某种极限。我们所有人都像从一场疾病、一次重伤、一次受难中缓缓醒来，这场世界性的大瘟疫将改变所有人，改变这个世界的哲学，改变这个世界的诗歌与艺术，改变人们的心灵，改变这个世界的规则。受难将成为一个迫切而永恒的主题。

这种疫情所改变的当代性，仍在发展中，我们对它的认知仍是模糊的。

## 三、沉默的当代性

如今打开网络，我们感受到一种新的当代性，我们似乎纠缠在咒骂声中，除了咒骂，人们无能为力，但这咒骂，其实是一种沉默。人们互相咒骂，除了咒骂就是咒骂，人们似乎已丧失了思考之力。这咒骂已把所有人的灵魂变为荒芜之地。要在咒骂声中，建立一个所谓的乐园，何其之难。越来越多的人的灵魂，活在灰暗之中。民众的某些缺陷究其根源，还是因为知识者和诗人无法提供足够的滋养。

诗的当代性，只有在面对受难真相的思考时，才是有效的，这受难无论发生在何时何地，它们本质上是一样的。当真相匮乏时，某种程度上也取消了思考的价值，取消了当代性的价值，这也是我着重关注奥斯维辛的原因。真相不仅使思考有效，也让思考变得深入而复杂，能进入它未曾进入的领域。假象则会让思考流于表面。把世界与现实简单地分解成一些好坏、敌友及利益的符号，这等于取消了思考。用这些简化了的符号，来描述一个复杂而多元的世界，前景必然是可怕的。尤其是依据这些符号来制定政策，只会引来更多的对抗。而对诗人来说，要理解当代性，就必须保持思维的活性，反复演练自己的头脑，不要让别人来代替自己的思考。

说到这里，我不禁再次想起奥斯维辛，在奥斯维辛，你只有两种选择，或成为听话者，或成为受害人。听话者是集中营中的大多数，他们随机应变的活命主义，总能让他们化险为夷。活命好像也体现出一种尊严，虽然这时他只剩下一个活动的躯壳。他为能生活下来所使用的谎言或骗术，在这种情境下显出了悲剧意味。但如果我们真的把他处理成一个悲剧人物，一切又会变得非常可笑，因为这是对悲剧精神的一种拙劣模仿。当我们让他成为一个喜剧角色时，悲剧的效果反而会凸显。

公然站出来反抗的受害人，在集中营众多被奴役的人的眼中，却变成了小丑，因为他们主动抛弃了生的尊严。在这个有着巨大悲剧氛围的集中营中，是不存在悲剧的。生于其中的人，早已发展出一种新的哲学，他们体会不到反抗者的悲剧性，他们把反抗看作自杀，看作对生命尊严的废黜。听话者早已把“沉默”视作一种肯定的事实，视为一切话语的背景。在这种处境下，即使是对爱情的赞颂，看起来也像在说一种“隔壁”的生活。这是对当代文学精神最准确的概括。因为我们的诗歌现场总是发生在“隔壁”，它甚至演变为我们判断诗歌好坏的标准。这样的当代性显然是每个有良知的诗人试图弃绝的。

我常想，一个诗人在屋子里写诗，他周围的墙上应该到处都是字迹，而诗人面孔正是从这满墙的字迹中慢慢变得清晰的。一个诗人，往往就像一个嫌疑犯般活着。他走来了，成了逮捕自己的人，他把自己从嫌疑犯的位置上解救出来，他的解救不是回到洞穴，更不是回到一种未开化的状态。

唯一将诗人们联系起来的就是母语了，然而母语在今天也变得如此陌生。我们的语言，只适合某些人类使用，他们需要的正是这种含糊其词。诗歌对于我们今天使用的方块字来说，几乎成了一种重新获得物质和思想、生理和心理的现实。一个好诗人的作品中，我们总能闻到这种气息。意义来自选择，来自从不相关的事物中发现的隐藏的关系以及堪称戏剧性张力的气势。我们的诗人已经有了把这个世界记录在自己的身体中的愿望，但我们需要寻找的是让自己变得清澈的源头。

加缪确实说了“幸福是一种义务”，他同时强调，“但只有在我们辨清了我们自己，辨清了我们的同类，乃至辨清了上帝的情况下，这个真理才能完全站住脚”。写诗当然无法拯救人类，但它至少可以让人类增加一点被拯救的价值。

## 四、当代性意味着对诗性有当代的理解

如果让当代诗人用一句话定义现代诗，我觉得可能是：诗是展示不可能的艺术。因为展示的是不可能，所以它不可能有清晰而准确的定义。诗表达的是不可能，所以对它的解释，必然是在解释那些不可能解释的东西。

对诗性，当代诗人们基本是达成共识的：在一切学科中，在人类现实中，在生命中，诗都代表了不可能，代表了“否”的那一端。如果所有的一切为“是”的话，诗就是那个“否”。它排除了一切“知”，逻辑、推理、观念，但又是全部的“知”。别的学科如果是道路的话，诗就是一切道路的米字形路口，它融汇了一切，知识、现实、想象、情感和爱。它是从所有已知部分的一次越狱与逃跑，带着生命的所有热望。

从这个角度说，它独立于所有学科之外。诗人是凭着那不认识或不可能认知的，而认知了一切，他们认同一些事物中神秘的部分，其他事物的真相就因此显现出来。这个逻辑，理性者永远不会懂。它展示的是属于生命彩虹的那稍纵即逝的片刻。那片刻，你抵达了生命的最核心部分。在这片刻中，你让自已的心灵停下来，变得安静，体会到一切平凡事物中的不凡部分，那是生命和现实的另一张面孔。诗是诗人全部生命与现实的融合，是神圣而庄严的一刻，只在那片刻，它们完整地融合了，这融合创造出一个新世界。

诗在当代，总是在一切学科不可能行进的地方行进，它是它们在瞬间的绽放，也是它们最生动的表情。它也是理性的，但这种理性与科学或哲学所言及的理性完全不同，它是生命与一切自然最深处的理性，或许这种理性还未被人类清晰地表达，所以在某些人的理解中，就成了非理性。它不会被任何事物、理念和概念所局限，它的想象可以将分裂的万事万物融合起来，你能说月光下的那朵玫瑰与你的爱情无关吗？你能说大海上升起的明月和你的故乡无关吗？诗人交给我们的，就是这万事万物融为一体的理念。混沌学需要无数证据来说明一只蝴蝶翅膀的扇动与太平洋某场风暴的关系。在诗人的直觉中，这样的证据、这样的事实早已存在。

在当代，诗人对人类、对生存本体的这种追问，也往往是形而上的，与其他人文学科的追问不同，对普通人来说甚至是难以认知的，是既不能证实也不能证伪的追问，诗性正是在这样的追问中产生的。如果按照科学的观点看，不可证实也不可证伪的东西是无意义的，也就是无用。但无用，恰恰是诗所需要的，因它超越了一切日常世界。诗的目的就是把语言从"有用"中解放出来，所以无用既是构成诗的要件，也成为诗最重要的力量。无用，使诗保持了一种生命般的自足。诗创造自身，它只有自身。它自身的含义是它存在的所有目的。它更像生命本身的运动，目的是创造出另一个生命体。就如同一朵花儿、一棵草儿，如同一只蚊子、一片荒原，如同万事万物的生命，可以什么也不证实，就这么存在着，没有目的。它不是绝对现实，确比绝对现实更为长久。这一生命体因为借助文字，在世间不朽。正常的人常会做一些无用的事，仅仅因为这些无用的事，会让他们快乐。齐奥朗说，一个诗人的力量来自他所有不曾做过的事，来自他那些满腹"不可企及"的时刻。诗歌在当代，表达的是我们不可能拥有之物的本质。

所以，在当代社会，只有诗人相信无用，相信苦难，相信失败的一切，把柔弱视为有力，而把强大的一切，视为空无。他对苦难提问，他问得如此执着，以至于忘了自己的苦难。他不仅关注眼前的苟且，更关注眼前的苦难，在这些最没有诗意的地方，他的触角是最灵敏的，伸向一切事物，并把感知传达出来。诗人也描摹外部的形象、行动，但他的目的，还是进入事物的内在。一切事物在诗人的眼中，都是能感受、会思想的，他赋予一切事物以生气，这既是事物的内在部分，也是人的内在部分。诗人在当代的生命意识，在这些事物中才是主要的。一切事物和形象，在诗中都在为诗人这种生命意识服务。诗人要把天地万物拥入怀中，吸干它们的精髓，即便那样，他也不会满足。

我们说的诗歌的当代性，核心是因为它关涉到人类的心灵史，它是无数诗人记录下来的人类心灵史。人类一切心灵的狂风暴雨，在诗中都有记录。它模仿了人类心灵这个宇宙的再生。我们说到当代，无非是说时间可能带来的改变。诗人赋予形象以节奏和韵律，让那些被诗人关注的事物生活在时间之外，永不被时间改变。没有经过诗歌训练的人，可能会被当代涌来的景象淹没，变得不知所措。而诗人能发现这景象中最有力的那条线索，用这线索让无序的一切变得有序，并充满了韵律。德国文化就是按照一个时代的诗歌特征来命名自己时代的：伤感时代、狂飙突进时代、浪漫时代、青年德意志时代、仿古时代……德国人似乎很早就明白，诗歌代表了一个时代的全部人类的心灵和情感，它是公众情感在诗人身上的映射。所以，历史会用几个诗人或几首诗，来命名一个时代的文化，是因为它们准确地表达了它们的“当代”，这其实也是今天诗人们努力追求当代性的一个潜在动力。

我觉得切斯特顿有一段话，很好地说出了诗人所理解的当代性：他容许模糊地带的存在。他经常一脚踏地上，一脚踏仙乡。他经常容让自己自由地对神灵质疑，但同时容让自己自由地相信神灵。他经常重视真理多于一致性；如果发现两个貌似矛盾的真理，他就同时接受两者，连带与其并存的矛盾也一起接受。他属灵的目光有如肉眼般是立体的：他同时看见两幅不同的图画，但总能看到较好的一面。因此，他经常相信有命运这回事，但同时相信有自由意志这回事。因此，他相信孩童本身就是天国，但同时相信他们必须顺服地上的王国。他羡慕青春，因为那是青春；也羡慕年老，因为那不是青春。

最后我想说的是：诗是语言中最自由的人，即使诗人是不自由的，诗人仍然可以成为在黑暗中寻找、确认自由和神迹的人。越不自由的时代，越需要诗人。他是可以喊叫的，哪怕他的喊叫无人关注，这或许成为一个诗人在当代写诗的原因。它用语言安葬那曾经与正在发生的苦难，也安葬所有的受难者。

（作者叶匡政，诗人，文化学者。1969 年 4 月出生。著有诗集《城市书》《思想起》、长诗《“571 工程纪要”样本》、文化评论集《格外谈》《可以论》等，主编“华语新经典文库”“非主流文学典藏”“独立文学典藏”等多套丛书。《南方周末》《新京报》、香港东网等数十家海内外华文媒体专栏作家。获台湾第一届双子星国际新诗奖及大陆十多种诗歌奖、首届中国新锐媒体评论金奖，2016 年入选“影响中国百年百位诗人”，2019 年获第三届《诗参考》十年成就奖、《诗参考》十年经典诗歌奖。）

# 对诗歌的当代性的几点看法

陆　渔

本文讲自己对当代诗歌的当代性的几点看法。

第一点，当代诗歌在形式上的断裂。断裂是从新文化运动开始的，比如说胡适的“八不主义”，他提出的几点其实到现在还用，比如不再套用典故，去掉陈词滥调的套路，也不再从头说起讲故事了，还有不适合在诗句中明示诗意等。当代性不断催促改变文字和语言的形式，而口语诗的兴起则走出了当代诗歌的最重要一步。所以说坚持口语写作是对诗歌的当代性最好的回应。

第二点，当代诗歌意义上的转折。当代诗歌从形式上的断裂演变到内涵上的转折是由整个时代发展而自然形成的，包括当代艺术、当代思想、当代人文精神的重塑。当代主义不再像古典诗歌甚至现代诗歌那样去追求一些宏大命题，比如达尔文的进化论，现在被称为演化，不一定每一步都要进步，只要对人类有利，退几步也可以。我对自己的写作要求就比较依赖个人视角和自我感受，并不追求所谓的绝对正确，我认为当代最重要的特征是对正确和永恒产生了厌倦，甚至怀疑。

古典主义讲赞美，现代主义讲批判，当代主义讲消解。比如说电商，短短几年电商就把所有的传统行业几乎都干掉了；再讲一个例子，机器娃娃有可能今后就消解了性，甚至于会不会消解了爱情，我不知道会怎么样演化，答案只能交给未来了。

第三点，缺乏当代精神的诗歌不能称为当代诗。诗歌不是不可以赞美，古典浪漫主义就是歌颂和赞美，而当代主要着重自我的存在与个人的诉求，缺乏当代精神的诗歌不能被称为当代诗，最多只能叫作新诗，或者是形式上白话诗。有一些诗人的语言表现已经非常当代了，或者说是当下了，但在精神上并没有当代精神，甚至现代精神都没有到，还停留在传统里面。

第四点，断裂和转折之外还有传承。当代主义的另一个特征是对传统主义和现代主义的再理解，其实，从诗歌起源一直到现代，每个时代都在不断地再理解。常常有人问什么是好诗，有时很难回答，但是如果一群好诗人碰在一起，大家几乎都能够得到一致的判断。如果我们能回到唐朝读唐诗，我们基本上也能够得到一致的答案，哪一首是好诗；反过来说，如果唐朝的诗人能够来到当代，到当下，他其实也能够判断出哪一首现代的诗是好诗。我认为这个就是传承，也是我们汉字独一无二的魅力。

第五点，中国的当代性不同于世界流行的当代性。当代的世界更趋向个人，更趋向用自我的视角对已经确定的事物进行反思，因此不再有宏大的叙事；而当代中国出于历史的原因，比较倾向民族主义，一切着重于发展；所以两边有着非常巨大的分歧，我认为这种分歧本身也是当代性的重要标志。这个要在以后回头看，看谁经得起考验，根本不用现在去定论，定论了也没用。我们当代诗歌也应该是充满歧义、百家争鸣的。

所以我认为，任何试图统一诗歌形式的行为都是徒劳的。

（作者陆渔，1969年出生于上海，资深艺术收藏和赞助人，戏曲评论家，诗人。）

# 有关当代诗的思考

余　旸

最初接触，或者明确地提到了当代诗歌的“当代性”，是在十多年前，读诗人萧开愚对桑克的诗所作的批评，结尾下了一结语：

“当代诗如不是当代艺术的一部分，为诗深谋的人不考虑诗与今天生活的联系，自外于诗的命运，牺牲则大。”

萧开愚其实还有一些更为辛辣的评论，让人侧目而印象深刻。开愚多年前发出的这些较为前瞻的声音，当时显得怪异而突兀，只能以某种方式在小范围内得到了局部的误解回应。更多时不免击空，余音寥寥，断续的这个话题，在不断翻新或抛出“概念”的诗歌话语场中，显得越发无聊、多余，连添加聊天话柄的资格都没有。至少，我没有见过更多这方面的讨论，受限于我的井蛙视野。

闲话少提，还是归到“当代诗歌中的‘当代性’”这个话题中的几个方面上来。

第一个，按我理解，“当代性”，依瑞箫老师发来的前几届的会议宗旨，当是衔接上次临港诗会而来。所谓断裂与连续，俱针对上次诗会的题眼——“现代性”而来。非常认同诗会主题设计者的独具慧眼，但在短暂的认同后，有一疑惑，作为“当代性”针对前提的“现代性”，是否有一个大家可以放心分享的共同的认知？

时间仓促，没能拜读第三届诗家的文章。这里，只谈一下个人不成熟的意见：有关“现代性”的话题，连篇累牍，其实在当下的学术讨论中已经过时。有关政治、社会、文化方面的探讨，即便不参考国际社会（尤其是欧美）的论著，中文作者的论述，也已汗牛充栋。诗歌方面稍微特殊，而当代诗歌画地为牢，尤其特殊，它的所谓“现代性”问题，则与20世纪80年代以来西方现代主义诗歌的冲击与影响息息相关。粗略说来：新时期以来当代诗歌的“现代性”是接受西方现代主义诗歌的冲击与影响而有所回应的产物。从诗歌写作实践营养能量供应与摄取的角度，放在当下，四个字足以概括，那就是“抱残守缺”。

20世纪80年代初、中期，一直延续到90年代中期，随着改革热风吹进来的西方(主要是欧美的)各路现代主义大师们纷纷登陆中国。他们陆续登场，集体亮相，“晕眩”并吸引了当时写诗的青年们——当代诗歌实践的主力军。曾普遍沉浸在社会主义、现实主义与浪漫主义文学氛围中的年轻诗人们，眼界大开，借此纷纷突围，学习那些从外国翻译进来的诗人的作品，为之倾倒而彻夜竞诗不已。他们因为那些诗(多是途经翻译而来)的启示迸发出头脑岩层中的语言风暴。不过，在最初写诗的激动之后，从诗歌写作的持续性而言，最终将要面对当时试图以想象来拒绝掉的那个庞大、琐碎、让他们不耐烦的“现实”“历史”“政治”“家庭”或者“社会”，即便他们的写作如何“个人化”，也是发生在上述的现实框架中，或者反抗，或者利用，或者综合加以作用。实际上，他们的那些写作，最终也只有放置在中国的历史语境中才能得以说明。从那些西方现代主义大师们那里所获得的，随着使用而不断耗损而愈发抽象，以至于不敷使用的“诗歌原则”“诗歌想象”，诸如“想象力”“见证诗学”都变得越来越“残缺”。不是那些我们转译过来的诗人们自身精神世界残缺与否的问题——试着想一想，我们这个宗教氛围缺乏的国家中的诗人们，在欢呼了艾略特的“客观对应物”“非个人化”“传统与个人才能”后，如何面对艾略特后来那些有关基督教的论述呢？毕竟，西方诗人诗歌实践的发生与运作，与当代中国人相比，处在不同的文化与思想背景中，当然也处在不同却有所交汇有所比较的政经世界中，处在每天不同感受生成熄灭的日常生活中。从营养供应的角度而言，中国当代诗歌的写作与实践，当然更与中国的文化与思想背景、中国的政经世界、中国的日常生活息息相关。当然不是说，上一辈诗人从这些西方现代主义大师那里收种，开出来的都是“谎花”；也不是说，西方诗歌，尤其是欧美现代主义诗人提供的营养，胡萝卜、沙拉、咖啡，诸如此类，不具备多种维生素来成全我们的身体与欲望、精神的发育；而是说，从西方诗歌的现代主义里实际收获的，显然要比他们自我宣称的，至少要打很多折扣，且随着时日俱增，这种单薄的收获，也越来越变成了“谎花”——想象出来的、闪耀着玻璃色泽的“谎花”。

从这个有些偏颇却时刻要求着写诗欲望发动的能量角度，对比那个时时刻刻抵在眼前，烦扰着我们、牵动着我们、拉扯着我们的，我们已经讨论得要呕吐的还要再一次讨论的“现实”“历史”“社会”，当代诗歌的“现代性”，更多表现为从诗歌到诗歌的文本间的封闭传递，好像显得“抱残守缺”，因而顽冥不已。不妨自问一下，诸如艾略特、叶芝，诗人们究竟从他们的论述与诗歌中，收获到了什么？对待他们，我们深入理解到了什么程度？在此前提下，他们的思考深入到了我们的思想文化脉络中，进展又是如何呢？这些问题值得进一步讨论与澄清。当然，我不是在反智主义地要求与吁求，拒绝互通有无，拒绝进一步的沟通与深入，而是希望在接受这些来自异域的营养与滋养的时候，稍微能够在中国自身的上下文中有更多的辩驳与反思。

第二个方面，延续第一个认识而来。强烈针对现代主义带给诗人滋养不够的认知，才有诗人萧开愚对桑克诗歌的委婉批评：

“当代诗如不是当代艺术的一部分，为诗深谋的人不考虑诗与今天生活的联系，自外于诗的命运，牺牲则大。”

萧开愚既是诗人，也作为策展人密切参与了世界尤其是当代艺术的各种实践活动。旅德期间，艺术家博伊斯的“社会雕塑”的观念，触发了他，而博伊斯实际上也在中国当代艺术中产生了持久而深远的影响。近一二十年来主导中国当代艺术的观念究竟是什么？痛惜于当代诗歌与当代社会清高而实际上寡合的隔膜，从当代艺术充满活力的生产与实践中，萧开愚其实获得了启示。

但是，如果不了解“今天生活”背后所蕴含的巨大张力与丰厚的内容，那所谓的当代诗歌中的“当代性”——“考虑诗与今天生活的联系”，无疑就是重复了多年的废话。问题主要在于我们究竟去如何理解与打开“今天生活”。

这是一个猫咬尾巴的大话题。我还是从当代诗歌的历史状况来进入。从20世纪90年代以来，当时的诗人批评家们反思20世纪80年代以来的诗歌实践，提出了诸如“日常生活”“中年写作”“历史意识”“中国话语场”等诸般概念，表现出深入中国当代生活，把握与探讨当代中国的现实感、社会感与政治感的诸般努力。他们试图把握当代中国的具体状况的诗歌与批评实践，为我们探讨诗歌的“当代性”提供了一些起点，也打开了一些新的可能性。可以说，针对“现代性”出现的问题，他们解决问题的方向与意识都直指核心，但在如何把握“现实”“社会”“历史”方面，对可能面临的困难却估计不足。在众多诗人兴奋地拥抱“日常生活”“与历史幸运地跌落在一起”的叙事热潮中，诗人臧棣就曾远见卓识地指出：在专业分化的文化格局下，诗歌写作，无论是在批判的深度与广度上，无论如何，无法与历史、哲学诸话语媲美。在这一绝望认知的基础上，臧棣决绝地将诗歌话语的根基建立在一种对人类未来生存的特殊性想象的召唤性中。

真够绝望的！在当代诗人们试图挣脱诗歌“现代性”的束缚，进入广阔的“社会”“现实”“历史”中的时候，远没有想到这一投身需要面临的诸种竞争，所需付出的艰巨的认知努力，而无论是“社会”“现实”“历史”，好像并不是静止之物，也远不是单凭个人经验就足够把握的。当然，世界从来不缺“勇士”：诗人们自信满满地宣称，一个细节可以打败所有的哲学与现实认知。但他们完全没有意识到，那个细节所能够产出的全部意义，正是在与这些哲学或者现实认知的缝隙中才绽放出意义闪电的；他们所借以描绘那个细节意义的全部语汇，基本上都借自那些从现实出发在书桌上实现又在现实中加以比较纠正的话语架构。无论是将诗歌自我设想为现实社会生活特殊的飞地，还是将诗歌设想等同为那无处不在又随时发生变化的“现实”，都是虚妄与好笑的。某种意义上可称之为“细节原教旨主义者”或“现实原教旨主义者”。臧棣深刻地认知到了，诗歌，不再是传统文明教化的必要基础，也只是话语中的一种，它需要正视发生在专业分化背景下知识话语分化与竞争的事实。所以，当诗人们还在结合自身有限的生活与现实经验，搜读有关这些方面的书籍进行认知的时候，当代学术机制随着高考恢复的大学建制已经“无声”而迅猛地展开了，已经出现了专门研究“历史”与“现实”（社会学）、“政治”（政治学）、“国际关系”“经济”“哲学”等学科。在诸种理论知识的话语生产与流通已经膨胀到了极点的当下，诗歌试图展现像过去的经院哲学般的总括性的认知与感受吗？或者诗歌试图展现一种特殊的情感认知状态，像前些年人们鼓吹的特殊的“想象力”或者原始的野蛮情感吗？

既是，又不是。因为诗歌当代性的活力，始终应该是在和已经开始影响我们现实生活，并逐渐主宰当代话语权的诸种话语机制交互生长中才发展出来的。正像这些已经渐成系统、逐渐主宰社会话语权的学术认知也要渗透进现实生活，也要经受现实生活与历史的校正与比较一样，当代诗人的当代性，必须也要和当代发展较为成熟（还具有一定开放性）的学术话语有一种良性对话关系，与它们处在一种可以交流、辩驳、商讨的过程中，状态好的时候甚至可以具有校正历史认知的能力。

当然，会有诗人批评家继续反驳，你是不是在鼓吹“诗歌知识论”？中外历史上，太多的反例不是可以将你的上述结论轻易击溃？当然，“社会”“历史”“现实”的认知，不等于诗歌，正当的“社会”“历史”“现实”认知，也不等于诗歌，但请注意，我是从诗歌写作实践发作之动机来理解这问题的。我一直相信，欲望和思想是诗歌起飞的引擎，而思想之获得，尤其是具备当代性的思想，其他专业提供的有关当代中国的优秀思考，在克服了外在形式与术语概念的障碍后，对其是非常有帮助的，无论是在启蒙的意义上，还是在反思的维度上。实际上，当代诗歌的实践者，往往极端鄙视学术生产机制，就像学术生产机制也几乎将诗歌遗忘一样。我提及臧棣，不过是突出诗歌的"当代性"这一面向。

当我们讨论当代诗歌的时候，认知到"当代性"与学术话语关联这一面向外，"当代性"指向"今日生活"，还具备了另外一个具备挑战性的特性，就在冯至的《十四行集》的这一句中——"它把住些把不住的事体"。

这是"当代性""社会分析"要遭遇的一种艰巨的挑战：就是"把住些把不住的事体"。什么事物把不住——那就是当下正在进行中的社会生活。对于疫情期间采用网络直播的云会议方式的我们，我想，每个人都感同身受。昆德拉有一句名言：人是生活在历史的迷雾中(大意如此)。我们究竟如何看待当下正在不同的张力因素下变形、发展、聚合的社会生活中的"历史"，那我们的诗歌的当代性，就要试图去进行一种社会分析，通过这种有意识的社会分析，去把握些把不住的事体。如果追求当代性，当代诗歌将不得不遭遇与迎接这一挑战与压力。

进一步讨论"今日生活"，在当下这一特殊的历史阶段，可以发现，"当代性"这一要求更为迫切。简单来说，近几年来，我们的社会文化生活发生了剧烈的变化，在思想文化上，就是社会认知撕裂较为突显。可以说，十几年前人们还可以依靠左右派的分野大致勾勒出各自依稀的面目，但是过去已有的分类与认知基础，在当下基本上都已失效，在症候表现上就是社会认知的撕裂，它已经全方位地深入到了社会生活的方方面面。而且认知撕裂，并非从疫情中开始，还远在几年以前。

讨论"今日生活"，还有一个比较具体的"当代性"，那就是近十多年来，随着全球化的深化、通信技术的迅猛发展，无论是我们一直瞩目的欧美社会，还是原来较为疏离的南亚、非洲，甚至拉丁美洲，都对彼此有了更为深入的了解与认知。中国，作为一个有中国特色的社会主义大国，对于世界强国——欧美的认知，已经深入到了包括政治制度、社会生活，乃至饮食文化在内的方方面面。换句话来说，我们对待世界——尤其是欧美的想象，早已经不再是镜像式的想象，而是一种在深处进行的比较。

上述两个方面集合起来，构成了我们当代生活的主要困扰之一。在这方面，从事写作实践的当代诗人也在其中，并没有逃离这一困境的可能。而这些，显然对当代诗歌写作的诗人们提出了种种的挑战。还是引用诗人萧开愚的判断，在为诗人韩博诗集《借深心》写序时，萧开愚提到了这一普遍困境：

> 接下去，韩博碰到似乎晚一点才该碰到的困难，他比同龄人提前进入在漂浮中比较、在比较中漂浮的世界，在这个来往不定、不看即如同不在的世界当中，唯一稳定的是正在移动、将要移动和移动后，“我”的速逝情绪的发生。

当一种总体性的镜像想象已经破裂，进入了一个缺乏可以依赖的稳定世界观与价值观的当代网络社会中，我们外于一种“在漂浮中比较、在比较中漂浮”的不稳定状态中。当然，萧开愚为韩博写作的 2010 年的“今日生活”，不同于 2020 年的“此时”，但是构成网络信息社会中“在漂浮中比较、在比较中漂浮”的根本困境并没有改变，只不过是越来越突显而已。

[作者余旸，河南信阳人，1995 年考入哈尔滨工业大学。2003 年至 2010 年，就读于北京大学中文系现当代文学专业。2010 年至今，于西南大学中国新诗研究所执教。有部分诗作发表于《青年作家》《天涯》《诗林》《重庆文学》《北方文学》《滇池》等，并为《未名湖》《大雅》《锋刃》的投稿人，出版诗集《还乡》，著有《九十年代诗歌的内在分歧——以功能建构为视角》与《人文知识思想再出发》(合著)。曾获 2007 年第四届“刘丽安诗歌奖”、2012 年中国诗歌评论奖、2017 年重庆文学奖。]

# 后　　记

2017年,借由“新诗百年”的主题,中国当代诗歌理论研讨会放到了临港这座精心打造了15年之久的诗歌新城,这也是临港新片区和上海社会科学院文学研究所合作举办的当代诗歌理论研讨会。临港作为一个高端制造的未来新城,多年来一直在探索科学精神与艺术精神相结合的可能性,而上海社会科学院文学研究所成立四十多年来,不仅对古典诗学卓有研究,也始终关注着现代诗歌、当代诗歌的发展与研究,始终保持着对诗歌的一份情怀,双方合作诗歌理论研讨会已四年。中国当代诗歌临港理论研讨会第一届的主题是“纪念新诗百年”,议题是“中国当代诗歌的现状、出路和问题”;第二届研讨会的主题是“都市文化语境中的诗性书写”,着重探讨了现代诗歌在精神内涵和艺术形式上与大都市的关系;第三届研讨会的主题是“中国诗歌的现代化之路”;第四届研讨会的主题是“当代诗歌中的‘当代性’”,第四届会议采用网络直播的云会议方式,线上线下互动呼应。中国当代诗歌临港理论研讨会不仅是一次对中国诗歌现代化进程的回顾与梳理,更是一次对中国诗歌现代化探索的未来展望。21世纪以来,中国当代诗歌已全面进入一个全新的诗歌时代,各种新的诗歌现象丛生,亟待分析、研究和整理,临港诗歌理论研讨会就是对中国诗歌当代现象进行的一次及时性的梳理和总结。

从第一届起,临港理论研讨会每年都会邀请10位左右的诗歌评论家、诗学专家和当代诗人,不问流派,不问出处,只问成就。临港理论研讨会不追求发表什么宣言,也不形成什么共识,我们坚信,创造来自宽松,理论创新也一样。临港作为诗歌的未来新城为中国当代诗歌提供了一个更为宽松包容的理论研讨环境。中国作家协会书记处书记、诗人吉狄马加先生对诗人的创造性工作给予了足够的理解和尊重,他在《诗人的“在场”与诗歌中的“当代性”》的发言中指出,诗歌的社会性写作对我们依然重要,我们不能面对重大的社会事件和影响人类历史进程的问题选择沉默,就如生活的丰富性和复杂性一样,每一个诗人通过自己所呈现的现实与时代也是不尽相同的，诗人选择何种方式来表达个人经验，同时又让这种个人经验蕴含着更为普遍的生命意义，这同样是诗人最为个人性也最为复杂和隐秘的一种创造。上海社会科学院文学研究所所长徐锦江研究员认为，从古至今，中国文学中国诗歌创作一向非常强调“现实性”和“现实感”，而在今天的中国文学创作实践中，强调“当代性”无疑具有更为积极的意义，强调“当代性”就是要以更为真实的态度，以面对现实的勇气去揭示中华民族的当代境遇。研讨会总顾问、著名诗人、当代艺术家严力先生认为，诗性的坚持应该参与当代文明的发展意识，“我们身处的这个时代只能由我们自己来记录”。因此，这本《诗的进行时——中国当代诗歌研究》也可看作对当下我们身处的这个时代的记录。

2017 至 2020 年，“中国当代诗歌临港理论研讨会”已成功举办了四届，四年来，临港理论研讨会得到临港管委会党组成员、南汇新城镇党委委员、组织人事(党建工作)办公室苗挺主任，上海社会科学院文学研究所所长荣跃明研究员、徐锦江研究员与副所长徐清泉研究员、朱鸿召研究员，国际文化交流与比较文学研究室主任任一鸣研究员等领导的大力支持。四届理论研讨会汇聚了严力、臧棣、钱文亮、王晓渔、许道军、海岸、李天靖、王士强、赵思运、朱钦运(茱萸)、潘颂德、王家新、包慧怡、古冈、安琪、张烨、杨剑龙、罗振亚、铁舞、黄礼孩、蒋登科、吕进、汪剑钊、树才、周瑟瑟、孙琴安、何言宏、杨斌华、世中人、曹剑龙、石生、王家铭、叶匡政、吉狄马加、伊沙、祁国、许德民、孙新堂、余旸、沈浩波、陆渔、舒冲、弘十四、瑞箫、张晓燕等诸多中国当代著名诗人、诗评家、诗学专家、翻译家(按出场排序)，集中发布了他们最新的诗学思考和近期的理论研究成果，在此感谢与会的所有专家为大会做出的理论贡献。深深感谢四年来大力支持研讨会的临港新片区管委会领导，感谢你们对当代诗歌理论研究的重视，对临港理论研讨会这个品牌的大力扶植。感谢本书评审专家潘颂德研究员，潘老师多年来关注中国当代诗歌发展，不顾高龄坚持在春节期间加班看稿，为本书提出了诸多良好建议和宝贵意见。同时也要感谢所有参与会议服务，在背后默默支持我们的全体工作人员：感谢上海社会科学院文学研究所办公室任洁主任多次为大会出谋划策、尽心尽力，感谢办公室夏蔚晨老师、徐忠平老师的工作配合；感谢好友李艳丽副研究员的鼓励和支持；感谢所有参与大会筹备工作与现场接待工作的临港新片区工作人员，大家为诗歌奉献的精神值得赞美；最后还要感谢本次研讨会的总顾问、著名诗人严力先生，感谢多年来对我们的支持和鼓励。严力先生一贯秉持诗歌对人类文明和自身文明的反省精神，他坚信，对个人行为、国家行为、灾难和反文明事件进行反省才是传承和发展了诗歌精神。

从诗人、诗歌研究者到诗歌活动策展人，直到创立“中国当代诗歌临港理论研讨会”这个特色品牌，作为本次活动的总策划，在献上凝聚着所有参与者心血的理论成果的这一刻，我的心里也有诸多感慨。这些年来，诗歌带给我的生命太多的恩惠，它不仅带来创意和诗意，带来荣誉和奖励，也带来很多的辛苦以及辛劳过后由衷的欢乐。志同道合的朋友因诗相聚，交流切磋诗艺，激发碰撞灵感，发自内心的快乐以及真挚闪光的友情，这本身就是美好动人的诗篇！

海德格尔曾说：“诗人的天职是返乡。”诗人的天职是要通过在语言中的冒险，达到在“完满的自然”中的安居。“诗人何为”是对技术制造和人为意图的反思，其探讨的根本问题就是诗人与自然的关系，这个问题在今天的诗歌理论研究中也是非常重要和不可忽视的。2020 年是特殊的一年，疫情带来的各种影响，这也是所有诗人、评论家和诗学理论专家应该深入思考的问题。我们不仅要努力应对错综复杂的当代社会现实，也要深刻思考人与自然的和谐共存关系，诗人的天命就是要思考人的诗意存在，要直面此刻正在进行中的当代生活。

中国当代诗歌临港理论研讨会总策划　张瑞燕（瑞箫）<br>2020 年 9 月于上海

图书在版编目(CIP)数据

诗的进行时:中国当代诗歌研究 / 张瑞燕主编 .—
上海 :上海社会科学院出版社,2020
ISBN 978-7-5520-3334-2

Ⅰ. ①诗… Ⅱ. ①张… Ⅲ. ①诗歌研究—中国—当代
—文集 Ⅳ. ①I207.22-53

中国版本图书馆 CIP 数据核字(2020)第 199931 号

**诗的进行时——中国当代诗歌研究**

主　　编:张瑞燕
责任编辑:包纯睿
封面设计:周清华
出版发行:上海社会科学院出版社
上海顺昌路 622 号　邮编 200025
电话总机 021-63315947　销售热线 021-53063735
http://www.sassp.cn　E-mail:sassp@sassp.cn
照　　排:南京理工出版信息技术有限公司
印　　刷:上海盛通时代印刷有限公司
开　　本:710 毫米×1000 毫米　1/16
印　　张:16.75
插　　页:1
字　　数:272 千字
版　　次:2020 年 12 月第 1 版　2020 年 12 月第 1 次印刷

ISBN 978-7-5520-3334-2/I·417　定价:78.00 元